Melissa Foster

Wilde Herzen

Die Bradens & Montgomerys
(Pleasant Hill – Oak Falls)

DIE AUTORIN

Melissa Foster ist eine preisgekrönte *New-York-Times-* und *USA-Today*-Bestsellerautorin. Ihre Bücher werden vom *USA-Today-Bücherblog*, vom *Hagerstown Magazin*, von *The Patriot* und vielen anderen Printmedien empfohlen. Melissa hat mehrere Wandgemälde für das *Hospital for Sick Children*, eine Kinderklinik in Washington, D. C., gemalt.

Besuchen Sie Melissa auf ihrer Website oder chatten Sie mit ihr in den sozialen Netzwerken. Sie diskutiert gern mit Lesezirkeln und Bücherclubs über ihre Romane und freut sich über Einladungen. Melissas Bücher sind bei den meisten Online-Buchhändlern als Taschenbuch und E-Book erhältlich.

www.MelissaFoster.com

Melissa Foster

Wilde Herzen

Die Bradens & Montgomerys

Love in Bloom – Herzen im Aufbruch

Aus dem Amerikanischen von Usch Pilz

Die Originalausgabe erschien erstmals 2019 unter dem Titel
»Wild, Crazy Hearts – The Bradens & Montgomerys« bei World Literary Press, MD,
USA.

Deutsche Erstveröffentlichung
2021 bei World Literary Press, MD, USA
© 2019 der Originalausgabe: Melissa Foster
© 2021 der deutschsprachigen Ausgabe: Melissa Foster
Lektorat: Judith Zimmer, Hamburg
Umschlaggestaltung: Elizabeth Mackey Designs

ISBN: 978-1948868655

Vorwort

Lange habe ich mich darauf gefreut, die Liebesgeschichte von Trace und Brindle niederzuschreiben. Die beiden heißblütigen Dickschädel haben mich zum Lachen und zum Weinen gebracht, und ich habe sie fest in mein Herz geschlossen. Trace und Brindle verbindet eine ganz einzigartige Liebe, und ich hoffe, Sie genießen diese hochemotionale Reise ins Glück zu zweit genau so sehr, wie ich das Schreiben genossen habe. Falls dies Ihr erstes Buch aus der Reihe »Love in Bloom – Herzen im Aufbruch« ist, keine Sorge: Alle meine Romane können auch unabhängig voneinander gelesen werden. Also legen Sie einfach los. Viel Spaß mit diesem mitreißenden, sexy Abenteuer voller prickelnder Momente!

Damit Sie keine Neuerscheinung und keine Aktion verpassen, besuchen Sie meine Website und abonnieren Sie meinen Newsletter. Auf der Website finden Sie auch zusätzliche Informationen zu meinen Geschichten und meinen Heldinnen und Helden.
www.MelissaFoster.com

Über die Reihe »Love in Bloom – Herzen im Aufbruch«

Die *Bradens & Montgomerys* ist nur eine der Serien in dieser großen Kollektion. Figuren aus den einzelnen Romanen tauchen immer wieder auch in anderen Geschichten auf.

Gemeinsam mit den weitverzweigten Familien und ihren Freunden erleben Sie so alle Verlobungen, Hochzeiten und die Ankunft süßer neuer Erdenbürger mit. Eine vollständige Liste der Serien und Titel finden Sie genau wie eine Vorschau auf weitere Romane am Ende dieses Buches.

Auf meiner Seite mit Reader Goodies warten zusätzlich Serien-checklisten, Familienstammbäume und vieles mehr (in englischer Sprache)!
www.MelissaFoster.com/RG

Eins

Das jüngste von sieben Geschwistern zu sein, hatte gewisse Vorteile. Noch bevor Brindle Montgomery richtig laufen gelernt hatte, hatten die älteren Kinder bereits so viel Unsinn gemacht und so viele verrückte Dinge angestellt, dass ihre Eltern kaum noch etwas aus der Ruhe brachte. Und als Brindle schließlich ein Teenager war, hatte Sable, das drittälteste und bis zu Brindles Geburt rebellischste Kind, längst alle erdenklichen Schandtaten begangen. Brindle hatte immer getan, was sie wollte, und das Leben in vollen Zügen ausgekostet. Deshalb hatte sich auch keiner über ihren Plan gewundert, sechs Wochen am Stück in Paris zu verbringen. Kompliziert war die Sache erst geworden, als sie in der Woche nach ihrer Ankunft in der Stadt der Liebe festgestellt hatte, dass sie schwanger war. Um in Ruhe über ihr Leben nachdenken zu können, hatte sie ihren Aufenthalt sogar noch verlängert. Gründe hatte sie keine genannt, trotzdem hatte ihre Familie gelassen reagiert. Und weil kaum etwas, was sie tat, jemals irgendwen überraschte, ging sie davon aus, dass ihre Schwangerschaft jetzt, dreieinhalb Monate später, auch niemanden wirklich schockieren würde. Mit Ausnahme von Trace Jericho vielleicht, dem Mann, mit dem sie seit vollen zwölf Jahren eine turbulente On-Off-Beziehung führte.

Doch als sie nun nach dem gefühlt längsten Reisetag aller Zeiten aus ihrem Wagen stieg, fragte sie sich, ob es wirklich so klug gewesen war, direkt vom Flughafen zu dem Scheunenfest zu fahren, das die Jerichos jedes Jahr zu Halloween veranstalteten. Eigentlich eine gute Gelegenheit, alle ihre Geschwister gemeinsam anzutreffen, was normalerweise nicht ganz einfach war. Und Trace würde natürlich auch hier sein. So musste sie ihre Neuigkeit nur einmal verkünden und nicht jedem einzeln von ihrer Schwangerschaft erzählen. Seit Wochen sagte sie sich immer wieder, nach einer Schrecksekunde würden ihre Lieben sich schnell fangen, ihre Entscheidung unterstützen und allem Weiteren gelassen entgegensehen.

Jetzt musste sie sich eingestehen, dass es ganz so einfach vermutlich nicht werden würde.

Doch die Schwangerschaft war nun mal Fakt und jetzt half nur noch die Flucht nach vorn. Sie straffte die Schultern, steckte ihre Wagenschlüssel in die Manteltasche und stapfte über die Wiese zur Scheune.

Kinder rannten lachend umher, Erwachsene standen in Grüppchen zusammen. Lichterketten mit orangefarbenen Lämpchen beleuchteten den geräumigen Bau, der, ganz wie es sich für Halloween gehörte, mit Vogelscheuchen, Gespenstern, allerhand Gruselgestalten und künstlichen Spinnweben dekoriert war. Feste wie dieses gab es öfter in Oak Falls und normalerweise freute sich Brindle darauf. Doch während sie sich jetzt durch die Menge schob, dachte sie an Trace und den ursprünglichen Grund ihrer Reise. Sie liebte diesen Mann schon so lange und konnte in seiner Nähe einfach nicht klar denken. Ihre Gefühle für ihn waren inzwischen so groß und so tief, dass sie hatte herausfinden wollen, ob sie auch echt und tragfähig waren. Denn ihre Beziehung war kompliziert, genauso turbulent wie prickelnd. Und ja, das Prickeln, das Trace Jericho in ihr auslöste, war mit nichts zu vergleichen! Dabei konnte man das, was zwischen ihnen lief, genau genommen gar nicht als *Beziehung* bezeichnen, denn auf eine feste Bindung hatten sie beide keine Lust.

Das hatte sie zumindest immer gedacht.

»Hi, Miss Montgomery!«, riefen ein paar Mädchen in Prinzessinnen-, Hexen- und Cheerleaderkostümen ihr im Vorbeilaufen zu.

Brindle winkte.

Fast alle hier hatten sich in fantasievolle Kostüme geworfen, manche waren kaum wiederzuerkennen. Brindle kam das sehr gelegen. Am liebsten hätte sie jetzt selbst ein Kostüm gehabt. Sie unterrichtete an der Highschool Englisch und leitete die Theatergruppe der Grundschule. Schon deshalb kannte sie so gut wie jeden in dieser kleinen Stadt. Normalerweise fühlte sie sich in dieser eingeschworenen Gemeinschaft pudelwohl, ging gerne zu den Scheunenfesten und ertrug selbst den Tratsch mit Fassung, den andere verabscheuten. Doch ihre Neuigkeiten machten sie nervös und sie wollte unbedingt zuerst mit ihrer Familie sprechen.

Und mit Trace.

Bei dem Gedanken, ihm von der Schwangerschaft zu erzählen, begann ihr Herz zu jagen.

Immer mehr Leute bemerkten sie, grüßten sie und winkten ihr zu. Sie spürte, wie ihr Magen sich verknotete, senkte den Kopf, zog ihren Mantel fester zusammen und wünschte, sie hätte nicht stets auf eine perfekte Bikinifigur geachtet. Die meisten Frauen verbrachten die ersten Monate einer Schwangerschaft würgend über einer Kloschüssel hängend. Sie hingegen hatte einen absoluten Wolfshunger entwickelt und so viel gegessen, dass sie bereits ein kleines Bäuchlein vor sich hertrug. Sable würde vermutlich behaupten, sie hätte zu viel vom köstlichen französischen Rotwein getrunken und zu viele süße Bonbons genascht.

»Brindle?« Beckett Wheelers Stimme riss sie aus ihren Grübeleien. Er umarmte sie herzlich. Heute trug er Jeans, dazu ein weißes T-Shirt und eine Lederjacke. Das kurze dunkle Haar hatte er sich im Fünfziger-Jahre-Stil mit Gel nach hinten frisiert.

Beckett war ein erfolgreicher Investor und einer von Traces besten Freunden. Er war ein netter Kerl, aber Brindle hatte eine Mission und wollte lieber nicht abgelenkt werden.

»Ich hatte schon gehört, dass du heute zurückkommst«, sagte Beckett. »Unglaublich, dass du seit Juli weg warst. Wie hat es dir gefallen? Trace muss irgendwo ganz in der Nähe sein. Während du dir Paris angeschaut hast, hat der Mann uns alle hier beinahe um den Verstand gebracht.«

Einen Moment lang ließ dieser Kommentar sie aufhorchen. Aber woher sollte sie wissen, was Beckett wirklich damit meinte? Womöglich hatte Trace seine Freunde und die halbe Stadt nur mit irgendwelchen Frauengeschichten verrückt gemacht.

Sie versuchte, diese quälende Vorstellung zu verscheuchen. »Paris war einfach umwerfend, und ich freue mich, dich zu sehen. Aber ich habe eine elend lange Reise hinter mir und möchte kurz mit meiner Familie reden, bevor ich vor Müdigkeit aus den Latschen kippe. Ich erzähle dir bald ein bisschen mehr.«

»Klar, kein Problem. Deine Eltern und Geschwister sind in der Scheune. Falls ich Trace sehe, sage ich ihm Bescheid, dass du hier bist.«

Sie winkte zerstreut und eilte davon. *Trace. Oh Gott. Trace.*

Wieder zu Hause zu sein, machte ihre Situation noch viel realer. Die Vorstellung, all ihren Lieben zu gestehen, dass sie schwanger war, hatte ihr nur wenige schlaflose Nächte bereitet. Doch jetzt, kurz vor dem Augenblick der Wahrheit, wich sie den Blicken von Freunden und Bekannten aus und ihre Nerven flatterten. Was würde ihre Familie von ihr denken? Was würde Trace von ihr denken?

Ich schaffe das, sagte sie sich beim Betreten der Scheune. Das sagte sie sich schon seit so vielen Wochen, dass sie es beinahe glaubte.

Drinnen empfing sie fröhliche Musik. Auf der Bühne saßen und standen Leute mit Banjos, Gitarren, Querflöten und Saxofonen, und jemand spielte Schlagzeug. Sie war überrascht, weder Sable noch Axsel dort oben zu sehen. Sable besaß nicht bloß eine Autowerkstatt und war eine verdammt gute Mechanikerin, sie spielte auch in einer Band namens »Surge« Gitarre und hatte Auftritte in der ganzen Region. Axsel, ihr einziger Bruder, war Leadgitarrist bei »Inferno«, der heißesten Band weit und breit und damit ein leibhaftiger Rockstar.

Brindle ließ den Blick durch den Raum schweifen und entdeckte ihre Familie samt Axsels Entourage. Trotz der aufwändigen Verkleidungen erkannte sie alle sofort. Ihre Eltern waren als Sonny und Cher gekommen. Die Perücke mit dem langen schwarzen Haar ließ ihre Mutter jünger wirken und ihrem Vater stand der Oberlippenbart überraschend gut. Bei dem Gedanken, ihnen von dem Baby zu erzählen, zog sich Brindles Brust zusammen. Ihre Eltern hatten sie stets bei allem unterstützt. Aber würde es diesmal auch so sein? Oder würde ihnen die Enttäuschung den Blick aufs Wesentliche verstellen?

Diese Befürchtung ließ sie einen Moment lang regelrecht erstarren. Aus einiger Entfernung schaute sie zu, wie ihre

Angehörigen sich lebhaft unterhielten und zusammen lachten. Sie mochte die Jüngste sein, aber darauf konnte sie sich jetzt nicht berufen. Schule schwänzen, wilde Partys feiern und sich nachts heimlich aus dem Haus stehlen, war das eine. Eine ungeplante Schwangerschaft mit fünfundzwanzig war etwas ganz anderes. Das hatte es in ihrer Familie bis jetzt noch nicht gegeben. Ihr Blick wanderte zu Grace, ihrer ältesten Schwester. Sie war erst seit Kurzem mit Reed verheiratet. Die zwei hatten sich mit Handschellen aneinandergekettet und als Gefangene und Polizist verkleidet. Wenn irgendwer verkünden sollte, dass Nachwuchs unterwegs war, dann eigentlich diese beiden.

Sables Lachen holte Brindle zurück ins Hier und Jetzt. Ihre Familie scharte sich nun um Morgyn und ihren Freund Graham Braden, den sie kurz vor Brindles Abreise nach Paris auf der Hochzeitsfeier von Grace und Reed allen vorgestellt hatte. Morgyn und Graham kamen gerade von einem zehnwöchigen Aufenthalt in Belize zurück, wo sie eine Siedlung aus Tiny Houses gebaut hatten. Das war eines der sozialen Projekte von Grahams Investmentfirma.

Brindle liebte alle ihre Geschwister von Herzen, doch mit Morgyn fühlte sie sich neben Sable am engsten verbunden. Während sie beide im Ausland gewesen waren, hatte sie oft mit Morgyn telefoniert. Aber auch ihr hatte sie nichts von der Schwangerschaft gesagt. Morgyn hatte fast ununterbrochen von Grahams Abenteuerlust geschwärmt und davon, dass er sie besser verstand als je ein Mann zuvor. Jeder zweite ihrer Sätze begann mit seinem Namen und vor lauter Glück hatte Morgyn von Brindles Veränderung nichts bemerkt. *Oder aber es gelingt mir bloß ziemlich gut, meine wahren Gefühle zu verbergen.* Morgyn und Graham hatten sich als Braut und Bräutigam verkleidet, was umso lustiger war, weil Morgyn genauso wenig

Interesse am Heiraten hatte wie sie. *Single-Schwestern für immer!*

Jetzt sei ein großes Mädchen und bring es hinter dich.

Beim Weitergehen lächelte Brindle in sich hinein. Weil sie Dinge getan hatte, die große Mädchen nun mal taten, steckte sie jetzt in dieser Bredouille.

Mit jedem Schritt wurde sie nervöser und das Atmen fiel ihr immer schwerer.

Ich schaffe das. Ich schaffe das.

»Das würde ich bestreiten.« Morgyn legte den Arm um Grahams Schulter.

Brindle schob sich in den Kreis ihrer Lieben und lächelte tapfer. »Worüber streitet ihr?«

»Du bist wieder da!«, jauchzte Morgyn und warf die Arme um sie. Sie waren die einzigen Blondinen in der Familie und kamen damit nach ihrem Vater, während ihre anderen Geschwister das dunklere Haar ihrer Mutter Marilynn geerbt hatten.

Bevor Brindle antworten konnte, drückte ihre Mutter sie so herzhaft an sich wie nie zuvor. Marilynn war ein warmherziger, heiterer Mensch. Doch sie hatte sieben lebhafte Kinder großgezogen und konnte, wenn es sein musste, zum Feldwebel werden.

»Holla! Mein süßes Baby-Girl! Dein hübsches Gesicht hat mir so gefehlt.«

»Du hast mir auch gefehlt, Mom«, seufzte Brindle. Und schon redeten alle ihre Geschwister gleichzeitig auf sie ein.

»Hi, mein Herzchen.« Ihr Vater nahm sie in die Arme. »Ich habe dich vermisst, mein kleiner Kürbis.«

»Ich dich auch, Daddy.«

Grace war die Nächste, die sich Brindle schnappte, und weil sie mit Handschellen an Reed gefesselt war, wurde es eine

Dreierumarmung. Amber drängte sich bald dazwischen. Wie immer hielt sich Reno, ihr Golden Retriever, dicht an ihrer Seite. Bei der Umarmung hing Ambers Signalkette zwischen ihr und Brindle. Amber war Epileptikerin und Reno ihr Assistenzhund.

»Ich freue mich so, dass du wieder da bist, Brin.« Aus alter Gewohnheit legte Amber die Hand an ihre Kette. Daran befand sich ein Knopf, den Reno mit der Schnauze drücken konnte, falls Amber einen Anfall hatte. Zusätzlich war er mit einem Ortungssystem ausgestattet, sodass ihre Angehörigen oder andere Helfer sie schnellstmöglich auffinden konnten. Zum Glück war die Kette bislang erst einmal zum Einsatz gekommen, denn Amber war medikamentös gut eingestellt.

»Wow, du siehst traumhaft aus!« Brindle bewunderte Ambers Feenkostüm mit den zarten Flügeln in Blau und Silber und süßen Cowgirlboots.

Amber hob verlegen eine Schulter. »Danke.«

Jetzt legte ihre Schwester Pepper die Arme um sie. Sie hatte sich ein Stoffäffchen an die Schulter geheftet, trug ein Khakihemd, Khakishorts, Wanderstiefel und einen Safarihut. »Schön, dass du wieder sicher gelandet bist.«

»Danke. Tolle Beine, Pep«, sagte Brindle.

»Ich bin Jane Goodall«, erklärte Pepper.

Pepper und Sable waren Zwillinge. Pepper war ein paar Minuten älter und meist sehr korrekt und bedachtsam, während Sable unbekümmert redete, wie ihr der Schnabel gewachsen war. Pepper arbeitete in der wissenschaftlichen Forschung in Charlottesville, Virginia. Noch während ihres Studiums hatte sie Ambers Signalkette entwickelt und sie sich patentieren lassen. Inzwischen verkaufte sich die nützliche Erfindung im ganzen Land.

»Lasst mich auch mal!« Sable hatte sich für ein eng anliegendes Catwoman-Kostüm entschieden. Sie umarmte Brindle und erklärte: »Wurde auch langsam Zeit, verdammt. Ich brauche dringend jemand, der mit mir um die Häuser zieht.«

»Immer mit der Ruhe, Mädels«, schaltete ihr Vater sich ein. »Morgen treffen wir uns erst mal zum Willkommensfrühstück, also bleibt heute Nacht nicht zu lange weg. Ich bin neugierig, was Brindle in Paris alles erlebt hat.«

»Keine Sorge.« Feiern gehen würde Brindle in näherer Zukunft sicher nicht. Wieder verknotete sich ihr Magen. Erst jetzt wurde ihr richtig bewusst, wie sehr sie alle ihre Lieben vermisst hatte. Doch so umringt von ihrer Familie fehlte ihr plötzlich der Mut, über ihre Schwangerschaft zu reden.

»Also mir hast du kein bisschen gefehlt.« Axsel grinste, umarmte sie und fügte hinzu: »Vermisst habe ich bloß, dass du immer die heißesten Kerle magisch anziehst.«

Brindle lachte. Axsel stand auf Männer und sie hatten seit jeher gemeinsam das Angebot abgecheckt. »Du hast mir auch gefehlt, Ax.«

»Wie war dein Flug?«, fragte Pepper. »Du bist bestimmt geschafft.«

Brindle stöhnte. »Der Flug war grauenhaft und ich war noch nicht mal zu Hause. Aber ich wollte euch unbedingt alle sehen, deshalb bin ich direkt vom Flughafen hierhergefahren. Ihr seht toll aus in euren Kostümen.«

Reed hob sein gefesseltes Handgelenk in die Höhe. »Was man über die Ehe sagt, stimmt hundertprozentig.« Er zeigte auf Graham und Morgyn. »Eine Verkleidung als Brautpaar? Seid ihr beiden die Nächsten?«

Sable schnaubte. »Morgyn müsste man schon zappelnd und

schreiend zum Traualtar schleppen. Wusstest du das nicht?«

»Im Ernst?«, fragte Reed.

»Na ja, also …« Morgyn streckte mit einer dramatischen Bewegung die Hand vor und zeigte ihren brandneuen goldenen Ring. Anstelle eines Steins trug er eine kleine metallene Scheibe, in die die Himmelsrichtungen eingraviert waren. »Wir haben heimlich geheiratet!«

Amber kreischte auf und umarmte sie. »Oh, Morgyn!«

»Was?«, japste Sable. »Das glaub ich nicht!«

Brindle war sprachlos.

»Heiliger Bimbam. Ihr seid wirklich verheiratet?« Grace schüttelte ungläubig den Kopf, während alle anderen durcheinanderredeten und Morgyn und Graham gratulierten.

Mitten in dem fröhlichen Trubel fing Brindle Morgyns Blick auf. »Verheiratet? Ihr habt *geheiratet*?«

Morgyn nickte. Ihre Augen schimmerten feucht. Zugleich grinste sie so breit, als schwebte sie im siebten Himmel. »Jap. Wir sind ein Ehepaar.«

»Und du bist so glücklich.« Brindle konnte ihre Verwunderung nicht verbergen.

»Glücklicher, als ich es mir je hätte träumen lassen«, antwortete Morgyn.

Nicht in einer Million Jahren hätte Brindle sich vorstellen können, dass Morgyn irgendwann Ja sagen würde. Genauso wenig, wie dass sie, Brindle, schwanger werden könnte. Wobei ihre Schwangerschaft nicht geplant gewesen war, während Morgyns Heirat kein Zufall sein konnte.

»Was hat sich geändert?«, fragte Brindle.

Morgyn lächelte Graham verliebt an. »Alles. Von dem Tag an, an dem wir uns kennengelernt haben, gehörte ich ihm, und ich wollte, dass alle Welt es weiß.« Forschend musterte sie

Brindle. »Und du, Brin? Bist du glücklich? Hast du in Paris ein paar Antworten gefunden?«

»Ja.« Die Tatsache, dass sie schwanger war, hatte sie erst einmal verarbeiten müssen. Doch jetzt freute sie sich auf das Baby und wusste endlich, was sie wollte. Sie beschloss, Morgyn und Graham nicht die Show zu stehlen. Von dem Baby konnte sie ihren Eltern und Geschwistern noch morgen beim Frühstück erzählen. Stattdessen sagte sie: »Ich glaube, dieser Sommer war für uns beide gut.«

»Verheiratet«, murmelte Sable. »Ich fasse es nicht. Ich fasse es einfach nicht. Wie zum Henker hast du das geschafft, wundersamer Mann?«

Graham schaute Morgyn so liebevoll an, dass sogar Brindle beinahe dahinschmolz.

»Ich musste gar nichts tun«, antwortete er. »Das mit dem Heiraten war ihre Idee.«

Alle Blicke richteten sich auf Morgyn.

»Warst du betrunken?«, fragte Sable.

»Ja.« Morgyns Antwort brachte ihr einen verwirrten Blick von Graham ein. »Trunken vor Liebe.«

Während Graham Morgyn an sich zog und küsste, streifte Brindle ihren Mantel ab. »Bei all diesen Umarmungen und dem kitschigen Gerede wird mir ganz heiß.«

Amber schnappte nach Luft. Ihr Blick hing an Brindles Bauch. »Was für ein tolles Kostüm! Wo hast du denn das süße Babybäuchlein her?«

Mist. Weshalb hatte sie sich ausgerechnet für die Leggings und die eng anliegende Tunika entschieden?

Morgyn fuhr herum und fixierte ihre jüngste Schwester. Dabei bemühte sie sich offenbar um einen neutralen Gesichtsausdruck, doch einen Sekundenbruchteil lang sah

Brindle erst den Schock und dann die Verletztheit in ihren Augen. Vermutlich hätte sie Morgyn ins Vertrauen ziehen sollen. Doch sie hatte ganz für sich allein ohne jede Beeinflussung durch ihre Familie herausfinden wollen, wie sie zu dem Baby stand. Jetzt wünschte sie sich allerdings von Herzen, sie hätte Morgyn eingeweiht. Dann müsste sie nicht den Schmerz in den Augen ihrer Schwester sehen und hätte nicht das Gefühl, nackt und allein an einer Straßenecke zu stehen. Unter den ungläubigen Blicken ihrer Familie.

»Bitte sag mir, dass das zu viele französische Croissants sind«, sagte Grace.

»Bist du …?« Pepper streckte die Hand aus und berührte Brindles Bauch.

Brindle wandte sich ab. »Hört auf!« *Herrje.* Wie hatte sie sich nur einreden können, alles würde ganz einfach sein?

»Brindle …?« Morgyn sah besorgt aus.

»Schatz?« Ihre Mom schaute sie mit großen Augen an. »Bist du …?«

Brindle stiegen Tränen in die Augen. Sie nickte. Ihre Mutter breitete die Arme aus und zog sie an sich. »Alles ist gut, Liebes.«

»Es tut mir so leid, Mom«, flüsterte Brindle.

»Nein, Baby-Girl«, flüsterte ihre Mutter zurück. »Dir muss nichts leidtun. Wir lieben dich und sind immer für dich da.«

Tränen glitten über Brindles Wangen. Hektisch wischte sie sie weg. Für Worte war sie viel zu aufgewühlt.

»Meine Güte, Brindle.« Axsel klang schockiert, doch in seinem Tonfall lag keinerlei Vorwurf oder Kritik. Brindle liebte ihn dafür gleich noch viel mehr.

Sable verschränkte die Arme und starrte sie an. »Welchen französischen Arsch soll ich versohlen?«

Gerade als Brindle antworten wollte, erschien Traces schönes Gesicht am Rand der Gruppe. Ihr Mund wurde schlagartig staubtrocken. Er legte lässig den Arm um Sable, ließ sein Höschen-schmelzendes Lächeln aufblitzen und rückte mit der freien Hand den Stetson zurecht, der einfach niemals fehlen durfte. Unwillkürlich driftete Brindles Blick zu seiner breiten, muskulösen Brust und dem gewaltigen Bizeps, den er der harten Arbeit auf der Rinder- und Pferderanch seiner Familie verdankte. Unter dem Reißverschluss seiner engen Jeans zeichnete sich die beeindruckende Wölbung ab, die ihr nur allzu vertraut war. Sie atmete schwerer, wusste, wie gut sich sein gestählter Körper anfühlte, wenn sie sich aneinanderpressten, wie himmlisch es war, wenn seine baumstarken Schenkel zwischen ihren lagen. Sie schluckte ein sehnsüchtiges Seufzen hinunter.

»Beim Französischen-Arsch-Versohlen bin ich dabei!« Traces halb scherzhafte Erklärung riss sie aus ihren sündigen Tagträumen.

Ihr großer, starker Cowboy war arrogant und selbstbewusst wie eh und je. Seine dunklen Augen richteten sich auf sie und die Luft um sie beide begann zu glühen. Funken stoben, und das Verlangen, das sie bei jedem Zusammentreffen packte, brandete auf. Brindles Puls begann zu jagen. Einen Moment lang glaubte sie sogar, sie würde gleich in Ohnmacht fallen.

»Mustang! Du bist zurück!« Der Spitzname, den er ihr vor Ewigkeiten verpasst hatte, kam wie flüssige Hitze über seine Lippen. Mit ausgebreiteten Armen trat er näher, dann wanderte sein Blick tiefer. Er erstarrte mitten in der Bewegung. Statt Funken tanzten plötzlich Eiskristalle zwischen ihnen in der Luft.

Brindle legte schützend eine Hand auf ihren Bauch und

wich unsicher zurück. Sie hatte wirklich geglaubt, alles würde gut. Doch zu sehen, wie sein Verlangen nach ihr etwas Dunklem, Anklagendem Platz machte, das war einfach zu viel. Sie kämpfte die ungebetenen neuen Tränen nieder. »Ich kann das jetzt nicht.« Sie schaute beiseite und gab sich alle Mühe, ihre Gefühle in den Griff zu bekommen. Dabei wollte ihr Herz am liebsten zerspringen. »Ich bin erledigt. Ich gehe nach Hause. Wir können morgen darüber reden.«

Damit schob sie sich an Trace vorbei und eilte zum Scheunentor.

Verdammt, was war das denn jetzt? Trace versuchte, die Scherben seiner zerbrochenen Welt wieder zusammenzusetzen. Als sein Mustang davongestürmt war, war es, als wäre er auf die Zinken eines Rechens getreten. Der Stiel hatte ihn voll ins Gesicht getroffen, der Schmerz saß allerdings tiefer, ziemlich genau in der Mitte seiner Brust. Er hastete Brindle hinterher, rannte aus der Scheune in die Menge und sah, wie sie zum Parkplatz eilte. Mit wenigen Schritten holte er sie ein, nahm sie kurzerhand am Arm und drehte sie zu sich herum. Ihr schmerzerfüllter Blick traf ihn wie ein Blitzstrahl. Und alles, was in den letzten Monaten geschehen war, ergab plötzlich einen Sinn. *Verdammt, Brindle. Was hast du getan?*

»Lass mich!«, fauchte sie. Tränen strömten ihr über die Wangen.

»Du wolltest Ende August wieder hier sein«, zischte er zähneknirschend.

Sie presste die Lippen zusammen und fixierte ihn mit dem

stolzen, eigenwilligen Blick, der ihn von Anfang an in ihren Bann gezogen hatte. Sie hatte die dunkelsten Brauen und Wimpern, die er je bei einer echten Blondine gesehen hatte, und eine schlanke Nase mit einer frechen, leicht aufgeworfenen Spitze. Ihre Lippen machten ihn seit jeher schwach und allein ihr Anblick erweckte bei ihm gewisse Körperregionen zum Leben. Sie war ein zierliches Ding, dabei aber wild, dickköpfig und genauso unzähmbar wie er. Mit einem einzigen Blick oder einem süßen Satz konnte sie ihn in die Knie zwingen, von ihren Berührungen ganz zu schweigen.

»Deshalb bist du zwei Monate länger in Paris geblieben? Du hast dir von irgendeinem französischen Volldeppen einen Braten in die Röhre schieben lassen?« Voller Wut und Schmerz schleuderte er ihr die Anschuldigung entgegen. »Verdammt! Was hast du dir dabei gedacht, Brindle?«

Sie wollte sich aus seinem Griff winden. Doch er ließ sie nicht los. Sie festzuhalten, versuchte er schon seit Ewigkeiten. Aber sie waren nun mal kein Paar, das sich aneinanderklammerte. Genau genommen waren sie überhaupt kein Paar, und, verdammt, er wusste das nur zu gut.

»Was regt dich denn so auf, Trace?« Sie riss ihren Arm weg. »Dass ich schwanger bin und es nicht dein Kind ist? Selbst ein kraftstrotzender, arroganter Cowboy wie du müsste das doch in seinen Schädel bekommen.«

Nicht dein Kind. Die Worte trafen ihn mit der Wucht eines heranrasenden Güterzugs. *Zum Teufel noch mal.* Er wollte kein Kind und er brauchte definitiv auch keines. Aber zu hören, dass Brindle von einem anderen schwanger war, riss ihm den Boden unter den Füßen weg. Er konnte nur dastehen und zuschauen, wie sie davonstürzte. Dabei stachen die Worte *nicht dein Kind* wieder und wieder wie ein Dolch auf ihn ein.

Zwei

Trace hastete durch die Menge. Achtlos rempelte er dabei mit den Schultern jeden an, der ihm nicht auswich. Die verärgerten Ausrufe und Flüche ignorierte er. Sie bildeten lediglich das Hintergrundrauschen für Brindles wütendes Geständnis. Er konnte es nicht fassen, es wollte nicht in seinen Kopf. Kurzerhand schnappte er sich eine Whiskeyflasche von dem Tisch, an dem sein älterer Bruder Justus, genannt »JJ«, gerade für die Gäste Drinks mixte. Justus wusste, was er tat, denn er besaß einen beliebten Pub im Ort. Trace war der vierte Sohn in einer Familie mit fünf Kindern. Seine Brüder Jeb, Shane und JJ waren älter als er. Trixie, seine einzige Schwester, war das jüngste Kind. Im Moment hätten weder sie noch seine Brüder ihn beruhigen können.

»Hey, Kumpel, was zum …?«, schimpfte Justus. Trace hatte die Flasche bereits an den Mund gesetzt.

»Wisst ihr schon das Neueste? Brindle soll schwanger sein«, hörte er eine junge Frau ganz in der Nähe sagen. Ihre Zuhörer schnappten erst nach Luft, dann folgten die Kommentare. Die Tratsch-und-Klatsch-Fabrik von Oak Falls war geöffnet, die Produktion lief auf Hochtouren.

Er fuhr herum und sah, wie Trixie, unerschrocken wie eh

und je, die Frau, die das gesagt hatte, düster anfunkelte. »Halt die Klappe. Verbreite keinen Quatsch, wenn du keine Ahnung hast«, blaffte sie. Die Umstehenden, die bestätigten, sie hätten ebenfalls gehört, dass Brindle schwanger sei, bekamen es ebenfalls mit ihr zu tun. Selbst in einem atemberaubend kurzen, sexy Kostüm konnte Trixie ziemlich ungemütlich werden.

Trace stürmte weg von den Lichtern und den tratschlustigen Menschen. Immer wieder setzte er dabei die Flasche an die Lippen. Er musste den Schmerz in seiner Brust betäuben. Bald hatte er die festlichen Laternen und die feiernde Menge hinter sich gelassen, stapfte mit dem Whiskey weiter und nahm alle paar Schritte einen tiefen Schluck. Weit kam er nicht. Nach wenigen Minuten holten Jeb und Shane ihn ein und nahmen ihn in die Mitte.

»Verschwindet«, zischte er und setzte die Flasche gleich noch einmal an.

»Jetzt komm mal runter, Bruder.« Jeb streckte die Hand nach dem Whiskey aus.

Trace schlug sie weg. »Lass das.«

Jeb und Shane tauschten einen besorgten Blick, der Trace gleich noch mehr auf die Palme brachte. Shane und Trixie führten mit ihm zusammen die Ranch der Familie. Shane konnte ihm also morgen noch sagen, was er ihm sagen wollte. Jeb arbeitete als Künstler mit Stein, Holz und Metall und betrieb »Die Scheune«, ein Geschäft für handgefertigte Möbel. Morgen würde er sich vermutlich ins nächste Projekt stürzen und Trace hübsch in Ruhe lassen. Von Jebs Radar musste er also nur für den Rest des Abends verschwinden.

Shane packte Trace am Ärmel seiner Lederjacke und zog ihn in die Schatten hinter der Scheune. Trace stieß ihn weg. Jeb kniff die Augen zusammen und rückte ganz nahe an Trace heran. Die Jericho-Männer waren wie aus einem Guss – dunkelhaarige Kraftpakete und alle weit über eins achtzig groß. Doch im Moment jagte Feuer durch Traces Adern und nichts würde sich ihm in den Weg stellen. Nicht einmal seine wohlmeinenden Brüder, für die er sonst jederzeit bis zum letzten Atemzug gekämpft hätte.

»Es tut weh, ich weiß«, wetterte Shane. »Aber wenn du glaubst, dass ich morgen für deinen verkaterten Hintern mitschufte, hast du dich geschnitten.«

»Wehtun? So ein Quatsch«, log Trace und nahm einen Schluck aus der Flasche. »Und bis jetzt hast du noch keinen Tag in deinem Leben für mich mitarbeiten müssen.«

»Rede keinen Bockmist. Natürlich tut es weh«, widersprach Jeb. »Seit Brindles Abreise hast du ununterbrochen von ihrer Rückkehr gesprochen.«

»Und jetzt ist sie wieder da und schiebt eine Kugel vor sich her«, setzte Shane hinzu und wagte es, dabei zu feixen.

Wortlos streckte Trace Jeb die Flasche hin. Jeb nahm sie, Trace machte einen Schritt nach vorn und stieß Shane mit beiden Händen gegen die Brust. »Halt deine verdammte Klappe, Vollpfosten.«

»Immerhin hab ich's geschafft, dass du die Flasche hergibst.« Shane grinste triumphierend.

»Vollpfosten«, murmelte Trace noch einmal und stapfte davon.

»Sekunde mal, Bruder.« Jeb eilte ihm nach und legte eine Hand auf seine Schulter. »Sprich mit mir. Was hat Brindle gesagt? Stimmt es, dass sie schwanger ist?«

»Ja, es stimmt.« Trace verschränkte die Arme vor der Brust und knirschte mit den Zähnen. »Und es ist nicht von mir.«

»Ist sie sicher?«, fragte Jeb.

»Wir reden hier von Mustang. Hast du je erlebt, dass sie Geschichten erzählt?«

Brindle war ebenso ehrlich wie dickköpfig und das liebte Trace an ihr. Die Sache mit ihnen ging schon, seit sie dreizehn gewesen war. Damals hatte sie ihn zu einem Kuss herausgefordert. Er war erst fünfzehn gewesen und ziemlich ahnungslos. Dass sie zum Küssen eigentlich viel zu jung war, hatte er trotzdem gewusst. Doch sie hatte nicht lockergelassen, ihn mit ihrem frechen Mundwerk provoziert. Und mit den sexy Lippen, deren Anblick ihm jeden klaren Gedanken raubte. Ziemlich schnell hatte er festgestellt, dass Brindle kaum von etwas abzubringen war, wenn sie es sich einmal in den Kopf setzte. Bald hatte er sich so sehr danach gesehnt, sie zu küssen, dass er schon beim Gedanken daran hart geworden war. Dennoch hatte er sich eisern zurückgehalten. Bis sie ihn fast an den Rand des Wahnsinns getrieben und am Ende sogar seine Männlichkeit angezweifelt hatte. Schließlich war sein Geduldsfaden gerissen und er hatte eine erste Kostprobe von dem Mädchen bekommen, das ihn für alle Zeiten in seinen Bann gezogen hatte. Und, heiliger Strohsack, was für eine Kostprobe das gewesen war. Dieser erste Kuss hatte alle Schleusen geöffnet und sie beide in einen Strudel gerissen. Jahrelang hatten sie sich von da an nachts heimlich aus dem Haus geschlichen und gemeinsam in die Stromschnellen jugendlicher Leidenschaft gestürzt. Unermüdlich hatten sie erforscht, wozu ihre Körper geschaffen waren. Doch in beiden von ihnen steckte ein Rebell und der war stark. Ihre On-Off-Beziehung war eine Achterbahnfahrt aus Drama und Lust. Aber zumindest für ihn war sie etwas noch viel Größeres.

Und eine Konstante hatte es trotz aller Turbulenzen, Höhen und Tiefen immer gegeben: Ganz gleich, in wessen Arme sie zwischendurch gefallen waren oder wie oft sie sich gestritten hatten, sie hatten immer zueinander zurückgefunden.

Bis jetzt.

»Von wem ist es dann?«, fragte Shane.

Traces Hände ballten sich zu Fäusten. Er knirschte noch immer mit den Zähnen.

»Du hast sie doch sicher gefragt?« Shane ließ nicht locker.

Trace schnaubte. Innerlich sagte er sich, er solle es nehmen wie ein Mann, Brindle vergessen und sich eine andere suchen. »Warum denn? Das würde ja bedeuten, dass mich das interessiert.« Lügen war nicht seine Stärke, doch die Alternative würde ihn wie einen Waschlappen aussehen lassen. Er nutzte den Moment, um sich die Flasche aus Jebs Hand zu schnappen. Als Jeb sie zurückholen wollte, fixierte Trace ihn mit einem drohenden Blick. »Lass es.«

»Komm schon, Trace. Lass uns zum Schuppen fahren und dort auf den Boxsack eindreschen«, schlug Jeb vor. In einem Lagerschuppen hatten sie sich ein komplettes Fitnessstudio eingerichtet. »Zur Frustbekämpfung.«

»Vergiss es.« Trace machte kehrt und stapfte ein paar Schritte auf die feiernden Menschen zu. »Ich kenne eine bessere Möglichkeit, Dampf abzulassen.«

Taub für die Rufe seiner Brüder kehrte er zu der Party zurück. Er sah die vertrauten Gesichter von Frauen, mit denen er im Lauf der Jahre Dates gehabt hatte. Meist, um nach einem Krach mit Brindle auf andere Gedanken zu kommen. Dazwischen die Gesichter der Männer, mit denen er als Junge Football gespielt hatte, heute noch hin und wieder Pferde zuritt oder auch mal ein Glas zu viel trank. Doch die Augen und Münder verschwammen und er nahm sie nur wie durch einen Nebelschleier wahr. Denn die einzige Frau, mit der er die Nacht verbringen wollte, war schwanger und vermutlich in diesem Augenblick mit dem Vater des Babys bei sich zu Hause.

»Trace!« Trixie rief seinen Namen. Sie unterhielt sich gerade mit Morgyn Montgomery und ihrer Freundin Lindsay Roberts, einer vielbeschäftigten Eventplanerin.

Stur stiefelte er weiter.

Trixie lief hinter ihm her und hielt ihn am Arm fest. »Wie fühlst du dich?«

»Blendend«, raunzte er.

»Mir würde es jetzt nicht blendend gehen«, hielt sie hitzig dagegen.

Endlich jemand, der nicht versuchte, ihn zu beruhigen. Mit Trixie an seiner Seite schob er sich weiter zwischen den Feiernden hindurch. Hier und da schnappte er hastig geflüsterte Kommentare über Brindle auf. Seine Fäuste ballten sich noch fester. Eine Gruppe tuschelnder junger Frauen starrte er an, bis sie verstummten.

»Ernsthaft«, sagte Trixie. »Ziemlich krass, so ein Baby. Was willst du jetzt machen? Heiratest du sie?«

Bei der Vorstellung, dass Brindle den Vater des Babys heiraten könnte, blieb er ruckartig stehen.

»Morgyn sagt, Brindle hat nicht verraten, von wem das Kind ist. Aber wir können es uns ja denken. Ihr beide ...«

»Mir hat sie es gesagt. Und es ist nicht meins.«

Trixie fiel die Kinnlade herunter. »Verdammt.«

Trace setzte die Flasche an die Lippen und trank ein paar große Schlucke Whiskey. Seine Gedanken jagten zurück zu dem Abend vor Brindles Abreise. Dass sie ihn zusammen verbringen würden, war nie eine Frage gewesen. Auf manchen Ebenen war ihre Verbindung so stark, dass ein einziger Blick genügte, um ein versengendes Feuer zwischen ihnen zu entfachen. Oft schafften sie es dann gerade noch an einen Ort, wo sie alleine waren, bevor sie einander die Kleider vom Leib rissen. An jenem Abend waren sie etwas trinken gegangen und dann zusammen im Bett gelandet. Wie immer war es fantastisch gewesen, doch in dieser Nacht hatte sich irgendetwas anders angefühlt. Größer. *Intensiver.* Dass sie wegwollte, hatte ihm nicht gefallen. Doch schon ganz zu Anfang ihrer Beziehung hatte er gelernt, wie wenig Brindle von festen Bindungen hielt. Um sie nicht zu verlieren, musste er nach ihren Regeln spielen. Und die oberste lautete: Dräng nie ein Montgomery-Mädchen in die Ecke. Sonst kämpft es sich frei. Die zweite Regel hatte er nach ein paar Fehlern ebenfalls verinnerlicht: Wenn er mit ihr zusammen sein wollte, musste sie glauben, dass er genauso wenig auf etwas Festes aus war wie sie.

Er war so unglaublich verliebt in diese Frau, dass er fast jeden Preis bezahlt hätte, um ihr möglichst nahe sein zu können. Selbst wenn das bedeutete, sie erst mal für sechs Wochen allein nach Paris reisen zu lassen. Solange sie keine feste Beziehung führten, konnte auch niemand verletzt werden, hatte er sich eingeredet und seine Meinung über ihre Reise für sich behalten. Für den frühen Morgen nach ihrer letzten gemeinsamen Nacht war er mit seinen Brüdern zum Reiten verabredet gewesen. Dass sie sich schon vor Sonnenaufgang in die Sättel schwangen, kam öfter vor. Als er zum Gehen gewandt an Brindles Wohnungstür gestanden hatte, hatte sie plötzlich erklärt, sie würde ihn sicher sehr vermissen. *Sagt das Mädchen, das wochenlang alleine verreisen will,* hatte er sich in diesem Moment gedacht. Doch bevor er hatte antworten können, hatte sie sich hastig korrigiert. Sie würde nicht ihn vermissen, sondern das hier. Gemeint waren ihre glutheißen gemeinsamen Nächte. *Wenn du erst mal in Europa bist, werde ich nur noch eine ferne*

Erinnerung für dich sein. Das wissen wir doch beide, hatte er geantwortet. Sie hatte halbherzig widersprochen. Doch die schmerzliche Wahrheit hatte ihn zu einer vergifteten Entgegnung verleitet. *Mach dir keine Gedanken, Mustang. Wenn du nicht da bist, gibt es hier noch genügend warme Betten, in denen ich jederzeit willkommen bin.*

So viel zum Thema, niemand würde verletzt werden.

Und er Idiot war vor Sehnsucht nach ihr fast umgekommen, während sie sich offenbar treu geblieben war: Brindle, das unzähmbare wilde Kind, allein in der Fremde.

Er sah, wie Jeb und Shane auf ihn zusteuerten und fluchte.

»Bis später, Trix«, sagte er und schob sich tiefer in die Menge. Sein Blick landete auf Heather Ray. Von der kurvigen Blondine hieß es, sie sei leicht rumzukriegen. Gerade als seine Brüder bei ihm ankamen, legte er den Arm um Heather und machte ihr einen ziemlich eindeutigen Vorschlag. »Wie wär's? Sollen wir zusammen verschwinden?«

Sie drehte sich zu ihm. Ihr Lächeln ließ ihre grünen Augen strahlen. »Von mir aus gerne.« Mit einer ruckartigen Bewegung warf sie sich das blonde Haar über die Schulter. Dann marschierten sie zusammen los.

»Trace!«, rief Jeb hinter ihnen her. »Tu das nicht, Mann!«

Heather fest an seine Seite gezogen, hob Trace die freie Hand, zeigte seinen Brüdern und jedem, der ihn sehen konnte, den ausgestreckten Mittelfinger und stapfte grimmig weiter.

Drei

Am Sonntagmorgen saß Brindle vor ihrem Schminkspiegel und gab sich alle Mühe, mit Concealer die dunklen Ringe unter ihren Augen zu verdecken. Die halbe Nacht lang hatte ihr Handy hartnäckig geklingelt, nur die Person, von der sie es sich am meisten gewünscht hatte, hatte nicht bei ihr angerufen. Weshalb sie die restliche Zeit verzweifelt grübelnd wachgelegen hatte. Sie konnte nicht fassen, dass Trace beim Anblick ihres kleinen Babybauchs sofort gedacht hatte, das Kind sei von einem anderen. Dramen hatte es zwischen ihnen beiden wahrlich schon genug gegeben. Aber dass er etwas so Grausames hatte sagen können, wo sie ihm doch immer treu gewesen war, selbst wenn sie sich eine Auszeit voneinander genommen hatten, zerriss ihr das Herz. Eigentlich hatte sie gleich offen und ehrlich sagen wollen, von wem das Baby war. Aber Traces Unterstellung hatte sie so tief getroffen, dass sie es einfach nicht fertiggebracht hatte.

Nach seiner verletzenden Bemerkung in der Nacht vor ihrer Abreise hätte sie gestern eigentlich nicht überrascht sein dürfen. Von jeder Menge warmer Betten, in denen er während ihrer Abwesenheit willkommen war, hatte er gesprochen. Zuvor hatte sie den Fehler begangen, ihm zu gestehen, dass sie ihn während der Zeit in Paris vermissen würde. Doch sein ungläubiger Blick hatte ihr einen so schmerzhaften Stich versetzt, dass sie ihre Offenbarung schnell noch einmal umformuliert hatte. Zu groß war ihre Angst gewesen, ihn mit zu viel Anhänglichkeit zu verscheuchen. Und zu sagen, dass sie die gemeinsamen heißen Nächte vermissen würde, war nicht gelogen. Es war bloß nicht die ganze Wahrheit. Dabei hatte ihr die Angst im Nacken gesessen, er könnte in den Wochen ohne sie zu dem Schluss kommen, dass die Sache mit ihr zu nichts führte, und sich ein für alle Mal von ihr abwenden. Und das, während sie in Paris darüber nachdachte, ob ihre überwältigenden Gefühle für ihn tatsächlich die wahre und ganz große Liebe für immer waren. Oder irgendetwas anderes. Sie war keine einfache Frau, das gab sie gerne zu. Sie war dickköpfig, sagte unumwunden ihre Meinung, und ihre Schwestern behaupteten, sie hätte viel zu viel Spaß am Sex. Zudem stellte sie hohe Ansprüche an den Mann, mit dem sie zusammen war. Er musste die Stärke besitzen, nicht wegen jeder Kleinigkeit eifersüchtig zu sein. Sie brauchte einen, der ihr keine Fesseln anlegte, sondern zusammen mit ihr wild und frei sein wollte. Sie liebte spontane Partys am Fluss, unternahm oft etwas mit Freunden, tanzte für ihr Leben gern und stellte verrückte Sachen an. Wozu sich mit einer Hochzeit in Weiß und einem kleinen, braven Vorstadtglück um jede Menge Spaß bringen? Und mit Spaß meinte sie nicht, mit allen möglichen Männern ins Bett zu hüpfen. Diesen Bereich deckte Trace bei ihr voll und ganz ab. Er probierte mindestens genauso gerne Neues aus wie sie. Ihr heißer Cowboy war die perfekte Mischung aus animalisch, dominant, leidenschaftlich und liebevoll. Und genau wie sie konnte er sich von einer Sekunde zur nächsten für irgendeine Unternehmung begeistern und bekam von Partys und vom

Tanzen nie genug.

Doch während der ersten Wochen in Paris, in denen sie sich so unendlich nach ihm gesehnt hatte, hatte sie etwas begriffen. All diese Dinge waren deshalb so schön, weil sie sie mit Trace zusammen machte. Mit dem Mann, der sich nur zu gerne von ihr auf die Tanzfläche schleppen ließ und immer bereit war, sich mit ihr davonzustehlen, um in einem lauschigen Winkel ungezogene Dinge zu tun. Was sie erlebten, war so wunderbar, weil sie gemeinsam lachen, gegenseitig ihre Sätze beenden und Witze machen konnten, die nur sie beide verstanden. Und weil sie mitten in einer überfüllten Bar den Kopf an seine Schulter lehnen konnte, er dann seine wunderbaren Lippen an ihre Schläfe presste und ihr das Gefühl von absoluter Sicherheit und Geborgenheit gab. Sie hatte sich zu der naiven Hoffnung verstiegen, wenn sie weg war, würde er merken, was er an ihr hatte. Und bei ihrer Rückkehr wären sie hundertprozentig auf derselben Wellenlänge, und er hätte endlich begriffen, dass er nur sie und sonst keine haben wollte.

Ihr Blick wanderte über die gerahmte Fotocollage auf ihrer Kommode. Die ältesten Aufnahmen stammten noch aus ihrer Teenagerzeit und jedes Jahr fügte sie neue Schnappschüsse hinzu. Es gab Fotos, auf denen Trace und sie sich küssten, auf Pferden saßen, am Fluss oder bei Scheunenfesten mit anderen feierten. An ihrem Spiegel hatte sie mit einem Smiley-Sticker die Automatenfotoserie vom letzten Jahrmarkt befestigt. Auf dem ersten Bild machten sie einander mit den Fingern Hasenohren. Auf dem nächsten saß sie auf Traces Schoß, hatte einen Arm um seinen Hals gelegt und schnitt für die Kamera eine Grimasse, während er sie auf die Wange küsste. Wenn sie zusammen waren, berührte oder küsste er sie ununterbrochen, und brachte sie damit zuverlässig um den Verstand. Das dritte

Foto der Serie zeigte daher auch ihren Hinterkopf, und zwar ziemlich verschwommen, weil sie in dem Moment schon wild geknutscht hatten. Doch Trace war viel mehr als ihr Mann für heiße Stunden und ihr bester Freund. Inzwischen wusste sie, dass er ihre andere Hälfte war – und in vielerlei Hinsicht ihre bessere. Geahnt hatte sie das wohl schon seit Jahren. Aber hier zu Hause und mittendrin in ihrem turbulenten Alltag war es ihr nicht gelungen, die allseits bekannte Beziehungsphobikerin Brindle von der Brindle zu trennen, die sich insgeheim vielleicht doch etwas Festes wünschte.

Nicht, dass das jetzt noch etwas zur Sache tat.

Trace hatte keinen Zweifel an seinen Gefühlen gelassen und mit seiner Unterstellung die Rebellin in ihr angestachelt. Und ihren Selbsterhaltungstrieb gleich mit. Ihren Plan, ihm alles ehrlich zu sagen und ihm endlich ihre wahren Gefühle zu gestehen, hatte er mit seinen Blicken und Worten binnen Sekunden pulverisiert. Jetzt musste sie die Wahrheit tief in sich verschließen. Und sie brauchte einen Plan B.

Auf gar keinen Fall wollte sie zu den Frauen gehören, denen man aus Mitleid einen Antrag machte und die man aus Pflichtgefühl heiratete.

Nein danke. Doch nicht sie.

Die Vorstellung, ein Kind allein großzuziehen, machte ihr nicht allzu viel Angst.

Sie betrachtete ihren Pulli und die Leggings. Heute Morgen hatte sie sich lange im Spiegel angeschaut und sich gefragt, welche Gefühle ihr Anblick in Trace ausgelöst hatte. In ihrem heutigen Outfit sah sie gar nicht schwanger aus, und ihr Verstand fing schon an, ihr ein Schnippchen zu schlagen. Wenn sie gestern nicht die eng anliegende Tunika getragen hätte, hätte sie dann gleich jedem von dem Baby erzählt? Und wenn ihr

Babybäuchlein unbemerkt geblieben wäre, hätte der Abend ihrer Rückkehr dann mit Trace so geendet, wie er es sich im ersten Moment ganz sicher gewünscht hatte? Über die Antwort wollte sie nicht allzu intensiv nachdenken. Sie hätte alles dafür gegeben, noch eine einzige Nacht in seinen Armen liegen zu können. War sie deshalb ein schlechter Mensch, oder bestätigte es nur, was sie und Trace schon immer gewesen waren? Ein Mann und eine Frau mit einer starken Verbindung, und doch viel zu egoistisch, um an mehr als ihre eigenen Bedürfnisse zu denken.

Herrje.

Eigentlich stimmte das doch gar nicht.

Sie öffnete die Streaming-App auf ihrem Smartphone und drehte die Musik auf volle Lautstärke. Doch selbst das reichte nicht aus, um die Stimme in ihrem Kopf zu übertönen, die ihr sagte, sie hätte in Paris bleiben sollen. Als wäre das überhaupt eine Option gewesen. Für die zusätzlichen Wochen hatte sie ihr Kreditkartenlimit voll und ganz ausreizen müssen.

Und für immer hätte sie dort sowieso nicht bleiben wollen. Hier in Oak Falls war ihr Zuhause. Falls man beim Autofahren nur mal kurz nieste und dabei heftig blinzelte, hatte man den Ort schon hinter sich gelassen und es vielleicht gar nicht mitbekommen. Doch sie liebte diese kleine Stadt mit all dem Tratsch und Klatsch, mit den Pferdefarmen und Mitternachts-rodeos, mit weitverzweigten Familien, zu denen man gehören konnte, ohne direkt verwandt zu sein. Und mit dem Mann, den sie liebte und der sie jetzt hasste.

Jetzt wünschte sie, sie wäre gestern Abend nicht zu dem Fest gegangen.

Wie in aller Welt war sie auf den Gedanken gekommen, sie könnte einfach dort einschweben und ihrer Familie und Trace erklären, sie sei schwanger, so als hätte sie beschlossen, sich einen neuen Wagen zu kaufen oder eine neue Haarfarbe zuzulegen? Traces Gesichtsausdruck hatte in ihr den Wunsch geweckt, in einem Mauseloch zu verschwinden. Und als wäre nicht alles schon schlimm genug, hatte sich die Neuigkeit so schnell herumgesprochen, dass sie bereits auf dem Weg zum Parkplatz gehört hatte, wie die Leute über ihre Schwangerschaft tuschelten. Inzwischen wusste sicher jeder Bescheid. Ihre Schulleitung, ihre Freunde, Traces Familie …

Sie hatte geglaubt, mit dem Tratsch käme sie klar, doch plötzlich fühlte sich ihre Schwangerschaft fast an wie ein schmutziges kleines Geheimnis. Was sie überhaupt nicht war. Auf keinen Fall sollte ihr Baby unter dem Gerede leiden müssen, aber in dieser Stadt tickten die Uhren nun mal anders. Über dem Kind würde von Anfang an ein Schatten aus Gerüchten hängen. Es sei denn, sie unternahm etwas dagegen.

Zorn flackerte in ihr auf. *Ich bin Brindle Montgomery, verdammt. Und auf mein Kind wirft keiner einen Schatten.* Sie legte eine Hand auf ihren Bauch. »Du kannst dich auf mich verlassen, Kleines. Ich bringe das in Ordnung.«

Eine Dreiviertelstunde später trat Brindle durch die Küchentür ihres Elternhauses. Ihre Mutter bildete Assistenzhunde aus, und zwei ihrer jungen Golden Retriever, Dolly und Reba, kamen schwanzwedelnd angerannt und begrüßten Brindle überschwänglich mit nassen Hundeküssen. Ambers Hund Reno gesellte sich dazu, beschnüffelte Brindle kurz freundlich und tappte dann zurück zu seiner Herrin, die gerade den Tisch deckte.

»Hi, Brin.« Selbst in einem so schlichten Outfit wie dem kuscheligen grauen Pulli und den Jeans sah Amber elfenschön aus.

»Guten Morgen, Baby-Girl«, begrüßte ihre Mutter sie und drehte dabei einen Pfannkuchen um. Sie trug ein Sweatshirt von »Story Time«, Ambers Buchladen in der Nachbarstadt Meadowside. »Mach dich auf was gefasst. Deine Schwestern haben jede Menge Fragen.«

»Was denn für Fragen? Allzu viele Möglichkeiten, schwanger zu werden, gibt es schließlich nicht. Ich bin überrascht, dass es überhaupt jemandem aufgefallen ist. Mein Bauch ist doch noch klitzeklein.« Brindle streifte ihre Jacke ab, hängte sie über eine Stuhllehne, beugte sich zu den jungen Hunden und wuschelte ihnen durchs Fell.

»Bei dir sieht man es schnell, genau wie bei mir«, sagte ihre Mutter. »Ich könnte schwören, dass mein Bauch sich jedes Mal von der ersten Minute an vorwölbte, als hätte ich zum Lunch eine dreifache Portion verschlungen.«

»Schönen Dank für dieses ganz besondere Gen«, sagte Brindle trocken. »Ich habe übrigens hinter Axsels Tourbus geparkt. Ein paar Jungs von seiner Band hängen draußen rum und telefonieren.«

Axsel kam mit Pepper und Sable zusammen in die Küche. »Eigentlich hätte ich schon vor zehn Minuten losgemusst«, sagte er. »Aber ich wollte erst noch hören, wie es dir geht.«

»Mir geht's gut, großer Bruder«, versicherte sie ihm.

Er musterte sie kritisch und rückte ein wenig näher an sie heran. »Alles klar, und ich stehe seit Neuestem auf Mädels.«

»Ja, okay, du Nervensäge. Es *ging* mir gut. Bis gestern Abend. Da hat sich nämlich rausgestellt, dass alles komplizierter ist als gedacht. Aber es wird schon besser. Wirklich.«

Er nahm sie in die Arme und flüsterte ihr ins Ohr: »Ich glaub dir kein Wort. Aber du weißt, ich hab dich lieb.«

»Ich dich auch«, sagte sie in dem Moment, in dem ihr Vater durch die Tür kam. Gefolgt von Grace, Reed, Morgyn und Graham. »Wo kommt ihr denn alle her?«

Während sie ihre Jacken auszogen, antwortete ihr Vater: »Von den Pferden.« Er küsste sie auf die Wange. »Hey, mein kleiner Kürbis. War alles in Ordnung mit dir und Trace gestern Abend?«

Sable angelte sich einen Pfannkuchen von dem Teller neben dem Herd. »Natürlich nicht. Trace ist mit Heulager-Heather abgezogen.«

Ihre Mutter funkelte Sable düster an. »Sprich nicht so von Heather.«

Ein schneidender Schmerz durchzuckte Brindle. Sie schluckte und ihr Vater drückte ihre Schulter.

Heather Rays Eltern betrieben das Futtermittelgeschäft im Ort. Und Heather war dort noch in der Mittelstufe mit einem Jungen im Heulager erwischt worden. Ein gefundenes Fressen für die Tratschmäuler der Stadt. In der Highschool hatten die Jungs ihr nachgerufen: *Spielst du gern im Heu? Heather ist dabei!*

Heather sah fast aus wie die Schauspielerin Blake Lively, kurvig, hochgewachsen und sehr attraktiv. Manchmal wirkte sie ein wenig schroff, aber so wie die Leute hinter ihrem Rücken über sie redeten, war das kein Wunder. Brindle hatte nie über sie hergezogen, weder heimlich noch öffentlich. Denn auch über sie hatte man sich im Ort schon oft genug das Maul zerrissen, und sie wusste genau, wie sehr jede Geschichte beim Weitererzählen aufgeblasen und ausgeschmückt wurde.

»Dann ist das Baby wohl nicht von Trace«, vermutete

Morgyn.

Alle Blicke richteten sich auf Brindle. Ob nun hoffnungsvoll oder besorgt, hätte sie nicht sagen können. Seit der Bemerkung über Trace und Heather konnte sie keinen klaren Gedanken fassen.

»Er war ziemlich aufgebracht gestern Abend. Es kann also gar nicht von ihm sein«, vermutete Grace.

»Aufgebracht?« Sable schnaubte. »Das ist doch wohl verständlich. Stellt euch vor, jemand begrüßt euch fröhlich mit ›Hey, ich kriege ein Kind von dir.‹ Wärt ihr dann nicht auch ein bisschen von der Rolle?«

Brindle hatte das Gefühl, ihr Kopf müsste explodieren, wenn das Gerede über Trace nicht gleich aufhörte.

»Es ist nicht von ihm!«, platzte sie heraus. Ihr Mund war schneller als ihr Gehirn und mit der Bemerkung machte sie den Graben aus Lügen noch tiefer. Aber sie konnte nicht anders. Sie musste erst einen Weg finden, mit Trace zu sprechen. Dann würden auch alle anderen die Wahrheit hören. »Es gab jemanden in Paris, der nichts Festes wollte. An irgendeine Art von Bindung haben wir dabei nicht gedacht.«

»Klärt mich auf.« Sable setzte sich an den Tisch. »Klingt das Wort *Nabelschnur* für euch nicht auch irgendwie nach *Bindung*?«

»Sable«, knurrte ihr Vater warnend.

Brindle ging unter dem folgenden Sperrfeuer aus Fragen auf und ab.

»Er hat dir keine Unterstützung für das Kind angeboten?«, wollte ihr Vater wissen.

»Wie heißt er?«, fragte Sable. »Und jetzt mal im Ernst. Ich fliege nach Paris und trete ihm in seinen französischen Hintern.«

Brindle verdrehte die Augen. Typisch Sable. Sie wollte irgendeinem Kerl an die Gurgel gehen, wo die Schwangerschaft doch mindestens ebenso auf ihre, Brindles, Kappe ging.

»Ist er verheiratet?« Für diese Frage fing sich Pepper einen bösen Blick von Brindle ein. »Was ist denn? Du musst ja nicht gewusst haben, dass er verheiratet ist. Ich überlege mir nur, weshalb er keine Bindung möchte.«

Brindle warf die Hände in die Luft. »Ich wollte auch nie eine. Das müsstet ihr doch inzwischen wissen.«

»Tun wir.« Ihre Mutter fixierte ihre Schwestern nacheinander mit einem missbilligenden Blick. »Und wir lieben dich, ganz gleich, was ist.« Sie schaltete den Herd aus, gab Grace den Teller mit den Pfannkuchen und zeigte zum Tisch.

»Viele Leute glauben, dass sie nichts Festes wollen. Aber dann überlegen sie es sich anders«, gab Graham zu bedenken. »Wie zum Beispiel meine atemberaubende Ehefrau.« Er lächelte Morgyn an und sie hauchte ihm einen Kuss zu. »Bei meinem Bruder Beau war es genauso und jetzt ist er verlobt. Manchmal ändert sich alles Knall auf Fall. Vielleicht solltest du die Tür nicht vorschnell zuschlagen.«

»Wenn der Vater sich aus allem raushalten will«, sagte Grace und stellte die Pfannkuchen auf den Tisch, »sollte er dir auch das alleinige Sorgerecht überlassen.«

»Oh mein Gott«, stöhnte Brindle.

Amber brachte einen Krug Orangensaft zum Tisch und setzte sich. »Grace hat recht. Stell dir vor, du heiratest irgendwann und dein Mann will das Baby adoptieren.«

»Vielleicht überlegt der Vater es sich noch mal, wenn das Kind erst auf der Welt ist«, sagte Reed. Er setzte sich neben Grace und küsste sie auf die Wange.

»Wann kommt es denn überhaupt?«, fragte Pepper.

Sable fixierte Brindle und sagte: »Hat der Idiot einen Namen?«

»Er heißt Andre!«, platzte sie heraus und bereute die unbedachte Antwort sofort. Andre Shaw hatte sie in Paris kennengelernt. Er war Arzt und Künstler und quälte sich seit zwei Jahren mit einem gebrochenen Herzen herum. Er hatte ihr die Stadt gezeigt und sie hatten einander von ihrem komplizierten Liebesleben erzählt und sich in schwierigen Nächten gegenseitig beigestanden. In der Zwischenzeit hatten er und seine große Liebe wieder zusammengefunden, die beiden waren glücklicher denn je und bereisten gemeinsam die Welt. Nach allem, was Andre für sie getan hatte, war Brindle hell entsetzt über sich selbst. Dass sie ihn als Sündenbock benutzte, hatte er absolut nicht verdient. »Können wir jetzt bitte von etwas anderem reden?«

Sable kniff die Augen zusammen. »Andre und wie weiter?«

»Warum ist das wichtig?«, fauchte Brindle.

»Moment mal. Ist das derjenige, von dem du mir erzählt hast, er wäre unsterblich in jemanden verliebt?«, fragte Morgyn.

Mist. Brindle schüttelte den Kopf über sich selbst. Daran hatte sie nicht mehr gedacht. Vor Morgyns Abreise nach Belize hatte sie ihr tatsächlich von Andre erzählt.

»Seit wann hält das einen Kerl davon ab, sich an eine andere ranzumachen?«, fragte Sable.

»Okay. Es reicht. Hört einfach auf.« Brindle lehnte sich zurück und wünschte sich von ganzem Herzen, sie könnte einfach die Wahrheit sagen. Zumindest stimmte es, dass der Vater des Babys lieber ungebunden sein wollte.

Axsels Handy klingelte. Er wandte sich ab und nahm den Anruf an. »Ja. Bin gleich da.« Er legte auf. »Ich muss los«, sagte er. »Der erste Gig unserer Tour ist in D.C.« Er zog seine heißgeliebte Strickmütze aus der Gesäßtasche und setzte sie auf. Schon standen wieder alle, um sich zu verabschieden.

»Wann sehen wir dich wieder?«, fragte seine Mutter.

»Über Weihnachten bin ich zu Hause.« Axsel schaute Brindle an und fügte hinzu: »Aber falls du mich brauchst, lasse ich alles stehen und liegen und komme zurück.«

Sie umarmte ihn und sagte: »Als würde ich dich jemals um so etwas bitten.«

»Aber es hört sich doch gut an, oder? Als wäre ich ein echter Kavalier.« Er küsste sie auf die Wange, dann raunte er ihr ins Ohr: »Wenn du reden willst, melde dich.«

»Kann ich vielleicht einfach mitkommen? Ich wäre ein prima Groupie«, scherzte Brindle. »Und ich könnte nicht mal mehr schwanger werden.«

Alle lachten, Axsel umarmte noch einmal seine Eltern und Schwestern und machte sich auf den Weg zur Tür. Die Spannung war verflogen. Nachdem sie sich alle zum Frühstücken am Tisch niedergelassen hatten, wechselte ihre Mutter das Thema, indem sie Morgyn und Graham Fragen zu den Wochen in Belize stellte.

»So vielen Menschen helfen zu können, war ein unglaublich gutes Gefühl«, sagte Morgyn. Nie zuvor hatte Brindle ein solches Strahlen in den Augen ihrer Schwester gesehen. Morgyn zeigte ihnen Fotos auf ihrem Smartphone, beschrieb die Begegnungen mit den Dorfbewohnern und die Arbeit an der Siedlung. »Meinen Laden hier zu schließen und meine Sachen auf Kommission und aus dem Eisenbahnwaggon heraus zu verkaufen, damit Graham und ich reisen können, war definitiv die richtige Entscheidung.«

Morgyn hatte ihre Boutique »Life Reimagined« früher im Stadtzentrum betrieben. Dort hatte sie Mode, Accessoires und allerhand andere schöne Dinge aus recycelten Materialien verkauft. Fast alles hatte sie selbst entworfen und hergestellt. Sie hatte eine tiefe Verbindung mit ihrem inzwischen leider verstorbenen Großvater gehabt. Er hatte ihr beigebracht, aus gebrauchten Dingen etwas Neues zu schaffen. Gemeinsam hatten sie viel Zeit auf dem Eisenbahnfriedhof verbracht. Graham hatte Morgyns Lieblingswaggon gekauft und ihn renovieren lassen, damit sie ihn als originellen Verkaufsraum benutzen konnte, wenn sie gerade in der Stadt war. So sparte sie sich die teure Miete und andere laufende Kosten und hatte zudem immer eine schöne Erinnerung an ihren Großvater. Mit Reed hatte Graham ausgehandelt, dass der Waggon auf dem Grundstück des Majestic Theater stehen konnte. Reed war dabei, das Theater instand zu setzen, und wollte es bald wiedereröffnen. Für Morgyn war die Lösung perfekt. Den nostalgischen Eisenbahnwaggon konnte sie jederzeit einfach zuschließen und mit Graham auf die Reise gehen.

Während die beiden ihren Aufenthalt in Belize in bunten Farben ausmalten, kämpfte Brindle mit einem Anflug von Neid. Morgyn und Graham kannten einander erst seit ein paar Monaten, doch sie waren so verliebt und so miteinander im Einklang, dass man es geradezu greifen konnte. Sie und Trace kannten sich dagegen seit Ewigkeiten, und obwohl sie in vielerlei Hinsicht richtig gut zusammenpassten, hatte keiner sich je so auf den anderen eingelassen, wie Morgyn und Graham es taten. Auf Geschenke oder Reisen war Brindle nicht scharf. Aber sie hätte es schön gefunden, manchmal übers Schlafzimmer hinaus zu denken. Ja, sie und Trace vertrauten einander oft sehr private Dinge an. Doch diese Mitternachtsgeständnisse wurden immer mit geschlossenen Augen geflüstert. Erschöpft von wildem, heißem Sex lagen sie hinterher entspannt beieinander und redeten. Doch sobald es wirklich persönlich wurde, schlossen sie die Augen, hielten sich an den Händen oder umarmten einander. Jedem anderen wäre das vielleicht albern erschienen, aber Brindle liebte diese sehr intimen Momente. In Paris hatte sie sogar manchmal so getan, als läge Trace bei ihr. Dann hatte sie die Augen geschlossen und ihre geheimsten Gedanken in das dunkle Hotelzimmer geflüstert. In diesen Augenblicken war ihr bewusst geworden, dass niemand je Traces Platz einnehmen konnte. Manche Menschen behaupteten, jemand würde ihr Herz besitzen. Aber Trace besaß ihres nicht.

Er *war* ihr Herz.

Warum hatte sie das nicht schon viel früher begriffen? Plötzlich war ihr zum Weinen zumute. Sie stand auf. »Ich gehe mal kurz an die frische Luft.«

Reno hob die Schnauze und musterte sie von seinem Platz neben Ambers Füßen aus.

»Soll ich mitkommen?«, fragte Morgyn.

»Nein, erzähl ruhig weiter. Bin gleich wieder da.« Sie schnappte sich ihre Jacke und verließ das Haus.

Die frische, kalte Morgenluft stach ihr in die Wangen. Vom Stall auf der anderen Seite des Gartens wehte der vertraute Geruch der Pferde herüber. Umgeben von Kindheitserinnerungen stand sie am Geländer der umlaufenden Veranda. Wie viele Jahre lang hatte sie sich immer wieder mitten in der Nacht aus ihrem Zimmer gestohlen? Sie war aus dem Fenster gestiegen, hatte sich am Sims festgehalten und sich so leise wie möglich aufs Dach der Veranda heruntergelassen. Ganz deutlich sah sie vor sich, wie Trace unten auf dem Rasen stand und sie anlächelte, während sie sich zum Rand der Überdachung vorschob und von dort in seine starken Arme fallen ließ. Sie waren so unerschrocken gewesen, so ganz und gar unbesiegbar.

Und bis zu dem Augenblick, in dem klar gewesen war, dass sie schwanger war, hatte sie sich tatsächlich unbesiegbar gefühlt. Doch sobald die schmalen rosa Linien auf dem ersten Schwangerschaftstest – und später auf vier weiteren – erschienen waren, war etwas mit ihr geschehen.

Die Fliegengittertür öffnete sich und ihre Eltern traten auf die Veranda. »Dürfen wir?«, fragte ihr Vater.

Er unterrichtete Ingenieurwissenschaften am örtlichen Community College, war ein geduldiger Mensch, der sich viele Gedanken machte. Selbst in Brindles wildesten Zeiten hatte er sie nie verurteilt oder an ihr gezweifelt. Und auch jetzt sah sie keinerlei Kritik oder Missbilligung in den Augen ihrer Eltern. Nur Sorge.

»Klar.« Ihr schlechtes Gewissen nagte an ihr. »Tut mir leid, dass ich euch in diese Lage gebracht habe.«

»Von welcher Lage sprichst du, Liebes?« Ihre Mutter strich ihr das Haar von der Schulter. »Du meinst, dass du uns zu Großeltern machst?«

Brindle lächelte. »So kann man es natürlich auch sehen.«

»Nein, mein Herzchen. Man kann es *nur* so sehen«, widersprach ihr Vater. »Du bist schwanger.« Er hob die Schultern. »Leute schlafen miteinander, Kinder werden gezeugt. Und nicht immer absichtlich.«

»Ihr seid nicht sauer?«, fragte Brindle unsicher.

»Du bist Mitte zwanzig. Es ist dein Leben, Baby-Girl«, antwortete ihre Mutter. »Weshalb sollten wir sauer sein, wenn du eine Entscheidung triffst, die sich für dich richtig anfühlt?«

»Weil ihr wisst, wie erbarmungslos hier im Ort getratscht wird. Vermutlich redet schon die ganze Stadt davon, wie Brindle Montgomery sich in Paris einen dicken Bauch hat machen lassen.«

»Und …?«, fragte ihre Mutter.

»Na ja. Ist euch das nicht peinlich?«

Ihre Eltern tauschten einen Blick und ihr Vater sagte: »Brindle, du bist mit fünfzehn ohne Kleider die Hauptstraße entlanggerannt, als ihr Wahrheit oder Pflicht gespielt habt. *Das* war peinlich. Aber vor allem, weil die Polizei deinen nackten Hintern auf die Wache verfrachtet hat. Glaubst du, dass alle unsere sieben Kinder geplant waren?«

Brindle zuckte die Achseln und ihre Mutter lachte.

»Liebes, wenn man erst mal ein Kind hat, hat sich das Planen so gut wie erledigt. Ich glaube, Sable und Pepper wurden in Daddys altem Pick-up gezeugt.«

»Auweia. Bitte keine Details.« Brindle schlug die Hände vors Gesicht und versuchte, nicht an ihre Eltern beim Sex zu denken.

»Amber kam, nachdem deine Mutter mich im Büro besucht hat und dabei bloß einen Regenmantel und sonst gar nichts anhatte.«

Brindle stöhnte und schaute in den Himmel. »Wenn ihr nicht sofort aufhört, ergreife ich die Flucht.«

Ihre Eltern legten die Arme um sie.

»Okay, lass uns über wichtigere Dinge reden«, sagte ihre Mutter. »Ich nehme mal an, du gehst bald zu deiner Ärztin, oder? Und mit der Schulleitung musst du über Mutterschutz und solche Dinge sprechen.«

»Ich fange morgen wieder an zu arbeiten und rede dann auch gleich mit meinem Boss. Und bei Dr. Bryant mache ich einen Termin. Beim Arzt war ich allerdings auch schon in Paris und ich nehme Vitamine. Ich werde es nicht vergeigen, Mom.«

»Dass du es vergeigen könntest, wäre uns niemals eingefallen«, sagte ihr Vater. »Aber wir machen uns Gedanken um dich, unsere Tochter, ganz unabhängig von dem Baby. Geht es dir wirklich gut?«

»Sicher war es doch beängstigend, als du die Schwangerschaft bemerkt hast«, vermutete ihre Mutter.

»Ehrlich gesagt, war der Schock größer als die Angst. Die kam erst später dazu, als ich mir überlegt habe, wie ich es euch beibringe.« Normalerweise kam ihre Periode immer auf den Tag genau. Als sie ausgeblieben war, war sie nervös geworden. Nach einer Woche war sie fast sicher gewesen, dass sie schwanger sein musste. Trotzdem hatten die positiven Tests sie zunächst in einen regelrechten Schockzustand versetzt.

Brindle stützte die Hände auf die Brüstung der Veranda und ihre Mutter legte eine Hand über ihre. »Wie hat der Vater reagiert? Es muss doch schlimm gewesen sein, zu hören, dass er mit dem Kind nichts zu tun haben will.«

Brindle schüttelte den Kopf, wollte nicht lügen. Doch in diesem Fall war es leicht, die Wahrheit zu sagen. »Wir haben nie auch nur so getan, als wollten wir mehr voneinander.« Eher für sich selbst als für ihre Eltern fügte sie hinzu: »Und ich wollte Trace niemals wehtun.«

Ein paar Augenblicke lang schwiegen sie gemeinsam. Brindle konnte ihren Eltern nicht in die Augen schauen, denn Trace war wie ein Sohn für sie. Und seine Eltern behandelten sie wie eine Tochter. Sie schaute hinüber zu dem Pavillon, in dem sie und Trace sich an ihrem achtzehnten Geburtstag ganz unverfroren im Mondlicht geliebt hatten.

Ihr Vater legte einen Arm um ihre Schultern und zog sie an seine Seite. Er küsste sie auf die Schläfe. »Die Beziehung zwischen dir und Trace war immer kompliziert. Aber eure Freundschaft ist unerschütterlich. Er wird sich wieder einkriegen, mein kleiner Kürbis.«

»Und falls nicht, dann schicken wir Sable zu ihm, damit sie ihm den Kopf abreißt und richtigherum wieder aufsetzt«, sagte ihre Mutter lächelnd.

»Warum möchte eigentlich jeder die Unschuldigen an dieser Sache bestrafen?« Brindle seufzte. »Ich bin genauso verantwortlich wie der Vater des Kindes. Auch für Traces Zorn auf mich.«

»Unschuldige gibt es in solchen Fällen nicht, mein Herzchen. Zum Schwangerwerden gehören schon mal zwei«, sagte ihr Vater. »Und wenn du mich fragst, war Trace ein verdammter Idiot, weil er dich hat wegfliegen lassen, anstatt dir nachzujagen und mit dir zu kommen oder deinen Hintern aus dem Flugzeug zu zerren.«

»Ach, Cade.« Ihre Mutter schüttelte den Kopf. »So was kann nur ein Mann sagen. Trace kennt unser Baby-Girl ziemlich gut. Wenn er ihr nachgerannt wäre, hätte Brindle ihn nur noch weiter von sich weggestoßen.«

Vier

Die Spätnachmittagssonne brannte erbarmungslos auf Traces Rücken. Er riss ein weiteres Brett von dem halb verfallenen Lagerschuppen und warf es auf den Stapel mit verrottetem Holz. *Dieser verdammte Francois oder Jean-Pierre. Oder wie immer der Schnösel heißt.* Er packte das nächste Brett und stemmte den Fuß gegen die Wand daneben. Die Wut verzehnfachte seine Kräfte, als er es abriss und beiseitewarf. *Dieses gottverdammte Paris.* Ein Brett nach dem anderen löste er jeweils mit einem einzigen zornigen Ruck aus der maroden Wand und kämpfte dabei gegen die Vorstellung an, wie sich Brindle mit einem anderen im Bett wälzte. Die gesamte letzte Nacht über hatte ihm das in nur allzu lebhaften Bildern vor Augen gestanden. In seinen Albträumen sah er Brindle mit einem gesichtslosen, namenlosen Lackaffen durch Paris spazieren. Händchenhaltend. Oder knutschend in Hauseingängen stehen. Nur, um kurz danach gemeinsam auf die Laken zu sinken. Brindles Hände auf fremder Haut.

Als er gerade wieder ein Brett beiseitegeworfen hatte, kam Shane angeritten. Trace nahm seinen Cowboyhut ab und wischte sich den Schweiß von der Stirn. Sein Bruder stieg aus dem Sattel.

»Du gehst nicht ans Telefon.« Shane fixierte den Holzstapel.

Trace knirschte mit den Zähnen. Jetzt bloß nicht auch noch kluge Sprüche oder Belehrungen von Shane. »Und?«

»Und was sollte das gestern Abend? Warum bist du mit Heather abgezogen?«

Trace packte das nächste Brett. »Weshalb interessiert dich das, verdammt?« Schon seit geraumer Zeit rätselte er, ob Shane vielleicht eine Schwäche für Heather hatte. Was sie zu einer noch besseren Wahl machte, um sich mit ihr zu verdrücken. Trace packte das nächste Brett. Seine Muskeln brannten vor Anstrengung.

»Weil du dich aufführst wie ein Idiot.«

Trace ließ das Brett los und schnappte sich einen Hammer. »Verpiss dich, Shane. Ich brauche keine Predigt.« Er schlug gegen die Rückseite des Bretts, um die Nägel zu lockern. Dann warf er den Hammer beiseite und riss das morsche Ding ab.

»Stattdessen reißt du mit bloßen Händen die alte Bude nieder, die wir im kommenden Frühjahr eigentlich gemeinsam zerlegen wollten? Wird es davon besser?«, fragte Shane sarkastisch.

»Lass gut sein, Shane.«

»Das ist ziemlich schwierig, Mann. Du warst Ewigkeiten mit Brindle zusammen.«

»Irrtum«, schnaufte Trace zwischen zwei Hammerschlägen, mit denen er das nächste Brett lockerte. »Wir haben seit Ewigkeiten gevögelt.«

In puncto Frauen waren die Jericho-Brüder sehr verschieden. Jeb benahm sich äußerst diskret, ja geradezu mysteriös, was seine Dates anging. Dafür war er stadtbekannt für sein künstlerisches Talent und seinen überentwickelten Beschützerinstinkt. Shane war ein Gentleman, der gerne seinen

Spaß hatte, sich über seine Eroberungen aber hartnäckig ausschwieg. Was ihn allerdings nicht davon abhielt, die Nase in die Angelegenheiten seiner Geschwister zu stecken. Justus flirtete heftig und gerne, fürchtete unterschwellig aber immer, die Frauen könnten vor allem sein Geld anziehend finden. Und Trace war der begehrte Playboy, mit dem jede sich gern einmal zeigen wollte.

»Du bist ein Vollpfosten.« Shane sagte das, als handelte es sich um ein Naturgesetz.

Trace ließ den Hammer fallen und war mit zwei Schritten bei ihm. »*Ich* bin ein Vollpfosten?«, blaffte er. Er funkelte seinen Bruder an. Shane wich zurück. Trace trat vor. »Sie lässt sich von irgendeinem dahergelaufenen Idioten schwängern und *ich* bin der Vollpfosten?«

»Du hattest jahrelang Zeit, sie für dich zu gewinnen. Stattdessen hast du nach jedem blöden Streit mit anderen Frauen rumgemacht.«

Shane versuchte, Trace mit vorgewölbter Brust zurückzudrängen. Doch Trace stand breitbeinig da, wich nicht von der Stelle. »Du hast keine Ahnung, was ich getan habe und was nicht.« In seiner Stimme schwang mühsam unterdrückter Zorn.

Shane schnaubte ungerührt. »Ich denke, jeder in dieser Stadt weiß Bescheid. Sehr diskret warst du nämlich nie.«

»Die Leute wissen einen feuchten Dreck.«

»Ach ja? Und was weißt du?« Shane kniff die Augen zusammen. »Wovor hast du solche Angst, Trace?«

»Vor nichts und niemandem.« Er sah aus, als wollte er explodieren. Seine Hände ballten sich zu Fäusten.

»Bockmist. Irgendwas hält dich davon ab, dich auf die einzige Frau einzulassen, die du je wirklich gewollt hast. Hast du Angst, du könntest nicht Manns genug für sie sein? Angst, sie könnte dir wehtun? Ganz gleich was es ist, du hast es versemmelt. Du hast es nicht gepackt, sie festzuhalten, und jetzt schmollst du wie ein beleidigtes Kind.«

Bevor Shane auch nur blinzeln konnte, prallte Traces Faust auf sein Kinn und riss ihn von den Füßen. Er fiel flach auf den Rücken. Trace strauchelte schwer atmend rückwärts. »Mist. Scheiße. Verdammt«, zischte er durch die zusammengebissenen Zähne.

Shane rieb sich das Kinn und rappelte sich hoch. Er hob seinen Cowboyhut auf und zeigte mit dem Finger auf Trace. »Reiß dich zusammen, Mann. Das war dein einziger Freischuss. Beim nächsten Mal zerlege ich dich in deine Einzelteile.«

»Träum weiter. Oder noch besser: Verpiss dich!«

»Vielleicht solltest du langsam erwachsen werden, kleiner Bruder.« Shanes Lippen kräuselten sich zu einem herablassenden Grinsen. »Hör auf, immer nur an dich zu denken.«

»Ach, *ich* denke nur an mich? Ich reiße mir den Arsch auf für diese Ranch. Dad kann sich hundertprozentig auf mich verlassen.«

Die Ranch befand sich seit mehreren Generationen im Familienbesitz, und ihr Vater tat trotz seiner Arthritis, was er konnte. Seinen Kindern war er ein guter Lehrmeister gewesen. Er hatte ihnen beigebracht, Rinder zu treiben und sich um die Kälber zu kümmern. Wenn es sein musste, ackerten sie sich die Finger blutig. An harte Arbeit waren sie von klein auf gewöhnt. Mit den Hühnern aufzustehen und vor und nach der Schule mit anzupacken, gehörte bei den Jerichos einfach dazu, und jammern war zwecklos. Die Ranch war in Oak Falls und darüber hinaus nicht nur für beste Zuchtrinder bekannt, auch als Pferdetrainer hatten sich die Jericho-Geschwister einen

Namen gemacht. Über die Brüder wurde im Ort gern gescherzt, dass sie die wildesten Pferde ebenso mühelos zähmten, wie sie mit ihrem Charme die stolzesten Frauen schwachmachten. Jeb und Justus verwirklichten inzwischen eigene berufliche Träume. Aber für Trace hatte es bislang nur zwei unerfüllte Sehnsüchte gegeben. Für die eine hätte er zu lange von seiner geliebten Ranch weggemusst und die andere war jetzt von irgendeinem Idioten schwanger.

»Du kapierst es einfach nicht.« Shane schaute ihm in die Augen. »Mit *nur an dich denken* meine ich: Hast du irgendeine Ahnung, wie es Brindle gerade geht? Die ganze Stadt redet über sie.«

»Die Schwangerschaft war ihre Entscheidung.«

»Glaubst du das wirklich? Glaubst du, sie hat sich das gewünscht?«

Shane hielt inne, und Trace wusste, dass er damit seinen Worten Gewicht verleihen wollte. Ob Brindle sich die Schwangerschaft gewünscht hatte, wusste er natürlich nicht. Er konnte bloß annehmen, dass sie in den französischen Schnösel verliebt war, der sie in diese Situation gebracht hatte.

Der Gedanke bohrte sich tief in seine Innereien und brannte dort wie eine Krankheit.

»Irgendwann legt sich dein Zorn und dann bleibt dir nur noch der Schmerz. Und glaub mir, wenn es so weit ist, helfen dir auch die Bettgeschichten mit irgendwelchen namenlosen, gesichtslosen Eroberungen nicht mehr.« Shane schwang sich in den Sattel. »Du hättest dich trauen sollen, dich ganz auf Brindle einzulassen und ihr alles zu geben. Auch dein Herz. Dann würdest du jetzt nicht dastehen wie ein Depp.«

Genau das war Trace von dem Moment an, in dem Brindle zum ersten Mal von ihren Reiseplänen gesprochen hatte, immer wieder durch den Kopf gegangen. »Wenn ich versucht hätte, sie in ein Gatter zu sperren, wäre sie schon darüber gesprungen, bevor ich das Tor hätte schließen können.« Seinen Plan, ihr seine Gefühle zu gestehen, hatte sie mit der kühlen Bemerkung zunichtegemacht, dass sie in Paris nur die gemeinsamen heißen Nächte vermissen würde, nicht ihn.

Shane schnaubte. »Das Pferd, das du nicht zähmen kannst, ist noch nicht geboren. Also, Mann, wovor hast du solche Angst?«

Trace schaute zu, wie sein Bruder davonritt. »Inzwischen ist das doch völlig egal«, murmelte er vor sich hin.

Er schnappte sich den Hammer und ließ seinen Frust an dem windschiefen Schuppen aus.

Bei Sonnenuntergang lag ein riesiger Stapel morscher Bretter auf der Wiese, seine Hände brannten und sein Hemd war schweißgetränkt. Noch immer war sein Zorn nicht verflogen, doch die Worte seines Bruders ließen ihn nicht los. *Hast du irgendeine Ahnung, wie es Brindle gerade geht? Die ganze Stadt redet über sie.*

Wo zum Teufel war der Vater des Kindes? Warum war er nicht bei ihr gewesen, als sie ihrer Familie gesagt hatte, dass sie schwanger war? Warum sorgte er nicht dafür, dass die Gerüchte verstummten, und zeigte den Menschen, die Brindle liebten, sein Gesicht? Trace hatte Brindle beschützt, seit er fünfzehn war, und dass jetzt irgendwer Mist über sie redete, machte seine Wut noch größer.

Doch sie zu beschützen, stand ihm jetzt nicht mehr zu.

Es hat mir nie zugestanden.

»Bockmist.« Er ließ den Hammer fallen und stapfte zu seinem Truck.

Auf dem Weg ins Schlafzimmer warf Brindle einen Blick in den Spiegel. Ein Messy Bun, abgeschnittene Jeans, flauschige Haussocken und das Sweatshirt, das ihr lässig von der Schulter rutschte. Quer über das bockende Pferd auf der Vorderseite war der Schriftzug »unzähmbar« gedruckt. Das Shirt hatte Trace ihr zum dreiundzwanzigsten Geburtstag geschenkt. Abgesehen davon, dass sie ihre Shorts nicht zuknöpfen konnte, sah sie aus wie immer. Nur dass sie sich nicht so fühlte. Sie war ratlos und verwirrt, hatte keinen Schimmer, wie sie wieder in ihr altes Leben passen sollte. Eine Lügnerin war sie nie gewesen und doch in einem kurzen rebellischen Moment zu einer geworden. Die hartnäckigen Fragen ihrer Schwestern hatten sie noch tiefer in diese Ecke getrieben. Unter dem Vorwand, auspacken und ihre Wohnung putzen zu müssen, war sie ihnen schließlich entkommen. Sie war in bequeme Kleider geschlüpft und hatte loslegen wollen. Doch ihr schlechtes Gewissen lenkte sie zu sehr ab.

Gedankenverloren nahm sie einen Löffel Erdbeereis und betrachtete die offenen Koffer auf dem Bett und auf dem Fußboden. Überall auf der Matratze und über den Kommoden lagen und hingen Kleidungsstücke. Auf dem Boden waren Taschen und Tüten verstreut. Bei ihrer Abreise aus Paris war sie so durcheinander gewesen, dass sie sogar die Mitbringsel vergessen hatte, die sie für alle besorgt hatte. *Auch für Trace, diesen Vollpfosten.* Es war einfach alles zu viel. Sie naschte noch einen Löffel Eiscreme, machte kehrt und ging zurück ins Wohnzimmer. Dort ließ sie sich neben dem Stoffdalmatiner auf die Couch fallen, den Trace beim letzten Jahrmarkt für sie gewonnen hatte.

Sie legte die Füße auf den Couchtisch, stieß dabei aus Versehen die leere Pizzaschachtel herunter, schaute von der geöffneten Chipstüte zu der halb leeren Packung Kekse und der Flasche Wasser. Wenn sie sich nicht zusammenriss, würde sie im Lauf der Schwangerschaft sicher fünfundzwanzig Kilo zunehmen.

Vielleicht auch wegen meines gebrochenen Herzens.

Herrje. Was für ein Elend.

Sie stellte den Eisbecher beiseite und zog den Stoffdalmatiner auf ihren Schoß. Sie und Trace hatten beim Jahrmarkt so viel Spaß gehabt. Reed und Grace hatten sich zu der Zeit nach zehn Jahren gerade wiedergefunden, und Brindle dachte daran, wie sie mit Grace über das Theaterstück gesprochen hatte, an dem sie mit den Grundschulkindern arbeitete. Grace hatte ihr Unterstützung angeboten, und Reed hatte kurzerhand erklärt, er würde die Kulissen bauen. An Trace gerichtet hatte Brindle gefrotzelt, wie schön es sei, dass es Männer gab, die sich für solche Dinge Zeit nahmen. Und Trace hatte prompt geantwortet: *Ich halte eine ganze Ranch am Laufen, Babe. Aber wenn du unsere knappe gemeinsame Zeit anstatt mit gewissen anderen außerschulischen Aktivitäten lieber mit dem Bau von Kulissen verbringen möchtest, lässt sich das einrichten.* Diesen Vorschlag hatte sie sofort verworfen und lieber das Thema gewechselt. Sie liebte ihre gemeinsamen außerschulischen Aktivitäten viel zu sehr. Doch bei dieser Gelegenheit war ihr wieder einmal durch den Kopf gegangen, dass sie sich vielleicht mehr wünschte, als Trace ihr geben wollte.

Sie seufzte und überlegte, ob sie Morgyn anrufen sollte. Sie musste mit jemandem reden, bevor sie irgendetwas sagte oder tat, was alles nur noch schlimmer machte.

Mitten in ihre Gedanken hinein klopfte es an der Tür und plötzlich schlug ihr das Herz bis zum Hals. Vielleicht war Trace ja zur Vernunft gekommen und wollte sich entschuldigen. *Ich hoffe, du hast eine wirklich gute Entschuldigung auf deinen sexy Lippen. Sonst kannst du gleich die Tür von außen küssen.* Voller Hoffnung, dass sie das Missverständnis klären und gemeinsam durchstarten konnten, rappelte sie sich hoch.

Sie machte die Tür auf und da stand er. Den unvermeidlichen Stetson auf dem Kopf, sah er so heiß aus wie eh und je. Mal abgesehen von dem Zorn in seinen Augen, als er einen raschen Schritt auf sie zu machte und sie mit seiner breiten Brust geradezu vor sich her drängte. *So viel zum Thema Entschuldigung.*

Der Blick seiner dunklen Augen huschte zur offenen Schlafzimmertür. Sein Kiefer spannte sich an. Er roch herrlich herb und männlich. Aber er starrte ihr erbarmungslos ins Gesicht. »Wo ist er?«, presste er zwischen seinen zusammengebissenen Zähnen hervor.

»Nicht hier«, log sie. Ihr Rücken berührte die Wand.

»Liebst du den Scheißkerl?«, zischte Trace. Sein stählerner Körper ragte turmhoch über ihr auf.

Ja, mehr als alles auf der Welt, lag ihr auf der Zunge. Aber die Art, wie er sie anherrschte, war ihr zuwider. »Warum ist das wichtig? Weshalb interessiert dich das überhaupt?«

Wieder das Zähneknirschen, und sie hoffte auf himmlischen Beistand, denn seine muskulösen Schenkel drückten sich an sie und die Hitze seines Körpers ließ ihre Hormone, diese miesen kleinen Verräter, verrücktspielen. Obwohl er sie zornig machte, wollte sie ihm am liebsten die verschwitzten Kleider vom Leib reißen und sich in ihm verlieren, so wie es immer gewesen war.

»Weil ich dein …« Sein Blick bohrte sich forschend in

ihren, und sie sah, wie er nach Worten suchte.

»Weil du mein *was* bist, Trace? Ja, was genau bist du?«

Er stützte die Hände links und rechts neben ihrem Kopf an die Wand und hielt sie zwischen seinen ausgestreckten Armen gefangen. Seine dunklen Augen fixierten sie. Doch er hatte keine Antwort, und das tat vielleicht noch mehr weh, als wenn er gesagt hätte, er wäre einfach nur ihr bester Freund. Sofort wurde sie noch ein bisschen rebellischer.

»Er wollte bloß Spaß haben, nicht mehr«, sagte sie giftig. »Und schon gar keine lebenslange Verpflichtung. Aber nichts ist so *für immer* wie ein Braten in der Röhre.«

Sein Blick fiel auf ihren Bauch und auf die Stelle, wo seine Hüften sich an sie pressten. Er rückte ein klein wenig von ihr ab, nahm den Druck weg, ohne sich ganz von ihr zu lösen. Dann schaute er ihr ins Gesicht. Sie hätte schwören können, dass sie Schmerz in seinen Augen aufzucken sah, bevor sie sich noch dunkler färbten und seine Hände auf ihren Hüften landeten und sie festhielten, wie sie es immer getan hatten. So als stünde es ihm nach wie vor zu, sie zu beschützen. Sie ertrank beinahe in der Flut widersprüchlicher Gefühle, die sie gnadenlos mitriss. Jede Zelle ihres Körpers strebte ihm entgegen und wollte sich an ihn drängen. Doch sie hielt sich mit aller Macht zurück.

»Was für ein Kerl lässt eine schwangere Frau einfach sitzen?«, knurrte er. Unter seinen schweren Atemzügen rieb sich seine Brust an ihrer. »Ich möchte ja selbst im Moment kein Kind, aber ich würde dich auf keinen Fall hängenlassen. Irgendwer muss diesem Typen kräftig in den Hintern treten.«

Er wollte kein Kind.

Und ich war so dumm zu glauben, du würdest uns willkommen heißen.

Der Schmerz drohte, sie in die Tiefe zu reißen. Sie kämpfte dagegen an. »Ja, genau davon träumen alle Frauen.« Sie lachte ohne Heiterkeit auf. »Von einem, der aus purem Pflichtgefühl zu ihnen hält und nicht aus Liebe.«

Er kniff die Augen zusammen. »Verdammt, Brindle. Beantworte die Frage. Wo ist er? Ich will dem Kerl ins Gesicht schauen.«

Sie hob das Kinn, wollte sagen: *Dreh dich zum Spiegel.* Doch das Einzige, was sie hervorbrachte, war: »Lass gut sein, Trace.«

Seine Finger schlossen sich fester um ihre Hüften, er legte die Stirn an ihre, sein Hut berührte ihr Haar. »Das kann ich nicht.« In seiner tiefen Stimme lag so viel Gefühl, dass ihr Hitze unter die Haut kroch.

Keiner von ihnen rührte sich von der Stelle. Sie war nicht einmal sicher, ob sie noch atmete, als ihre Hände sich wie von selbst an seine Seiten legten und ihre Finger sich in seine Gürtelschlaufen schoben. Sie hörte ihn erleichtert aufseufzen und ihr Herz zog sich zusammen.

»Mustang«, flüsterte er und drückte die Lippen an ihre Stirn. »Red mit mir, Babe.«

»Wir beide *reden* nicht.« Sie kämpfte gegen ungebetene Tränen an.

Er legte einen Arm um ihre Taille und zog sie an sich. Seine Stoppeln streiften ihre Wange, so wie immer, kurz bevor er sie um den Verstand brachte. »Bockmist.« Er legte die Lippen an ihr Ohr und raunte: »Ich kenne alle deine Geheimnisse, Brin.«

Der Magen sackte ihr zwischen die Knie. *Nein. Tust du nicht.*

Trace drückte die Lippen an ihre Wange. Sie schloss die Augen und hörte ihn flüstern: »Sprich mit mir, meine Wilde.«

»Trace …«, murmelte sie halbherzig. Eigentlich sollte sie

seine Jeans loslassen und sich aus seinen starken Armen winden. Aber es gab auf der ganzen Welt keinen einzigen Ort, an dem sie lieber sein wollte.

Er flocht die Finger in ihr Haar und bog ihren Kopf ein wenig nach hinten. Diese kleine, vertraute Bewegung, mit der oft anfing, was dann mit nackter Leidenschaft endete, entflammte eine versengende Lust in ihr. Er schaute ihr tief in die Augen. »Ich lasse dich das nicht alleine durchstehen. Das ist dir klar, oder?«

»Du willst kein Baby.« Sie schloss die Augen und wünschte, sie hätte die Worte verschluckt. Doch sie hatte sie unbedingt aussprechen müssen.

»Schau mich an«, forderte Trace sie auf. Als sie die Augen öffnete, versetzten die Angst und der Zorn darin sein Herz in Aufruhr. Er wollte den Dreckskerl umbringen, der sie einfach im Stich ließ und sein dickköpfiges, mutiges Mädchen so verzagt aussehen ließ.

»Das tut nichts zur Sache«, erklärte er nachdrücklich. »Du bist meine beste Freundin, meine wilde Geliebte, meine unzähmbare Komplizin. Falls du auch nur eine Sekunde lang glaubst, ich würde nicht zu dir halten, wenn diese Dumpfbacke nicht den Mumm hat, das Richtige zu tun, täuschst du dich.« Er drehte ihr Gesicht so, dass sie ihn anschauen musste. »Du kannst dich auf mich verlassen, Brindle Montgomery. Das war immer so und wird auch so bleiben.«

Ohne nachzudenken, legte er den Mund auf ihren und nahm sich, was ihm seit dem Augenblick gefehlt hatte, in dem sie in das Flugzeug gestiegen war und ihn zurückgelassen hatte. Sie reckte sich ihm entgegen und rieb sich verführerisch an ihm, während seine Hände auf Wanderschaft gingen und ihre weichen Kurven an ihn zogen. Mit einem tiefen Kuss zeigte er ihr seine Sehnsucht und sie stöhnte an seinem Mund. Himmel, wie sehr hatte er das alles vermisst. Die glutheißen Küsse, die süßen Seufzer und Brindles Unersättlichkeit. Er hob sie hoch und wie von selbst schlangen sich ihre Beine um seine Taille. Ihre Hände gruben sich in sein Haar. Der Hut fiel ihm vom Kopf und er wurde hart wie Stein. Gierig und fieberhaft verschlangen sie sich, als bräuchten sie einander wie die Luft zum Atmen. Und der Himmel wusste, dass er Brindle tatsächlich so sehr brauchte.

Er zog ihr den Kopf in den Nacken und drückte seine Lippen an ihren Hals. Er wusste genau, dass er sie mit diesen prickelnden Zärtlichkeiten fast um den Verstand brachte.

»Trace«, seufzte sie. Er drückte die Lippen auf ihre und küsste sie tiefer. Dann biss er sie zärtlich in die Schulter und entlockte ihr damit einen weiteren lustvollen Laut. »Gott, ich habe dich vermisst«, stieß sie atemlos hervor.

Er hob den Kopf und schaute ihr forschend in die Augen. »Ja, das hast du tatsächlich«, knurrte er erstaunt. »Verdammt, du machst mich fertig, Mustang.«

Ein teuflisches kleines Grinsen spielte um ihre Lippen. Sie zog die Nase kraus und berührte damit sein Herz, wie nur sie allein es konnte. »Halt den Mund und küss mich.«

Er küsste sie hart und tief, bis sie hungrig aufstöhnte. Prompt verlangsamte er den Rhythmus seiner leidenschaftlichen Zärtlichkeiten, da er wusste, dass er ihr damit exquisite Qualen bereitete. Dabei hätte er sich am liebsten hastig alles genommen, was sie ihm gab. Er hatte so vieles so sehr vermisst. Ihre Küsse, das magische Knistern zwischen ihnen, das ihn selbst nach all den Jahren aus den Stiefeln haute, ja sogar ihre hitzigen Auseinandersetzungen. Seine Hand schob sich an Brindles Seite entlang über ihre Rippen und ihre Taille, sein Daumen strich über die leichte Wölbung ihres Bauchs. Im Herzen fühlte er einen Stich, wollte über die Gründe dafür aber nicht nachdenken.

Er machte einen Schritt in Richtung ihres Schlafzimmers. Doch sie löste den Mund von seinem und er sah die Trauer in ihren Augen.

»Warte«, sagte sie atemlos.

»Keine Sorge, Süße. Deine unaufgeräumten Gemächer bin ich gewohnt.«

»Das ist es nicht. Wir können das nicht tun.« Sie löste sich aus seinen Armen und zog ihr Sweatshirt zurecht. »Du willst mich nicht, Trace.«

Er zeigte auf die unübersehbare Beule in seinen Jeans. »Ich denke, das hier sagt mehr als tausend Worte.«

Der Schmerz in ihren Augen wurde tiefer. Dennoch hob sie trotzig das Kinn. »Mich gibt es jetzt nur noch als Doppelpaket. Und ich glaube, du solltest lieber gehen«, erwiderte sie.

Jeder Muskel seines Körpers stemmte sich gegen die grausame Realität. »Brindle ...«

»Nicht. Geh einfach.«

Sie kreuzte die Arme vor ihrem Bauch und starrte zu Boden.

Verdammt. »Du willst wirklich, dass ich verschwinde?«

Sie nickte beklommen.

»Ich habe Monate auf dieses Wiedersehen gewartet. Darauf, dich in den Armen zu halten, mit dir zu lachen und dich zu küssen. Das Letzte, was ich jetzt tun will, ist gehen.«

Die Wohnungstür öffnete sich und Morgyn spähte herein.

»Klopf, klopf. Oh. Sorry. Störe ich? Die Tür stand einen Spaltbreit offen.«

»Nein.« Trace musterte Brindle, sie schaute an ihm vorbei. »Ich wollte sowieso gerade gehen.« Er presste die Backenzähne fest aufeinander. So häufig, wie er das in letzter Zeit tat, würden sie demnächst Risse bekommen.

Er hob seinen Hut vom Boden auf.

»Tut mir leid.« Die Worte fielen von Brindles Lippen wie ein Geheimnis.

Vermutlich tut es dir nur halb so leid wie mir.

»Oh mein Gott, Brindle. Was war das denn jetzt?«, fragte Morgyn, nachdem Trace gegangen war.

Morgyn hatte sich meerblaue Bänder in die Haarsträhnen geflochten, die ihr Gesicht umrahmten. Sie trug einen Wollponcho in Meerblau und Hellbraun mit einer Fransenborte, Skinny Jeans und Cowgirlstiefel, die sie mit bunten Lederbändern und Federn verziert hatte. Ihr Outfit war viel zu fröhlich für die düstere Stimmung, die über Brindle hing.

»Ich habe alles falsch gemacht, Morg.« Sie sank auf die Couch.

Morgyn setzte sich zu ihr. »Für mich sah es eher aus, als hättest du *gar nichts* gemacht. Ich könnte schwören, dass ich Testosteron aus Traces Poren habe sickern sehen. Der Mann war wie eine Tonne Dynamit kurz vor dem Explodieren.«

»Ja, bei uns ist das immer so. Wir sind leicht entflammbar und Reibereien machen uns nur noch heißer aufeinander.«

Brindle biss sich auf die Unterlippe, schmeckte Trace und wollte am liebsten weinen.

»Das weiß ich doch und deshalb bin ich hier.« Morgyn legte die Stirn in Falten. »Warum hast du mir denn nichts von Andre gesagt? Als du in Paris warst, haben wir so oft geredet, und ich habe dich sogar mal gefragt, ob zwischen euch was läuft. Du hast eisern behauptet, da sei nichts. Warum hast du mich denn belogen?«

Jetzt liefen tatsächlich Tränen über Brindles Wangen. »Ich habe dich nicht belogen. Aber alle anderen. Das Kind ist nicht von Andre, es ist von Trace.« Die Worte quollen wie von selbst über ihre Lippen. Sie waren einfach nicht aufzuhalten.

Morgyn schnappte nach Luft. »Von Trace?«

»Ja. Es kommt Anfang März. Aber du darfst es keinem sagen. Erst muss ich mir überlegen, wie ich es Trace beibringe.« Brindle stand auf. Das Herz hämmerte gegen ihre Rippen. »Ich wollte Trace nie belügen und auch niemanden sonst. Doch bei unserem Wiedersehen gestern Abend hat er mir sofort unterstellt, ich hätte für irgendeinen Kerl in Paris die Beine breitgemacht. Kannst du dir vorstellen, wie weh so was tut?« Sie ging auf und ab und wischte sich die Tränen von den Wangen. »Und dann wollte Sable unbedingt einen Namen hören. Aber ich konnte sie doch nicht auf Trace loslassen, weil er ja keine Ahnung hatte.«

»Oh mein Gott, Brin. Hast du es ihm jetzt gerade gesagt?«

Sie schüttelte den Kopf, ließ sich auf die Couch fallen und schlug schluchzend die Hände vors Gesicht. »Bis zu unserem Wiedersehen gestern hatte ich so gehofft, er würde uns wollen. Dass er sich vielleicht erst mal an den Gedanken gewöhnen müsste, sich dann aber für mich und das Baby entscheiden würde. Ich habe mir was vorgemacht. Er hat mir klipp und klar gesagt, er will kein Kind. Aber er würde *trotzdem* zu mir stehen, wenn er der Kerl aus Paris wäre.« Sie schaute Morgyn an und schüttelte den Kopf. »Dass er aus purem Pflichtgefühl bei mir bleibt, könnte ich nicht ertragen.« Neue Tränen raubten ihr die Stimme.

Morgyn nahm sie in die Arme und ließ sie erst einmal weinen. »Das wird schon, Süße. Wir kriegen das hin. Im Moment ist er einfach nur verletzt und wütend. Wenn wir Montgomerys schon schockiert waren, dass er nicht der Vater sein sollte, wie muss es dann erst ihm ergangen sein?«

»Inzwischen ist mir das egal. Er hat mir so furchtbar wehgetan. Kannst du dir vorstellen, wie es sich anfühlt, gefragt zu werden, ob ich länger in Paris geblieben bin, weil irgendein Fremder mich geschwängert hat? Na hör mal! Ich habe schon ein kleines Bäuchlein. Ein bisschen rechnen kann doch nicht so schwer sein! Ich kann nicht … Ich bin … Ich bin fertig mit ihm!« Brindle konnte zwar Morgyns Gesicht nicht sehen, dennoch fügte sie hinzu: »Du musst gar nicht die Augen verdrehen. Diesmal meine ich es ernst.«

Morgyn lehnte sich zurück und lächelte. Ihr Lächeln war immer so offen und so ansteckend – genau das, was Brindle im Augenblick brauchte. »Ich habe tatsächlich die Augen verdreht.«

»Du bist unmöglich.« Brindle lachte und weinte gleichzeitig. Schniefend wischte sie sich die Tränen ab.

»Du warst über so viele Jahre hinweg mindestens einmal im Monat mit ihm fertig. Das kam fast so regelmäßig wie deine Tage.«

Brindle ließ sich stöhnend gegen die Polster sinken und starrte an die Zimmerdecke. Schützend legte sie eine Hand auf ihren Bauch. »Ja, genau. Deshalb wollte ich ja unbedingt nach Paris. Meine Gefühle für ihn sind unglaublich tief, aber ständig gibt es die wildesten Turbulenzen. Ich wollte endlich herausfinden, wie echt und tragfähig diese Gefühle wirklich sind.«

»Die sind absolut echt und außer dir war das wohl jedem klar. Ihr seid beide so unfassbar hitzköpfig und leidenschaftlich, und ihr könnt einfach nicht aus eurer Haut.« Morgyn sagte das so gelassen, als handelte es sich um ein Naturgesetz. »Anfangs hielt ich es für ein Problem, dass ihr beide immer abwechselnd halb verrückt seid vor Liebe oder euch an die Gurgel geht. Aber nach den ersten vier oder fünf Jahren habe ich begriffen, dass ihr nun mal so tickt.«

»So lange hast du dafür gebraucht?«, stichelte Brindle mit einem tapferen Grinsen. Sie musste einen kleinen Scherz machen, sonst würde sie einfach immer weiter weinen.

Morgyn lächelte. »Wie lange es exakt gedauert hat, kann ich nicht mehr sagen. Aber die kurze Zeit mit Graham hat mich schon viel gelehrt. Du weißt, dass manche Männer mich für oberflächlich hielten?«

»Ja. Weil sie Idioten waren. Du bist brillant und voller Ideen und manchmal eben ein bisschen sprunghaft.«

»Danke. Aber wir wissen beide, dass es Leute gibt, die nichts mit mir anfangen können. Graham dagegen liebt *alles* an mir. Dass exaktes Planen nicht mein Ding ist, versteht er genauso, wie dass ich der Energie des Universums dahin folge, wo ich sie am stärksten spüre. All das gehört zu meinem Wesen und macht mich zu einem Ganzen. Er akzeptiert das und will mich nicht ändern. Ihm gefällt es, dass er nie vorhersehen kann, was mir als Nächstes einfällt. Und ich glaube, bei dir und Trace ist es ganz ähnlich. In mancher Beziehung seid ihr beide Betonköpfe. Und eure Liebe ist so heftig und stark, dass sie sich manchmal durch Streit ausdrückt. Doch selbst wenn ihr euch gezofft habt, gab es nie Schläge unter die Gürtellinie. Bislang zumindest. Im Moment ist er ziemlich verletzt und du bist es berechtigterweise auch. Aber im Grunde seid ihr beide einfach nur zu stur zuzugeben, was ihr füreinander empfindet. Lieber seid ihr sauer oder eifersüchtig oder ihr fetzt euch wie Katz und Hund. Aber gib's zu, Brin, alles andere wäre dir auch zu langweilig.«

Brindle musterte ihre Schwester und fragte sich, seit wann sie so viel über die Dynamik von Beziehungen wusste. »Mit anderen Worten, du hältst mich für einen Freak, der unfähig ist, eine entspannte, erwachsene Paarbeziehung zu führen?«

»Das mit dem Freak hast du gesagt«, lachte Morgyn.

»Im Augenblick hasse ich dich ein kleines bisschen. Aber vielleicht hast du recht. Nicht, was meine Fähigkeit zu einer erwachsenen Paarbeziehung betrifft. Aber dass mir zu viel Harmonie langweilig wäre, könnte stimmen. Zu einfach mag ich es nun mal nicht.«

»Du weißt nicht mal, was *einfach* ist.« Morgyn hielt Brindle den Eisbecher hin. »Aber dass das Baby von Trace ist, sagst du ihm bald, nicht wahr?«

Brindle rührte in der geschmolzenen Eiscreme. »Erst mal esse ich das hier und alles, was ich sonst noch zwischen die Finger bekomme.« Sie verschlang einen Löffel Eispampe, musste aber sofort daran denken, wie giftig Traces Unterstellung geklungen hatte, sie sei von einem anderen schwanger. »Er hat mich wirklich verletzt«, beharrte sie trotzig.

»Und er ist auch verletzt. Wie würde es dir denn ergehen, wenn er …?«

»… schwanger nach Hause käme?« Brindle grinste schief. »Dass Kerlen das nicht passieren kann, ist unfair. Warum hat er die Schwangerschaft überhaupt sofort bemerkt? So viel habe ich doch noch gar nicht zugenommen.«

»Stimmt. Aber du hast ein kleines Bäuchlein. Und gestern Abend waren wir alle ziemlich perplex. Vermutlich hat er gehört, wie wir durcheinandergeredet haben. *Schwanger? Brindle ist schwanger?* Dann hat er deinen Bauch fixiert, und es war, als ginge in seinen Augen ein Licht aus. Als du zum Parkplatz geflüchtet bist, wollten Sable und ich hinter dir her. Aber Mom meinte, wir sollten dich in Ruhe lassen.«

»Waren Mom und Dad sauer? Heute Morgen haben sie gesagt, sie wären es nicht und es wäre ihnen auch nicht peinlich, aber …«

»Nein, kein bisschen. Was wir ehrlich gesagt schon ein wenig erstaunlich fanden. Aber Mom meinte, wir würden dich alle für eine taffe kleine Kratzbürste halten. Dabei wärest du ein Mensch wie wir alle und unter deiner borstigen Schale ein sensibles, gefühlvolles Mädchen, das die Hosen vermutlich gestrichen voll hat. Ich glaube, so ähnlich hat sie sich ausgedrückt.«

»Wie viel Angst ich hatte, habe ich erst gemerkt, als Trace vor mir stand. Ich bin froh, dass ihr uns nicht gefolgt seid. Denn für mich wäre es sicher noch schlimmer gewesen, wenn ihr mit angehört hättet, wie er mir vorwarf, ich hätte mit einem anderen geschlafen.« Brindle rührte weiter in der Eiscreme. »Ich möchte ihm wirklich gern die Wahrheit sagen. Aber nachdem ich jetzt weiß, dass er zu mir halten würde, obwohl er kein Baby will, muss ich mir erst überlegen, wie und wann ich mit ihm rede. Dafür brauche ich noch ein bisschen Zeit und so lange musst du alles für dich behalten.«

»Gib her.« Morgyn zeigte auf den Eisbecher. »Jetzt bin ich auch gestresst.« Sie nahm Brindle den Becher aus der Hand. »Ich gebe dir eine Woche.«

»Wer bist du? Die Schwangerschaftspolizei?«

»Nein! Aber ich kann keine Geheimnisse bewahren. Das weißt du doch genau.«

»Morgyn!« Brindle nahm sie am Arm. »Um Gottes willen, sag bloß Graham nichts.«

Morgyns Augen weiteten sich. »Na hör mal! Ich lüge Graham doch nicht an. Wenn er mich direkt fragt, ob das Baby von Trace ist, sage ich es ihm. Aber keine Sorge. *Er* kann schweigen wie ein Grab.« Sie nahm einen Löffel geschmolzene Eiscreme. »Ich hasse Geheimnisse.«

»Kannst du ihn nicht einfach jedes Mal küssen, wenn er dich auf die Schwangerschaft anspricht? Ihn ein bisschen ablenken?«

»Mom kann ich auch nicht belügen.« Morgyn aß gleich noch mehr von dem Eis. »Oder soll ich sie etwa auch küssen?«

»Dir Geheimnisse anzuvertrauen, ist, wie mit der Aufpass-Methode zu verhüten. Daran hätte ich denken müssen. Es ist nur eine Frage der Zeit, bevor dir am unpassendsten Ort etwas herausrutscht.« Brindle beantwortete die Frage in den Augen ihrer Schwester. »Nein, wir haben es nicht mit Aufpassen versucht. Du weißt, dass ich mit einem Hormonpflaster verhüte. Aber offenbar gehöre ich zu den wenigen Auserwählten, bei denen das nicht funktioniert.«

»Oh, Brindle.« Morgyn stellte den Eisbecher weg. »Dir ist doch klar, was das bedeutet?«

»Sag jetzt bloß nicht das, was ich denke«, warnte Brindle. Ihre Schwester glaubte fest daran, dass das Universum genau wusste, wohin es sie führte, während Brindle überzeugt war, dass man sein Leben selbst in beide Hände nehmen musste und dass manchmal eben Unvorhergesehenes geschah.

Morgyn grinste. »Doch. Ich sage es.«

Brindle hielt sich die Ohren zu und schloss die Augen.

»Nanananana. Ich kann dich nicht hören!«

Lachend zog Morgyn Brindles Hände weg. »Das ist Schicksal! Vorsehung! Du und Trace, ihr habt das Universum lange genug genervt. Und jetzt schubst es euch auf den richtigen Weg.«

Brindle verdrehte die Augen.

Sie redeten, aßen pampige Eiscreme und Kekse, und dann half Morgyn Brindle beim Auspacken. Dabei erzählte ihr Brindle von den vergessenen Mitbringseln, wegen derer sie noch zusätzlich Gewissensbisse hatte. Als sie sich schließlich zusammen vor den Fernseher setzten, ging es Brindle ein bisschen besser. Doch wirklich sie selbst war sie noch lange nicht. Das konnte sie erst wieder sein, wenn auch Trace die Wahrheit kannte.

»Hat es dir Angst gemacht, als du gemerkt hast, dass du schwanger bist?«, fragte Morgyn einige Zeit später.

»Ich hatte die unterschiedlichsten Gefühle und Angst war definitiv dabei. Trotzdem habe ich keine Sekunde lang daran gedacht, das Baby nicht zu bekommen. Irgendwie war das auch ein Zeichen für mich.«

»Siehst du! Du glaubst eben doch an die Winke des Schicksals!«

»Nein. Aber an Trace und mich habe ich geglaubt.«

Fünf

Dienstags war in JJ's Pub immer Ladies' Night. Trace ließ den Blick über die unzähligen Cowboys im Jagdmodus und die sexy gekleideten Frauen auf der Tanzfläche schweifen. Das Ziehen in seiner Brust wurde davon nicht schwächer. Während Brindle in Paris gewesen war, war er oft ohne sie hierhergekommen und hatte jede Minute gehasst. Aber das war immer noch besser gewesen, als allein in seinem rustikalen kleinen Haus zu sitzen und sehnsüchtig an sie zu denken. Die letzten beiden Tage hatte er sich mit aller Macht davon abgehalten, zu ihr zu fahren. Und das machte ihn zu einem ziemlich reizbaren Zeitgenossen.

»Hast du Shane gesehen?« Jeb schob sich auf den Barhocker neben ihm.

Trace zeigte mit dem Daumen zu der Nische, wo der mechanische Bulle stand. »Lindsay meinte, ein paar Mädels hätten eine Wette laufen, wie lange er sich oben halten kann.« Lindsay war eine von Brindles besten Freundinnen, und er hätte sie zu gerne gefragt, ob sie oder Trixie mit Brindle gesprochen hatten. Er nahm einen Schluck von seinem Bier.

»Hey, JJ«, rief Jeb über den Tresen hinweg. »Wenn du dazu kommst, mach mir noch ein Bier.«

JJ nickte kurz, dann bediente er eine Gruppe Frauen.

Jeb rückte die unvermeidliche Baseballmütze mit der Aufschrift »Farm Boy« zurecht. Genau wie Trace war er stolz auf seine Wurzeln als Junge vom Land. Einen Moment lang musterte er Trace ernst. »Warum bist du nicht auf der Tanzfläche?«

»Mir ist heute nicht danach.« Er tippte eine Nachricht an Brindle in sein Smartphone. *Es ist Dienstagabend. Kommst du in den Pub?* Dann schaute er in die forschenden Augen seines Bruders. »Aber Sables Band lässt es mal wieder richtig krachen.«

»Aber hallo! Hast du Tucks Solo vorhin gehört? Der Typ ist der Hammer.« Tuck Wilder war mit Trace zur Schule gegangen. Er war ein großartiger Gitarrist mit kakaofarbener Haut und Augen, die Brindle seelenvoll nannte. Dabei hatte das Leben ihm verdammt übel mitgespielt. Seine Eltern waren von der harten Sorte, und seit Tuck seinen Zwillingsbruder verloren hatte, hatte er ein paarmal hinter Gittern gesessen.

»Ja, der Kerl kann wirklich was.« Traces Handy vibrierte, Brindle hatte geantwortet. *Ich glaube kaum, dass schwangere Frauen in Bars abhängen sollten.*

Jeb warf einen Blick aufs Display. »Sie kriegt ein Kind von einem anderen. Du musst sie vergessen, Mann.«

Ohne auf Jebs Kommentar einzugehen, tippte Trace eine Antwort. *Hast du dir auch noch die Beine gebrochen?*

»Ich mein's ernst, Trace.« Jeb nahm den letzten Schluck aus seinem Glas. »Du weißt, wie gerne ich Brindle habe, und ihr beide hattet gute Zeiten. Aber du bist drauf und dran, dich zu vergaloppieren und dir das Herz brechen zu lassen. Dabei schaue ich nicht untätig zu.«

Trace suchte Blickkontakt mit Justus. Würde der ins selbe Horn stoßen oder ihn unterstützen? Doch Justus hob nur die Hände. »Hey, da halte ich mich raus.«

Die Band machte eine Pause, wodurch das Schweigen zwischen Trace und Jeb noch viel lauter wurde. Trace warf Jeb einen warnenden Blick zu. »Ich habe mehr als zehn Jahre lang zu ihr gehalten und werde nicht ausgerechnet jetzt damit aufhören.«

Jeb nickte. »Auf dich ist immer Verlass, Trace. Und dafür hast du meinen größten Respekt. Aber sie hat eine Entscheidung getroffen, und jemand muss sich um dich kümmern, denn im Moment kannst du nicht klar denken. Verdammt, das könnte keiner von uns in so einer Situation. Ich glaube, du musst ihr ein bisschen mehr Raum lassen, Mann.«

»Ich habe jahrelang nach ihren Regeln gespielt und mich die letzten zwei Tage komplett von ihr ferngehalten. Und ich habe die Schnauze gestrichen voll von diesem Quatsch.« Wieder vibrierte sein Smartphone. Brindle hatte ihm ein GIF geschickt, von einer tanzenden schwangeren Frau.

Nein, sie brauchte nicht mehr Raum. Das tat ihr nicht gut. Sie war ein geselliger Mensch, schätzte Kameradschaft und Aufmerksamkeit. Sie mochte es, wenn man sich um sie kümmerte, obwohl sie immer gerne so tat, als wäre das nicht nötig. Sie brauchte einen Mann, der die Kontrolle übernahm, wollte aber gleichzeitig das Gefühl haben, dass sie die Zügel in der Hand hielt. Keiner kannte sie so gut wie er. Einerseits freute er sich, dass sein Bruder sich Gedanken um ihn machte, andererseits brauchte er keinen Rat von Jeb. Nicht, wenn es um Brindle ging.

»Prima. Das wollte ich hören«, sagte Jeb.

»Schön. Und wie wär's, wenn du dich jetzt um deinen eigenen Kram kümmerst?« Trace stellte sein leeres Glas auf den Tresen. Im selben Moment gesellte sich Sable zu ihnen.

Sie nahm ihren Cowboyhut ab, schüttelte ihr dichtes

braunes Haar und gab Justus ein Zeichen. »Hey, schöner Mann! Kriegt man hier auch ein Bier?«

»Kommt sofort, schöne Frau.« Justus zwinkerte ihr zu.

Sie setzte den Hut wieder auf, stemmte die Hände in die Hüften und musterte Trace. »Morgyn sagt, du warst gestern bei Brindle.« Sables Jeans saßen wie aufgemalt. Dazu hatte sie sich einen derben Ledergürtel in der Farbe ihres Haars ausgesucht. Ihr eng anliegendes Shirt mit dem V-Ausschnitt trug vorn den Aufdruck »Surge«, und ihre grünen Augen funkelten so drohend, dass Trace unwillkürlich aufstand.

»Und?«

»Und sie ist meine kleine Schwester.« Sable verschränkte die Arme, als müsste ein Blick von ihr ihm bereits die Sprache verschlagen.

»Aber sie ist kein Baby.« Wenn es um Brindle ging, war er nie um eine Antwort verlegen. »Falls du etwas zu sagen hast, dann mach schnell. Ich habe für heute nämlich noch Pläne.«

»Sie ist schwanger, Trace. Und obwohl sie immer gern so tut, als hätte sie alles im Griff, ist sie gerade ziemlich am Anschlag. Das Letzte, was sie jetzt braucht, ist irgendwelchen Mist von dir.«

»Damit liegst du verkehrt.« Trace nahm seinen Cowboyhut vom Tresen und setzte ihn auf. Dabei schaute er Sable fest in die Augen. »Wenn irgendwer weiß, was Brindle jetzt braucht, bin ich das.«

Er wandte sich zum Gehen und Jeb sprang auf. »Moment. Ich komme mit.«

Trace warf einen Blick über seine Schulter. »Bin bald wieder da. Warum genehmigst du dir nicht zusammen mit Sable einen Drink? Vielleicht seid ihr dann hinterher beide entspannter.«

»Die Gerüchte, die an der Schule kursieren, müsstest du hören, Axsel.« Brindle marschierte mit dem Telefon am Ohr in ihrer Wohnung auf und ab. »Gestern haben alle getuschelt und mir verstohlene Blicke zugeworfen. Sogar ein paar von den Lehrerinnen haben mich schräg angeschaut, so als würden sie nie mit jemandem schlafen.« Ihr Bruder hatte sie angerufen, um zu hören, wie es ihr ging. Sein Timing hätte besser nicht sein können. Sie hatte keine Ahnung, was sie nach der Arbeit mit sich anfangen sollte. Normalerweise unternahm sie etwas mit Sable oder Morgyn. Und wenn die beiden keine Zeit hatten, mit Lindsay oder Trixie. Aber sie war schwanger und sicher waren heute wieder alle in JJ's Pub. Wenn sie jetzt dort aufkreuzte, würde sie die Gerüchteküche noch befeuern.

»Das ist übel, Brin. Aber dass der erste Arbeitstag schwer wird, war klar. War es heute schon ein bisschen besser?«

Sie seufzte. »Ja, ein klein wenig. Ich weiß, es braucht Zeit, bis das Gerede abflaut. Erinnerst du dich an Natalie? Die Zehntklässlerin, die mir mit der Grundschultheatergruppe hilft? Wir haben uns nach der Schule getroffen, um ein paar Dinge für nächste Woche zu besprechen. Und sie hat mir verraten, welche irren Geschichten über mich erzählt werden. Zum Beispiel, dass ich gar nicht wüsste, wer der Vater ist, weil ich in Paris mit so vielen verschiedenen Männern im Bett gewesen wäre. Oder dass ich den Vater geheiratet und ihn prompt wieder verlassen hätte. Wo kriegen die Leute bloß diesen Schwachsinn her? Kannst du dir vorstellen, dass sogar meine Highschool-Kids solchen Quatsch reden?«

»In Oak Falls passiert nun mal nicht viel. Die Leute

tratschen aus purer Langeweile.«

»Ich weiß, dass du es gar nicht erwarten konntest, in die Welt hinauszuziehen und ein Rockstar zu werden. Aber mir gefällt es hier sehr gut. Deshalb hoffe ich, dass sich bald alle wieder einkriegen.« Sie überlegte, ob sie Axsel anvertrauen sollte, dass Trace der Vater des Kindes war. Doch sie hatte sich versprochen, kein Sterbenswörtchen mehr dazu zu sagen, solange Trace es nicht wusste.

»Das werden sie. Du weißt ja, wie das läuft. Erinnerst du dich? Nach meinem Coming-out war ich auch ein paar Wochen lang Stadtgespräch.«

»Stimmt. Aber dann hat Trace überall herumerzählt, er wäre bisexuell, und seine Brüder überredet, dasselbe zu tun. Danach haben die Leute den Mund gehalten.« Dass Trace das für ihren Bruder getan hatte, hatte sie damals geradezu umgehauen. Sie war ihm unendlich dankbar und sehr, sehr stolz auf ihn gewesen. »Keiner wusste mehr, was er glauben sollte.«

»Ja. Aber mir hat er damit Hoffnungen gemacht.« Axsel lachte.

»Finger weg, du schlimmer Junge.«

»Hey, als er zu dir in die Wohnung gekommen ist, hast du ihn da vor eurer Knutsch-Orgie nach Heather Ray gefragt?«

»Ach, Mist! Nein. Das hatte ich schon beinahe verdrängt.« Das Herz rutschte ihr zwischen die Knie. »Vermutlich war es gut, dass wir nicht im Bett gelandet sind.«

»Hört sich an, als wolltest du dich selbst überzeugen.«

»Ich weiß nicht mehr, was ich denken soll, Ax. Ich weiß nur noch, dass er mir fehlt.«

»Deshalb rufe ich dich ja heute an, weil ihr dienstags normalerweise im Pub seid. Ich wünschte, ich wäre bei dir. Dann könnten wir zusammen hingehen und tanzen bis zum

Umfallen.«

»Ich glaube, so schnell lasse ich mich dort nicht mehr blicken. So wie ich mich kenne, würde ich beim ersten blöden Spruch jemandem eins auf die Nase geben. Dann gäbe es eine Zickenkeilerei mit Haareziehen, die ich natürlich mit einem Kniestoß gewinnen würde, weil ich auf keinen Fall zulassen kann, dass das zarte kleine Wesen in meinem Bauch Schaden nimmt. Die Gerüchteküche würde endgültig überkochen.«

»Wow. Das ist das reinste Kopfkino, Schwesterherz. Aber du haust niemandem auf die Nase. Das hast du nie getan. Du teilst nur verbale Schläge aus. Falls sich das durch die Schwangerschaftshormone gerade ändert, lass dir sagen, dass du die Fäuste lieber nicht fliegen lassen solltest. Und außerdem wäre ich ja dabei und würde dich verteidigen.«

»Oh, bitte. Du wärest viel zu sehr damit beschäftigt, die Typen abzuchecken, die zuschauen. Alle Kerle lieben Zickenkeilereien, das ist doch bekannt. Und du liebst Kerle. Eine echte Win-win-Situation.«

Jemand klopfte an die Tür. »Ich bekomme Besuch«, sagte sie. »Wollen wir wetten, wer es ist? Ich setze fünf Dollar darauf, dass Sable draußen steht und Andres Adresse und Telefonnummer will, damit sie ihm Vernunft einbläuen kann.«

Weshalb sie auch nicht erfahren darf, dass das Kind von Trace ist.

Axsel lachte. »Ich bin überrascht, dass sie nicht schon am Samstagabend vor deiner Tür auf dich gewartet hat. Aber ich muss jetzt auch Schluss machen. Du kannst mich jederzeit anrufen und mir erzählen, was unser heißer Cowboy zum Thema Heather zu sagen hat. Hab dich lieb!«

»Ich dich auch. Alles Gute für eure Tour.« Sie beendete den Anruf und machte die Tür auf.

Ihr düster blickender, heißer Cowboy stürmte herein. »Zieh deinem sexy Hintern etwas über, Mustang. Wir gehen tanzen.«

»Ähm, nein, tun wir nicht.« Sie schloss die Tür und verschränkte die Arme. »Vielleicht fragst du mal Heather Ray, ob sie Lust hat.«

»Was?« Er legte verwirrt die Stirn in Falten. »Lass uns gehen. Es ist Dienstag.«

Sie kniff die Lippen zusammen und fixierte ihn herausfordernd.

»Du glaubst ernsthaft, ich hätte mit Heather *geschlafen*?«

»Du bist schon öfter mit ihr abgezogen.«

Er verschränkte die Arme und brachte es tatsächlich fertig zu grinsen. »Aber *geschlafen* habe ich nie mit ihr.«

»Die Wortspielchen kannst du dir sparen, Cowboy. *Mein* Wortschatz ist nämlich noch beeindruckender als die Python in deiner Hose.«

Er trat näher. Die Hitze, die sein Körper abstrahlte, umfing sie und zog sie in seinen Bann. Er taxierte sie mit einem bohrenden Blick. Ihr Mund wurde knochentrocken. »Schön, dass du an die Python in meiner Hose denkst«, schnurrte er.

»Herrje!« Sie schob sich an ihm vorbei. »Du hast Heather genagelt. *Also geh zu ihr.*«

»Ich habe Heather nicht *genagelt*«, zischte er wütend.

Sie verdrehte die Augen. »Okay. Was dann? Vernascht? Flachgelegt? Oder wollen wir es so ausdrücken, dass mir schlecht wird – *geliebt*?«

»Brindle.« Sein flammender Blick war eine Warnung.

»Jeder hat gesehen, wie du dich mit ihr vom Scheunenfest verdrückt hast. Also verkauf mich nicht für dumm.«

Mit zwei Schritten war er bei ihr und presste die Brust und die Schenkel an sie. Turmhoch ragte er über ihr auf. »Niemand verkauft dich für dumm, Brindle. Und jetzt los. Zieh dir was an. Wir gehen zu JJ's. Dort kannst du Heather selbst fragen.«

Sie schnaubte. »Lieber schieße ich mir in den Fuß.«

»Schön. Wie du willst.« Er packte ihre Hand und zog sie zur Tür.

»Trace! Was soll das?«

Er blieb stehen. Sein Blick bohrte sich in ihren. »Es ist Dienstagabend und du hängst hier herum, langweilst dich zu Tode und zermarterst dir den Kopf wegen Heather und mir. Das passt nicht zu dir, und eines Tages wirst du begreifen, dass es auch nicht zu mir passt.« Er nahm ihre Schlüssel von dem Tischchen an der Tür und steckte sie in die Tasche. »Wir gehen jetzt tanzen und klären dabei gleich diesen Heather-Mist auf.«

Sie riss ihre Hand weg und funkelte ihn an. »Seit wann bin ich irgendein Paket, dass du kurzerhand von A nach B schleppen kannst?«

»Babe, ich schleppe dich nirgendwo hin. Ich rette dich vor dir selbst. In deinem Zustand solltest du dir nicht wegen irgendwelchem Blödsinn unnötigen Stress machen.«

»Das ist kein *Zustand* und es redet sowieso schon jeder über mich. Ich will nicht auch noch aussehen wie die eifersüchtige Ex, die sich mit einer deiner Schlampen anlegt, und die Gerüchte noch befeuern.«

Seine Mundwinkel kräuselten sich nach oben. »Vertraust du mir nicht?«

»Vertrauen ist keine Einbahnstraße.« Ein Lächeln zuckte um ihre Lippen. Sie versuchte, es zu unterdrücken. Doch sein Grinsen war einfach unwiderstehlich. Es reichte bis hinauf zu seinen Augen und zauberte kleine Fältchen in seine Augenwinkel, die nur in ganz bestimmten Situationen dort erschienen. Diesem Gesichtsausdruck war sie schon mit dreizehn verfallen. Und seine Wirkung war mit jedem Jahr stärker geworden.

»Du vertraust mir, Süße. Sonst hättest du mich nie in dein Bett gelassen. Ich habe dir gesagt, dass ich zu dir stehe, und du weißt, dass ich Wort halte.« Er lehnte sich gegen die Tür, schlug die Beine an den Knöcheln übereinander und verschränkte die Arme über seiner breiten Brust. »Ich habe sechzehn Dienstagabende ohne dich verbracht und jeden einzelnen davon gehasst. Das ist unser Abend und ich gehe nicht ohne dich hier raus. Du kannst dein hübsches kleines Hinterteil in Bewegung setzen und dir etwas anderes anziehen oder es lassen. Für mich bist du in diesem süßen Outfit sowieso heißer als die Sonne.«

Sie betrachtete ihr schwarzes Shirt mit dem Spitzenbesatz und den Cut-outs an den Schultern, die löchrigen Jeans und die Cowgirlstiefel. Das Shirt verdeckte das Gummiband, das sie durchs Knopfloch der Jeans geschlungen hatte, um ihrem Bauch ein bisschen mehr Platz zu geben.

Trace stieß sich von der Wand ab, grinste selbstbewusst und nahm ihre Hand. »Niemand sperrt meinen Mustang in ein Gatter. Komm, wir zeigen dieser Stadt, wohin sie sich ihren Tratsch stecken kann.«

Sechs

JJ's Pub war Brindle mindestens so vertraut wie das Grübchen in Traces Kinn. Doch jetzt stand sie plötzlich nervös auf dem Parkplatz. Warum hatte sie sich bloß überreden lassen herzukommen? Nach allem, was Trace gesagt hatte, glaubte sie nicht mehr, dass er mit Heather im Bett gewesen war. Trotzdem fürchtete sie den Tratsch, den sie zweifellos heraufbeschwor, wenn sie trotz Babybäuchlein in einer Bar aufkreuzte.

Zwei Schritte vor dem Eingang blieb sie stehen. »Warte mal, bitte.«

Trace hielt an und musterte sie fragend.

»Ich brauche noch einen Moment. Ich glaube, das ist keine gute Idee. Die Leute reden sowieso schon über mich.«

»Und?« Er trat einen Schritt näher. »Brin, die Leute reden seit unserem ersten Kuss über uns. Warum machst du dir darüber Gedanken?«

»Weil sie jetzt eben nicht über *uns* reden. Sondern über mein Baby. Und ich will nicht, dass mein Kind in einer Dunstglocke aus Tratsch aufwachsen muss.«

Er zog eine Braue hoch. »Süße, wir sind in Oak Falls. Selbst wenn du seit drei Jahren verheiratet wärest, würde den Leuten zu deinem Bauch irgendeine Geschichte einfallen.«

Eigentlich hatte er ja recht. Aber trotzdem. »Ich kann nicht bloß an mich denken, Trace.« Sie schob die Hände unter ihre Jacke und legte sie über die kleine Wölbung. »Ich will nicht alles noch schlimmer machen.«

Er drückte seine raue Hand an ihre Wange. Aus alter Gewohnheit schmiegte sie ihr Gesicht an seine Handfläche und genoss die tröstende Berührung. »Wegen irgendwelcher Gerüchte dein Leben zu ändern und die Menschen, mit denen du gerne zusammen bist, zu meiden, wird alles noch schlimmer machen. Du bist Brindle Montgomery, und da drin in der Bar gibt es keine einzige Frau, die so sexy, so lustig, so warmherzig und klug ist wie du.«

»Und das sagst du, trotz all dem Stress, den wir beide gerade miteinander haben?«

Seine Kiefermuskeln spannten sich und er schien über die Antwort nachzudenken. »Ja. Weil ich dich besser kenne als jeder andere. Ich habe es schon oft gesagt und ich sage es jetzt wieder: Du bist meine beste Freundin und seit Ewigkeiten meine Geliebte. Keiner soll denken, du wärst mir jetzt plötzlich weniger wichtig. Nicht mal du. Du bist eine unausstehliche Kratzbürste, aber du bist die einzige Frau, der ich zugestehe, mich um den Verstand zu bringen.« Er klopfte mit beiden Händen an seine Brust, dann breitete er die Arme aus und grinste selbstbewusst. »Ich bin Trace Jericho, Babe. Die Frau, mit der ich irgendwo aufkreuze, kann nur die beste von allen sein.«

Er legte ihr einen Arm um die Schultern. »Und jetzt machen wir uns einen schönen Abend und zeigen allen da drinnen, dass du dein Leben nach deinen Regeln lebst.«

»Wie kriegst du das bloß fertig?«, fragte sie auf dem Weg in den Pub.

»Wie kriege ich was fertig?«

»Meine Bedenken und Sorgen immer in kürzester Zeit zu vertreiben.«

»Versuch und Irrtum. Und viele Jahre Übung.« Er drückte ihr einen Kuss auf die Schläfe und hielt ihr die Tür auf. »Nach dir, meine Schöne.«

Aus der schummrig beleuchteten Bar schlugen ihnen Musik und der unverkennbare Geruch von Cowboys und hemmungslosem Spaß entgegen. Brindle spürte, wie Adrenalin in ihre Adern strömte und der Rausch der Nacht auf sie übersprang. Sie liebte Musik, Tanzen und Geselligkeit so sehr wie das Unterrichten. Das alles schenkte ihr ein tiefes Glücksgefühl. Ihre Mutter behauptete immer, sie wäre tanzend geboren, weil sie schon als Kleinkind lieber getanzt als mit Spielzeug gespielt hatte. Nicht einmal Musik hatte sie dazu gebraucht, denn offenbar hatte sie den Rhythmus im Blut.

Trace nahm ihr die Jacke ab und deponierte sie in JJs Büro. Dann gingen sie an dem Torbogen vorbei, hinter dem in einer Nische der mechanische Bulle für Ausgelassenheit und Gelächter sorgte. Chet Hudson, ein Feuerwehrmann, wagte gerade einen Ritt. Lindsay und Trixie feuerten ihn aus der Zuschauermenge heraus an. Ein Lächeln stahl sich auf Brindles Gesicht. Vor ihrer Parisreise hatten sie und Trace monatelang versucht, Chet auf den Bullen zu bekommen.

»Chet reitet das Biest!«, rief sie über die laute Musik hinweg.

Trace beugte sich näher. »Sable hat ihn dazu gebracht.« Hitze trat in seinen Blick und er zog sie an sich. »Euch Montgomery-Mädchen fallen immer irgendwelche Herausforderungen ein. *Hmmm-hmm.* Einfach unwiderstehlich.«

Wie konnte sich zwischen ihnen alles so normal anfühlen, wo doch überhaupt nichts normal war?

Auf dem Weg durch die rappelvolle Bar hielt Trace sie dicht an seiner Seite. Brindle versuchte, nicht auf die schrägen Blicke und das Getuschel zu achten. Lange musste sie es allerdings nicht ertragen, denn unter Traces drohendem Blick verstummte das Gerede sofort.

»Trace!« Sinclair »Sin« Vernon, der sportliche Leiter des Jugendzentrums im örtlichen Bürgerhaus No Limitz winkte sie zu sich. Er stand neben dem Tisch, an dem Jeb und Shane zusammen ein Bier tranken.

Brindle bemühte sich, Jebs missbilligenden Blick zu übersehen. Trace fiel offenbar auf, wie sie den Rücken durchdrückte, denn er senkte die Stimme. »Ich bin bei dir, Brindle. Und ich halte zu dir. Vergiss das nie.«

Daran hatte sie nie gezweifelt. Deshalb hatte seine Unterstellung, sie wäre von einem anderen schwanger, sie ja so hart getroffen. Doch in den letzten beiden Tagen hatte sie viel nachgedacht. Morgyn hatte vermutlich recht, und Trace hatte sich nur so benommen, weil er selbst tief getroffen war. Das hoffte sie zumindest.

»Hey, Mann«, sagte Trace zu Sin. Dann funkelte er Jeb an. »Wir wollen uns hier einen schönen Abend machen. Falls du also etwas sagen willst, sag's mir. Und wisch dir diesen Blick aus dem Gesicht.«

»Ich hatte gar nicht vor, was zu sagen.« Jeb bemühte sich um eine freundlichere Miene und drehte sich zu Brindle. »Glückwunsch.«

»Danke.« Sie war Trace dankbar, dass er seinen Bruder zurechtgestutzt hatte, wollte aber auf keinen Fall erleben, dass ihre Schwangerschaft eine Kluft zwischen den beiden aufriss.

»Hast du am Samstag ein paar Stunden Zeit, Trace? Ich könnte Hilfe bei der Jugendliga gebrauchen«, sagte Sin. Er war genauso hochgewachsen und athletisch gebaut wie Trace, hatte dunkles Haar und kantige Züge.

»Klar.« Trace zuckte lässig mit den Schultern und Brindle fiel beinahe die Kinnlade herunter. »Irgendwie kriege ich das hin«, setzte er hinzu.

»Moment mal«, sagte Brindle. »War das etwa ein *Ja*?«

Trace hatte während der Highschool Football gespielt und hätte gleich an drei verschiedenen Colleges an der Westküste Sportstipendien bekommen können. Doch er hatte sie nicht angenommen. Stattdessen hatte er Brindle erklärt, er wollte nicht so weit von ihr weg sein. Er war zu Hause geblieben und hatte auf der Ranch seiner Familie angepackt. Diese alte Geschichte war immer wieder ein Streitpunkt zwischen ihnen. Dass er nie ans College gegangen war, störte Brindle nicht. Sie hatte nur immer gewollt, dass er glücklich war. Zwar liebte er die Arbeit auf der Ranch, doch sie wusste auch, wie gerne er Football gespielt und wie viel ihm die Kameradschaft im Team bedeutet hatte. Brindle dachte oft daran zurück, wie sie während ihrer Teenagerzeit ihm und seinen Freunden spätabends beim Training zugeschaut hatte. Immer wieder hatte sie Trace ermutigt, sich mehr Zeit für seinen Sport zu nehmen. Seit es das Jugendzentrum gab, drängte sie ihn regelrecht, als Trainer einzusteigen. Sogar gestritten hatten sie sich deshalb ein paarmal.

Trace hob die Schultern. »Kleinigkeit, Brin.«

»Das ist alles andere als eine Kleinigkeit.« Sie freute sich, dass er den Football doch nicht ganz aus den Augen verloren hatte.

»Du tätest mir einen Riesengefallen«, sagte Sin. »Du hast einen guten Draht zu den Kids, und ich wünschte, ich könnte dich für die nächste Saison als Trainer einplanen.« Er nickte

Brindle zu. »Vielleicht kannst du ihn ja dazu überreden, den Teenies aus der Gegend das Ballspielen beizubringen.«

»Ich sehe mal, was ich tun kann.« Sie würde versuchen, Trace noch ein wenig mehr in diese Richtung zu schubsen.

Er schaute sie an und schüttelte den Kopf. »Mach jetzt bloß kein großes Ding daraus.«

Sie lächelte und hob die Schultern.

»Ich wollte gerade was zu trinken holen«, sagte Sin. »Hilfst du mir tragen, Trace?«

Trace legte Brindle die Hand ins Kreuz. »Möchtest du einen Eistee? Oder lieber Wasser? Moment mal, ist Koffein überhaupt okay?«

»Ich denke schon. Aber Wasser ist in Ordnung. Danke.« Sie war immer noch ganz aus dem Häuschen, dass Trace Sin beim Training unterstützen wollte. Und dass er beim Getränkeholen an das Wohlergehen ihres Babys dachte, war die Kirsche auf der Sahnetorte.

Trace zeigte auf Jeb. »Benimm dich«, sagte er.

Als er weg war, war Brindle zu kribbelig, um sich zu setzen, und sie hatte das Bedürfnis, für sich selbst einzustehen. »Dein Blick vorhin ist mir nicht entgangen, Jeb«, sagte sie fest. »Ich verstehe, dass du dir Gedanken um Trace machst. Aber du kennst mich. Und ich hoffe, du weißt, dass ich absolut kein Interesse daran habe, deinem Bruder wehzutun.«

»Ja, sicher«, antwortete Jeb. »Nimm einfach Rücksicht auf seine Gefühle. So taff, wie er immer tut, ist er nämlich nicht.«

»Brindle!« Trixie kam zusammen mit Lindsay an den Tisch und umarmte sie. »Schön, dass du da bist!« Lindsay war blond. Traces kleiner Schwester Trixie fiel das dunkle Jericho-Haar in langen Stufen über die Schultern. Ihr Karohemd hatte sie im typischen Trixie-Look in der Taille geknotet.

»Hi«, sagte Brindle. Sie war glücklich über die fröhliche Begrüßung. »Ihr habt mir gefehlt.«

»Du uns auch. Und wir müssen dringend reden, Mädel«, sagte Lindsay. Zusammen mit Trixie zog sie Brindle ein paar Schritte vom Tisch weg. »Und nicht bloß über die Babyparty, die ich definitiv für dich schmeißen werde.« Lindsay war Eventplanerin und Fotografin. Auch Graces Hochzeitsfeier hatte sie auf die Beine gestellt und sie managte so gut wie jede andere kleine und große Veranstaltung in der Umgebung. »Ich möchte absolut alle Einzelheiten über diese Schwangerschaft wissen, vor allem, wer der Vater …«

»Nur vielleicht nicht gerade jetzt.« Trixie zwinkerte Brindle zu. »Was ist eigentlich mit dir und Trace los? Beim Scheunenfest sah er aus, als würde er dem Nächstbesten an die Gurgel gehen, und jetzt könnte man meinen, zwischen euch wäre alles so wie immer.«

Brindle schaute zu Trace hinüber. Er lehnte am Tresen und ein ganzer Trupp Frauen checkte ungeniert seine breiten Schultern und seinen knackigen Hintern ab. Eifersucht wollte sie packen, doch er war ganz auf JJ konzentriert. Die Ladys würdigte er keines Blicks. Das fühlte sich unfassbar gut an, machte ihr schlechtes Gewissen, weil sie ihn belogen hatte, aber gleich noch ein bisschen schwerer zu ertragen.

Er drehte den Kopf und fing ihren Blick auf. Ein Hitzestrahl durchzuckte sie.

Aber er will jetzt gerade kein Kind, sagte eine Stimme in ihrem Kopf.

»Seit wann weiß *ich* denn, was mit Trace und mir los ist?«, antwortete Brindle schließlich. »Er hat mich abgeholt und ihr kennt ihn ja. Ein Nein lässt er nicht gelten.«

»Das hat er gut gemacht«, antwortete Trixie. »Du gehörst

hierher zu uns.«

Lindsay nickte. »Das gesamte Oak-Falls-Universum war während deiner Reise komplett aus der Bahn. Dienstagabende sind Trace-und-Brindle-Abende. Du warst in Paris, er war hier und hatte eine Mörderlaune.«

»Ernsthaft?«, fragte Brindle. Trace steuerte bereits wieder auf den Tisch zu und lachte dabei über eine Bemerkung von Sin. Attraktiv waren alle Jericho-Männer, aber Trace war zudem die perfekte sexy Mischung aus markant und jungenhaft. Damit hielt er sie in Atem – *und in seinem Bett*. Sie spürte, wie ihre Wangen heiß wurden, und drehte sich weg, damit er es nicht sah, wenn er die Getränke auf den Tisch stellte.

»Ja, ernsthaft«, antwortete Trixie. »Die Spaßbremse ist sogar mit mir nach Pleasant Hill in Maryland gefahren, um dort bei Nick Braden ein Pferd abzuholen. Das wäre ihm sonst nie eingefallen.« Nick war einer von Grahams Brüdern und ein bekannter Pferdetrainer. Er und Trixie standen in ständigem Austausch, und schon lange bevor Morgyn und Graham sich bei einem Musikfestival in Romance, Virginia, kennengelernt hatten, hatte er Trixie Freestyle-Trainingstechniken beigebracht.

»Trace war ein echter Klotz am Bein.« Lindsay grinste. »Du weißt ja, dass Trixie in Pleasant Hill gerne mit Nicks Schwester Jilly feiern geht.« Jillian war Modedesignerin und betrieb in Maryland eine schicke Boutique.

Trixie mochte eine erwachsene Frau in den Zwanzigern sein, doch der Beschützerinstinkt ihrer Brüder war genauso überentwickelt wie der von Sable. Deshalb war es für sie ziemlich schwer, in Oak Falls Dates zu finden. Denn kaum ein Mann hatte Lust, den Zorn der Jericho-Brüder auf sich zu ziehen.

»Falls du noch mal nach Paris fährst, nimm Trace bitte mit.

Wenn es sein muss, als Babysitter. Hauptsache, du hältst ihn mir vom Leib«, sagte Trixie.

»Wo wir gerade von Babysittern sprechen. Ich kann gar nicht glauben, dass du schwanger bist. Wie bringst du das denn deinen Schulkindern bei?«

»Herrje, die wissen es schon. Ihr habt ja mitbekommen, wie es beim Scheunenfest gelaufen ist. Nicht wirklich nach Plan, aber was hätte ich denn tun sollen?«

»Nichts«, erklärte Trixie gelassen. »Du bist niemandem Rechenschaft schuldig.«

»Ja, genau«, pflichtete Lindsay ihr bei.

Wenn es nur so einfach gewesen wäre. Brindle freute sich über die moralische Unterstützung durch ihre Freundinnen, wusste aber nur zu gut, dass sie bald mit Trace sprechen musste.

»Kommt, lasst uns tanzen.« Trixie zog Lindsay und Brindle zur Tanzfläche.

Sie tanzten ausgelassen zu ein paar Countrysongs, lachten und alberten herum. Trace stand am Tisch und schien sich zu unterhalten, doch Brindle spürte, wie der Blick aus seinen dunklen Augen jede ihrer Bewegungen verfolgte. Oh, wie sie das liebte! Sie tanzte noch ein bisschen sexyer, zog mit Trixie und Lindsay eine kleine Show ab, hob die Arme über den Kopf und schwang verführerisch die Hüften. Genau das hatte sie gebraucht. Beim Tanzen konnte sie Dampf ablassen, anstatt zu Hause zu sitzen und zu grübeln, was ihre neidischen Kolleginnen und ihre pubertären Highschool-Kids von ihr dachten.

Sie sah, wie Trace sich durch die Menge auf sie zuschob.

»Sorry, Ladys.« Besitzergreifend legte er ihr einen Arm um die Schultern. »Auf einen Tanz mit meinem Mädchen habe ich schon viel zu lange gewartet.«

Er nahm Brindles Hand und wirbelte sie herum in seine Arme. »Sollen wir denen mal zeigen, wie man das macht, Babe?«

»Aber klar doch.«

Sie tanzten schon seit so vielen Jahren mindestens einmal die Woche miteinander, dass sie mühelos in ihren gemeinsamen Rhythmus und zu ihrer eigenen Version von Triple-Step-Country-Swing fanden. Die Leute machten ihnen Platz und sie nutzten ihn. Sie vollführten Drehungen und Dips, lachten und passten ihre Schritte dem unterschiedlichen Tempo der Songs an. Sable beobachtete sie von der Bühne aus wie ein Habicht. Aber Brindle kümmerte das nicht. Sie hatte viel zu viel Spaß. Shane und Sin kamen auf die Tanzfläche und drehten ein paar Runden mit Lindsay und Trixie.

Doch viel zu bald spielte die Band ein Line-Dance-Stück, bei dem Brindle ihren Partner hergeben musste. Sie warf Sable einen erbosten Blick zu. Ihre Schwester wusste genau, wie gern sie mit Trace tanzte, und grinste ziemlich selbstzufrieden zurück.

Das ist hundsgemein, Schwesterherz.

Trace nahm Brindles Hand und zog sie an sich. »Du hast's noch drauf, Mustang.«

»Danke! Es tut so gut, mit dir hier zu sein. Dabei wollte ich eigentlich gar nicht kommen. Danke, dass du nicht lockergelassen hast.«

Er zwinkerte ihr zu und beugte sich noch näher. »Du weißt, wie aufregend ich es finde, wenn du kommst«, raunte er ihr mit tiefer, rauer Stimme ins Ohr.

»Lasst uns zum Tisch zurückgehen.« Trixie zeigte auf die Sitznische.

»Wow, wenn wir so weitermachen, muss ich mir das Eiswasser über den Kopf schütten, das du mir vorhin geholt hast.« Brindle fächelte sich Luft zu und folgte den anderen. Am Tisch nahm sie gleich einen großen Schluck Wasser. Trixie und Lindsay schoben sich auf die Bänke.

»Ich habe es schon oft gesagt und ich sage es noch mal, Brindle. Ich würde alles geben, so tanzen zu können wie du«, erklärte Lindsay. »Ich wette, du wirst selbst mit einem Monsterbauch noch die Tanzfläche rocken.«

»Was für eine Vorstellung!« Brindle schaute Trace an, der neben ihr stand und ihr eine Hand ins Kreuz gelegt hatte.

»Wie weit bist du denn schon?«, fragte Lindsay.

»Weit genug, um ständig pinkeln zu müssen. Bin gleich wieder da.« Brindle machte einen Schritt Richtung Toilette. Trace blieb an ihrer Seite und legte einen Arm um ihre Taille. »Du musst nicht mitkommen«, sagte sie. »Mir war nur heiß, es geht mir gut.«

»Wenn du glaubst, dass ich die schönste Frau in diesem Laden hier herumlaufen lasse, als wäre sie noch zu haben, täuschst du dich.«

»Ach was«, sagte sie leise. »Auf ein schwangeres Mädchen sind die Kerle nicht scharf.«

Sie war erleichtert, auf dem Weg zum Damenklo in ein paar freundliche Gesichter zu schauen. Vielleicht hatte Trace ja recht. Bislang hatte sie den Tratsch nie gefürchtet und war den Klatschmäulern nie aus dem Weg gegangen. Warum sollte sie jetzt damit anfangen?

»Ich habe den Fehler gemacht, dich allein nach Paris gehen zu lassen«, sagte er viel zu lässig für eine so ernste Bemerkung. »So was passiert mir nicht noch mal.«

Sie öffnete den Mund, um ihm zu antworten, doch ihre Schlagfertigkeit ließ sie im Stich. Ein kleines Grüppchen junger Frauen kam kichernd aus der Damentoilette. Brindle nutzte den

Moment und schlüpfte durch die Tür. »Bin in einer Minute wieder da.«

Im Vorraum atmete sie erst einmal tief durch. Dann benutzte sie die Toilette, wusch sich die Hände und dachte dabei über Traces Worte nach.

Die Tür ging auf und ausgerechnet Heather Ray spazierte herein. Einen Moment lang standen sie beide stocksteif da und musterten einander.

Brindle zwang sich, ein Lächeln aufzusetzen. »Hi.« Sie hielt die Hände unter den Trockner.

»Brindle, hi.« Heather trat von einem Fuß auf den anderen. Sie sah süß aus in ihren Skinny Jeans und einem lilafarbenen Top. »Mit dir hatte ich gar nicht gerechnet.«

»Eigentlich wollte ich auch nicht herkommen. Aber Trace hat mich einfach mitgeschleppt.« Brindle heftete den Blick auf den Trockner.

»Hör mal, ich möchte, dass du weißt … Sicher hast du gehört, dass ich mit Trace vom Scheunenfest verschwunden bin.«

So viel zum Thema *Vergessen und Verdrängen*. »Hm-hm.«

»Glaub mir, es ist nichts passiert. Wir haben nur stundenlang über dich geredet. Er war ziemlich von der Rolle und, na ja, du gehörst zu den wenigen Leuten hier im Ort, die nicht über mich herziehen. Deshalb sage ich dir das.«

Brindle hatte Trace geglaubt. Aber die Geschichte noch einmal aus Heathers Mund zu hören, war ein überraschend gutes Gefühl. »Danke«, sagte sie. »Trace hat mir schon gesagt, dass nichts gelaufen ist. Aber dass ihr über mich gesprochen habt, ist mir neu. Tut mir leid. Für dich muss das doch ziemlich merkwürdig gewesen sein.«

Heather schüttelte den Kopf und legte die Stirn in Falten.

»Eigentlich nicht. Während du weg warst, hat er sich öfter mit mir unterhalten. So wie früher auch schon. Aber wir hatten nie etwas miteinander. Vor längerer Zeit haben wir uns mal geküsst. Während einer eurer Trennungen und auch nicht gleich zu Anfang. Aber er hat sich dafür gehasst.«

Brindles Herz zog sich zusammen. »Ihr habt also nie …?«

»Nein. Nie. Aber die Leute reden nun mal gern. Ich weiß nicht, wie es mit dem Vater des Babys läuft. Aber Trace ist ein guter Mann und er liebt dich.«

Brindle spürte, wie Tränen in ihre Augen drängten. Ihre Gefühle packten sie mit aller Macht. Dass Trace so etwas wie Liebe für sie empfand, wenn auch vielleicht nicht auf die Art, die sie sich wünschte, hatte sie zwar geahnt. Doch zu hören, dass er es Heather anvertraut hatte, aus welchem Grund auch immer, war überwältigend. Brindle schaute hinauf an die Decke und wedelte mit der Hand ihre Augen trocken. »Die Hormone. Sorry!«

Heather verschwand in einer Kabine. »Alles Gute für das Baby«, rief sie noch.

Brindle brauchte einen Moment, um sich wieder zu fangen. Dann verließ sie die Toilette. Trace stand noch draußen. Sie schlang die Arme um seinen Hals, stellte sich auf die Zehenspitzen und küsste ihn auf die Lippen. »Danke.«

»Dass ich hier draußen auf dich gewartet habe?« Er hob fragend die Brauen.

»Nein. Dafür, dass du du bist.«

»Kann ich vielleicht auf der Tanzfläche ich sein? Die spielen unser Lied. Los, schnell.« Er zog sie zurück ins Getümmel und ganz nach vorn an die Bühne.

»Unser Lied?«, fragte sie.

Er neigte den Kopf. Sein Blick forderte sie auf, genau

hinzuhören. Sie erkannte »Fuckin' Perfect« von Pink und ihr Magen schlug einen Purzelbaum.

»Unser Lied, Babe.«

Trace tanzte so herrlich ungezogen. Er zog sie fest an sich, drängte seinen Oberschenkel zwischen ihre, und schon wanden sie sich umeinander wie paarungsbereite Schlangen. Aus dem Augenwinkel sah Brindle, wie Sable sie von der Bühne aus fixierte. Traces Hände wanderten derweil von ihren Hüften zu ihrem Hintern und holten ihre Aufmerksamkeit zurück zu ihm, wo sie hingehörte.

Er sang den Text mit, versicherte ihr mit Pinks Worten, sie sei verdammt perfekt, und sie spürte, wie sie sich in ihm verlor. Bei der Ankunft im Pub war sie noch furchtbar nervös gewesen, aber Trace hatte wie immer all ihre beklemmenden Gedanken weggewischt. Ihre Körper rieben sich im Rhythmus der Musik aneinander, die durch sie hindurchfloss und wie ein unbändiger Geliebter auch ihre letzten Sorgen vertrieb. Als Trace den Kopf neigte und ihr den Refrain ins Ohr sang, brachen sich alle Gefühle, die sie zurückgehalten hatte, Bahn. Sein athletischer Körper bewegte sich mit ihrem. An ihrem. Er fühlte sich so gut an, so richtig. Die Sehnsucht von Monaten drängte an die Oberfläche. Das Verlangen, ihn zu spüren, wurde geradezu schmerzhaft. Sie ließ alles los, was sie zurückhielt, und tanzte rückhaltlos und ohne Hemmungen.

Nach dem Lied hielt Trace sie weiter fest und warf Sable einen triumphierenden Blick zu.

Meine beiden Bodyguards. Brindle liebte alle zwei unsäglich. Als Sable übergangslos und voll trotziger Energie die ersten Takte von »Love Bites« von Halestorm aus ihrer Gitarre dröhnen ließ und der Rest der Band ihr kaum folgen konnte, musste Brindle lachen. Doch Trace hatte noch lange nicht genug. Er drückte sie an sich und tanzte ganz langsam mit ihr, während um sie herum die Leute im peitschenden Rhythmus des Songs hochsprangen und sich wild verrenkten.

Trace packte ihren Hintern und presste seine harte Hitze gegen sie, während sie sich in perfekter Harmonie bewegten. Seine Hüften pulsierten, seine Hände wanderten, und ihr war völlig egal, wer sie so sah oder vielleicht über sie redete. Denn sie war genau da, wo sie sein wollte, und nichts konnte sie vertreiben. Nicht einmal Sables nächstes wütendes Gitarrenriff und auch nicht das danach. Wie aus großer Ferne registrierte sie, wie Freundinnen und Bekannte sie grüßten, wenn sie die Tanzfläche betraten oder verließen. Doch die Worte drangen nicht zu ihr durch. Irgendwann hörte sie, wie Sable »Bad Things« anstimmte und Trace ihr die Textzeilen ins Ohr sang. Ziemlich ungezogen tanzten sie weiter dazu, verloren in ihrer eigenen erotischen Blase. Als er die Lippen neben ihr Ohr presste und Brindle seine Zunge an der Haut spüren ließ, richteten sich ihre Brustwarzen zu harten, prickelnden Spitzen auf. Seine warmen Lippen wanderten über ihre Wange und ihren Hals. Dann streiften sie zart ihren Mund und sein durchdringender Blick wollte sie verschlingen.

Sie erkannte die Bitte um Einverständnis und schob die Hände in seine Gesäßtaschen. Wie unzählige Male zuvor drückte sie seinen Hintern. Ein sündiges Lächeln erschien auf seinen Lippen, bevor sie hungrig zu ihren fanden. Ihre Zungen verschlangen sich ineinander, ihre Körper wanden sich im Einklang. Nach vielen Monaten voller Sehnsucht war sie endlich zurück in Traces Armen. Die letzten Hemmungen verflogen, doch als sie die Flügel ausbreiten und abheben wollte, regte sich ein Gedanke in ihr.

Das Gerede, das sie mit ihrem Verhalten heraufbeschwor,

traf nicht allein sie.

Sie musste an ihr Baby denken.

Atemlos und ein wenig schwindelig beugte sie sich zurück, löste die Lippen von seinen und zwang sich, ihre Gedanken auszusprechen. »Trace, wir gießen gerade Öl ins Tratschfeuer.«

»Wann haben wir uns je danach gerichtet, was andere Leute denken?«

Und da war sie, ihre gemeinsame rebellische Ader, ihre trotzige Entschlossenheit, niemanden über sie bestimmen zu lassen. Allein aus diesem Grund passten sie perfekt zusammen.

Brindle drängte die Finger tiefer in seine Gesäßtaschen. Seit vielen Jahren gab sie ihm auf diese Weise grünes Licht, und dieses geheime Zeichen hatte ihm unendlich gefehlt, als sie eine gefühlte Million Meilen von ihm entfernt gewesen war. Sie hatte Angst vor dem Gerede, doch tief in ihren Augen lag unbändige Lust. Als er sie nun küsste, hallten ihre mahnenden Worte in ihm nach. *Ich will nicht, dass mein Kind unter einer Dunstglocke aus Tratsch aufwachsen muss.*

Er zwang sich, den Kopf zu heben. »Möchtest du lieber hier weg?«

Sie nickte heftig.

Erst nahm er sie nur an der Hand, zog sie dann aber an seine Seite, weil er sie noch näher bei sich haben wollte. Eilig führte er sie durch die Menge, weg von den neugierigen Blicken ins Büro seines Bruders. Sie mussten noch ihre Jacke holen. Auf dem Weg zum Schreibtischstuhl, wo die Jacke hing, hörte er das Türschloss klicken. Er wandte sich um und sah, wie Brindle lockend mit dem Finger winkte. Hunger brannte in ihren Augen. Sie zog die Nase kraus und zuckte mit einer Schulter. Die süße Angewohnheit fachte das Feuer in ihm noch weiter an, Zurückhaltung wurde zu einem Ding der Unmöglichkeit. Er riss Brindle an sich. Gierig und wild verschlang er ihren Mund. Fest aneinandergeklammert kämpften sie sich aus den Stiefeln, nur um dann hastig nach Hosenknöpfen zu tasten.

Mit Brindles Hosenknopf stimmte irgendetwas nicht. Trace nahm den Mund von ihrem und keuchte: »Was zum …?«

»Ein Gummiband. Hab ein bisschen mehr Platz gebraucht.« Mit einer Hand zog sie seinen Kopf zurück zu ihrem, damit sie ihn küssen konnte, mit der anderen nestelte sie an ihrer Hose.

Unter wilden, lustvollen Küssen wanden sie sich aus den Jeans. Dreieinhalb Monate fühlten sich an wie eine Ewigkeit. Fieberhaft küssten, rieben, tasteten und knabberten sie, ihre Hände und Münder hungriger denn je. Trace wollte Brindle ganz ausziehen, sie mit der Zunge verwöhnen und ihre Brustwarzen necken, bis sie ihn um mehr anflehte. Doch noch dringender als den nächsten Atemzug brauchte er das Gefühl, tief in ihr zu sein.

»Gott, ich habe dich vermisst.« Er hob sie auf den Schreibtisch und drängte sich zwischen ihre Schenkel.

»Zeig mir, wie sehr«, forderte sie ihn heraus.

Wortlos zog er sie zur Tischkante und drang mit einem harten Stoß in voller Länge in sie ein. Einen Moment lang verharrte er reglos in dem überwältigenden Gefühl ihrer Hitze, die ihn fest umschloss. »Verdammt, Mustang. Es ist viel zu lange her.«

Sie stöhnte lustvoll auf. Der Laut durchzuckte ihn wie ein Stromschlag und verstärkte sein wildes Verlangen. Ihre Münder prallten aufeinander, und er begann, sich zu bewegen. Der pulsierende Beat der Musik vibrierte durch die Wände, Brindles Fingernägel gruben sich in seinen Arm und in seinen Nacken, während sie seine Stöße hart und ungezügelt erwiderte. Zurückhaltung hatte es für sie beide nie gegeben. Prickelnde Fantasien wurden stets umgehend in die Tat umgesetzt. Seidene Fesseln, heimliche wilde Spiele an halb öffentlichen Orten – sie kannten keine Tabus. Nichts davon hatte er je mit einer anderen tun wollen. Nicht, wenn er sauer auf Brindle war, nicht, wenn sie davonlief, um ohne ihn durch Paris zu streifen. Aber hin und wieder musste man eine Frau ein bisschen eifersüchtig machen, damit ihr klar wurde, was sie an einem hatte. Das war ihm auch immer ganz gut gelungen, ohne dabei tatsächlich mit einer anderen zusammen sein zu müssen.

Doch jetzt wollte er sich einfach nur fallenlassen und genießen, merkte aber bald, dass ihn etwas zurückhielt. Es war die leise Befürchtung, in der Hitze der Leidenschaft Brindle oder dem Baby wehzutun. Dabei stieß sie so herrlich sündige Laute aus und klammerte sich an ihn wie eine Ertrinkende. Hin- und hergerissen zwischen Ekstase und Verantwortungsbewusstsein versuchte er, den Gedanken an das Baby wegzuschieben. Doch das war völlig unmöglich und er zog sich ein wenig zurück. Überrascht stellte er fest, dass seine Sorge Brindle *und* ihrem Kind galt. Dass es von einem anderen war, tat plötzlich nichts mehr zur Sache.

»Härter«, drängte sie.

Er küsste sie tiefer, versuchte seine mahnende innere Stimme zu überhören. Doch die gab einfach keine Ruhe.

Sie hob den Kopf. »Warum hältst du dich zurück?«, fragte sie atemlos.

»Das Baby …«

»Keine Angst!«, presste sie hervor. »Der Arzt hat gesagt, ich darf. Es ist alles gut. Sei ganz bei mir, Trace. Ich habe mich so lange nach dir gesehnt ...«

Nach mir ...

Die Worte ließen das Tier in ihm von der Kette. Er hob sie hoch, küsste sie und drang tiefer in sie ein. Seine Hände packten ihren Hintern. Er bekam einfach nicht genug von ihr. Er wollte sie völlig nackt haben, jeden Quadratzentimeter von ihr verschlingen und sie wieder ganz zu der Seinen machen. Weil er eine feste Stütze brauchte, trug er sie zur Wand. Dann brachen Monate zurückgehaltener Leidenschaft sich unaufhaltsam Bahn. Sein Mund saugte sich an ihrem Hals fest und mit jeder Bewegung seiner Lippen und seiner Zunge schloss sich ihre heiße Mitte noch fester um ihn. Seufzend und stöhnend klammerte Brindle sich mit den Beinen an seine Taille. Seine Hände an ihren Hüften halfen ihr, sich so schnell und so hart zu bewegen, wie sie es gerne hatte. Dann fiel ihr Kopf zurück und sie schloss die Augen. Laut und gierig quoll sein Name von ihren Lippen und er ließ sich mitreißen in den sinnlichen Strudel und bis an den Punkt höchster Lust.

Aneinandergeklammert spürten sie den Nachbeben nach, die durch ihre Körper vibrierten.

Entspannt hing Brindle dabei in seinen Armen. Den Kopf schmiegte sie schwer atmend an seine Schulter. Als er einen Schritt von der Wand zurückwich und sie absetzen wollte, hielt sie sich an ihm fest. »Kannst du mich noch einen Augenblick lang halten?«

»Ja, natürlich. Ich bin bei dir, Babe.« Er küsste ihre Schulter. »Ich bin immer bei dir.«

Er schloss die Augen und sog den Moment der Nähe in sich auf. Dass diese Stimmung nicht mehr als eine Minute lang anhalten konnte, wusste er nur zu gut. Denn so gerne er es auch vergessen wollte, Brindle trug das Baby eines anderen in sich.

»Trace?«, flüsterte sie.

»Ja?«

Mehr sagte sie nicht. Sie schlang nur die Arme noch fester um ihn und drückte das Gesicht an seinen Hals. Gott, wie sehr hatte ihm das gefehlt. Ihr Duft, ihr Bedürfnis, festgehalten zu werden, ihre unersättliche Gier. Sie fühlte sich in seinen Armen so richtig an, dass er sie einfach einpacken und mit nach Hause nehmen wollte. An den Ort, an den sie immer gehört hatte.

Doch sie war nun nicht mehr die Seine, ganz gleich wie sehr er sich das einreden wollte. Der Vollidiot, der sie geschwängert hatte, konnte jede Minute merken, dass er einen riesigen Fehler beging, und sie bitten, zu ihm zurückzukommen.

Soll er es doch versuchen. Dann drehe ich ihm seinen verdammten Hals um. Schon dafür, dass er dich hat hängenlassen.

Nach einem langen Moment des Schweigens fragte er: »Was ist, Brin?«

»Nichts.« Sie klang fast ein wenig verstimmt. »Danke, dass du mich mitgenommen hast.«

Sieben

Am Donnerstagabend lief Brindle auf dem Weg zu Ambers Buchladen im Nachbarort Meadowside Patty Ann Staley in die Arme. Der Buchladen lag zwischen Patty Anns »Catch Up Diner« und »Magnificent Gifts«, einem hübschen Geschenkeladen. Die temperamentvolle brünette Patty Ann hatte die Gabe, den Blick ihrer Mitmenschen stets auf das Gute zu lenken. Sie war mit Brindles Eltern befreundet und hatte früher manchmal auf Brindle und ihre Geschwister aufgepasst.

Jetzt stemmte sie die Hände in die runden Hüften und lächelte herzlich. »Schau mal an, wer wieder da ist. Wie geht's dir denn, Zuckerpüppchen?«

Ich grüble, bin traurig und völlig durch den Wind. Seit dem Abend mit Trace waren zwei Tage vergangen. Zwei Tage, seit sie ihm beinahe die Wahrheit gesagt, dann aber in letzter Sekunde kalte Füße bekommen hatte. So groß das Gefühl von Nähe zwischen ihnen auch gewesen war, er wollte nun mal kein Kind. Und ganz gleich, wie sie die Entschuldigung und ihre Erklärung formuliert hätte, sie hatte gelogen, und Lügen ließen sich nicht schönreden. Doch nichts davon war Patty Anns Problem. »Mir geht's gut«, antwortete Brindle deshalb. »Und wie geht's dir?«

»Seit du zurück bist, bedeutend besser. Ohne dich war es hier eindeutig zu still.« Patty Ann rückte ein wenig näher und senkte die Stimme. »Ich habe gehört, du hast einen Braten in der Röhre.«

»Ja, stimmt.«

»Gratuliere, Süße. Und mach dir bloß keinen Kopf. Die Klatschmäuler werden sich bald beruhigen, und dann sagen alle nur noch, wie süß du mit einem Babybauch aussiehst. Deine Mom freut sich sicher wie eine Schneekönigin. Sie wünscht sich doch so sehr ein Enkelkind.«

»Danke. Und, ja, ich glaube, sie freut sich tatsächlich.«

Auf Patty Anns Stirn erschienen Falten. »Und was ist mit dir? Bist du denn glücklich darüber?«

»Ja, bin ich«, antwortete sie wahrheitsgemäß. »Erst war es ein Schock, aber jetzt freue ich mich.«

»Gutes Mädchen.« Patty Ann umarmte sie. »Und wie hat Trace es aufgenommen? Es heißt ja, das Kind sei nicht von ihm. Das hat mich ganz schön von den Socken gehauen, aber Paris soll ja eine unfassbar romantische Stadt sein. Dass du deinem Herzen gefolgt bist, kann dir keiner verübeln.«

Brindles Brust zog sich zusammen. Auf die Frage zu Trace ging sie nicht weiter ein. »So romantisch, wie alle denken, ist Paris gar nicht«, antwortete sie stattdessen.

»Ach ja?« Einen Moment lang schwiegen sie beide etwas verlegen. »Du bist sicher auf dem Weg zu deiner Schwester«, sagte Patty Ann schließlich.

»Ja.« Brindle legte eine Hand auf ihren Bauch. »Ich möchte mir ein paar Babybücher holen.«

»Prima. Dann mal los. Aber tu mir bitte erst noch einen Gefallen.« Patty Ann zeigte auf das Werbeposter für das Turkey-Trot-Rennen, das jedes Jahr zu Halloween in Oak Falls stattfand und auch von vielen Geschäftsleuten in Meadowside gesponsert wurde. Das Plakat hing im Fenster des Diners. »Findest du, es hängt gerade?«

»Ich glaube, es hängt ein bisschen schief. Die linke Ecke scheint mir tiefer als die rechte.« Trace und fast alle seine Freunde liefen das Rennen seit jeher mit, während Brindle immer beim Walken antrat, um ihren Schülerinnen und Schülern ein gutes Vorbild zu sein. Dieses Jahr wollte sie sich allerdings lieber unter die Zuschauer mischen und ihren Liebsten anfeuern.

»Berle hat das auch schon gesagt. Aber für mich sieht es gerade aus.« Patty Ann tippte mit dem Zeigefinger an ihr Unterlid. »Vielleicht muss ich mal zum Augenarzt. Ach ja, vor ein paar Tagen habe ich Grace und Reed gesehen. Deine Eltern freuen sich sehr, dass Grace wieder hergezogen ist. Und ich finde, Reed ist ein wirklich netter Kerl. Unsere Grace ist ein echter Glückspilz. Okay, Zuckerpüppchen, ich muss wieder rein. Hat mich gefreut, dich wiederzusehen, und schau ruhig öfter mal vorbei. Du weißt, ich habe immer einen leckeren Pie für dich in der Kuchentheke.« Winkend ging Patty Ann zurück ins Diner.

Grace war nicht bloß ein Glückspilz, sie war klug, gefestigt und vernünftig, was sie für Brindle manchmal ein bisschen langweilig gemacht hatte. Doch inzwischen war ihr bewusst, dass gerade diese Charakterzüge es ihrer ältesten Schwester ermöglichten, mit Reed eine harmonische Beziehung ohne Drama und Eifersucht zu führen. Vielleicht sollte sie sich von Grace eine Scheibe abschneiden.

Die Glocke über der Tür von Story Time bimmelte, als Brindle den Buchladen betrat. Sofort umwehte sie der heimelige Duft von Zimt, und sie merkte, wie ihre Anspannung nachließ.

Amber, Grace und ihre Freundin Aubrey Stewart standen gemeinsam an einem Tisch voller Bücher und origineller Geschenkartikel. Aubrey und Amber hatten sich an der Boyer University kennengelernt und zusammen mit einigen anderen schreibenden Studentinnen die »Ladies Who Write« gegründet. Sie waren sogar alle zusammen in ein Haus gezogen. Aubrey und zwei andere LWW-Freundinnen betrieben inzwischen LWW Enterprises, eine Multimediafirma in Port Hudson, New York. Aubrey leitete die Film- und Fernsehabteilung.

»Hi, Brin«, sagte Amber. Reno tappte zu ihr und begrüßte sie schwanzwedelnd. »Heute Morgen bei Mom haben wir dich vermisst.«

»Tut mir leid. Ich brauche gerade viel Zeit für mich. Es gibt so vieles, worüber ich nachdenken muss.« Brindle und ihre Schwestern trafen sich vor der Arbeit manchmal bei ihrer Mutter zum Frühstück. Aber auf Sables bohrende Fragen konnte Brindle im Augenblick gut verzichten. Sie streichelte Reno über den Kopf. »Schön, dich zu sehen, Aubrey. Ich wusste gar nicht, dass du hier bist.«

»Und ich wusste nicht, dass du ein süßes Geheimnis hast.« Aubrey zwinkerte ihr lächelnd zu und umarmte sie. »Du siehst so umwerfend aus wie immer. Und wie ich höre, war Paris ganz besonders gut zu dir.«

»Danke. Aber ich bin froh, dass ich wieder zu Hause bin. Was hat dich denn in unsere schöne Gegend verschlagen?«

»Aubrey hat sich eine kleine Pension etwa eine Stunde von hier entfernt angesehen. Für Charlottes Film. Und wir möchten uns über das Skript unterhalten«, erklärte Grace. Charlotte Sterling war eine der LWW-Schwestern und schrieb vor allem erotische Liebesromane. Aubrey wollte eines von Charlottes Büchern verfilmen und Grace sollte das Drehbuch dafür schreiben.

»Hast du keine Helferlein, die für dich Locations suchen?«, fragte Brindle.

»Glaubst du, ich lasse einfach *irgendwen* die Drehorte für Charlottes Film erkunden? Nie im Leben!« Aubrey wedelte dramatisch mit den Händen. Gemeinsam gingen sie zu dem einladenden Sitzbereich mit gemütlichen Sofas und bunt zusammengewürfelten Sesseln weiter hinten im Buchladen. »Außerdem musste ich dringend mal raus. Prickelnde Begegnungen sind in Port Hudson derzeit nämlich Mangelware.«

Brindle zog die Nase kraus. »Wie bitte? Du bist Single, steinreich und findest keinen Kerl für gewisse Stunden? Das glaube ich nicht.«

»Ihr Lieblingskerl für gewisse Stunden ist gerade in Belize.« Amber setzte sich auf eine Couch, Reno legte sich neben ihre Füße.

»*Belize?*«, fragte Brindle. »Ihr meint dasselbe Belize, wo Morgyn und Graham gerade ein paar Wochen lang an einer Siedlung gebaut haben?« Aubreys Schweigen verriet, dass sie den Nagel auf den Kopf getroffen hatte. »Sprecht ihr etwa von Grahams Geschäftspartner? Von Knox Bentley? Morgyn hat mir erzählt, dass er wegen irgendwelcher Verhandlungen dort ist.«

Ambers Grinsen und dass Aubrey geflissentlich an ihnen vorbeischaute, bestätigten Brindles Vermutung.

»Grundgütiger!« Jetzt legte Brindle dramatisch die Hand auf die Brust. »Ich wusste ja, dass du jemanden hast, wenn du mal nicht alleine ins Bett gehen willst. Warum bin ich bloß nie darauf gekommen, dass dieser Jemand Knox Bentley ist? An deiner Stelle würde ich meinen Hintern schnellstens nach Belize bewegen. Der Kerl ist brandheiß.«

»Oh ja, das ist er. Und absolut unschlagbar im Bett.« Aubrey strich sich durch ihr blondes Haar. »Aber zwischen uns beiden ist sonst nichts. Wir haben nur gern ein bisschen Spaß zusammen, also behaltet es bitte für euch. Ich möchte nicht, dass Graham und Morgyn einen falschen Eindruck bekommen.«

»Ich schweige wie ein Grab«, versprach Brindle. Gleichzeitig schoss ihr durch den Kopf, dass sie sich ebenfalls immer eingeredet hatte, sie und Trace wollten nur unverbindlichen Spaß und sie hätten beide kein Interesse an mehr. *Und jetzt schau, wohin mich das gebracht hat. Ich hocke mit einem dicken Bauch und einem gebrochenen Herzen da, weil ich mich in einer Lüge verfangen habe und nicht weiß, wie ich wieder rauskommen soll.*

»Die Dame, wie mich dünkt, gelobt zu viel«, zitierte Amber lächelnd Shakespeare.

Aubrey warf ihr einen düsteren Blick zu. »Jetzt bloß keine schlauen Sprüche aus der Weltliteratur, junge Frau.«

»Ich finde auch, dass du nach Belize fliegen solltest.« Grace ließ die Brauen tanzen. »Becca sagt, du hättest seit Wochen schlechte Laune. Und jetzt wissen wir auch, warum.« Becca war Aubreys Assistentin.

»Ihr seid nicht ganz bei Trost. Knox und ich haben eine Bettgeschichte am Laufen, nicht mehr und nicht weniger.« Aubrey schlug die Beine übereinander. »Ihr werdet sehen, heute Abend stürze ich mich ins Kleinstadtnachtleben und finde einen strammen Cowboy, der auch ein bisschen Abwechslung sucht. Dann könnt ihr alle meinen perfekten Hintern küssen.«

Solange du dich von meinem strammen Cowboy fernhältst, kein Problem.

Während sie weiter plauderten, schweifte Brindles Blick durch das Geschäft ihrer Schwester. Ambers Herz steckte in jedem Detail. Die Räumlichkeiten waren einladend und gemütlich, und bei allerlei Veranstaltungen fühlten sich alle Altersgruppen willkommen. Regelmäßig gab es Wettbewerbe, deren Gewinner dann unter anderem die Bücher fürs Schaufenster aussuchen durften. Autorinnen und Autoren aus der Region hielten bei Amber Lesungen und gaben Signierstunden für ihre Fans. Doch am besten gefiel Brindle der Kinderbereich, wo Ranken und Blumen sich um ein hohes Bücherregal aus Holzkisten wanden. Jede Menge Topfpflanzen und Efeu machten die raffinierte Konstruktion zu einem Baum. Ein Stapel Sitzkissen wartete auf die Kinder, die sich mit Büchern eingedeckt ein ruhiges Plätzchen suchen und nach Herzenslust schmökern konnten. Ambers freundliches, umgängliches Wesen übertrug sich auf alles, was sie anfasste. Brindle stellte sich vor, wie ihr Kind eines Tages auf einem der Kissen saß oder sich damit auf den Boden legte, während seine Mutter und seine Tante ein paar Schritte entfernt einen Plausch hielten.

Heiliger Strohsack. Sie berührte ihren Bauch und rief sich in Erinnerung, weshalb sie eigentlich hergekommen war. Sich hier mit Aubrey und ihren Schwestern zu treffen und zuzuhören, wie Aubrey über die Pläne für den Film redete und wie Grace von Reed schwärmte, war nicht ihre Absicht gewesen. Sie musste sich auf ihr Baby vorbereiten. *Vielleicht brauche ich auch erst mal ein Buch, in dem steht, wie ich mit Trace reden kann.*

Seit Dienstagabend hatte er ihr immer wieder Textnachrichten geschrieben, gefragt, wie es ihr ging, und die eine oder andere eindeutige Anspielung gemacht. So wie in alten Zeiten. Nur mit größter Mühe war es ihr gelungen, ihn weder zu ihr einzuladen noch sein Angebot anzunehmen, sich bei ihm zu treffen. Wenn sie zusammen waren, konnten sie die

Finger nicht voneinander lassen, und sie hatte jetzt schon ein furchtbar schlechtes Gewissen, weil sie mit ihm Sex gehabt hatte, ohne dass er die Wahrheit kannte. Wiedersehen wollte sie ihn erst, wenn sie wusste, wie sie sich aus ihrer Lügensackgasse manövrieren konnte.

Ihr Magen zog sich zusammen. Sie stand auf. »Ich brauche Babybücher«, murmelte sie.

»Sieht aus, als wäre meine wilde kleine Schwester plötzlich erwachsen geworden«, scherzte Grace.

»Ich habe euch gesagt, dass ich es nicht versemmeln werde. Helft ihr mir, ein paar Bücher auszusuchen? Oder sollen wir uns den ganzen Abend über Reed unterhalten?«

Amber und Aubrey machten sich auf den Weg zu der Regalreihe mit den Elternratgebern.

»Ich möchte eigentlich lieber weiter von Reed schwärmen«, murrte Grace. Damit brachte sie Brindle zum Grinsen, denn bevor sie sich unsterblich in Reed verliebt hatte, hatte Grace ihren Geschwistern oft und gerne erklärt, was sie in ihrem Leben alles verkehrt machten.

Sie blätterten ein paar Babybücher und Elternratgeber durch, überlegten, welche am besten passten, und halfen Brindle bei der Auswahl. Dann zogen Grace und Aubrey weiter. Amber bediente ein paar Kunden und Brindle ging zu den Ratgebern. Vielleicht fand sie hier ja eine Anleitung, wie man sich auf eine feste Beziehung einließ und ein tragfähiges Band knüpfte. Am Ende ging sie mit einem ganzen Bücherstapel zur Kasse. Ihr Kopf war schon jetzt so voller Informationen, dass sie kaum noch klar denken konnte.

»Wow, Brin. Glaubst du wirklich, du brauchst …« Amber zählte die Bücher. »… fünf Baby- und Elternbücher und vier Beziehungsratgeber? Moment. Ja, die brauchst du vermutlich.«

In Ambers Augen trat Mitgefühl. »Kommst du denn klar?«

»Ich weiß nicht mal mehr, was man darunter versteht. Ich hatte keine Ahnung, wie viel man lernen muss. Und eben bei der Suche nach den richtigen Büchern ist mir noch etwas bewusst geworden. Ich bin anders als du und Grace. Ich kann kein ruhiges Leben führen, zufrieden zu Hause sitzen und lesen.«

»Mach dir nicht so viele Gedanken. Du wirst eine großartige Mutter sein. Und wer sagt denn, dass du ein ruhiges Leben führen musst? Mom und Dad haben das auch nie getan.«

»Ja. Aber vor allem, weil sie sieben lebhafte, laute Kinder hatten. Was ist, wenn ich als Mutter versage? Wenn ich dem Baby vielleicht sogar schade? Was, wenn es durch mich nur lernt, ein rebellischer Dickschädel zu sein?«

Amber lachte. »Dann freuen Mom und Dad sich vermutlich diebisch über deine Kämpfe mit dem Nachwuchs.« Sie kam hinter der Theke hervor. »Rebellisch und dickköpfig wird dein Baby auf jeden Fall. Schließlich ist es dein Kind, Brin. Und ein starker Wille ist doch völlig in Ordnung. Bis jetzt hast du dich doch auch so gemocht, wie du bist. Weshalb machst du dir plötzlich solche Sorgen?«

»Weil ich nicht mehr weiß, ob ich wirklich ein guter Mensch bin.« Das Geständnis kam direkt aus ihrem Herzen und dennoch ganz und gar ungebeten über ihre Lippen. »Ich möchte nicht, dass mein Kind in dieser Hinsicht mir nachschlägt. Ich habe Angst, dass es ausgerechnet die Menschen verletzt, die es am meisten liebt.«

»Keiner von uns ist verletzt wegen deiner Schwangerschaft. Ach, Moment mal. Sprichst du von Trace?«

Brindle nickte. Tränen glitten über ihre Wangen. *Diese verdammten Hormone.*

Amber legte die Arme um sie und hielt sie schweigend fest.

Genau das brauchte Brindle in diesem Moment. Endlich konnte sie den Tränen freien Lauf lassen, die sie unbewusst zurückgehalten hatte. Allerdings musste sie sich vorsehen, sonst würde sie Amber die Wahrheit sagen. Morgyn war ja bereits eingeweiht und hatte sie am Mittwochmorgen gleich per Textnachricht gefragt, ob sie inzwischen mit Trace gesprochen hätte. Dass Morgyn so viel mehr wusste als Trace, fühlte sich an wie Betrug. Doch jedes Mal, wenn Brindle sich einen Ruck geben und mit Trace sprechen wollte, hielt das schmerzhafte Wissen, dass er kein Kind wollte, sie zurück.

Als die Tränen versiegten, drückte Amber ihr ein paar Papiertaschentücher aus der Schachtel auf der Theke in die Hand. »Sable meinte, du und Trace, ihr hättet am Dienstagabend regelrecht aneinandergeklebt. War das etwa nur schöner Schein? Gab es Streit? Sie dachte, ihr beide hättet euch zusammengerauft.«

»Nein, Trace macht alles richtig. Ich bin bloß völlig von der Rolle. Vermutlich die Hormone.«

»Sollen wir uns heute einen gemütlichen Abend machen?«, bot Amber an. »Wir könnten uns einen Hallmark-Film ansehen.«

Einen Abend mit einem dieser rührend harmlosen Filme konnte nur Amber, ihre süßeste Schwester, vorschlagen. Bislang war es Brindle noch nicht gelungen, sich einen davon komplett anzusehen. Die Figuren küssten sich kaum jemals, von wirklich prickelnden Momenten ganz zu schweigen. Vom echten Leben mit Küssen, Berührungen, Streit und atemberaubendem Versöhnungssex waren sie ein ganzes Universum weit entfernt.

»Danke, das ist lieb von dir. Aber vor mir liegt ein langer Leseabend.« Brindle klopfte auf den Stapel mit den Beziehungsratgebern.

»Schon gut. Ich weiß, du stehst sowieso auf Filme mit etwas mehr Würze.«

»Im Moment stehe ich vor allem auf Zimt. Ich glaube, sobald ich die Bücher bezahlt habe, gehe ich rüber zum Pastry Palace und futtere dort meine Sorgen weg.«

Amber packte die Bücher in eine Tüte und schob sie über die Theke. »Die schenke ich dir. Dein Geld brauchst du bald für meine kleine Nichte oder meinen kleinen Neffen. Und such dir was Leckeres zum Naschen aus. Du hast es verdient.«

»Du bist ein Engel. Danke!«

Zehn Minuten später lief Brindle beim Anblick der Leckereien in der Konditorei das Wasser im Mund zusammen. Noch während sie unschlüssig vor der Kuchentheke stand, betrat Traces Mutter das Geschäft. So unverhofft der Frau mit dem rotbraunen Haar gegenüberzustehen, die sie stets wie eine Tochter behandelt hatte, machte Brindle verlegen. Nancy Jericho war eine freundliche, warmherzige Person. Doch Brindle fragte sich beklommen, mit wie viel Freundlichkeit sie jetzt noch rechnen konnte. Sie war schwanger und die Gerüchteküche brodelte. Die Vorstellung, dass sie mit ihrer Lüge auch Traces Eltern verletzt hatte, lag ihr schwer im Magen.

Nancy war die überraschende Begegnung ebenfalls sichtlich unangenehm. Ihr Lächeln wirkte bemüht. »Hallo, Brindle. Willkommen zu Hause.«

»Hi«, sagte sie leise. Unbeholfen umarmten sie einander.

»Ich würde dich ja fragen, wie es in Paris war. Aber wie ich höre, darf man gratulieren. Ich nehme einfach mal an, die Reise war schön.«

Nancys bedrückte Miene traf Brindle tief. Sie wollte Traces Mutter sagen, wie leid ihr alles tat und dass das Kind von ihrem

Sohn war. Doch sie brachte nur ein halbherziges »Danke, ja« zustande.

Nancys Blick fiel auf Brindles vollgepackte Büchertüte. Ihr Mund zuckte, als fiele es auch ihr schwer, ihre Gefühle im Zaum zu halten. Als sie den Kopf hob, lag Trauer in ihren Augen. Das Grübchen im Kinn hatte Trace von ihr geerbt, und wenn Nancy von Herzen lächelte, dann mit demselben unbeschreiblichen Strahlen wie er. In diesem Augenblick hätte Brindle für ein solches Lächeln alles gegeben. Doch sie wusste, dass sie es nicht verdiente.

Ihre Kehle wurde schmerzhaft eng, ihre Brust zog sich zusammen. Sie musste schleunigst hier weg, bevor sie in Tränen ausbrach wie vor ein paar Minuten bei Amber. »Ich hab's ein bisschen eilig«, sagte sie zittrig und zeigte zur Tür. »Es war schön, dich zu sehen.«

Sie wandte sich zum Gehen, doch Nancy berührte sie am Arm und hielt sie zurück.

In Nancys Augen schimmerten Tränen. »Ich habe immer gedacht, dass du und Trace eines Tages zusammen Babys haben würdet. Aber die Dinge ändern sich und so ist das Leben. Ich wünsche dir einfach nur alles Gute.«

Brindle wusste nicht, wie es ihr gelang, sich zu bedanken, oder ob sie sich tatsächlich bedankt hatte, bevor sie aus der Konditorei flüchtete und zu ihrem Wagen hastete. Sie musste Trace dringend die Wahrheit sagen.

Sie parkte neben Traces Truck vor seinem rustikalen Nurdachhaus mit den drei Zimmern. Mit jagendem Herzen eilte sie zur Haustür. Sein kleines, gemütliches Heim stand auf einem weitläufigen Grundstück mit vielen Bäumen und einem schönen Blick auf den Fluss. Im Lauf der Jahre hatten sie die unzähligen uneinsehbaren Plätzchen bestens genutzt. Sie hatten sich im Gras geliebt, auf der Veranda, unten am Fluss, *im* Fluss und an allen möglichen anderen Stellen, einschließlich der Motorhaube seines Trucks.

Sie klopfte an die Tür. »Trace!« Als er nicht sofort antwortete, riss sie die Tür auf. »Trace?«, rief sie noch einmal.

»Hier oben, Babe. Komm rauf.«

Sie ließ ihre Schlüssel unten neben der Tür, streifte ihre Jacke ab und rannte die Treppe hinauf. »Wir müssen reden«, sagte sie auf dem Weg in sein Schlafzimmer.

Er kam aus dem Badezimmer, trug nur seine Jeans und ein Lächeln, und verdammt, bei dem Anblick vergaß sie die Worte, die sie sich zurechtgelegt hatte, sofort. Nicht wegen seiner nackten, breiten Brust, den muskulösen Armen oder dem verführerischen Streifen störrischer Härchen, der von seinem Nabel in die Jeans mit dem offenen Knopf führte. Nein, es war sein Lächeln, das sie um den Verstand brachte. Es waren die Fältchen in seinen Augenwinkeln und das Blitzen in seinem Blick, diese unvergleichliche Mischung aus Freude und Verlangen. Mit zwei Schritten stand er vor ihr.

Er zog an dem Schal, den sie in der Eile umbehalten hatte, und er glitt ihr vom Hals. Trace warf ihn aufs Bett. »Für dich war der Dienstagabend auch nicht genug, oder?«

»Ich … nein … Aber ich bin nicht deshalb hier.«

Er beugte sich vor und drückte seine warmen Lippen auf ihren Hals. »Ich wollte gerade duschen.« Er fing an, ihre Bluse aufzuknöpfen. »Perfektes Timing.«

»Trace, wir müssen reden«, sagte sie. Doch seine frechen

Finger hatten bereits den untersten Knopf erreicht.

Er schaute ihr tief in die Augen, seine Hände schoben sich auf ihre Schultern und streiften ihr die Bluse ab. Während sein Zeigefinger zwischen ihren Brüsten nach unten wanderte, kräuselten seine Mundwinkel sich nach oben. Am vorderen Verschluss ihres BHs blieb sein Finger liegen. »Mein pinkfarbenes Lieblingsteil. Wie aufmerksam.«

»Trace.« Ihr Ton war halb Warnung, halb Bitte. Noch nie hatte sie ihm etwas abschlagen können.

»Komm schon, Mustang.« Seine Lippen streiften ihre Wangen, dann streichelte seine Zunge ihr Ohr. »Am besten reden wir doch immer, wenn wir nackt sind.«

Er biss sie ins Ohrläppchen und schickte damit einen Lustpfeil mitten durch sie hindurch zwischen ihre Beine. Seine Zunge kitzelte zart den exquisiten Schmerz weg, dann schaute er ihr in die Augen und nahm den Verschluss ihres BHs zwischen zwei Finger. »Soll ich aufhören?«

Eine kleine Stimme weit hinten in ihrem Kopf sagte laut *Ja!* und ermahnte sie, endlich mit der Wahrheit herauszurücken. Doch wenn dies nun das letzte Mal war, dass er sie so anschaute? Das letzte Mal, dass sie seinen Körper an ihrem und *in* ihrem spüren konnte? Es mochte egoistisch sein, doch falls das alles war, was sie noch bekommen konnte, wollte sie zugreifen. Den Rest ihres Lebens ohne ihn verbringen zu müssen, würde Strafe genug sein.

»Nein«, sagte sie. »Aber ich muss dir etwas Wichtiges sagen.«

»Zusammensein ist wichtig.« Er hakte ihren BH auf und zog ihn ihr aus. Sofort stand sein Blick in Flammen. »Gott, du bist so schön, Mustang.« In seiner Stimme lag Feuer. Und noch viel mehr.

Dieses *Mehr* wischte auch ihr letztes Zögern beiseite. Sie wollte sich, wollte ihnen beiden gönnen, was sie vielleicht zum letzten Mal teilen konnten.

Seine Fingerspitzen streichelten ihre Brüste, umkreisten ihre Nippel und machten sie zu harten, kribbelnden Spitzen. Er rückte so nahe an sie heran, dass sein Brusthaar ihre Haut kitzelte, drückte den Mund auf ihren und küsste sie so tief, so langsam und so intensiv, dass all ihre Gedanken davonstoben. Während sein Kuss immer fordernder wurde, legte er die Arme um sie. Er nahm und er gab, bis er alles war, was sie wollte. Er zog an ihren Leggings, und ihr war bald so schwindelig vor Lust, dass sie kaum noch aufrecht stehen konnte. Trotzdem bedeckten ihre Hände ganz instinktiv ihr Babybäuchlein. Doch als Trace sich hinunterbeugte, um ihr aus den Leggings zu helfen, schob er ihre Finger beiseite und drückte die warmen weichen Lippen auf die Wölbung. Dieser eine zärtliche Kuss machte ihre Liebe zu ihm noch tiefer.

Seine Hände rieben ihre Schenkel, dann vergrub er urplötzlich den Mund zwischen ihren Beinen.

»Trace!« Sie krallte sich an seine Schultern.

Er wusste genau, wie er sie mit seiner Zunge und seinen Lippen um den Verstand bringen konnte. Einen Herzschlag vor ihrem Höhepunkt hob er den Kopf und stand auf. Zitternd und atemlos hielt sie sich auf ihren Beinen, die sich anfühlten wie gekochte Spaghetti. Er öffnete den Reißverschluss seiner Jeans. Seine Erektion wölbte sich unter seinem Slip, der breite Kopf drängte unter dem Bund hervor. Den Blick tief in ihren versenkt, zog Trace sich aus.

Der Ausdruck in ihren Augen, als er sie an der Hand nahm und zu seinem Badezimmer führte, war alles, was er brauchte. Dieser Ausdruck sagte ihm, dass sie ihm gehörte, zumindest jetzt in diesem Augenblick. Und, Himmel noch mal, in dieser Illusion würde er leben, solange er nur konnte. Sicher wollte sie über den Dienstagabend sprechen. Vermutlich hatte sie Gewissensbisse, weil sie gleich im Büro von JJ's Pub übereinander hergefallen waren. Aber er wollte nicht, dass sie sich deswegen schlecht fühlte, und, verdammt, noch viel weniger wollte er das hören. Das Einzige, was er hören wollte, war, wie sie im Strudel der Leidenschaft seinen Namen seufzte.

Sie stellten sich unter den warmen Wasserstrahl, und er wusch sich, so schnell er konnte. Dann nahm er Brindle in die Arme und küsste sie so tief, als wollte er in ihr verschwinden. Während seine Hände über ihren nassen Körper wanderten, ermahnte er sich, es ruhig anzugehen. Doch sie rieb ihre Weichheit an seiner Erektion, packte seinen Hintern und biss zärtlich verspielt in seine Lippen. Sie wusste, wie sie ihn vor Verlangen halb wahnsinnig machen konnte. Zusammen mit einer nackten, lusterfüllten Brindle war es ruhig angehen zu lassen keine Option. *Langsam* und *Nein* hatten nie zu ihrem gemeinsamen Wortschatz gehört.

»Ich will dich ganz«, murmelte er an ihren Lippen. Seine Hand fand zwischen ihre Beine.

Er küsste sie härter und fordernder. Sie antwortete mit einem gierigen Laut und er ließ die Finger in sie gleiten. Zielsicher fand er den magischen Punkt, bei dessen Berührung sie zitterte und bebte.

Ihre Finger gruben sich in seine Arme, ihr Kopf fiel nach hinten. »Gott, was stellst du bloß mit mir an?«, raunte sie heiser.

Er drückte den Mund auf ihren und seine kundigen Finger

trieben sie binnen kürzester Zeit auf den Gipfel der Leidenschaft. Noch während sie leidenschaftlich aufschrie, drückte er den Mund auf ihre Brust. Saugend und leckend katapultierte er sie gleich noch einmal in schwindelnde Höhen. Jedes Mal, wenn sie kam, jedes Mal, wenn sie seinen Namen stöhnte, war das Futter für das Tier in ihm, das Brindle glücklich und ganz und gar erfüllt sehen wollte. Er fiel auf die Knie, wollte mehr als die Kostprobe von vorhin im Schlafzimmer. Sie lehnte sich gegen die Fliesen, und er nahm sich, was er sich gewünscht hatte. Hungrig, zärtlich und wild trieb er sie dem nächsten Orgasmus entgegen. Sie kam hart, krallte sich in sein Haar und bat ihn, nicht aufzuhören. Als hätte er je von ihr abgelassen, bevor sie vollkommen befriedigt war.

Später, als sie wieder zurück zur Erde schwebte, küsste er sich an ihrem Bauch nach oben. Ihre Hände beeilten sich, ihre neuen Kurven zu bedecken. Er fühlte einen schmerzhaften Stich in der Brust, doch seine Liebe zu ihr war stärker. Wie schon zuvor schob er ihre Finger beiseite und küsste die Wölbung. Dann stand er auf.

Er wollte sie auf die Lippen küssen, doch sie legte die Arme um ihn und drückte den Mund an seine Brust. Ihre Lippen mit seinen einzufangen, erlaubte sie ihm nicht.

»Lass mich«, raunte sie. »Dich zu berühren, hat mir so gefehlt.«

Nach diesen Worten konnte sie mit ihm tun, was sie wollte. Er vergrub die Hände in ihrem Haar und genoss das Gefühl ihres wunderbaren Mundes. Die Sehnsucht danach war so groß gewesen, dass schon ihre saugenden Lippen an seinen Brustwarzen, ihre Finger, die seine Muskeln massierten, und ihre lustvollen kleinen Laute ihn zum Höhepunkt hätten bringen können. Doch sie küsste sich an seinem Bauch nach unten. Hungrig wanderten ihre Hände über seine Haut, während ihre frechen Lippen sich direkt auf seine Härte zubewegten. Er konnte den Blick nicht von ihr lassen. Lächelnd schaute sie ihm in die Augen, dann schloss sich ihr schöner Mund um seine harte Länge. Sein Kinn fiel auf seine Brust, er sog zischend die Luft ein.

Fest und ohne Hast, so wie er es liebte, verwöhnte Brindle ihn mit den Lippen und ihrer Zunge. Keine Sekunde lang wich dabei das Lächeln aus ihren Augen. Energisch stemmte er sich gegen den Höhepunkt, der viel zu schnell kommen wollte. »Es ist ewig her. Lange halte ich das nicht aus. Und ich möchte in dir sein, wenn ich komme.«

Es gab Frauen, die man vögelte, und es gab Frauen, mit denen machte man Liebe. Und es gab Brindle, die einzige Frau, mit der er je beides hatte tun wollen. Besinnungsloses Vögeln war mit ihr nicht möglich. Denn alles, was er mit ihr machte, mit ihr anstellte, war von Liebe durchtränkt.

Sie ließ seine Härte aus ihrem Mund gleiten, doch ihre Finger streichelten ihn weiter. »Ich will dich in mir«, sagte sie verführerisch, sank tiefer und streichelte mit der Zunge seine Hoden. Dabei warf sie ihm ein teuflisch sündiges Lächeln zu.

»Verdammt, Mustang.«

Er zog sie auf die Füße, stellte das Wasser ab und hob sie hoch. Sie stieß das süße Lachen aus, von dem er nie genug bekommen würde. Eilig trug er sie in sein Schlafzimmer. Dort fielen sie aufs Bett und wurden zu einem Gewirr ineinander verschlungener Arme und Beine und fiebriger Küsse. Ihre Körper übernahmen das Kommando und der Rest der Welt versank.

Viel, viel später stiegen sie erneut zusammen in die Dusche. Diesmal wuschen sie einander liebevoll. Für sie beide war das ebenso natürlich und normal wie ihr überwältigendes animalisches Verlangen nacheinander. Brindle war die einzige Frau, mit der Trace je geduscht und mit der er je sein Bett in seinem kleinen Haus geteilt hatte. In seinem Rückzugsort. Als sie hinterher beieinanderlagen, er in seinem Slip an die Kopfstütze des Bettes gelehnt, Brindle in seinem weichsten T-Shirt an seine Brust geschmiegt, fiel ihm auf, wie ungewöhnlich still sie war. Dabei hatte Brindle eigentlich immer etwas zu sagen. Das gehörte zu den vielen Dingen, die er an ihr liebte. Sie war so klug, ständig ging ihr etwas durch den Kopf. Sie teilte ihre Ideen mit ihm, hielt mit ihrer Meinung nicht hinter dem Berg. Oft zwang sie ihn damit, neu über Dinge nachzudenken. Und ja, manchmal nervten ihn ihre Ansichten, aber auch das liebte er. Ständig musste er wegen ihr seine Gehirnwindungen in neue Richtungen biegen, aber genau so wollte er es haben. Allerdings hatte sie ihm beim letzten Mal, als sie so in sich gekehrt gewesen war, eröffnet, dass sie gerade einen sechswöchigen Aufenthalt in Paris gebucht hatte.

»Mach die Augen zu«, bat sie ihn. Sofort bildete sich ein Knoten in der Mitte seiner Brust.

Die Augen schlossen sie normalerweise nur, wenn sie etwas Ernstes zu besprechen hatten. Seine Gedanken führten ihn an Orte, die er viel lieber meiden wollte. Dachte sie an den Vater des Babys? Hatte sie mit dem Kerl in Paris ebenfalls geduscht? Würde er, Trace, jetzt gleich zu hören bekommen, dass sie den Typen liebte, dass das hier ein Fehler sei und ihre Beziehung

Geschichte war?

Seine Arme umschlossen sie bereits, doch jetzt griff er auch nach ihren Händen und flocht die Finger zwischen ihre. So einfach würde er sie jetzt nicht gehen lassen. Dabei wusste er allerdings nur zu gut, dass er dazu niemals bereit sein würde.

»Sind fest zu«, log er.

Sie holte tief Luft, atmete langsam aus, und er hielt sie gleich noch fester.

Dann drehte sie sich plötzlich ein wenig zur Seite und hob den Kopf. *Mist.* In all den Jahren, in denen sie einander nun schon ihre privatesten Geheimnisse anvertrauten, hatte sie kein einziges Mal nachgeschaut, ob er die Augen wirklich zuhatte. Er war ihr Beschützer. Und wie sollte er sie beschützen, wenn er die Gefahr gar nicht sehen konnte? Oder wenn sie von innen kam. Brindle war ihr eigener größter Feind. Und vermutlich war er der einzige Mensch auf der ganzen Welt, der so tief in sie hineinschauen konnte. Er wusste, wie sehr sie oft an sich zweifelte, daran, wie sie sich gab, und an dem, was sie tat. Wie andere über sie urteilten, interessierte sie dabei kaum. Sie hatte nur Angst, jemanden zu verletzen. Manchmal analysierte sie deshalb eine Situation fast zu Tode und belastete sich mit völlig unnötigen Grübeleien. Um ihre wahren Gefühle hatte sie jahrelang Mauern errichtet. Sie zeigte jedem nur die taffe, unerschrockene Lady, zu der sie sich selbst erzogen hatte. Manchmal bemerkte sie nicht einmal mehr ihren eigenen Schmerz. Das war einer der Gründe, weshalb er die Augen lieber offen ließ. Hin und wieder musste er sie vor ihrer gnadenlosen Strenge gegen sich selbst schützen.

Doch es gab noch ganz andere Gründe. Bei ihr musste man jede Minute damit rechnen, dass sie aus dem warmen Nest flüchtete, und er wollte sich keine Sekunde ihrer gemeinsamen

Zeit entgehen lassen.

»Deine Augen sind offen«, sagte sie mit einem Anflug von Überraschung und ziemlich erbost.

Sie hatte ihn ertappt und er würde sich nicht in Ausflüchte verstricken. Deshalb hob er nur die Schultern.

Sie setzte sich auf, verschränkte die Arme und funkelte ihn an. »Hast du überhaupt je die Augen zugemacht? Das ist unser Ding. Wenn wir reden, schließen wir die Augen.«

»Du schließt die Augen, Babe. Ich nicht.«

Ihr fiel die Kinnlade herunter. Dabei entfuhr ihr ein ungläubiger Laut. »*Nie?*«

»Kein einziges Mal. Ich möchte keine Sekunde mit dir verpassen.«

Ihr Mund zuckte, als wollte sie etwas sagen. Doch dann kniff sie die Lippen zu einem dünnen Strich zusammen und ihre Schultern sackten nach vorn. Die dunklen Brauen bildeten über ihren gequälten Augen ein düsteres V und der Knoten in seiner Brust fühlte sich prompt noch fester an.

»Also so kann ich nicht mit dir reden«, erklärte sie. »Nicht über etwas so Wichtiges.«

Er streckte die Hände nach ihr aus, doch sie wich zurück. »Du kannst über alles mit mir reden, Mustang.«

Sie schüttelte den Kopf. Die Qual in ihrem Blick wurde zu Trauer, und sie sah so verzagt aus, dass er sie trotz ihrer Gegenwehr in seine Arme zog.

»Was ist los, Brindle?«

Sie schüttelte den Kopf, Tränen traten in ihre Augen.

Er war ein stolzer Mann. Man hatte ihn dazu erzogen, sich notfalls die Finger blutig zu arbeiten und mit hoch erhobenem Kopf durchs Leben zu gehen, selbst wenn seine Welt Risse bekam und zerbröckelte. Er hatte geglaubt, er würde wütend werden, falls Brindle ihm sagte, sie wollte einen anderen. Aber als er jetzt in ihre traurigen Augen schaute, zersprang sein Herz in tausend Stücke. Keiner hatte ihm je beigebracht, was er tun konnte, wenn es Brindles Welt war, die Welt des Menschen, den er am meisten liebte, die direkt unter seinen Augen in sich zusammenstürzte.

Deshalb tat er, was er als ihr Beschützer nun mal tun musste. Er bewahrte sie vor dem Schmerz, es selbst aussprechen zu müssen.

»Du liebst den Vater deines Babys«, sagte er an ihrer Stelle.

Sie nickte. Tränen rannen über ihre Wangen.

Ein nie gekannter Schmerz packte ihn und drückte ihm die Brust zusammen, bis er kaum noch atmen konnte. Mit zusammengebissenen Zähnen kämpfte er gegen die verdammten Tränen an, die ihm ganz ungebeten in die Augen schießen wollten. Ein vernichtendes Verlustgefühl rüttelte unheilvoll an seiner Seele.

»Deshalb hast du mich nie angerufen, als du in Paris warst«, presste er hervor. »Ich wusste, dass ich dich nie hätte gehen lassen dürfen. Oder bist du etwa aus diesem Grund dorthin gereist? Kanntest du ihn schon vorher? Während wir beide zusammen waren?«

»Ja! Aber es ist nicht wie du …«

»Ach ja? Nicht wie ich denke? Ich fasse es nicht!« In ihm verschmolzen Wut und Schmerz. Er sprang auf. »Warum bist du dann überhaupt zurückgekommen? Weil er dich nicht wollte? Er hat dich und das Baby weggeworfen und …«

»Hör auf!« Zitternd trat sie ihm entgegen. »Hör auf, mir all diese schrecklichen Dinge vorzuwerfen!«

»Ich werfe *dir* etwas vor? Ich *liebe* dich und du bist auf dieser Liebe herumgetrampelt.«

Mit offenem Mund stand sie vor ihm. Sie schluchzte und ihre Brust hob und senkte sich fast krampfhaft. Doch sein Schmerz war zu groß und er konnte die Worte nicht zurückhalten. »Hast du irgendeine Ahnung, wie es sich angefühlt hat, dass du einen verdammten sechswöchigen Trip ohne mich geplant hast?«

»Ich musste herausfinden, ob meine Gefühle für dich echt sind!«, schleuderte sie ihm entgegen.

»Ach wirklich? Wenn du dazu erst um die halbe Welt reisen musstest, wie echt können sie dann sein? Es ging mir absolut beschissen ohne dich. Allein der Gedanke, dass du gehst, hat mich fertiggemacht. Und dann bekomme ich eine *Textnachricht*, in der du schreibst, du bleibst noch ein paar Wochen länger weg. So als wäre ich nur gut genug, wenn du gerade ein warmes Bett brauchst. Aber …«

»Hör auf! Bitte!« Sie schlug die Hände vors Gesicht. »Ich hatte tausendmal das Telefon in der Hand, um dich anzurufen!«

»Aber du hast es nie getan. Ich brauche keine Erklärungen, Brindle. Ich bin vielleicht nur ein dummer Cowboy, aber ich habe dich verstanden.«

»Nein, hast du nicht.« Sie ließ die Hände sinken, sie zitterte am ganzen Leib. Trotzdem schob sie sich wütend an ihn heran und bohrte ihm den Zeigefinger in die Brust. »Und wo wir gerade bei Anschuldigungen sind: Schon eine Sekunde, nachdem du gehört hattest, dass ich schwanger bin, hast du mir unterstellt, ich hätte für einen anderen die Beine breitgemacht. Wer geht so mit einer Frau um, mit der er Jahre verbracht hat? Die er angeblich sogar liebt? Du hattest noch nicht mal genug Anstand, mich zu *fragen*, ob das Kind von dir ist.«

»Warum sollte ich? Jedes Mal, wenn wir uns zoffen, läufst du davon und springst mit einem anderen in die Kiste.«

»Ja genau«, sagte sie sarkastisch. Jetzt flossen ganze Tränenströme über ihre Wangen. »Genau das tue ich. Genauso, wie du Heather genagelt hast und nicht der Vater meines Babys bist.«

»Du weißt, dass ich das nicht ge…« Plötzlich ging ihm auf, was sie gerade gesagt hatte. Er strauchelte rückwärts wie nach einem Schlag in die Magengrube. »Soll das heißen …?« *Es ist von mir? Dein Kind ist von mir? Es ist* unser *Kind?*

Sie verschränkte die Arme, ihre Unterlippe bebte. »Es ist von dir. Aber ich weiß, dass du im Augenblick kein Kind willst. Also mach dir keine Gedanken. Ich komme sehr gut alleine klar.«

»Ich soll mir keine Gedanken machen? Du bist schwanger und das Baby ist von mir. Und du hast mich wie lange angelogen? Wochen? Monate? Oh doch, ich mache mir Gedanken. Wie lange weißt du es schon?«

»Warum ist das jetzt wichtig? Du willst kein Baby, und das wird sich auch nicht ändern, ganz gleich, wie lange ich es schon weiß.« Sie griff nach ihren Leggings und er streckte die Hand nach ihr aus. Aber sie riss den Arm weg und fing an, sich anzuziehen. »Lass das, Trace. Es ist alles so höllisch verfahren.«

»Da hast du verdammt recht. Es ist höllisch verfahren«, blaffte er. »Woher soll ich denn wissen, was ich will? Du gibst mir dreißig Sekunden, um mich für ein Kind zu entscheiden, nachdem du es mehr als zehn Jahre lang nicht geschafft hast, dich für mich zu entscheiden und auf mich einzulassen.«

»Ernsthaft? Das denkst du wirklich?« Sie rückte wieder näher an ihn heran und fixierte ihn zornig. »Ich war nur mit einem einzigen anderen zusammen und das ist Ewigkeiten her. Damals war ich auf dem College und wir beide hatten eine Beziehungspause eingelegt! Wir streiten, wir trennen uns, wir machen einander eifersüchtig. So läuft das bei uns, aber ganz offensichtlich funktioniert es nicht. Denn ich musste erst ein paar tausend Kilometer von hier weg sein, um herausfinden zu können, dass mein Leben nur erfüllt ist, solange es dich darin gibt. Und weißt du, warum das so war?« Sie bebte am ganzen Körper.

Seine Gedanken hingen noch an den Worten *nur mit einem einzigen anderen* fest. Deswegen konnte er nicht antworten.

»Weil ich nicht denken kann, wenn wir zusammen sind. Ich liebe dich so verdammt sehr, dass sich alles miteinander vermischt. Liebe, Eifersucht, Glück und Schmerz. Wie in einer riesigen Spinnwebe. Ich musste hier weg, um herauszufinden, ob ich die Spinne oder die Fliege bin. Doch dass meine Gefühle für dich echt sind, wusste ich schon nach der allerersten Nacht in Paris. Und nach einiger Zeit habe ich auch kapiert, dass ich weder die Spinne bin noch die Fliege. Ich bin die verdammte Spinnwebe selbst. Und das versuche ich gerade zu ändern. Ich weiß, als Freundin bin ich eine Niete. Es ist nicht leicht, mit mir klarzukommen. Und sollte ich das jemals vergessen«, sagte sie durch ihre Tränen hindurch, »gibt es immer jemanden, der mich daran erinnert. Ich mag nicht in der Lage sein, so zu lieben wie Morgyn oder Grace. So süß und so fluffig und mit Blümchen und Schleifchen. Aber ich liebe dich, Trace Jericho. Und ich habe es monstermäßig versemmelt, weil ich dich belogen habe, nachdem du mir unterstellt hast, ich hätte mit einem anderen geschlafen. Das ändert allerdings gar nichts daran, dass meine Liebe für dich echt ist. Und ich weiß, wenn ich jetzt hier durch diese Tür gehe, werde ich nie mehr jemanden so lieben wie dich. Weil alles, was ich bin, nämlich dir gehört. Das Gute, das Schlechte, das Anstrengende und Frustrierende.«

In einer Mischung aus Wut und Schmerz, aber auch erleichtert, weil sie Trace endlich die Wahrheit gesagt hatte, stürzte Brindle auf die Schlafzimmertür zu. Dabei wollte sie eigentlich gar nicht weg. Sie wollte nicht mehr ständig davonlaufen. Sie blieb stehen, warf sich herum und prallte direkt gegen Traces Brust.

»Du kannst nicht einfach eine solche Bombe platzen lassen und dann verschwinden.« Trace zog sie zurück in den Raum.

»Absolut richtig! Was glaubst du, warum habe ich kehrtgemacht?«

Er sank auf die Bettkante und zog sie neben sich. Dabei hielt er sie weiterhin am Handgelenk fest. »Du hast mich belogen, Brindle. Und zwar ziemlich lange. Wie soll ich dir jetzt überhaupt noch glauben?«

»Können wir das mal Schritt für Schritt durchgehen? Wie soll *ich* glauben, dass du mich nicht für ein Flittchen hältst, nachdem du mir unterstellt hast, ich wäre mit einem anderen ins Bett gegangen?«

Die Trauer, die sich über seine Züge legte, schnitt ihr tief ins Herz.

»Ich habe dich nie als Flittchen betrachtet und würde das auch niemals tun. Auch dann nicht, wenn das Kind nicht meins wäre. Hörst du? Oder glaubst du, ich hätte noch mal mit dir geschlafen, wenn ich dich für ein Flittchen halten würde? Verdammt, Brindle! Du bist die einzige Frau, mit der ich je zusammen sein wollte, und das macht offenbar irgendwas mit meinem Kopf. Ich habe all die Jahre nach deinen Regeln gespielt und mir eingeredet, ich wollte nichts Festes, weil du nun mal nichts Festes willst. Ich weiß schon gar nicht mehr, was ich wirklich möchte. Außer mein Leben mit dir verbringen.«

Er redete so schnell, dass sie ihm kaum folgen konnte.

»Habe ich etwas Mieses gesagt?« In seinem Blick lag Feuer. »Verdammt, ja, das habe ich. Und tut es mir leid? Mehr, als du dir vorstellen kannst. Will ich ein Kind? Gute Frage. Eine Zukunft mit dir habe ich mir jedenfalls immer gewünscht, so weit du es eben zulassen würdest. Ich habe Jahre damit verbracht, darauf zu hoffen, dass du irgendwann kapieren würdest, dass du den besten Mann weit und breit an deiner Seite hast. Und eigentlich wollte ich schon vor ein paar Monaten mit dir reden. Aber dann hast du mir plötzlich eröffnet, dass du ohne mich nach Paris fliegst. In der Nacht vor deiner Abreise wollte ich dir endlich meine Gefühle gestehen. Doch du hast mir erklärt, dass du unsere heißen Nächte vermissen würdest, nicht mich. Und das hat weh getan, Brindle. Mehr, als ich zugeben möchte.«

»Ich habe gesagt, ich würde *dich* vermissen. Und du hast mich ungläubig angesehen«, gab sie hitzig zurück. »Wie, meinst du, hat sich das angefühlt?«

»Ich habe dir tatsächlich nicht geglaubt. Warum auch? Kein Mensch hat dich gezwungen, ein paar tausend Meilen zwischen uns zu legen. Aber genau dafür hast du dich entschieden.« Er knirschte mit den Zähnen, rieb seine Oberschenkel und drückte die Finger in seine Haut, als bräuchte er ein Ventil für seine Wut.

»Ich habe dir gerade erklärt, weshalb ich allein sein musste und Abstand brauchte.« Sie versuchte zu verarbeiten, was sie in den letzten Minuten gehört hatte. Doch ihre Verwirrung war größer als je zuvor.

»Und wie soll ich verstehen, weshalb du länger geblieben bist, obwohl du schon nach einer Nacht wusstest, dass du mich liebst? Wovor hast du bloß solche Angst?«

»Vor allem«, antwortete sie ehrlich. »Wie sehr ich dich liebe, war mir schnell klar. Aber dann habe ich gemerkt, dass ich schwanger bin. Und das war erst mal ein Schock. Ich will mit keinem anderen zusammen sein, fürchte mich aber schrecklich davor, dass sich nun alles ändert. Tanzen gehen, Dinge mit unseren Freunden unternehmen oder unten am Fluss feiern – all das tue ich für mein Leben gern und es macht mich glücklich. Doch in Paris habe ich gemerkt, dass es mich vor allem deshalb so glücklich macht, weil wir beide es zusammen tun. Und das hat meine Angst noch verstärkt, denn ich hatte immer geglaubt, ich bräuchte keinen Mann, um glücklich zu sein.«

»Was du nicht sagst«, gab er sarkastisch zurück.

»Ich habe mich getäuscht, Trace. Ich habe einen wunderbaren Beruf und eine wunderbare Familie. Aber ohne dich fühlt sich mein Leben trotzdem leer an. Ich will dich, Trace. Und ich brauche dich. Jetzt traue ich mich, das zuzugeben. Aber ich darf meine Wünsche und Bedürfnisse nicht über das Baby stellen. Das Baby, das du nicht willst, würde darunter leiden. Deshalb kann ich nicht mit dir zusammen sein. Außerdem möchte ich auf keinen Fall, dass wir zu einem der traurigen, gelangweilten Paare werden, die sich schleichend entlieben, resigniert oder bitter nebeneinanderher leben und einfach davon ausgehen, dass der andere am nächsten Tag trotzdem noch da ist.«

»Großer Gott, Brindle«, sagte er etwas ruhiger. »Im Grunde gehen wir beide doch genau davon aus. Wir streiten uns, knallen die Tür zwischen uns zu, kommen wieder zurück und wissen verdammt gut, dass wir uns wieder in die Arme sinken werden. Aber eine traurige, langweilige Beziehung könnten zwei

Hitzköpfe wie wir niemals führen.«

»Und was ist mit Bitterkeit, Trace? Glaubst du nicht, dass die sich einstellen könnte? Was, wenn du dich durch meine Schwangerschaft wie eingefangen fühlst? Du hast schon die Aussicht auf eine Karriere als Footballspieler für mich aufgegeben, obwohl du Football über alles liebst. Hast du irgendeine Ahnung, was für Vorwürfe ich mir deswegen mache? Immer fürchte ich mich davor, dass du mich eines Tages nicht mehr heiß und verführerisch finden, sondern mich als die Person betrachten könntest, die dir damals im Weg stand. Und jetzt komme ich auch noch mit einem dicken Bauch daher. Meine Traumrolle ist das wirklich nicht. Im Gegenteil, der Gedanke macht mich panisch. Das ist wie eine tickende Zeitbombe. Und ganz nebenher erfahre ich fast zufällig von Sin, nicht von dir, dass du ihn beim Training unterstützt. Dass du deinen Sport wiederentdeckt hast, finde ich großartig. Aber wieso musste ich das Land verlassen, damit du endlich wieder einsteigst? Und warum hast du mir nichts davon erzählt? Ich bin keine Beziehungsexpertin, aber ich glaube, bei uns beiden ist noch viel Luft nach oben.«

»Warum liegst du mir ständig mit Football in den Ohren? Das ist doch Schnee von gestern. Aber ja, schön, ich habe Sin ein paarmal geholfen. Kleinigkeit.«

»Das ist alles andere als eine Kleinigkeit, und ich liege dir in den Ohren, weil du verrückt bist nach dem Sport. Du hättest Football-Stipendien fürs College bekommen können und hast sie abgelehnt, weil du nicht von mir wegwolltest.«

Er fuhr sich mit den Händen durchs Haar und stieß einen leisen Fluch aus. »Die ganze Wahrheit ist das leider nicht. Es klang nur viel besser.«

»Du hast mich angelogen?«

»Nein. Ich wollte wirklich nicht von dir weg. Aber die Arthritis meines Vaters wurde immer schlimmer. Wer hätte denn die Ranch leiten sollen? Wenn ich gegangen wäre, hätten Jeb oder JJ ihren Traum vom eigenen Geschäft aufgeben und sich um die Rinder und Pferde kümmern müssen. Zumindest, bis Dad die richtigen Leute hätte einstellen können. Das wollte ich den beiden nicht aufbürden. Ja, richtig, ich mag Football. Aber meine Familie ist mir wichtiger als irgendein blödes Spiel.«

»Das ist ja sogar noch schlimmer«, sagte sie fassungslos.

»Schlimmer? Wie soll ich das verstehen?«

»Du bist unglaublich loyal. Aber wenn du es nicht mal fertigbringst, innerhalb deiner Familie, wo dich alle lieben, für dein eigenes Glück zu kämpfen, kannst du nie wirklich glücklich sein. Und für das Glück deiner Frau und deines Kindes kämpfen kannst du dann auch nicht.«

»Soll das ein Witz sein? Dein Glück stand für mich immer an erster Stelle. Anstatt einen Streit vom Zaun zu brechen, habe ich dich nach Paris gehen lassen. Ich bin dir nicht hinterhergeflogen. Ich habe mich deinen Regeln gebeugt und auf eine feste Beziehung verzichtet. Alles, damit du glücklich bist, Babe. Aber nichts von dem, was du gerade gesagt hast, erklärt, weshalb du länger als ursprünglich beabsichtigt in Paris geblieben bist.«

Sie starrte in ihren Schoß, kämpfte gegen neue Tränen an. »Ich wollte das Muster durchbrechen, in dem wir gefangen sind. Eine leise Vermutung, dass ich schwanger sein könnte, hatte ich schon bei meiner Abreise. Aber sicher war ich mir nicht. Nach einer Woche habe ich einen Test gemacht. Genauer gesagt sogar mehrere. Unzählige Male hätte ich dich am liebsten angerufen, doch ich wusste, dass unsere Beziehung dringend Hilfe braucht, und hatte keine Ahnung, wie ich sie retten kann. Denn im

Grunde bin ich selbst das Problem. Ich bin impulsiv, und wenn ich verletzt oder eifersüchtig bin, reagiere ich aus dem Bauch heraus. Ich werde ungerecht oder mache dich auch eifersüchtig.«

»Wir beide stehen uns da in nichts nach. Wir machen dieselben Fehler.«

»Aber ich mehr als du. Ich fahre die Krallen aus, ich laufe davon. Und dann komme ich zurück und hoffe, dass du noch da bist. Dir von der Schwangerschaft zu erzählen, während ich in Paris saß und du hier warst, hätte alles noch komplizierter gemacht. Als ich zurück war, hätte ich sofort mit dir sprechen müssen. Ich habe es nicht getan und das tut mir leid. Aber ich war furchtbar durcheinander. Und wenn wir beide zusammen sind, fällt es mir unendlich schwer, meine Gedanken zu sortieren und verständlich auszudrücken. Das Sortieren wollte ich in Paris erledigen, und auch daran, mich besser auszudrücken, wollte ich arbeiten. Ich dachte, die Reise hätte mich einen großen Schritt weitergebracht, aber offenbar habe ich mich getäuscht. Sobald wir uns sehen, gibt es in meinem Hirn nur noch Kurzschlüsse und ich finde einfach nicht die richtigen Worte.«

»Ach ja? Vielleicht hätte ich dir helfen können«, antwortete er schroff.

»Du bist auch nicht gerade ein Musterbeispiel für gelungene Kommunikation.«

»Erzähl mir was, was ich noch nicht weiß«, sagte er etwas versöhnlicher. »Wenigstens habe ich mich bemüht, dir zu zeigen, was ich nicht aussprechen kann. Aber jedes Mal, wenn ich mehr Nähe wollte, hast du mich weggestoßen. Wenn ich gesagt habe, du wärst die schönste Frau von ganz Oak Falls, hast du die Augen verdreht. Als ich dich gebeten habe, mein Date für den Abschlussball zu sein, hast du mir einen Tanz versprochen und erklärt, du würdest mit deinen Freundinnen hingehen. Und als du ans College gegangen bist, habe ich eine Fernbeziehung vorgeschlagen. Aber du meintest …«

»… wir bräuchten kein Etikett.« Sie spürte, wie ihr Herz noch weitere Risse bekam. »Du hast recht. Und ich sage ja, es ist meine Schuld.«

»Wir sind beide schuld, wenn auch aus unterschiedlichen Gründen. Ich habe dich ebenfalls auf Distanz gehalten. Denn durch deine Reaktionen habe ich gelernt, so zu tun, als würde ich gar keine Nähe wollen. Du willst nicht in ein Gatter gesperrt werden. Das verstehe ich, denn mir geht es im Grunde genauso. Der Unterschied ist, dass ich mir ein Leben in einem Gatter durchaus vorstellen kann, solange wir uns den Platz darin teilen. Und ich wünschte, ich hätte schon wirklich begriffen, dass wir zusammen ein Baby bekommen. Aber du hattest Monate, um dich an den Gedanken zu gewöhnen. Ich hatte gerade mal eine chaotische halbe Stunde. Es mag sich beschissen anfühlen, und glaub mir, das tut es auch für mich, aber um diese Neuigkeit zu verarbeiten, brauche ich ein bisschen Zeit.«

Sie schloss die Augen und ermahnte sich, nicht zu reagieren. Nichts zu sagen. Lieber bis fünf zu zählen, so wie Andre es ihr geraten hatte. Vorsichtshalber zählte sie gleich bis zehn, denn sie wollte wirklich, dass es mit ihnen weiterging. Noch beim Zählen wurde ihr bewusst, dass sie genau das bekam, was sie sich gewünscht hatte. Die Wahrheit. So schmerzlich sie auch sein mochte.

»Mit dir zusammen würde ich gern in einem Gatter leben. Nur wusste ich das bis vor ein paar Monaten noch nicht. Aber was jetzt?« Sie hob ratlos die Schultern. »Wir können nicht einfach weitermachen wie bisher. Ich möchte kein schlechter

Einfluss für mein Kind sein. Vielleicht willst du keine große Rolle in seinem Leben spielen. Aber ich will es. Und unser Kind soll nie das Gefühl haben müssen, dass seine Eltern sich nicht lieben.« Neue Tränen traten in ihre Augen. »Wenn das bedeutet, dass wir nur Freunde sein können, dem Kleinen zuliebe, dann …« Sie wandte sich ab. Ein Schluchzen raubte ihr die Stimme.

»Brindle …« Er legte einen Arm um sie, zog sie fester an seine Seite und drückte ihr einen Kuss aufs Haar. »Ich liebe dich und kann mir ein Leben ohne dich nicht vorstellen. Aber wie soll ich mich darauf einlassen, ein Kind großzuziehen, wenn ich nicht mal sicher sein kann, dass du dich wirklich auf mich einlässt?«

»Hast du nicht gerade gehört, wie sehr ich dich liebe? Wie sehr ich daran arbeite, mich zu ändern, damit wir eine Chance haben? Hast du nicht gehört, wie groß mein Wunsch nach einer besseren Verständigung zwischen uns beiden ist? Dass ich erst von hier wegmusste, um das zu begreifen, tut mir zutiefst leid. Du kannst mir das vorwerfen, aber ich hoffe, du tust es nicht.«

»Ich mache dir keinen Vorwurf, und ich bin froh, dass du etwas ändern möchtest. Ich liebe dich. Und du weißt, dass ich auch unser Baby liebe, ganz gleich wie durcheinander ich im Augenblick bin. Dieses Kind ist aus Liebe und Lust entstanden und aus allem, was uns beide sonst noch ausmacht. Selbstverständlich will ich eine Rolle in seinem Leben spielen. Aber dazu muss ich mich ebenfalls ändern und das könnte dir vielleicht nicht gefallen.«

»Warum denn nicht? Wenn sie uns besser macht, ist Veränderung gut. Das ist der einzige Grund, weshalb ich so lange weggeblieben bin. Ich wollte herausfinden, was ich anders machen muss. Ich liebe dich so sehr, Trace. Siehst du das denn nicht?«

»Doch. Ich sehe es. Aber ich kann nicht länger nach deinen Regeln spielen, Brin. Ich habe alles für dein Glück getan. Aber jetzt wird es Zeit, für meines zu kämpfen.«

Sie spürte, wie Angst in ihr aufstieg. »Was heißt das?«

»Es heißt, dass wir vielleicht noch mal von vorn anfangen müssen. Nicht als dreizehnjährige Brindle und als fünfzehnjähriger Trace. Sondern als Erwachsene.« Er stand auf und machte Wischbewegungen mit den Händen. »Wir radieren unsere alten Fehler aus und versuchen, es ab jetzt besser zu machen.«

»Okay.« Sie nickte. »Bloß wie?«

»Indem wir uns zum Beispiel ganz bewusst vertrauen. Dir muss klar sein, dass du dich auf mich verlassen kannst und dass ich dich nicht enttäuschen werde.«

»Das ist mir klar.«

»Du dachtest, ich hätte mit Heather geschlafen. Bewusst vertrauen sieht anders aus, Brin.«

»Stimmt. Aber ich weiß nun mal, dass es nicht leicht ist, mit mir zusammen zu sein. Andere Frauen sind viel unkomplizierter ...«

»Schon möglich.« Der Blick aus seinen dunklen Augen hielt sie fest. »Aber wenn ich es unkompliziert haben wollte, wären wir über unseren ersten Kuss nie hinausgekommen. Also mach dir nicht so viele Gedanken. Der Mann, der gerade vor dir steht«, er klopfte mit beiden Händen an seine Brust, »ist so loyal, wie der Ozean tief ist. Wenn du mich willst, musst du mir das glauben.«

»Ich glaube dir«, sagte sie leise. »Ich glaube dir wirklich. Aber wie verhindern wir, dass wir wieder in alte Muster zurückfallen?«

»Ganz einfach.« Er wandte ihr den Rücken zu und stapfte aus der Tür.

»Indem du davonläufst? Trace!« Sie sprang auf und wollte ihm folgen.

Doch er kam bereits wieder zurück. Mit einem verschmitzten Grinsen im Gesicht und seinem Cowboyhut auf dem Kopf.

Er tippte an die Krempe. »Guten Tag, junge Frau. Ich bin Trace Jericho. Ich leite hier in der Gegend eine Ranch und wollte fragen, ob wir vielleicht mal zusammen was unternehmen wollen.«

»Aber hallo, Cowboy …«

»Nein. Versuch's noch mal.« Er machte ein ernstes Gesicht.

»Trace.« Sie kam sich albern vor.

»Das ist kein Spaß, Brindle. Diesmal will ich alles richtig machen und du willst es auch. Wenn wir sofort wieder in den Sexy-Modus schalten, ändert sich nie was.«

»Du magst meinen Sexy-Modus«, hielt sie dagegen.

Er warf ihr einen düsteren Blick zu, sah dabei in seinen Boxershorts und mit dem Hut auf dem Kopf aber geradezu unverschämt appetitlich aus.

»Wir spielen jetzt nach meinen Regeln – oder sehr lange gar nicht mehr.«

»Na schön!« Sie schaute ihn an und dachte daran, wie sie ihn vor vielen Jahren zu ihrem allerersten Kuss herausgefordert hatte. Im Augenblick wirkte er genauso angespannt wie damals. So als fiele es ihm furchtbar schwer, sie nicht einfach an sich zu ziehen und sich alles zu nehmen, was er wollte.

Trotz dem ganzen Mist, der gelaufen ist, schaust du mich noch immer so an.

Vermutlich konnte keine Frau der Welt sich glücklicher

schätzen als sie. Aber er sollte wissen, dass auch er sich sehr glücklich schätzen konnte. Sie zwang sich zu einem neutralen Gesichtsausdruck und räusperte sich. »Hi. Ich bin Brindle Montgomery. Ich unterrichte an der Highschool und leite die Grundschultheatergruppe. Ich tanze gerne. Falls Sie auch gerne tanzen, könnten wir mal zusammen ausgehen. Aber ich muss Ihnen sagen, ich bin schwanger. Das Baby kommt Anfang März.«

Er schluckte, seine Augen flossen fast über vor Gefühlen. *Anfang März.* Ich glaube, damit komme ich klar.«

»Und ich brauche ausreichend Schlaf und muss deshalb früh wieder nach Hause.«

»Du machst das vielleicht schon ein bisschen zu gut.« Er zog sie in seine Arme und küsste sie oben auf den Kopf.

Sie machte sich von ihm los. »Und beim ersten Date gibt es bei mir keine Küsse.«

Er lachte auf, maskierte das Geräusch aber mit einem Husten. »Lügnerin …«

»Ich muss doch sehr bitten, Mr. Jericho«, sagte sie streng. »Wir begegnen uns gerade zum ersten Mal. Glauben Sie also nicht, dass Sie mich bereits kennen. Und vielleicht ziehen Sie sich jetzt besser eine Hose an. Ich bin nämlich eine Lady und muss nicht gleich sehen, wie beeindruckend Ihr … Ihre Oberschenkel sind.«

Acht

Am Freitagmorgen erwachte Brindle mit gemischten Gefühlen. Sie war froh und glücklich über das klärende Gespräch mit Trace. Zugleich fragte sie sich besorgt, was es wirklich bedeutete, noch einmal ganz neu anzufangen. Sie war gestern nach Hause gefahren und hatte sich in die Beziehungsratgeber vertieft. Ziemlich schnell hatte sie festgestellt, wie viel sie und Trace an ihrer Kommunikation zu verbessern hatten. Ihre Art, sich zu verständigen, stammte noch aus ihren Teenagertagen. Jetzt mussten sie lernen, sich wie Erwachsene auszutauschen. Dass ihnen viel Arbeit bevorstand, hatte sie bereits geahnt, aber es schwarz auf weiß nachzulesen, machte ihr die Herausforderung erst richtig bewusst. Ihre abendliche Aussprache war nur ein erster Schritt gewesen. Während sie sich für die Schule fertig machte, wappnete sie sich für das Gespräch mit ihrer Familie. Sie war fest entschlossen, beim gemeinsamen Frühstück mit ihren Schwestern und ihren Eltern mit der Wahrheit herauszurücken. Doch als sie hinter Sables Truck und Ambers Wagen in der Einfahrt parkte, hatte sie vor Nervosität Ameisen im Bauch.

Sie stieg aus und ging am Truck ihres Vaters vorbei. Ihr war, als hätte er ihr erst gestern in der alten Kiste das Fahren beigebracht. *Wenn du mit dem guten Stargazer klarkommst, kannst du jedes Auto fahren.* Nie im Leben würde ihr Vater den Truck hergeben, denn früher hatten er und ihre Mutter oft zusammen auf der Pritsche gelegen, den Sternenhimmel betrachtet und ganz sicher noch ein paar andere Dinge getan.

Brindle sah ihren Vater aus dem Stall kommen und wartete an der Hintertür zur Küche auf ihn. Ein paar Heuhalme hingen an seinem Hemd und das Haar fiel ihm zerzaust in die Augen. Schwungvoll strich er es sich aus der Stirn.

»Da ist ja mein Herzchen.« Er küsste sie auf die Wange. »Ich dachte, du bräuchtest noch ein bisschen Zeit. So bald haben wir hier noch gar nicht mit dir gerechnet.«

»Empty Nesters« im eigentlichen Sinn würden ihre Eltern wohl nie sein, und Brindle vermutete, dass ihnen das ganz recht war.

»Ich wollte euch sehen. Weißt du, ob Morgyn und Grace heute auch zum Frühstück kommen?«

»Heute leider nicht. Aber ich freue mich, dass du da bist. Amber und deine Mom machen gerade Omeletts.«

Sie wollte ihr Geständnis ungern mehrmals wiederholen. Vielleicht konnten sie ja eine Art Telefonkonferenz abhalten.

»Oh, lecker«, sagte sie. »Im Lauf dieser Schwangerschaft nehme ich sicher fünfundzwanzig Kilo zu. Ich habe andauernd einen Bärenhunger.«

Reno, Reba und Dolly begrüßten sie gleich an der Tür mit aufgeregtem Schwanzwedeln.

»Was für eine schöne Überraschung!« Ihre Mutter stellte einen Krug Orangensaft auf den Tisch. »Augenblick, ich hole noch einen Teller und Besteck.«

»Danke, Mom.« Brindle zog ihre Jacke aus und hängte sie über eine Stuhllehne.

Amber stellte frischen Toast neben den Saft. »Gut, dass wir ein bisschen mehr gemacht haben. Dein Timing ist perfekt. Wir können gleich anfangen.«

In ihrer hübschen bunten Bluse und dem langen dunkelblauen Rock sah Amber unglaublich süß aus. Abgesehen von ihrem Outfit unterschied sie sich auch durch ihre freundliche Sanftmut von Sable, die in dunklen Skinny Jeans an der Küchentheke lehnte. Auf Sables hautengem schwarzem Shirt verkündete ein Schriftzug: »Schraubenschlüssel in der Faust, Feuer in der Seele, kein Blatt vor dem Mund«. Schwarze Cowgirlstiefel und ihr Cowgirlhut komplettierten das Outfit. Sie musterte Brindle ohne die Spur eines Lächelns um die zusammengekniffenen Lippen.

Na großartig.

Das Verhältnis zwischen ihr und Sable war eng, aber kompliziert. Von allen Montgomery-Kindern war Sable das taffste. Sie hatte die Beschützerrolle für die anderen übernommen. Doch ihr konnte Brindle auch Dinge anvertrauen, die Morgyn vielleicht ein bisschen schockiert hätten.

»Kann es sein, dass du am Dienstagabend ziemlich viel Spaß hattest?«, fragte Sable und setzte sich.

»Ja, könnte man sagen.« Brindle nahm ebenfalls Platz und goss sich Orangensaft ein. »Genau, was ich gebraucht habe. Ich bin froh, dass Trace mich mitgeschleppt hat.«

»Freut mich, dass er zu dir steht und dich nicht hängenlässt, so wie der andere«, sagte ihre Mutter. »Aber genau genommen war er ja immer für dich da.«

»Allerdings«, bestätigte Sable ein wenig zu ruppig und strich dabei Butter auf ihre Toastscheibe.

Brindle schob das Essen auf ihrem Teller hin und her. Die Anspannung verschlug ihr ausnahmsweise den Appetit.

»Darüber wollte ich mit euch sprechen. Aber eigentlich am liebsten mit allen zugleich. Ist es okay, wenn wir die anderen ans Telefon holen?«

Ihre Eltern tauschten einen besorgten Blick.

»Liebes?«, fragte ihre Mutter. »Stimmt etwas nicht?«

»Im Gegenteil. Ich glaube, langsam kommen ein paar Dinge in Ordnung.« Brindle zog ihr Smartphone aus der Jackentasche und schickte eine Gruppennachricht an Grace, Morgyn, Pepper und Axsel. Eine Minute später klingelten mehrere Handys. »Geht bitte ran und schaltet die Lautsprecher ein. Ich will das gern in einem Rutsch hinter mich bringen.« Sie nahm Axsels Anruf an. »Moment bitte, Ax. Ich möchte, dass alle mithören können.« Sie drückte auf das Lautsprechersymbol. Im selben Moment nahm ihre Mutter Morgyns Anruf an.

»Hi, Gracie«, begrüßte Amber ihre Schwester am Telefon.

Sable begrüßte Pepper, fixierte dabei aber Brindle. »Hi. Der Lautsprecher ist an.«

»Was ist denn los? Ist was passiert?«, fragte Graces Stimme.

»Nein«, antwortete Brindle. Sie versuchte, sich ihre Nervosität nicht anhören zu lassen. »Ich wollte euch nur allen zugleich sagen, dass ich, was den Vater meines Babys angeht, nicht ehrlich gewesen bin.«

»Ach ja?« Sable zuckte die Achseln. »Erzähl mir was Neues.«

Brindle funkelte sie an. »Hört mir bitte erst mal zu. In Paris habe ich zwei Männer kennengelernt. Andre Shaw und seinen Freund Mathieu. Mathieu schreibt Drehbücher. Er war nur eine Woche lang da, Andre ist länger geblieben. Mit keinem von beiden ist etwas gelaufen. Sie haben mir die Stadt gezeigt und wir haben viel geredet. Nach Mathieus Abreise haben Andre und ich weiterhin oft geredet und dank ihm habe ich ein paar Dinge verstanden. Ihn als Sündenbock zu benutzen, war sehr unfair. Denn er hat mir klargemacht, dass ich einen Gang runterschalten und zuhören muss, wenn Trace etwas sagt. Und dass ich vor der Wahrheit nicht weglaufen darf. Ich bin mit lauter guten Vorsätzen zurückgekommen und wollte euch eigentlich gleich erzählen, dass ich von Trace schwanger bin. Aber wie tausend Mal zuvor haben er und ich uns sofort in Missverständnisse verstrickt und es ging erst mal alles komplett daneben.«

»Was bin ich froh, dass du jetzt mit der Wahrheit rausrückst«, sagte Morgyns Stimme aus dem Handy ihrer Mutter. »Den Mund halten zu müssen, hat mich fast umgebracht!«

»Wurde auch verdammt noch mal Zeit«, knurrte Sable.

»Hast du es wirklich gewusst?«, fragte Brindle erstaunt.

Sable nickte. »Ich war mir nicht hundertprozentig sicher, aber dann habe ich euch tanzen sehen und konnte es dir von den Augen ablesen.«

»Wir hatten auch so ein Gefühl.« Ihr Vater tauschte einen langen Blick mit ihrer Mutter. »Aber für den Fall, dass wir uns vielleicht doch täuschen, wollten wir lieber nichts sagen.«

»Ich habe es mir ebenfalls gedacht«, erklärte Axsel. »Aber ich wollte warten, bis du etwas sagst.«

»Ich hab's auch vermutet«, sagte Grace.

»Ihr habt mir meine Lüge nicht abgekauft und trotzdem geschwiegen?« Brindle verschränkte die Arme. »Soll ich jetzt dankbar sein oder doch eher sauer?«

»Moment mal.« Leise meldete sich Amber zur Wort. »Bin ich wirklich die Einzige, die nicht darauf gekommen ist? Brindle hat uns allen versichert, Trace wäre nicht der Vater. Warum habt ihr das denn nicht geglaubt?«

»Ich hatte auch keine Ahnung, Amber«, sagte Pepper.

»Warum hätte ich zweifeln sollen? Eine Rebellin war Brindle ja immer, aber gelogen hat sie nie.«

»Danke«, sagte Brindle. Ihr schlechtes Gewissen wurde gleich noch ein bisschen schlechter. »Dass ich euer Vertrauen enttäuscht habe, tut mir sehr leid.«

»Schon gut. Ich hatte bloß Angst, dass du von einem anderen schwanger bist, könnte dich sehr unglücklich machen«, sagte Pepper. »Und jetzt bin ich froh, dass Trace doch der Vater ist. Aber ist *er* denn glücklich darüber?«

»Na ja, glücklich vielleicht im Moment nicht unbedingt. Er steht noch ziemlich unter Schock, und dass ich gelogen habe, macht es nicht besser. Aber er sagt, er wird unser Baby ganz sicher lieben. Und mich liebt er auch.«

»Das wissen wir.« Ihre Mutter legte Brindle eine Hand auf den Arm. »Aber weshalb hast du denn bei einer so wichtigen Sache nicht gleich von Anfang an die Wahrheit gesagt?«

»Diese Frage habe ich mir auch schon tausendmal gestellt. Die einfache Antwort lautet, dass ich Trace seine verletzende Bemerkung heimzahlen wollte. Und als die Lüge erst mal raus war, habe ich mich darin verstrickt. Aber ich gebe mir gerade alle Mühe, mich zu ändern. Ich will es mir nicht mehr leicht machen und ständig den Weg des geringsten Widerstands gehen.«

»Und Schweine können seit Neuestem fliegen?« Mit ihrer Bemerkung erntete Sable ein paar Lacher von einigen ihrer Geschwister.

»Sable!«, mahnte ihre Mutter.

»Es gibt auch noch eine etwas weniger einfache Antwort«, fügte Brindle beklommen hinzu. Es auszusprechen, fiel ihr schwer. Aber wenn sie das jetzt schaffte, war das ein guter Anfang. »Trace und ich benehmen uns noch immer wie

Teenager. Wir zoffen uns, machen einander Vorwürfe und stürmen dann davon. Wir sagen Dinge, die wir nicht so meinen. Und obwohl wir einander immer wieder verzeihen, bringt uns das nicht weiter. Wir drehen uns im Kreis.«

»Schön, dass euch das nun klar geworden ist, Liebes.« Ihre Mutter lächelte sie an. »Im Lauf des Lebens hat jeder das eine oder andere Aha-Erlebnis, und ich freue mich von Herzen, dass ihr zusammen nach einer Lösung sucht.«

»Danke, Mom. Ich möchte so gerne eine gute Mutter werden. Und eine gute Freundin möchte ich auch sein. Trace und ich waren nie offiziell ein Paar und unsere Beziehung war immer ein ständiges Auf und Ab. Aber unsere Liebe zueinander war immer unerschütterlich.«

»Ihr seid eben beide sehr leidenschaftlich«, tönte Morgyns Stimme aus dem Telefon.

»Ja, stimmt. Aber das ist nicht alles. Gestern Abend haben wir lange darüber geredet, wie wir es in Zukunft besser machen können. Unser Kind soll keine Angst haben müssen, dass wir uns alle naselang streiten und einander sitzenlassen. Aber wenn es hart wird, finden wir einfach nie die richtigen Worte und flüchten uns in Trotzreaktionen. Das soll nicht so bleiben. Und dafür brauche ich eure Hilfe.«

»Klingt ja interessant«, murmelte Sable.

»Gib ihr eine Chance«, hielt Grace dagegen. »Ich habe dich mit deinen Schulkindern erlebt, Brindle. Mit denen hast du keine Kommunikationsprobleme. Ganz im Gegenteil.«

»Ja, in der Schule klappt das prima. Aber aus irgendeinem Grund geht es zwischen Trace und mir zuverlässig daneben. Vielleicht, weil ich ihn so sehr liebe und deshalb immer in der Angst lebe, ihn zu verlieren. Davonzulaufen und mit den Türen zu knallen, ist leichter, als mich meinen Schwächen zu stellen.

Aber auch das möchte ich jetzt angehen. Am besten mit Unterstützung einiger verheirateter Frauen. Vielleicht können die mir ein bisschen auf die Sprünge helfen. Morgyn? Grace?« Brindle schaute ihre Mutter an. »Mom? Bitte. Wollt ihr mir ein paar Ratschläge geben?«

»Klar«, sagte Grace und Morgyn antwortete gleichzeitig: »Selbstverständlich.«

»Du weißt, dass ich immer für dich da bin, Liebes«, sagte ihre Mutter. »Wann immer du mich brauchst. Und ich bin stolz, dass du zu deinen Schwächen stehst und an dir arbeiten willst.«

»Danke. Am liebsten würde ich euch einfach alle um Hilfe bitten, aber ich glaube, für den Anfang ist es am besten, mich auf *Kommunikation in der Beziehung* zu konzentrieren. Und ihr seid die Einzigen, die eine feste Beziehung haben.«

Ihr Vater räusperte sich.

Brindle lächelte ihn an. »Ich liebe dich, Daddy. Aber erst mal brauche ich die weibliche Perspektive.«

»Schon gut, Herzchen. Mein einziger Rat wäre, immer mit Ehrlichkeit anzufangen und mit Liebe aufzuhören.«

»Mit anderen Worten …«, ergänzte Sable, »wenn du ihm erklärt hast, dass er ein Arsch ist, weil er irgendwas falsch gemacht hat, rufst du ihm auf dem Weg aus der Tür noch kurz über die Schulter zu, dass du ihn liebst.«

»Deswegen bitte ich nicht Sable um Rat.« Brindle verdrehte die Augen. »Aber im Ernst, ich wollte, dass ihr Bescheid wisst, bevor ihr irgendwo in der Stadt hört, dass Trace der Vater ist. Ach herrje. Glaubt ihr, ich sollte versuchen, mich gegen die Gerüchte zu wehren?«

Sable schnaubte. »Wann hat dich der Ortstratsch denn je interessiert?«

»Bisher nie. Aber jetzt muss ich an mein Baby denken und an die Umstände, unter denen es hier aufwachsen wird.«

»Das hättest du dir vielleicht überlegen sollen, bevor du eine Lüge in die Welt gesetzt hast.« Amber hatte kein einziges selbstgerechtes Haar am Leib. Sie verwies nur ganz sachlich auf die Fakten, was die Wirkung ihrer Worte nur noch eindrücklicher machte. »Du weißt, mit wie viel Hingabe in dieser Stadt getuschelt und geredet wird. Und du hast den Tratsch regelrecht angeheizt.«

»Vorausschauendes Handeln war noch nie meine Stärke«, räumte Brindle ein. »Aber was soll ich denn jetzt machen? Ich möchte nicht, dass unser Baby für meine Fehler bezahlen muss.«

»Keine Sorge.« Sable winkte ab. »Von uns kriegt das Kind jede Unterstützung, die es braucht.«

Ihre Mutter nickte. »Sable hat recht. Aber es ist gut, dass du für das Kleine mitdenkst.«

»Hört mal, ich muss jetzt auflegen. Ich habe gleich eine Besprechung«, erklärte Pepper. »Brin, du bist jetzt schon um die zwölf Jahre mit Trace zusammen. Das ist länger als eine durchschnittliche Ehe. Ihr seid beide echte Dickschädel. Wenn ihr es also besser machen wollt, dann schafft ihr das auch. Hab dich lieb. Ruf an, wenn du mich brauchst.«

»Augenblick, eins solltet ihr noch wissen«, sagte Brindle schnell. »Trace hat nicht mit Heather geschlafen. Und obwohl ihr vielleicht etwas anderes gehört habt – ich war in meinem ganzen Leben nur mit zwei Männern im Bett.«

Ihr Vater schlug die Hände vors Gesicht. »Kannst du diesen Teil deiner Beichte bitte für die Frauen der Familie reservieren?«

»Ich dagegen hatte schon jede Menge Kerle«, erklärte Axsel lachend und gab damit den Startschuss für allerhand Scherze und Frotzeleien.

Als Brindle nun auch noch damit herausrückte, dass sie sämtliche Reisemitbringsel in Paris hatte stehen lassen, löste sie eine weitere Welle fröhlicher Sticheleien aus. Mit der Hand auf ihrem Bauch hörte sie sich die Kommentare ihrer schlagfertigen Geschwister an, und was in ihrem Leben durcheinandergeraten war, fand langsam wieder an seinen Platz. Sie rieb sich den Bauch. *Hörst du das, Baby? So klingt Liebe. Und von Liebe wirst du umgeben sein.*

Trace schloss die Stalltür und ließ den Blick über die Vieh- und Pferdeweiden schweifen. Zum tausendsten Mal an diesem Tag versuchte er, in seinen Kopf zu bekommen, dass er in ein paar Monaten Vater sein würde. Mit Brindle hatte er sich immer mehr als Spaß und heißen Sex gewünscht. Doch sich ein gemeinsames Leben mit ihr auszumalen, hatte er sich nie zugestanden. Schließlich hatte sie von einer festen Beziehung nichts wissen wollen. Erst seit heute wagte er, tatsächlich in die Zukunft zu schauen. In eine *traditionelle* Zukunft als Mann und Frau, als Eltern. Bis diese Vorstellung Wirklichkeit werden konnte, hatten sie noch einen langen Weg vor sich. Doch die Träume, die er so lange und so tief in sich vergraben hatte, drängten nun ans Licht wie junge Pflanzen, die der Sonne entgegenstrebten.

»Hey? Alles in Ordnung?« Shanes Frage riss Trace aus seinen Gedanken.

Er wischte sich die Hände an den Jeans ab. »Ja. Ich wollte gerade zum Haus rübergehen.«

»Ich komme mit«, sagte Shane. Gemeinsam überquerten sie

die Wiese.

Es war Zeit, seiner Familie zu sagen, dass er Vater wurde, und das gemeinsame Abendessen war eine gute Gelegenheit. Den ganzen Tag lang hatte er versucht, sich die passenden Worte zurechtzulegen. Doch inzwischen hatte er beschlossen, einfach damit herauszurücken. Sein Vater würde ihm vielleicht die Hölle heißmachen und ihm Verantwortungslosigkeit vorwerfen. Aber damit konnte er leben. Er wusste, dass seine Eltern das Baby lieben würden. Komme, was wolle. Seine Mutter lag ihm und seinen Geschwistern schon lange mit dem Wunsch nach Enkelkindern in den Ohren. Deshalb war seine Hauptsorge im Moment, wie er und Brindle zu einer wirklich tragfähigen Beziehung finden konnten. Dass ihnen das gelingen würde, hoffte er von ganzem Herzen. Er wollte sie und das Baby, so viel stand fest. Allerdings zu seinen Bedingungen. Und dazu gehörte Verbindlichkeit.

»Wollen wir später noch ’ne Runde um die Häuser ziehen?«, fragte Shane.

»Danke, aber heute setze ich aus.« Für einen unbeschwerten Kneipenabend ging Trace zu viel durch den Kopf. Außerdem musste er morgen noch früher aufstehen als sonst, um die Arbeit auf der Ranch zu schaffen, bevor er Sin beim Footballtraining unterstützte.

Kurz vor der Haustür stieß Jeb zu ihnen. »Trixie und JJ sind schon da. JJ sagt, er hat nicht viel Zeit. Gehst du heute Abend mit uns auf Tour, Trace?«

»Nein. Eher nicht.«

Trace öffnete die Tür, dann folgte er seinen Brüdern in das geräumige, zweigeschossige Farmhaus, das seine Familie seit Generationen bewohnte. Es gab eine große, einladende Wohnküche, aber im Wohnzimmer hing noch immer die grauenhafte Tapete in Orange und Beige an der Wand. Ihre Mutter fand, die könne dort auch bleiben. *Wozu Geld für eine unnötige Renovierung ausgeben? Schließlich ist die Tapete ja nicht kaputt.* Außer einem weiteren, etwas kleineren, holzgetäfelten Wohn- und Esszimmer gab es drei Badezimmer und sechs Schlafzimmer. Wie immer begrüßten ihn Erinnerungen, als er an dem Wohnzimmer vorbeiging, in dem er und seine Brüder sich früher abendelang gerauft und gebalgt hatten. Am Esstisch hatten sie von Geburtstagen bis zu sportlichen Erfolgen alles Mögliche gefeiert. Und die Treppe führte hinauf zu den Schlafzimmern, wo er und seine Brüder als Jugendliche Playboy-Hefte versteckt hatten und nachts aus den Fenstern gestiegen waren. Trixie hatte sich auch ein paarmal davongemacht. Doch sehr zu ihrem Ärger hatte stets einer ihrer Brüder ihren Hintern ruckzuck wieder nach Hause geschleppt.

Er folgte dem betörenden Essensduft zur Küche. Seine Mutter war eine großartige Köchin.

JJ stand an der Tür und schaute ihm mit einem seltsamen Gesichtsausdruck entgegen. Trace hob fragend das Kinn, und JJ forderte ihn mit einer Geste auf, in die Küche zu treten und sich selbst ein Bild zu machen. »Gratuliere, Bruder«, sagte er.

Trace sah Brindle mit seinen Eltern am Tisch sitzen, Trixie lehnte grinsend an der Arbeitsplatte.

Brindle blickte nervös zu ihm auf. »Hi. Ich bin vorbeigekommen, um …«

»Gratuliere, Daddy«, platzte Trixie heraus.

»Daddy?«, fragten Jeb und Shane wie aus einem Mund.

»Du hast es ihnen gesagt? Ich wollte das heute beim Abendessen tun.« Trace versuchte, die Mienen seiner Eltern zu lesen, während er sich um den Tisch herum zu Brindle schob. Seine Mutter blickte ziemlich erfreut drein und das gab ihm

Hoffnung. Doch sein Vater, Waylon Jericho, war ein sehr ernster Mann. Seine tiefliegenden dunklen Augen und sein energisches Kinn verrieten rein gar nichts. Trace spürte die durchdringenden Blicke seiner Brüder. Aber erst einmal musste er sich um Brindle kümmern.

»Tut mir leid.« Brindle stand auf. »Ich habe dir eine Textnachricht geschickt und geschrieben, dass ich herkomme, um mit deiner Mom zu reden.«

»Sei nicht sauer, mein Schatz«, sagte seine Mutter zu ihm. »Brindle und ich sind uns gestern zufällig in Meadowside über den Weg gelaufen. Und heute ist sie gekommen, um sich zu entschuldigen, weil sie nicht von Anfang an ehrlich war. Sie dachte, du hättest es uns schon gesagt.«

»Schon okay. Ich hatte bloß die Textnachricht nicht gesehen.« Er wandte seiner Familie den Rücken zu und nahm Brindles Hand. »Alles in Ordnung?«, fragte er leise.

Sie nickte. Ihre Mundwinkel hoben sich zu einem kleinen Lächeln.

»Ich wollte es …«

»Ich weiß.« Sie legte eine Hand an seine Brust. »Und ich wollte dir nicht zuvorkommen.«

Er drehte sich zu seinen Eltern. »Ich hätte gleich heute Morgen mit euch reden sollen. Aber ich musste dringend den Zaun an der unteren Weide reparieren und dann … dann musste ich mir noch überlegen, *wie* ich es euch sage. Drücken wollte ich mich jedenfalls nicht.«

»Auf den Gedanken wäre auch keiner von uns gekommen, mein Sohn«, sagte sein Vater mit ruhiger Stimme.

»Möchtest du zum Abendessen bleiben, Brindle?«, fragte seine Mutter.

»Danke, aber ich habe noch unglaublich viel zu tun.«

Brindle machte einen Schritt Richtung Tür. »Danke, dass ihr euch Zeit für mich genommen habt. Und es tut mir wirklich leid, dass ich die Katze aus dem Sack gelassen habe, bevor Trace die Chance dazu hatte.«

Trixie umarmte sie. »Ich freue mich so! Ich werde Tante! Hoffentlich wird es ein Mädchen. Denn, schau dich bloß um, wir müssen hier dringend für einen gewissen Ausgleich sorgen.« Sie zeigte auf Brindle und setzte hinzu: »Ich weiß, du hast einen ganzen Trupp Schwestern. Aber ich will unbedingt deine Brautjungfer werden.«

Brindle wurde blass. »Oh, übers Heiraten haben wir noch nicht gesprochen.« Nervös schaute sie zu Trace. »Bevor wir so weit sind, müssen wir noch ein paar Dinge auf die Reihe bekommen.«

Aber vielleicht, eines Tages …

»Ach, ihr beide liebt einander. Ihr kriegt das schon hin.« Seine Mutter stand auf und umarmte Brindle. »Was für eine schöne Nachricht. Ich freue mich so für euch.«

Brindle schaute Traces Vater an. »Ich kann nur noch mal sagen, dass ich eigentlich nie lügen wollte. Vielen Dank für eure Offenheit.«

Offenheit? Trace legte schützend den Arm um Brindle. Sein Vater konnte ziemlich schroff sein, und er hoffte von Herzen, dass er keine allzu harten Worte gefunden hatte. »Ich bringe dich raus.«

Gemeinsam stiegen sie die Stufen der Veranda hinunter. »Ich wünschte, du hättest auf mich gewartet«, sagte er.

»Ja. Das wäre besser gewesen. Und es tut mir auch wirklich leid. Als deine Mutter mir gestern begegnet ist, war sie furchtbar bedrückt. Und heute Morgen hast du mir geschrieben, du würdest mit deinen Eltern reden. Als ich vorhin hergekommen bin, dachte ich, das wäre bereits passiert. Aber dann habe ich schnell gemerkt, dass deine Eltern keine Ahnung hatten, weshalb ich gekommen war. Ich habe ihnen gesagt, wie sehr mir das Gerede in der Stadt leidtut und wie sehr ich bereue, dich in diese Situation gebracht zu haben. Ich wollte wirklich auf dich warten. Doch deine Mutter hat so traurig ausgesehen, dass ich es ihr einfach sagen musste. Ich hätte geduldiger sein sollen, das ist mir hinterher klar geworden. Ich hätte abwarten müssen, bis du mir zurückschreibst.«

»Schon gut, Babe. Was unsere Kommunikation angeht, müssen wir noch ganz schön dazulernen. Ich wäre lieber bei dir gewesen. Was hat denn mein Vater zu dir gesagt?«

Sie senkte den Blick. »Nichts, was ich nicht verdient hätte.«

»Verdammt. Deshalb wünschte ich, du hättest das nicht ohne mich gemacht. Ich hätte dich gerne beschützt.«

»Du musst mich nicht beschützen«, sagte sie fest.

Er knirschte mit den Zähnen. In vielerlei Hinsicht hatte sie recht. Gleichzeitig war sie viel sensibler und verletzlicher, als sie es sich eingestehen wollte. Wenn sein Vater übers Ziel hinausgeschossen war, würde sie seine Worte so lange analysieren, bis sie irgendwann fast explodierte. Und das konnte durchaus zu einem großen Knall führen. Mit schwer abschätzbaren Folgen. Was passierte, wenn Brindle und sein Vater aneinandergerieten, wollte er sich lieber nicht vorstellen.

»Was hat er gesagt, Brindle?«

»Er meinte, ich hätte großes Glück, dass du ein so guter Mann bist. Und er hat recht. Ich hätte dir von Anfang an die Wahrheit sagen müssen. Nicht mal eine Sekunde lang hätte ich dich glauben lassen dürfen, das Baby könnte von einem anderen sein. Das ist nicht wiedergutzumachen. Aber ab jetzt gibt es keine solchen Fehltritte mehr. Das habe ich mir ganz fest vorgenommen.« Erneut senkte sie den Blick. »Und mit *jetzt* meine ich wirklich *jetzt*. Denn mein Gespräch mit deiner Familie hätte eigentlich erst nach *deinem* Gespräch mit deiner Familie stattfinden dürfen.«

Er zog sie in seine Arme. »Du hast einfach nicht ausgehalten, dass meine Mutter so traurig war. Dein großes Herz bringt dich manchmal in Schwierigkeiten. Und mich mein großer Mund. Wir sind wirklich ein Dream-Team.«

»Gewisse Schwierigkeiten haben wir anderen Körperteilen zu verdanken.« Sie grinste schief. »Und jetzt küss mich. Ich habe morgen Abend ein heißes erstes Date mit einem ziemlich selbstbewussten Cowboy. Darauf muss ich mich noch vorbereiten.«

Nach mehreren prickelnden Abschiedsküssen schaute er von der Veranda aus zu, wie sie wegfuhr. Sein Gefühl sagte ihm, dass sie es schaffen würden. Jeb und Shane kamen zu ihm heraus.

»Eier hat sie«, sagte Shane.

Trace funkelte ihn an.

»Das war als Kompliment gemeint«, erklärte Shane. »Ich kenne nicht viele Frauen, die sich einfach zu unserem Dad setzen und Klartext reden würden.«

»Es ist also definitiv von dir?«, fragte Jeb.

»Jap. Und ich hätte es von Anfang an wissen müssen.«

Jeb verschränkte die Arme. »Das gilt wohl für uns alle.«

»Warum hat sie denn überhaupt gelogen, Mann?«, fragte Shane. »Das ist der Teil, den ich überhaupt nicht verstehe.«

Wer weiß schon, was Frauen denken, lag Trace als Entgegnung auf der Zungenspitze. Und bis gestern hätte er das vermutlich auch so gesagt. Doch solche Kommentare befeuerten nur die Spekulationen über ihre Beziehung. Deshalb waren sie ab heute abgehakt. »Es war meine Schuld«, gestand er seinen Brüdern. »Ich habe ihr unterstellt, sie hätte in Paris mit einem anderen geschlafen.«

Die Tür ging auf, ihr Vater kam heraus. »Jeb, Shane, geht und helft eurer Mutter. Ich möchte mich einen Moment mit Trace unterhalten.«

Trace straffte die Schultern, seine Brüder verschwanden im Haus. Mit einem stummen Blick wünschten sie ihm im Vorbeigehen viel Glück. Sein Vater war um die eins neunzig groß, kräftig und mit mehr Salz als Pfeffer in seinem kurzen, dichten Haar. Obwohl er wegen der Gelenkschmerzen humpelte und die Krankheit seine Finger verkrümmt hatte, war er eine imposante Erscheinung. Doch selbst mit einer Körpergröße von eins fünfzig hätte er sicher noch einschüchternd gewirkt. Vor seinem Vater hatte Trace mehr Respekt als vor jedem anderen Mann auf der Welt.

»Alles klar bei dir, Sohn?«

»Ja. Alles klar.«

»Dann geht es dir besser als mir damals, als deine Mutter zum ersten Mal schwanger war. Da hatte ich die Hosen nämlich gestrichen voll.«

Trace nickte. »Das ist bei mir auch so. Aber ich wollte nicht, dass du glaubst, ich wäre nicht Manns genug für diese Herausforderung.«

»Wir haben vier gute, starke Männer und eine gute, starke Frau großgezogen, die eines Tages mit einem Mann genau das anstellen wird, was Brindle seit Jahren mit dir anstellt, mein Sohn. So sind starke Frauen nun mal. Sie bieten uns unerschrocken die Stirn und zeigen auch mal die Krallen.«

Trace nickte. »Ja, das kann Brindle ziemlich gut.«

»Davon konnten wir uns alle schon überzeugen. Aber sicher

bringst du sie mindestens genauso oft zur Weißglut. Sie ist eine gute Frau, du bist ein guter Mann. Zu seinen Ängsten zu stehen, gehört allerdings auch dazu. Angst hat jeder. Aber wie man damit umgeht, das macht den Unterschied zwischen einem Jungen und einem Mann aus.«

Trace verschränkte die Arme. Diese schützende Barriere brauchte er, um seinem Vater die Wahrheit über Brindles Lüge sagen zu können. »Beim Scheunenfest habe ich es übel vergeigt, Dad. Brindle hat gelogen, weil ich ihr eine gemeine Unterstellung an den Kopf geworfen habe. Da war diese verdammte Angst, ich könnte sie verloren haben. Deshalb konnte ich nicht klar denken.«

»Ach ja?« Sein Vater rieb sich das Kinn. »Dass du es vermasselt hast, hat sie mit keiner Silbe erwähnt. Sie sagte, sie hätte kalte Füße bekommen und dir nicht das Gefühl geben wollen, in der Falle zu sitzen.«

»Sie wollte mich schützen«, sagte Trace mehr zu sich als zu seinem Vater.

»Auch das kennzeichnet eine gute Frau. Der Angst mit Haltung zu begegnen, ist schwer. Sie zu besiegen noch schwerer.« Er legte Trace eine Hand auf die Schulter. »Dein hübscher, wilder Mustang hat sich heute Abend mit schlotternden Knien zu uns an den Tisch gesetzt, uns dennoch in die Augen geschaut und den Grund für diese gottverdammte Reise erklärt. Danach hat Brindle sich für alle Unannehmlichkeiten und Peinlichkeiten entschuldigt, die wir ihr vielleicht zu verdanken hatten. Das nenne ich Rückgrat.«

Trace hörte es mit großem Stolz. In all den Jahren, in denen Brindle nun schon eine Rolle in seinem Leben spielte, hatte sein Vater kaum mehr als eine Handvoll Worte über ihre turbulente Beziehung verloren. Und Trace hatte sich oft gefragt, was sein

Dad wohl von Brindle dachte.

»Du hast schon immer Verantwortung übernommen und die Dinge angepackt. Deine Mutter und ich sind sehr stolz auf dich. Und ich bin sicher, du wirst ein guter Vater sein.«

Neun

Jahrelang hatte Brindle Trace bei jeder Gelegenheit aus der Ferne angehimmelt. Deshalb fühlte es sich an wie in alten Zeiten, als sie nun auf dem Hügel am Rand des Spielfelds hinter dem Bürger- und Jugendzentrum saß. Dick eingepackt in ihre Jacke und mit einem Thermobecher koffeinfreiem Kaffee und einem Donut als Stärkung schaute sie der Jugendfootballmannschaft beim Training zu. Nicht bloß beim Football hatte sie Trace oft heimlich und mit klopfendem Herzen zugeschaut. Noch vor ihrem ersten Kuss hatte sie ein paarmal von einer verborgenen Stelle aus beobachtet, wie er und seine Brüder sich in den frühen Morgenstunden in die Sättel ihrer Pferde schwangen. Dass es dieses Pferdetraining vor Sonnenaufgang gab, hatte sie zufällig bei einer Jamsession mitbekommen. Alle paar Wochen öffneten die Jerichos freitagabends für Veranstaltungen ihre Scheune. Jung und Alt machten zusammen Musik, Freunde und Familienmitglieder kamen zum Tanzen. An einem solchen Abend hatte Brindle gehört, wie ihre Mutter und Nancy Jericho sich über die Unterschiede zwischen Töchtern und Söhnen austauschten. *Zwischen Drama und Testosteron.*

Trace trainierte Pferde, bevor in Oak Falls der Tag

erwachte? Das musste sie unbedingt sehen. Heimlich hatte sie Morgyn geweckt und zur Verstärkung mitgenommen. Sable hatte ihre Schwestern dabei ertappt, wie sie sich aus dem Haus geschlichen hatten, und sie aufhalten wollen. Doch Brindle hatte sich noch nie etwas ausreden lassen, was sie sich einmal in den Kopf gesetzt hatte. Am Ende war Sable mitgekommen und von da an hatten sie diesen morgendlichen Ausflug oft als Trio unternommen. Nie würde Brindle den Adrenalinstoß vergessen, der sie durchjagt hatte, als sie zum ersten Mal auf dem Hügel mit Blick auf den Reitplatz der Jerichos gelegen hatte. Und schon gar nicht das Kribbeln in ihrer Brust, als Trace auf einem prächtigen schwarzen Pferd in die Bahn geritten war. Traces Lässigkeit, seine Kraft und Geschmeidigkeit hatten sie in seinen Bann gezogen. Bei den ersten Bocksprüngen des Pferdes hatte sie die Luft angehalten und dann darüber gelacht, wie sich Trace mit einer Hand den Hut auf den Kopf gedrückt und die Zügel in der anderen gehalten hatte. Unter den anerkennenden Pfiffen und Rufen seiner Brüder hatte er das Pferd gebändigt. Unerschrocken, unendlich selbstbewusst und dabei unverschämt gut aussehend war er schon damals gewesen. Morgyn war neben ihr im Gras eingeschlafen, doch Sable und Brindle hatten jede Sekunde der Show aufmerksam verfolgt. Für Sable war der frühmorgendliche Ausflug einfach ein kleines Abenteuer gewesen – Brindle hatte sich noch vor Sonnenaufgang in Trace Jericho verliebt.

Jetzt nippte sie an ihrem Kaffee und schaute zu, wie die Jugendlichen auf dem Spielfeld sich um Trace scharten und er die Arme um die Schultern der beiden Jungen links und rechts von ihm legte. Was gesagt wurde, konnte sie nicht hören. Dazu war sie zu weit entfernt. Doch sie nahm an, dass Trace die Spieler ermutigte und anspornte. Schließlich streckte er die

Hand in den Kreis und die Jungs streckten ebenfalls die Hände vor. Er rief etwas, die Arme flogen in die Luft, dann rannten die Jugendlichen hinaus aufs Spielfeld.

Auf ein Signal von Trace hin kam ein Junge zu ihm zurück. Trace streckte die Arme aus, legte die Handgelenke aneinander, bog die Hände erst nach hinten und zog sie dann an seine Brust. Es sah aus, als würde er demonstrieren, wie man einen Football sicher auffing. Der Junge ahmte die Bewegungen nach und Trace klopfte ihm auf die Schulter. Während der Spieler auf seine Position zurückjoggte, klatschte Trace ein paarmal in die Hände. Brindle konnte sich gut vorstellen, wie er ihrem Sohn eines Tages das Footballspielen beibrachte, wie er am Rand des Spielfelds stand, Tipps gab und ihn anfeuerte. Und falls sie ein Mädchen bekamen, das vielleicht gerne tanzte, ritt oder wie er Gitarre spielte, würde er es genauso unterstützen. Er sah jetzt gerade so glücklich aus, dass sie sich von Herzen wünschte, er hätte viel mehr solche Momente in seinem Leben.

»Er macht sich gut da draußen, nicht wahr?«

Brindle zuckte zusammen. Sin stand neben ihr. Er trug eine Baseballmütze und eine Sonnenbrille. Die Sporttasche hing lässig über seiner Schulter.

»Das fand ich schon immer.« Sie nickte. »Auf ein Spielfeld passt er so gut wie auf ein Pferd.«

Sin ging neben ihr in die Hocke und schaute den Jugendlichen zu. »Er hat einen guten Draht zu den Kids. Er ist geduldig und kann prima erklären. Fünf oder sechs Mal hat er mich schon unterstützt und er bleibt in jeder Situation gelassen. Die Jungs trainieren gern bei ihm.«

»So oft? Als er mir davon erzählt hat, klang es, als wäre er nur ein oder zwei Mal kurz im Einsatz gewesen.«

Sin schüttelte den Kopf. »Na ja, du kennst ihn ja. Was er

für andere tut, spielt er gerne herunter. Ich wünschte wirklich, er würde mein Angebot annehmen.« Sin richtete sich auf. »Wir könnten ihn hier wirklich gut brauchen.«

»Was denn für ein Angebot?«

»Nächstes Jahr das Team zu trainieren. Ich habe ihm gesagt, wenn er möchte, nehmen wir ihn mit Kusshand.«

»Wirklich?« Sie schaute zu, wie Trace mit einem der Jungen redete, und fragte sich, weshalb er ihr gegenüber nichts davon erwähnt hatte. »Ich dachte, deine Bemerkung neulich abends wäre bloß ein spontaner Einfall gewesen.«

Sin schüttelte den Kopf. »Wenn es ums Jugendtraining geht, bin ich besonders gewissenhaft und denke genau nach, bevor ich etwas sage. Für so was die richtigen Leute zu finden, ist nicht leicht. Ich weiß, Trace hat auf der Ranch unheimlich viel um die Ohren. Aber das Angebot steht. Und wenn du ein bisschen Überzeugungsarbeit leisten kannst, würde mich das freuen.«

Ich kann sehr überzeugend sein.

Und ich kann nerven. Ja, nerven konnte sie gut.

Aber war die Freude auf Traces Gesicht es nicht wert, ein bisschen nervig zu sein?

Die alte Brindle wäre, ohne groß nachzudenken, umgehend aktiv geworden. Doch die neue, bessere Version wollte die richtigen Worte finden und den richtigen Zeitpunkt abwarten. Und was die Kunst der Überzeugung betraf, brauchte sie ein bisschen Beratung. Sie würde das nächste Woche bei dem Treffen zum »Rat der verheirateten Frauen« mit ihrer Mutter und ihren Schwestern ansprechen.

»Ich sehe mal, was ich tun kann«, antwortete sie schließlich. »Und, Sin? Danke, dass du in Trace etwas siehst, was sonst kaum jemandem auffällt.«

»Und das wäre?«

»Dass er viel mehr ist als ein gut aussehender Cowboy.«

Ein paar Stunden später traf sich Brindle mit Lindsay und Trixie zum Shoppen. Ein neues Outfit für ihr Date mit Trace musste her. Sie hatte gedacht, nach ein, höchstens zwei Stunden wäre das erledigt. Aber drei Stunden, vier Geschäfte und einen Power-Lunch später stand sie vor einem dreiteiligen Spiegel, hob ihre Brüste an und bog sich vor Lachen.

»Im Ernst, Mädels!«, japste sie. »Schaut sie euch an! Die reinsten Grapefruits.«

»Melonen«, widersprach Trixie. »Dicke Melonen. Wie die, mit denen manche Leute Schießübungen machen.«

Lindsay hielt sich an Trixies Arm fest und prustete: »Kleine Wassermelonen.«

Brindle drehte sich in dem eng anliegenden schwarzen Kleid, das Lindsay für sie ausgesucht hatte, hin und her. Sie legte eine Hand auf ihr Bäuchlein. »Ich bestehe nur noch aus Kurven und Kugeln. Trace wird sofort die Flucht ergreifen.«

»Quatsch, Süße. Auf gar keinen Fall.« Lindsay schüttelte den Kopf. »Du siehst umwerfend aus. Und außerdem steht Trace auf Brüste.«

Brindle stemmte eine Hand in die Hüfte und hob amüsiert die Brauen. »Und woher weißt *du* das?«

»Er ist mit *dir* zusammen. Und laut dem, was man von den Montgomery-Schwestern so hört, hast du die tollsten Brüste von allen«, erklärte Lindsay trocken. Brindle und ihre Schwestern scherzten gern darüber, wer welche besonderen

Vorzüge hatte. In dem Sommer, in dem Brindle zwölf geworden war, waren ihr praktisch über Nacht C-Cups gewachsen, und mit vierzehn hatte sie mühelos D-Cups ausgefüllt.

»Stehen denn nicht alle Männer auf Brüste?«, fragte Trixie. »Wenn wir den Jungs so ungeniert auf die Hose starren würden wie sie uns in den Ausschnitt, würden wir mit Sicherheit verhaftet.«

»Davon kannst du ausgehen.« Brindle nickte.

»Na ja, manche von uns fallen weniger ins Auge.« Lindsay schaute auf ihre perfekten B-Cups hinunter. »Eigentlich bin ich ganz glücklich so. Von Kerlen belagert zu werden, wäre das Letzte, was ich brauche. Aber egal. Du willst für dein Date doch etwas Besonderes haben. Und genau das ist dieses Kleid. Es wird ihn aus den Cowboystiefeln hauen.«

»Ich weiß nicht. Ich versuche gerade, etwas vom typischen Brindle-Look wegzukommen. Trace und ich fangen noch mal ganz neu an. Da möchte ich nicht aussehen, als wollte ich ihn gleich ins Bett locken.«

Ihre Freundinnen fixierten sie mit unbewegten Mienen.

»Glaub mir, Brin«, sagte Lindsay schließlich. »Was du anhast, ist komplett egal. Du wirst trotzdem so rüberkommen. Du hast nun mal diese verführerische Ausstrahlung, für die die meisten anderen Frauen ein Vermögen bezahlen würden.«

»Danke!« Brindle zuckte lächelnd mit den Schultern. »Was meinst du, Trix?«

»Ich meine, dieses Lächeln-Schulterzucken-Ding unterstreicht, was Lindsay gerade gesagt hat.« Trixie schob ein paar Kleider auf einem Ständer hin und her. »Du könntest einen Pyjama tragen und mein Bruder wäre trotzdem komplett verrückt nach dir.«

Das stimmte tatsächlich und Brindle wusste es. »Aber ich

möchte, dass der Abend heute anders wird als sonst. Wir hatten nämlich noch nie ein richtiges Date. Ich weiß gar nicht, was ich erwarten soll. Und wohin wir gehen, will er mir auch nicht verraten. Wisst ihr es vielleicht?«

Trixie wandte sich ab. »Habe ich euch schon erzählt, dass Nick zur letzten Jamsession des Jahres herkommen möchte? Darauf können wir uns freuen.«

»Wunderbar. Ein leckeres Schnittchen ist hier immer willkommen«, antwortete Lindsay. »Nick ist die perfekte Mischung aus Cowboy und Biker. Das ist doch mal was anderes. Ist sein *ihr wisst schon was* eigentlich genauso beeindruckend wie sein Bizeps?«

Trixie lachte. »Woher soll ich das wissen? Er ist eine arrogante, eigensinnige Nervensäge. Seinen Hintern checke ich gerne mal ab. Andere Körperteile habe ich noch nicht näher betrachtet.«

Brindle verdrehte die Augen. »Okay, verstanden. Ihr wisst beide, was Trace plant, und wollt es mir nicht sagen. Tolle Freundinnen seid ihr.«

»Wir sind die besten Freundinnen, die du dir wünschen kannst, weil wir dir die Überraschung nicht ruinieren.« Mit einem langärmeligen grauen Minikleid mit U-Boot-Ausschnitt in der Hand drehte Trixie sich zu ihnen um. »Das ist perfekt! Kurz und sexy, aber nicht zu eng. Und zusammen mit deinen heißgeliebten Overknees frierst du darin auch nicht.« Sie schob Brindle zu den Anprobekabinen und drückte ihr das Kleid in die Arme. »Los, anziehen.«

Gleich als sie das weiche Baumwollkleid über den Kopf streifte, wusste Brindle, dass es ein Volltreffer war. Vorn reichte es bis zur Mitte ihrer Oberschenkel, hinten war es ein wenig länger. Es saß eng genug, um die Aufmerksamkeit auf ihre

Brüste zu lenken, ohne sie allzu sehr hervorzuheben. Ihren Bauch umspielte es ganz locker, und weil es unten ein wenig ausgestellt war, betonte es auch noch ihre Taille.

Bevor sie damit aus der Kabine treten konnte, drängten Lindsay und Trixie zu ihr herein.

»Wir haben Accessoires gefunden.« Lindsay legte Brindle drei lange Halsketten um, Trixie schob ihr passende Armreife über die Hand.

»Und, schau mal.« Trixie hielt ein Paar silberne Ohrringe mit baumelnden grauen und schwarzen Steinen in die Höhe. »Was denkst du?«

»Ich denke, ihr seid göttlich, weil ihr mir so unermüdlich helft, das richtige Outfit zu finden.« Sie bewunderte sich im Spiegel, stellte sich zu dem Kleid die hohen Stiefel vor und sagte: »Genau, was ich haben wollte. Es ist eher zurückhaltend und wird mit den Overknees trotzdem ein bisschen sexy wirken. Aber nur damit ihr's wisst: Ich gehe heute nicht mit ihm ins Bett.«

»Jaja.« Lindsay grinste.

»Und falls du's doch tust, will ich nichts darüber hören«, sagte Trixie.

»Ernsthaft. Das kommt gar nicht in Frage. Das tut man nicht beim ersten Date. Oder?«

Trixie schaute von Brindle zu Lindsay. »Das darfst du mich nicht fragen. Jeb hat so gut wie jeden Kerl in der Gegend in die Flucht geschlagen. Ich fühle mich wie verbotenes Terrain.«

»Tinder-Nutzer wären vermutlich anderer Meinung, Brin.« Lindsay sammelte die anprobierten Kleider zusammen.

»Tinder?«, fragte Brindle. »Du suchst Dates über Tinder?«

»Das habe ich nicht gesagt. Ich muss die Kleider noch wegbringen.« Lindsay eilte davon.

»Glaubst du, sie tut das?« Brindle zog das graue Kleid aus.

Trixie zuckte die Achseln. »Schon möglich. Auf einen Ring am Finger ist sie jedenfalls nicht scharf.«

»Das war bei mir auch so, getindert habe ich trotzdem nie. Das ist die App für die schnelle Nummer.«

Trixie reichte Brindle ihr Shirt. »Du brauchst Tinder nicht, weil dir jederzeit ein williger Kerl zur Verfügung steht. Aber Lindsay datet niemanden aus der Gegend. Ihr Liebesleben ist ein Mysterium.«

»Ja. Schon irgendwie seltsam, oder?« Brindle schlüpfte in ihre Jeans.

Trixie nahm Brindles Gummiband für den Hosenknopf von der Bank und reichte es ihr. »Das kommt dir nur so vor, weil dein Liebesleben immer ziemlich öffentlich war.«

»Mit Betonung auf *war*. Das ändert sich gerade.« Brindle fiel ihr Gespräch mit Sin ein. Sie schlang das Gummiband durch das Knopfloch und sagte: »Ist es eigentlich sehr schwer, Aushilfen für die Ranch zu finden? Falls ihr zwei-, dreimal die Woche für ein paar Stunden jemanden brauchen würdet?«

»Um solche Dinge kümmern sich Trace und Shane. Die beiden machen auch die Arbeitspläne«, antwortete Trixie. »Leute, die einspringen würden, gibt es sicher. Aber falls ein fester Job daraus werden soll, muss es jemand sein, auf den man sich verlassen kann. Warum denn? Glaubst du, du brauchst öfter mal Traces Hilfe, wenn das Baby da ist?«

»Ach, mir geht bloß allerhand durch den Kopf«, antwortete Brindle ausweichend. Auf keinen Fall wollte sie den Fehler machen, mit Trixie über Traces möglichen Einsatz als Jugendtrainer zu sprechen, bevor sie sich mit ihm darüber unterhalten hatte.

Sie stieg in ihre Cowgirlboots, schnappte sich ihre Jacke und sagte: »Komm, wir sehen mal, ob wir es schaffen, Lindsays sexy Tinder-Geheimnisse aus ihr herauszukitzeln.«

Mindestens so nervös wie damals, als sie zum ersten Mal miteinander geschlafen hatten, stand Trace jetzt vor Brindles Wohnungstür. Über erste Dates wusste er so gut wie nichts und er wollte es auf keinen Fall vermasseln. Sich an die Dating-Etikette zu halten, war schwer, wenn man im eigentlichen Sinn nie jemanden gedatet hatte. Er und Brindle hatten sich zwar getroffen, waren zusammen im Bett gelandet, hatten sich zu allerhand Aktivitäten mit anderen Paaren verabredet und sich oft genug davongestohlen. Sie hatten alles Mögliche gemacht und unternommen, nur richtige Dates hatte es nie gegeben. Deshalb war er jetzt mit Ende zwanzig ziemlich ratlos, wenn es darum ging, wie er die Frau umgarnen sollte, die er schon als Teenager geliebt hatte.

Besser spät als nie.

Er versteckte die Sträuße hinter seinem Rücken, dann klopfte er an die Tür.

Als Brindle aufmachte, ließ er seine Mitbringsel beinahe fallen. Sie sah umwerfend aus in dem süßen grauen Kleid und den Stiefeln, die ihr bis fast zur Mitte der Oberschenkel reichten. »Heiliger Bimbam, Mustang. Wie soll ich bloß artig sein, wenn du so aussiehst?«

Sie schaute an sich hinunter. »Ich habe versucht, mich nicht zu sexy zu stylen. Soll ich mich umziehen?«

Ein tiefes Lachen gluckste aus seiner Brust und er schüttelte den Kopf. »Das würde nichts nützen. Du wärst selbst in einem

Kartoffelsack brandheiß.«

Das Kompliment ließ ihre Augen blitzen. »Du siehst auch recht erträglich aus, Cowboy.«

Sie packte ihn an seinem todschicken Hemd und zog ihn zu einem Kuss zu sich. Seine freie Hand glitt über ihren Rücken und schmiegte sich an ihren Hintern. Dann trafen sich ihre Lippen. Er konnte nicht widerstehen und küsste sie tief. Sie stieß einen süßen, sexy Laut aus und schon war er steinhart.

»Das fühlt sich an wie unser altes Selbst«, murmelte er an ihren Lippen und drückte sie noch fester an sich.

»Ich mag unser altes Selbst.«

Sie zog seinen Kopf für einen weiteren Kuss zu sich und er ließ sich nicht lange bitten. Auch sein zweiter Arm schlang sich um ihren Rücken.

Sie schnappte nach Luft und zuckte zurück. »Autsch. Irgendwas hat mich gepikt.«

»Verdammt. Sorry, Babe.« Er überreichte ihr die beiden Sträuße. »Ich konnte mich nicht zwischen einem Dutzend roter Rosen und Schokoladenrosen entscheiden. Also habe ich beides genommen. Ich weiß, wie verrückt du nach Schokolade bist, aber traditionell schenkt man doch beim ersten Date rote Rosen, oder?«

Sie schnupperte mit einem so verträumten Blick an den Blumen, dass er ihr am liebsten von nun an jeden Tag welche schenken wollte.

»Von Traditionen bei ersten Dates habe ich keine Ahnung.« Sie hob lächelnd die Schultern. »Aber romantischer geht's nicht. Danke. Komm rein. Lass mich die Rosen ins Wasser stellen.«

Er folgte ihr in die Küche. Als Brindle sich nach einer Vase streckte, stellte er sich hinter sie und holte sie ihr vom obersten Regalbrett. »Du riechst unglaublich gut.«

»Dein Lieblingsparfüm«, sagte sie und füllte die Vase mit Wasser. »Juicy Couture.«

»Wir sollten Aktien von der Firma kaufen.« Während sie die Rosen arrangierte, küsste er sie auf den Hals.

»Die sind wunderschön. Rosen hast du mir noch nie geschenkt.«

Er drehte sie in seinen Armen. »Aber Wiesenblumen habe ich manchmal für dich gepflückt.«

»Ja. Und das war auch sehr romantisch. Aber *vor* dem Sex Blumen geschenkt zu bekommen, fühlt sich komplett anders an.« Sie legte die Arme um seinen Hals und rieb sich wie zufällig an ihm. »Fast wie eine Art Vorspiel.«

»Wenn du das noch mal machst, findet unser erstes Date in deinem Schlafzimmer statt«, warnte er.

»Träum weiter, Cowboy. Ich bin eine Lady. Beim ersten Date kommt das nicht in Frage.« Sie fasste ihn an der Hand und führte ihn zur Wohnungstür.

Er nahm ihre Schlüssel und ihr Smartphone von dem Tischchen dort und steckte die Sachen ein. Dann half er ihr in die Jacke. »Und beim zweiten Date? Ich könnte nämlich gehen und in ein paar Minuten wiederkommen.«

»Ich muss doch sehr bitten, Mr. Jericho. Dieser Vorschlag ist ziemlich ungezogen.«

Sie verließen die Wohnung, er legte den Arm um sie und gemeinsam stiegen sie die Treppe hinunter. »In der Stadt erzählt man sich, Miss Montgomery hätte eine Schwäche für ungezogene Cowboys. Und du weißt, wie gerne ich immer der Lieblingsschüler bin.«

»Dieses schmutzige kleine Gerücht müssen wir dringend aus der Welt schaffen«, antwortete sie. »Ich habe eine Schwäche für einen ganz bestimmten ungezogenen Cowboy. Und der hat gerade eine Eins in Romantik bekommen.«

»Das war erst der Anfang, Mustang.« Er zog sie näher zu sich. Auf dem Weg zu seinem Wagen raunte er: »Ich kann es kaum erwarten, eine Eins mit Sternchen zu kriegen.«

Trace fuhr an JJ's Pub vorbei. Der Parkplatz war verlassen und der Pub lag unbeleuchtet im Dunkeln. JJs Truck stand allerdings draußen vor der Tür. »Holla. Was ist denn bei JJ's los? Der Laden dürfte doch nicht geschlossen sein.« Er lenkte seinen Wagen auf den Parkplatz. »Ist es okay, wenn wir kurz reinschauen und uns vergewissern, dass alles in Ordnung ist?«

»Klar doch. Lass uns nachsehen.«

Er ging um seinen Truck herum und half ihr heraus. »Irgendwas stimmt da nicht.«

Sie eilten zum Eingang, die Tür war nicht abgeschlossen. Trace rief laut: »JJ?«

Er tat, als drückte er auf den Lichtschalter. »Anscheinend gibt es ein Problem mit der Elektrik. Komm, wir probieren die anderen Schalter.«

»Lass uns lieber die Tür verriegeln.« Sie hielt sich an seinem Arm fest. »Es ist so dunkel hier drin.«

»Gute Idee.« Er verriegelte die Tür und hielt Brindle dicht an seiner Seite. Gemeinsam warfen sie einen Blick ins Büro. Kein JJ, kein Licht. »Komm, wir schauen hinten nach.«

Sie gingen an der Nische mit dem mechanischen Bullen vorbei, dann drückte Trace auf den Lichtschalter an der Bar und erweckte damit die Überraschung zum Leben. Erwartungsvoll schaute er zu, wie Brindles erstaunter Blick über die zahllosen

Laternen wanderte, die er und seine Brüder an die Balken gehängt hatten. Mit offenem Mund betrachtete sie den Baldachin mit den langen Vorhängen aus cremefarbener Seide in der Mitte der Tanzfläche. Dekoriert war er mit roten und pinkfarbenen Rosen. An den Stützen wanden sich Lichterketten mit winzigen weißen Lämpchen empor. Im Inneren hingen drei Papierlaternen über einem festlich gedeckten Tisch. Auf der vornehmen weißen Tischdecke lag ein roter Läufer. Darauf standen zwei elegante Gedecke mit silbernem Besteck. Auf einem Beistelltischchen wartete in einem Weinkühler eine Flasche mit perlender Apfelsaftschorle.

»Trace«, hauchte Brindle atemlos. Ihr Blick folgte der Spur aus Rosenblütenblättern, die von dort, wo sie standen, zum Tisch führte. »Das hast du alles für mich aufgebaut? Du hast JJ den Pub schließen lassen?«

Er legte die Arme um sie. »In dieser Stadt haben wir doch immer irgendwie im Rampenlicht gestanden. Heute Abend möchte ich dich ganz für mich allein. Und du kannst dich in meinem Licht sonnen.«

Ihre Augen strahlten vor Glück. »Ich bin … Du hast … Trace! Ich finde keine Worte. Ich habe nie davon geträumt, eine Prinzessin zu sein, aber jetzt fühle ich mich wie eine.« Eine Träne rann ihr über die Wange.

»Du *bist* meine Prinzessin, Mustang. Meine Prinzessin, mein wildes Mädchen, mein alles.« Er hauchte ihr einen zärtlichen Kuss auf die Lippen. »Aber ich muss gestehen, Lindsay hat mir mit der Dekoration geholfen. Und meine Brüder haben mich beim Aufbau unterstützt. Ich wollte dich schon immer verwöhnen und überraschen. Aber jetzt, wo du mir dein Einverständnis gegeben hast, will ich sicher sein, dass ich auch genug tue.«

»*Genug?* Trace, das haut mich regelrecht um! Das Gefühl in dem Moment, in dem ich diesen wunderschönen Tisch gesehen habe, werde ich mein Leben lang nicht vergessen.« Sie schaute ihm in die Augen. »Und wie du mich jetzt gerade ansiehst, vergesse ich noch viel weniger.«

»So sehe ich dich schon an, seit wir Teenager waren. Als ich dich noch gar nicht so hätte ansehen dürfen. Zusammen werden wir rausfinden, wie wir alles richtig machen können, damit unser Baby und einfach jeder in dieser Stadt – auf dieser Welt – begreift, dass uns beide nichts trennen kann.«

»Was die anderen denken, ist mir egal. Mir ist nur wichtig, dass wir gemeinsam unser Bestes geben und dass es genug ist, damit sich unser Kind an jedem Tag seines Lebens sicher und geliebt fühlt.«

»Ach, Babe, meine Süße. Zusammen werden wir nie bloß genug sein, sondern immer viel mehr.«

Zehn

Trace hatte wirklich an alles gedacht. Zu einem köstlichen Steak-Dinner, angeliefert vom besten Restaurant der Stadt, tranken sie perlende Apfelsaftschorle. Im Hintergrund spielte die Jukebox Brindles Lieblingssongs. Sie hielten sich auf der weißen Tischdecke an den Händen und redeten über alles Mögliche. Über Traces Arbeit auf der Ranch, seinen Vormittag als Footballtrainer, über Brindles zurückliegende erste Arbeitswoche und ihre Pläne für die Theatergruppe. Sie wollte mit den Grundschulkindern ein Stück einstudieren, das Natalie geschrieben hatte. Grace hatte die Schülerin aus einer von Brindles Highschoolklassen vor einiger Zeit unter ihre Fittiche genommen. Einen perfekteren Abend als diesen hätte Brindle sich nicht wünschen können.

Oder vielleicht doch. Noch immer stand etwas unausgesprochen im Raum wie ein gigantischer Elefant, den man zwar nach Kräften ignorieren, aber beim besten Willen nicht übersehen konnte. Zu gerne wollte sie Mäuse loslassen, damit sie den Elefanten aufscheuchten. Denn dann mussten sie sich mit ihm beschäftigen und konnten ihn vielleicht ein für alle Mal loswerden. Sie hatte eine faszinierende Stadt besucht, doch das war ein schwieriges Thema für sie beide. Nicht darüber reden zu können, tat weh, aber sie wollte den Abend nicht ruinieren. Die alte Brindle hätte vermutlich trotzdem einfach drauflosgeplappert.

Zu einer besseren Art von Kommunikation zu finden, war nicht leicht. Und noch wusste sie nicht, wie sie das Thema Paris anschneiden sollte. Sicher war nur, dass sie es irgendwann tun musste.

Aber vielleicht nicht gerade jetzt.

Trace stand auf. »Ich bin gleich wieder da, Babe. Zeit für deinen Lieblingsgang.«

»*Dich* auf einem silbernen Tablett?« Sie griff nach seiner Hand und zog ihn zu sich. »Ich hätte nie gedacht, dass ich ein Mädchen bin, das schick zum Essen ausgeführt werden will. Ich fand es immer schön, dass wir zusammen mit unseren Freunden Spaß haben, spontan mit ihnen irgendwo hingehen und feiern konnten und uns dann heimlich weggeschlichen haben, um allein zu sein. Ich dachte, wenn ich mich so verwöhnen lasse, wirke ich wie eine unselbstständige, materialistische Klette. Aber ich habe mich getäuscht, Trace. Es ist wunderbar, nur mit dir zusammen zu sein, einmal nicht in einem dunklen Winkel zu verschwinden, sondern über unsere Arbeit und unsere Familien zu reden. Danke für diesen Abend und dafür, dass du mir die Augen öffnest und mir zeigst, was ich verpasst habe.«

Er ging neben ihr in die Hocke und schaute ihr mit einem sexy Lächeln in die Augen. »Ich wollte schon immer gern ein Date mit dir haben und etwas mit dir unternehmen, ohne dass die halbe Stadt dabei ist. Aber dem hast du von Anfang an einen Riegel vorgeschoben. Und wie schon gesagt, ich wollte dich haben, Brindle. Um fast jeden Preis. Danke, dass du es mich jetzt auf meine Art versuchen lässt.«

»Ich glaube, ich habe uns beide um viele schöne Momente

gebracht. Jetzt, wo wir einander endlich unsere wahren Gefühle gestanden haben, fühlt sich alles so anders an. Ich spüre eine Ruhe in mir, die ich bisher nicht gekannt habe. Ich weiß, vor uns liegt noch viel Arbeit. Aber ich glaube ganz fest daran, dass wir es schaffen.«

»Und ich glaube, es wird immer etwas geben, woran wir arbeiten müssen. Bei zwei Dickschädeln wie uns kann das gar nicht anders sein.« Er küsste sie. »Ich bin in einer Minute mit dem Dessert wieder da.« Er griff nach ihren Tellern.

»Ich helfe dir«, sagte sie.

»Ich mache das schon.« Er zwinkerte ihr zu, dann trug er das Geschirr weg.

Sie schaute zu, wie er durch die Küchentür verschwand. Ihr Blick fiel auf die zarten Rosenblütenblätter, mit denen der Fußboden bestreut war. Sie hatte einmal behauptet, Trace Jericho hätte es nicht nötig, einer Frau den Hof zu machen. Immerhin war er knapp unter eins neunzig groß und die personifizierte männlich-markante Verführung. Einfach unfassbar appetitlich. Im Grunde hätte sie das noch immer behauptet, doch jetzt war ihre Brust zum Bersten gefüllt mit den fluffigsten, wohligsten Gefühlen, weil er sich mit ihrem ersten ganz privaten und sehr besonderen gemeinsamen Abend so viel Mühe gemacht hatte.

Mit zwei Schalen kam er aus der Küche. »Himbeersorbet mit Sahne und Schokostreuseln.« Er stellte die Schalen ab, setzte sich neben Brindle und küsste sie. »Dein absolutes Lieblingsdessert.«

»Das sieht fantastisch aus. In Paris habe ich mich quasi ausschließlich von Sorbet ernährt. Es ist fast ein Wunder, dass ich keine zehn Kilo zugenommen ...« Noch während ihr die Worte über die Lippen kamen, erlosch Traces Lächeln.

Verspätet wurde ihr klar, was sie gesagt hatte. »Ach herrje. Schon wieder. Mein Mund hat mein Hirn ganz locker überholt. Tut mir leid. Ich weiß, meine Parisreise ist ein schwieriges Thema. Die Bemerkung ist mir einfach so rausgerutscht.«

Seine Kiefermuskeln spannten sich. Einen Moment lang starrte er das Sorbet an, als wäre es an allem schuld. »Das ist tatsächlich ein schwieriges Thema, aber ich glaube, es ist nicht zu vermeiden.«

Sie seufzte erleichtert auf. »Wenn wir wirklich weiterkommen wollen, sollten wir es nicht verdrängen. Ich habe eine Million Fotos gemacht, die ich dir gern zeigen möchte. Und ich habe dir ein unglaublich süßes Shirt gekauft, auf dem ›Der beste Daddy der Welt‹ stand. Auf Französisch. Aber am Tag meiner Abreise aus Paris war ich so durcheinander, dass ich die Tasche mit den Mitbringseln auf dem Gehsteig habe stehen lassen, als ich ins Taxi gestiegen bin.«

Er hob den Kopf und schaute ihr in die Augen. »Das ist ein schönes Geschenk und ich hätte mich darüber gefreut. Und noch mehr freut mich, dass du so über mich denkst. Danke.« Er ließ die Schultern kreisen. »Und die Fotos möchte ich gerne sehen und etwas über deine Reise erfahren.«

»Wirklich?«, fragte sie unsicher. »Denn irgendwie siehst du so aus, als wäre das das Letzte, was du dir wünschst.«

»Schon möglich. Aber manchmal ist es nicht ratsam, seinen Wünschen nachzugeben.« Er zog ihr Handy aus seiner Tasche und legte es auf den Tisch. »Zeig mir die Fotos.«

Sie scrollte durch die gespeicherten Bilder, zeigte ihm den Eiffelturm, den Louvre und die anderen Touristenattraktionen. Doch sie war nicht mit dem Herzen dabei. Als sie durch Paris geschlendert war, hatte sie sich vorgestellt, dass Trace die Bilder so gerne sehen würde, wie sie sie gemacht hatte. Doch jetzt wurde ihr klar, wie falsch sie damit lag.

Ein Foto von einer Fahrt auf der Seine erschien auf dem Display. Es zeigte sie, Andre und Mathieu auf einem Ausflugsboot. »Stopp«, sagte Trace. Seine Augen funkelten düster. »Wer sind diese Kerle?«

Sie zeigte auf den Mann mit dem mahagonibraunen Haar. »Das ist Mathieu. Er schreibt Drehbücher fürs Fernsehen. Er war nur ein paar Tage in Paris und ist ein wirklich netter Typ.« Sie deutete auf den Dunkelhaarigen. »Das ist Andre. Er ist Arzt und leitet ›Operation SHINE‹, eine Organisation, die in Entwicklungsländern Kliniken baut. Andre war länger da als Mathieu. Die beiden haben mir die Stadt gezeigt und Andre und ich haben viel geredet. Er hatte große Sehnsucht nach seiner Ex und ich nach dir.«

»Andre. Der Kerl, von dem du gesagt hast, er wäre der Vater.« Traces Blick ging an ihr vorbei.

»Woher weißt du das?«

Jetzt schaute er ihr in die Augen. »Die Leute reden.«

»Aber das habe ich nur meiner Familie erzählt. Wer …«

»Nicht so wichtig.« Die Muskeln in seinem Kiefer zuckten. »Du hast mich hier sitzenlassen und dir dann mit einem anderen zusammen Paris angeschaut. Die romantischste Stadt der Welt.«

»So war das nicht geplant und so richtig gefallen hat es mir auch nicht«, sagte sie schnell.

Wieder wandte er den Blick ab. Sie hörte ihn mit den Zähnen knirschen.

»Bitte tu das nicht. Schau nicht weg«, bat sie ihn.

Der Impuls, sich auf seinen Schoß zu schieben und den Schmerz wegzuküssen, war so stark, dass sie die Hände zu Fäusten ballte, um ihn zu unterdrücken. Sie war entschlossen, die Dinge besser zu machen, ohne jeden Konflikt gleich mit Sex zu überdecken.

»Mit keinem von beiden ist etwas gelaufen. Seit ich neunzehn war, habe ich nicht mal mehr einen anderen geküsst. Trotz all der Gerüchte. Und die hätte ich nie aufkommen lassen dürfen, nur um unsere Streitereien anzuheizen. Andre hat mir geholfen, Trace. Durch die Gespräche mit ihm habe ich viele Dinge begriffen. Nämlich, dass ich mich nicht vor der Wahrheit fürchten darf. Dass ich eine feste Beziehung zu dir will und dich liebe. Von ganzem Herzen und mit ganzer Seele.«

Die Mischung aus Zorn, Schmerz und Liebe, die in seinen Augen glühte, nahm ihr fast den Atem.

»Du bist ohne mich um die halbe Welt geflogen, Brindle. Und ob du auf der anderen Seite des Ozeans nun mit Freunden oder mit Liebhabern zusammen warst, macht keinen riesigen Unterschied. Ich weiß bloß, wie scheußlich es sich anfühlt, so zurückgelassen zu werden. Vielleicht klinge ich jetzt wie ein Vollpfosten, aber wir haben gesagt, wir wollen ehrlich sein.«

»Du bist deshalb kein Vollpfosten. Jedenfalls nicht mehr als ich, weil ich so lange weg war. Wir beide können vieles sehr gut. Zum Beispiel uns streiten, um unsere Gefühle zu verbergen. Aber siehst du nicht, wie weit meine Reise uns gebracht hat? Dass ich dafür erst weggehen musste, tut mir leid. Aber wir sind endlich an einem Punkt in unserer Beziehung, wo wir einander anschauen und ›Ich liebe dich‹ sagen können. Wir müssen nicht mehr so tun, als ginge es uns nur um wilden Sex und ein bisschen Spaß. Wir können einander endlich anvertrauen, was uns verletzt. Und wir können reden, anstatt wegzulaufen. Das ist doch was.«

»Ja, das stimmt. Aber der Stachel sitzt tief. Ich wollte der Mann sein, mit dem du neue Städte erkundest, und der, mit dem du zu neuen Einsichten findest. Egal, wie schwer der Weg dahin ist.«

»Das wünsche ich mir auch«, sagte sie aus tiefstem Herzen. »Und ich will die Frau sein, die bei dir ist, wenn du dir Gedanken machst und zu neuen Ufern aufbrichst. Nicht Heather und auch keine andere. Es gibt viele Stacheln in unserer Beziehung, Trace. Vor meiner Abreise hast du mir erzählt, dass diese Suzie, die du im Winter beim Skifahren kennengelernt hast, auf ihrem Weg nach Florida hier vorbeikommt und dich besucht.« Die Eifersucht schnitt wie ein Messer in ihr Herz. »Du willst über Stachel reden? Ich saß in Paris und habe mir den Kopf zerbrochen, wie wir unsere Beziehung retten können. Und dabei ging es mir schlecht, weil ich an dich und das Skihäschen denken musste.«

»Verdammt, Brindle.« Er sprang auf und stieß den Atem aus. »Seit wir Teenager waren, habe ich mit keiner anderen Frau geschlafen! Ich habe dich nie betrogen. Als es damals passiert ist, hatten wir uns getrennt und ich war wütend und verletzt. Und ja, verdammt, ich würde alles tun, um diese beiden Male ungeschehen zu machen.«

Mit einem ungläubigen Laut wich die Luft aus ihrer Lunge. Die Aufrichtigkeit in seinen Augen ließ sich unmöglich vortäuschen. »Zwei Mal?«

»Ja. Zwei Mal. Verstehst du nicht, Brindle?«, knurrte er ärgerlich. »Wir haben uns gegenseitig eifersüchtig gemacht, um einander eins auszuwischen. Dabei war Eifersucht idiotischerweise oft der Grund, weshalb wir uns überhaupt gestritten haben.«

Tränen brannten in ihren Augen, weil sie immer gedacht hatte, er wäre mit jeder Menge Frauen zusammen gewesen. Und weil er mit seinen Worten so recht hatte. Jahrelang hatten sie sich absolut kindisch benommen. Konnten sie wirklich lernen, eine erwachsene Beziehung zu führen? »Wie sollen wir eines Tages gute Vorbilder für unser Kind sein, wenn wir nicht mal zusammen essen können, ohne uns zu streiten?«

Er nahm ihre Hand und schaute sie mit seinen dunklen Augen sehr ernst an. »Liebst du mich?«

»Mehr als alles auf der Welt«, antwortete sie ehrlich.

»Willst du dich auf uns einlassen? Auf das Baby, auf uns beide, darauf, nicht mehr wegzulaufen und immer gleich vom Schlimmsten auszugehen?«

»Das will ich, Trace. Ich versuche wirklich, erwachsen zu werden und nicht ständig dieselben Fehler zu wiederholen.« Sie schluckte. »Aber willst du das alles denn auch?«

»Ja«, sagte er fest. »Und ich glaube, dazu müssen wir unsere Schwächen akzeptieren und nicht so tun, als gäbe es sie nicht. Du bist eine umwerfend schöne, kluge Frau. Du ziehst Männer an wie ein Magnet und manchmal werde ich eben eifersüchtig. Das wird sich sicher nicht schlagartig ändern, aber ich will versuchen, nicht ständig überzureagieren.«

»Wenn Frauen dich abchecken, würde ich ihnen immer am liebsten die Augen auskratzen. Du kannst nichts dafür, dass du ihnen gefällst, aber manchmal flirte ich dann mit anderen Kerlen, um dir eins auszuwischen.« Dieses unreife Verhalten zuzugeben, war ihr ziemlich peinlich. Doch sie war entschlossen, zu tun, was sie konnte, um voranzukommen. »Damit ist von jetzt an Schluss. Ich will mit keinem anderen zusammen sein, und das nicht nur, weil du fantastisch aussiehst und im Bett einfach großartig bist. Ich liebe dich als ganzen Menschen, Trace. Und ich liebe, was wir gemeinsam sind, trotz unserer idiotischen Streitereien. Ja, wir haben beide Fehler. Aber wir lieben einander, und wenn wir uns wirklich Mühe geben, können wir die albernen Spielchen endlich lassen.«

»Das glaube ich auch. Allerdings gehört Eifersucht bei uns wohl irgendwie dazu. Wir müssen eben lernen, besser damit umzugehen. Mit Worten tue ich mich manchmal schwer, aber was ich fühle, kann ich dir auch auf andere Weise zeigen.«

Er schaltete die Jukebox aus und ging zur Bühne. Brindle war so von der romantischen Dekoration und dem leckeren Essen überwältigt gewesen, dass sie seine Gitarre, die dort oben an einem Stuhl lehnte, gar nicht bemerkt hatte. Er nahm auf der Bühne Platz. Ein durchdringender Blick aus seinen dunklen Augen und ihr Puls beschleunigte sich. Dann begann er John Legends »All of me« zu spielen. Er sang von ihrem schlauen Mund und darüber, wie schwer es trotzdem war, aus ihr klug zu werden. Aufmerksam lauschte sie den Worten. Bislang hatte sie nie bewusst auf den Text geachtet. Doch jetzt wurde ihr klar, wie gut er sie und Trace beschrieb. Als Trace ihr mit dem Lied versicherte, wie sehr er ihre perfekten Makel und Fehler liebte, spürte sie, wie ihre Liebe zu ihm noch tiefer wurde. Er nannte sie sein Verhängnis, seinen Rhythmus und seine Muse. Und all das war er auch für sie. Trace sang weiter, dass er ihr alles von sich geben wollte, und schaute sie beim Refrain so voll tiefer Wärme an, dass sie sich davon wie eingehüllt fühlte. Sie rang um Fassung, die Kehle wurde ihr eng, in ihren Augen brannten Tränen.

Traces seelenvolle Stimme holte sie von ihrem Stuhl und zog sie zum Rand der Bühne. Dieser wunderbare, geduldige Mann war alles, was sie je gewollt hatte. Wie furchtbar, dass sie ihn um ein Haar verloren hätte. Sie war Englischlehrerin. Aber sobald es um Trace ging, fehlten ihr in der Sprache, die sie jahrelang studiert und unterrichtet hatte, die richtigen Worte.

Das wollte sie unbedingt ändern. Und sie würde jetzt damit anfangen.

Als Trace die letzte Note ausklingen ließ, glitt eine Träne über Brindles Wange. Ihre funkelnden Augen verrieten ihm, wie glücklich sie war, doch die Träne berührte ihn tief.

Er stellte die Gitarre ab, stieg die Stufen hinunter und ging zu ihr. Sie legte die Arme um seinen Hals. »Du hast alles von mir, du hast mich ganz und gar«, versicherte sie ihm. »Und mit deiner Hilfe und Geduld wirst du auch mein Bestes bekommen.«

Er nahm sie in die Arme und küsste sie. Dann wiegten sie sich gemeinsam im Takt ihrer Herzen.

Zärtlich küsste er die Stelle neben ihrem Ohr. »Ich liebe dich, Brindle. Und jeder Teil von dir *ist* der beste. Wir werden an uns arbeiten und dadurch noch weiter vorankommen. Aber ob du nun eifersüchtig oder verführerisch bist oder wieder mal das Kommando an dich reißt, ich nehme alles von dir, Babe. Weil ich mich in alles von dir verliebt habe. Aber wie wär's, wenn du mir jetzt ein paar von den Dance Moves zeigst, die ich so unwiderstehlich finde?«

Einen kurzen Moment lang löste er sich von ihr, um die Jukebox wieder einzuschalten.

Als Erstes tönte »Body Like a Back Road« aus den Lautsprechern. Trace stieß einen Pfiff aus, der ihm das betörende Lächeln einbrachte, von dem er nie genug bekam. Brindle nahm seine Hand und er wirbelte sie in seine Arme. Großer Gott, diese Frau konnte tanzen. Sie tanzten und küssten sich zu verträumten und zu schnellen Liedern. Für manche der temporeichen Songs bewegten sie sich viel zu langsam, weil sie unbedingt ganz nahe beieinanderbleiben wollten. Bei Hunter

Hayes' »21«, einem ihrer gemeinsamen Lieblingssongs, tanzten sie wild und ausgelassen, und Trace spürte eine große Veränderung. So als hätte sich etwas in ihren Seelen gelöst, als könnten ihre Leben endlich auf eine gemeinsame Spur einbiegen, die in die richtige Richtung führte.

Bald sang Blake Shelton in »All About Tonight«, er wollte mit jeder einzelnen Frau im Raum tanzen. Trace wirbelte Brindle herum und sie sagte: »Gut, dass ich die Einzige hier bin. Sonst hätten wir jetzt vielleicht ein Problem.«

Er drückte sie an sich, grinste über ihren herausfordernden Blick und sagte: »Du bist alles, was ich brauche, Babe. Zweifle nie daran.«

Beim nächsten langsamen Tanz fügte er hinzu: »Und was ich noch sagen wollte: Ein Treffen mit Suzie gab es nicht. Auch nicht, während du in Paris warst. Sie hat mir Textnachrichten geschickt und wollte, dass wir uns sehen. Aber ich habe sie abblitzen lassen. Und auch beim Skifahren war nichts mit ihr. Die Jungs dachten, es sei was gelaufen, und ich habe sie in dem Glauben gelassen. Das war ein Fehler und es tut mir leid. Aber du und ich, wir hatten uns gerade mal wieder gestritten. Und verdammt, Brindle, worüber ist ganz egal. Wichtig ist nur, dass ich verletzt war und in dieser Situation wie üblich ziemlich idiotisch reagiert habe. Als du mir dann von deinen Reiseplänen erzählt hast, hat mir das den Boden weggezogen. Die Vorstellung, sechs Wochen lang ohne dich zu sein ...« Er schüttelte den Kopf. »Das war zu viel. Dass Suzie mich besuchen würde, habe ich bloß gesagt, um dich zu ärgern. Doch als du dann wirklich weg warst, habe ich die ersten zwei Wochen lang jeden Tag wie ein Bekloppter gearbeitet und abends in jedes greifbare Glas geschaut.«

»Bei mir war es so ähnlich. Nur dass ich gegessen habe,

anstatt zu trinken«, sagte sie leise.

»Danke, dass du gut auf unser Baby aufgepasst hast.« Noch während er sich die Worte sagen hörte, wurde ihm bewusst, wie richtig sie waren. Genau das hatte sie getan, indem sie länger als ursprünglich beabsichtigt in Paris geblieben war. Sie hatte nicht nur über ihre Beziehung nachgedacht, sie hatte das Baby beschützt, so gut sie konnte, bis ihr ein paar Dinge klar geworden waren. Sicher hatte ihre Veränderung ab der Sekunde eingesetzt, in der sie gewusst hatte, dass sie schwanger war. So wie bei ihm, als er erfahren hatte, dass er Vater wurde.

Das nächste Lied riss ihn aus seinen Gedanken. Er sah, dass Brindle ihn erwartungsvoll anschaute. Offenbar hoffte sie auf weitere Erklärungen. Er wirbelte sie herum, sie fielen mühelos in einen Two-Step und er sprach weiter. »Dann hat Sin mich gefragt, ob ich ihn beim Footballtraining unterstütze. Für mich war das eine gute Möglichkeit, nicht den Verstand zu verlieren und nicht ständig darüber nachzudenken, was du auf der anderen Seite der Welt jetzt ohne mich gerade anstellst. Deine Stimme in meinem Kopf hat mir gesagt, ich lebe nur einmal und sollte Dinge tun, die mich glücklich machen.«

»Ja, das sage ich dir andauernd.«

»Stimmt. Schon seit damals, als du mich gedrängt hast, aufs College zu gehen. Eigentlich muss ich mich dafür bei dir bedanken. Was Football angeht, hat das viele Drängen endlich gefruchtet.«

»Dann hat die schwierige Zeit, die wir beide hatten, ja gleich *zwei* gute Dinge bewirkt.« Sie vollführte eine Drehung. »Ich habe dir heute beim Training zugeschaut.«

»Wirklich? Du hast aber nicht am Spielfeld gestanden.«

»Ich habe oben bei den Parkplätzen gesessen.«

»Als heimliche Zuschauerin.« Er bog sie über seinen Arm

nach hinten und freute sich an ihrem Lachen. »So wie damals, als ich dich und Morgyn dabei ertappt habe, wie ihr meinen Brüdern und mir vor Tagesanbruch beim Reiten zugeschaut habt?« Noch immer hielt er sie über seinen Arm gebogen kurz über dem Boden. »Warum beobachtest du mich heimlich, Babe? Weil du gerne ungezogene Sachen machst?« Schwungvoll zog er sie hoch und tanzte mit ihr quer durch den Raum.

»Das ist vielleicht auch ein Grund. Aber eigentlich steckt dahinter, dass du selbst nach zwölf Jahren noch immer der faszinierendste, anziehendste Mann bist, der mir je begegnet ist. Wenn ich dir heimlich zuschaue, kann ich dich anhimmeln, ohne dass Sex dabei irgendeine Rolle spielt. Und in diesen Momenten spüre ich dann ganz intensiv, was für ein Glückspilz ich bin.«

»Wie machst du das bloß, Babe?«

Sie drehte sich um die eigene Achse, schaute ihn über die Schulter hinweg an und fragte: »Wie mache ich was?«

»Wie kriegst du es hin, dass deine heimlichen Aktionen so wundervoll und herzerwärmend klingen?«

»Ich bin einfach ehrlich.«

Das nächste Lied hatte einen flotten Rhythmus und sie rief: »Swing Dance!«

Lachend passte Trace sich mit ihr dem Beat an. Die Scheunenabende mit Musik und Tanz hielten seine Eltern schon ab, seit er sich erinnern konnte. So hatte er das Tanzen gleich mit dem Laufen gelernt und das Gitarrespielen nicht viel später.

»Die Jugendlichen mögen dich. Es war toll, das heute mit eigenen Augen zu sehen«, sagte Brindle zwischen zwei wilden Hüftschwüngen. »Und dann dein Lächeln während der Spielzüge. Es war dein Fältchen-in-den-Augenwinkeln-

Lächeln.«

Er gluckste. »Ich habe keine Fältchen.«

»Oh doch, hast du«, widersprach sie. »Und dass sie da waren, konnte ich selbst von Weitem erkennen.« Mühelos behielt sie die Tanzschritte bei und redete weiter. »Sin hat mir von der angeblichen Kleinigkeit erzählt, seinem Angebot, du könntest in der kommenden Saison die Jugendmannschaft trainieren. Das ist alles andere als eine Kleinigkeit, und ich hoffe, du machst das.«

»Das will gut überlegt sein. Aber es stimmt schon, die Arbeit mit den Kids macht mich glücklich. Ich denke also tatsächlich darüber nach.«

»Oh, Trace, das ist fantastisch!« Sie warf sich in seine Arme. »Du wirst der beste Trainer aller Zeiten sein!«

Er drehte sich in einer schwungvollen Hebefigur mit ihr, dann stellte er sie wieder auf die Füße. »Eins nach dem andern, Babe. Wie gesagt, es gibt noch einiges zu bedenken.«

»Dann denk am besten gleich weiter. Falls wir einen Jungen bekommen, könntest du eines Tages unseren Sohn trainieren.«

Sein Herz schlug heftiger. »Was du manchmal für Sachen sagst!«

Am Ende des Liedes legte Brindle die Arme um seine Taille und wiegte sich verführerisch. Gerade noch ausgelassen und verspielt, eine Sekunde später geradezu sündig. Das war seine Brindle, wie er sie kannte und liebte.

»Mit dir zu lachen und zu tanzen, hat mir unendlich gefehlt.« Seine Hände glitten über ihren Rücken und packten ihren Hintern. »Und dass wir die Welt füreinander sind.«

»Mir hat das auch gefehlt. In Paris habe ich mir immer gewünscht, du wärest bei mir. Ich will nie wieder so weit von dir weg sein.«

Trace wusste nicht, wie lange sie tanzten. Doch irgendwann gingen sie hinaus zu seinem Truck und er fuhr Brindle nach Hause. Sie küssten sich an jeder Ampel, dann stolperten sie küssend und eng umschlungen die Stufen zu ihrer Wohnung hinauf. Brindle dachte an den Tag, an dem sie hier eingezogen war. Trace und ihre Familie hatten ihr beim Umzug geholfen. Sie und Trace waren öfter als nötig gemeinsam hinunter zum Truck gegangen, um ein paar Minuten miteinander allein sein zu können. Wenn er mit ihr Kisten von einem Zimmer ins andere geschleppt hatte, hatten sie einander Küsse gestohlen und sich immer wieder zusammen im Abstellraum oder im Badezimmer versteckt, weil sie die Hände nicht voneinander lassen konnten.

Das war nun vier Jahre her.

Viel hatte sich seitdem nicht geändert.

Als sie auf ihrem Stockwerk ankamen, drückte Trace sie mit einem tiefen Kuss an die Tür. Er war steinhart, sie wand sich wohlig und rieb ihre Weichheit an ihm.

»Wie lief denn Ihr erstes Date, Miss Montgomery?«, fragte er zwischen zwei Küssen.

»Ist es denn schon vorbei?«

Er schaute in ihre hungrigen Augen. »Soll es denn vorbei sein?«

Sie sog die Unterlippe zwischen die Zähne und blinzelte ihn unter ihren langen dunklen Wimpern hervor an. Dann schüttelte sie den Kopf. »Aber eigentlich haben wir uns einen Neuanfang vorgenommen«, sagte sie ein wenig atemlos. »Deshalb sollten wir jetzt lieber ganz brav sein.«

Verdammt, ja. Sie hatte recht. Aber das Letzte, was er wollte, war, sie ausgerechnet heute Nacht allein zu lassen. Nach einem Abend voller tiefer Nähe zwischen ihnen.

»Okay, Babe. Aber das hole ich nach. Für dich, für mich, für uns beide. Jetzt, wo du mir endlich grünes Licht gegeben hast und ich dich behandeln darf, als wärest du ganz die Meine.« Er sah, wie ihr die Röte in die Wangen stieg. »Hey, Mustang! Du wirst niemals rot. Was ist denn plötzlich mit dir los?«

»Es ist schön, dich sagen zu hören, dass ich die Deine bin.«

»Könntest du das noch mal wiederholen?« Seine Hand schob sich um ihre Taille. Er zog sie an sich und hielt sie fest.

»Dir zu gehören ist schön. Und es auch zu hören ist einfach wunderbar.«

»Oh, Babe, davon habe ich ewig geträumt.«

»Dann sag es noch mal, damit ich es auch in meinen Träumen hören kann.«

Er schaute ihr tief in die Augen und mit seinen nächsten Worten verliebte er sich noch mehr in sie. »Du gehörst mir, meine Wilde. Du hast mir immer gehört.«

»Und in meinem Herzen warst du immer mein Mann.«

»Verdammt, Frau, du machst es mir unendlich schwer, jetzt zu gehen.«

Er nahm ihre Lippen in Besitz und presste Brindle mit neuer Leidenschaft an sich. Ihr Mund war süß und warm, und je länger sie sich küssten, desto unerträglicher wurde der Gedanke, jetzt einfach nach Hause zu fahren. Doch auch er wollte einen Neuanfang und er wollte alles richtig machen. Deshalb zwang er sich, den Kopf zu heben.

»Ich liebe dich, Mustang.« Die Worte kamen tief aus seinem Herzen. »Aber wenn ich jetzt nicht gehe, gehe ich nie.«

»Ich weiß«, antwortete sie leise.

Nach unzähligen weiteren Küssen schloss er die Wohnungstür für sie auf, gab ihr das Handy und ihre Schlüssel zurück und dazu einen sanften Klaps auf den Hintern. »Rein mit dir, damit ich weiß, dass du sicher nach Hause gekommen bist.«

In der Diele drehte sie sich zu ihm um und hauchte ihm einen Kuss zu. Dann winkte sie noch einmal süß mit den Fingern und schloss die Tür zwischen ihnen.

Trace starrte die Tür an und wollte nichts lieber, als auf der anderen Seite sein. Er zog sich den Hut vom Kopf und strich sich mit der Hand durchs Haar. Sie waren schon unglaublich weit gekommen. *Dir zu gehören ist schön.*

Zögernd setzte er den Hut wieder auf und wandte sich zur Treppe. Und plötzlich fühlte er sich fast so wie an dem Abend vor Brindles Abreise nach Paris. Er stand auf der ersten Stufe, packte das Geländer. An jenem Abend hatte er nach ihren Regeln gespielt, anstatt ihr zu sagen, wie sehr er sie liebte und was er wirklich für sie empfand. Und jetzt trug die Liebe seines Lebens sein Kind in sich. Sie war da drin in ihrer Wohnung und er ging einfach nach Hause?

»Drauf geschissen«, presste er hervor und warf sich herum. Im selben Moment wurde die Tür aufgerissen und Brindle rannte auf ihn zu. Ihre Münder prallten aufeinander, er riss sie von den Füßen.

»Geh nicht«, bat sie. »Bitte halte mich heute Nacht einfach nur fest. Mehr müssen wir gar nicht tun.«

»Das erinnert mich daran, wie du vor vielen Jahren gesagt hast: ›Komm schon, Cowboy. Lass ihn uns nur ein klitzekleines Stückchen weit reinstecken.‹ Das hat damals schon nicht funktioniert, du Unschuld vom Lande.« Diese Worte hatten zu ihrem ersten Mal geführt, nachdem sie bereits stundenlang nackt auf einer Decke auf der Pritsche seines Trucks umhergerollt waren und in den Wochen davor außer diesem allerletzten Schritt schon so ziemlich alles miteinander angestellt hatten. Das flammende Verlangen in ihren Augen, die sündige Herausforderung. Das hatte ihn damals genauso um den Verstand gebracht wie heute das Geständnis, dass sie ihm gerne gehörte.

»*Unschuld* ist mein zweiter Vorname.« Sie flocht die Finger zwischen seine und führte ihn in ihre Wohnung. »Ach, und habe ich erwähnt, dass wir nackt schlafen werden?«

Elf

Am Dienstagmorgen wurde Brindle von Traces liebevollen, warmen Lippen und seinen starken, unternehmungslustigen Händen geweckt. Er streichelte, küsste und liebkoste sie und stieß dabei anerkennende, sehr männliche Laute aus. Sofort durchflutete eine wohlige Hitze ihr Inneres. Seit ihrem Date, das mit viel mehr als Kuscheln im Schlaf geendet hatte, hatte sich auch im Bett einiges zwischen ihnen geändert. Zwar liebten sie einander so wild und hemmungslos wie eh und je, doch jetzt umrahmte Trace zwischendurch ihr Bäuchlein mit den Händen und sprach unter Küssen mit dem Baby, so wie er es auch in diesem Augenblick tat.

»Mach die Augen zu, Kleines. Daddy stellt mit deiner Mama gleich ein paar ungezogene Dinge an.« Er hob sein schönes Gesicht, seine Augen blitzten frech. »Aber Mama wird die Augen schön offen lassen.«

Damit küsste er sich Richtung Süden. Während er die Innenseiten ihrer Oberschenkel liebkoste, schickte er ihr einen versengenden Blick. Mit der Zunge streichelte er die zarte Haut atemberaubend nahe an der Stelle, wo sie ihn am meisten spüren wollte. Jede Berührung seiner Lippen löste ein erwartungsvolles kleines Beben aus. Als er endlich sein Gesicht zwischen ihren Beinen vergrub und auch seine Hände ins Spiel brachte, war sie ein zitterndes Bündel Verlangen.

»Trace«, seufzte sie und streckte die Hände nach ihm aus. Doch er machte einfach weiter, war nur darauf bedacht, ihr möglichst viel Vergnügen zu bereiten.

Sie wand sich, stöhnte und flehte. Ihre Fersen gruben sich in die Laken. Trace ließ seine kundigen Finger in sie gleiten und trieb sie mühelos dem Gipfel der Lust entgegen. Er liebte sie durch ihren Orgasmus hindurch bis zum allerletzten Pulsieren, und als sie schwer atmend auf die Matratze sank, schob er sich über sie. Die Liebe in seinem Blick brachte ihr Inneres zum Schmelzen.

»Guten Morgen, meine Schöne«, sagte er, als ihre Körper zueinander fanden. »Oh, Babe, es gibt kein besseres Gefühl, als dich zu lieben, mit allem, was ich habe.«

Sie fielen in einen ruhigen, zärtlichen Rhythmus und küssten einander dabei so tief, dass Brindle sich im Takt von Traces stoßenden, kreisenden Hüften und im Tanz seiner Zunge um ihre verlor. Wieder und immer wieder fand sie sich auf dem Höhepunkt ihrer versengenden Leidenschaft, und gerade, als sie dachte, sie hätte all ihre Energie restlos verbraucht, wurden seine Küsse intensiver und besitzergreifender. Das weckte ungeahnte Lüste und ihre Körper übernahmen das Kommando.

Wie hatte sie so dumm sein können, diesen Mann so lange auf Distanz zu halten? Mit Trace zusammen zu sein, war schon immer unfassbar aufregend gewesen. Aber ganz offen und rückhaltlos von ihm geliebt zu werden? Diese Liebe völlig unverstellt und ohne alle Unsicherheiten zurückgeben zu können?

Das war pure Magie.

Diese Magie trug sie durch ihren Schultag. Aber vielleicht halfen auch die lustigen, sexy Textnachrichten ein bisschen mit, die sie und Trace einander im Lauf des Nachmittags schickten. Nie hätte sie sich träumen lassen, wie groß die Veränderung sein würde, wenn sie sich einander frei und offen schenken konnten. Es war, als wäre sie dadurch erst zum Leben erwacht. Am Samstag hatten sie die Nacht bei ihr verbracht, am Sonntag und Montag waren sie über Nacht bei ihm gewesen. Es war schön, füreinander da zu sein und so vieles zu besprechen. Eine derart ernsthafte, enge Beziehung hatte sie eigentlich nie angestrebt. Doch jetzt liebte sie jede Sekunde. Wie verrückt das war. Alles, wovor sie sich so sehr gefürchtet hatte, war plötzlich wahr geworden und hatte sie befreit.

Vor Graces und Reeds Haus im viktorianischen Stil stieg sie aus dem Wagen. Hier wollte sie sich mit Grace, Morgyn und ihrer Mutter zum Rat der verheirateten Frauen treffen. In ihre Nervosität mischte sich ein wenig Stolz. Es war, als hätte schwanger zu sein und eine feste Beziehung zu führen, sie auf eine ganz neue Ebene der Existenz katapultiert und ihr die Tür zu einer besonderen Schwesternschaft geöffnet. Würde sie deren Anforderungen genügen? Konnte sie lernen, in ihrer Beziehung genauso gut und klar zu kommunizieren wie in ihrem Berufsleben?

Sie dachte daran, mit welcher Leichtigkeit sich Morgyn in ihr Glück mit Graham hatte fallen lassen und mit welcher Selbstverständlichkeit Grace und Reed zusammengefunden hatten. Diese Paare waren definitiv füreinander bestimmt, und soweit Brindle das beurteilen konnte, stritten sie sich so gut wie nie. Ihre Eltern waren sogar so sehr im Einklang, dass sie oft gegenseitig ihre Sätze beendeten. Klar gab es auch bei ihnen mal Zoff, doch sie wurden dabei nie verletzend, und ein freundliches Wort oder ein Kuss ließen nie lange auf sich warten.

Wenn Brindle und Trace sich stritten, sah es anders aus. Falls sie am Ende nicht gerade türenknallend davonrannten, gab es heißen Versöhnungssex. War das genauso gut?

Besser, schoss es ihr durch den Kopf, während sie die Verandastufen hinaufstieg.

Grace und Reed hatten als Jugendliche eine heimliche Affäre gehabt. Als Brindle davon erfahren hatte, war sie fassungslos gewesen. Offenbar waren sie und Sable nicht die einzigen Schwestern in der Familie, die auch mal etwas heimlich taten. Graces Geheimnis hatte sie für Brindle ein wenig normaler gemacht. Was immer Grace anfasste, gelang perfekt. Deshalb war Brindle davon ausgegangen, dass ihre ernsthafte, vernünftige Schwester zu jeder Zeit das Richtige tat. Nach Graces Beichte hatte sich Brindle gefragt, was sie wohl eines Tages über Amber und Pepper herausfinden würde. Beide waren keine Partygirls und Dates hatten sie in Brindles Erinnerung nur als Teenager gehabt. Pepper war fast ununterbrochen mit wissenschaftlichen Projekten beschäftigt, Amber hatte Bücher schon immer lieber gemocht als Jungs. Brindle hatte immer geglaubt, dass die beiden etwas verpassten, wenn sie nicht unten am Fluss mitfeierten oder keine Lust hatten, sich aus dem Haus zu schleichen, um Trace und seinen Brüdern im Morgengrauen beim Reiten zuzuschauen. Sie hoffte, dass es im Leben von Pepper und Amber ebenfalls ein paar Geheimnisse gab, denn ungezogen zu sein, machte nun mal riesigen Spaß. Allerdings hatte sie den Verdacht, dass erst der richtige Mann kommen musste, um die beiden aus ihrem Schneckenhaus zu locken.

Sie klopfte an und trat ein. »Hallo? Ist das der Ort, an dem Frauen lernen können, mit Männern zu kommunizieren?«

»Liebes, du wusstest schon, wie man mit Männern kommuniziert, als du als Zweijährige auf Poppis Knie geklettert bist.« Lindsays Großmutter Nina, die alle nur Nana nannten, saß im Wohnzimmer. Nana und Poppi wohnten ein paar Häuser entfernt. »Du hast mit deinen langen dunklen Wimpern geklimpert, ihn mit deinen großen blauen Augen angesehen und um den kleinen Finger gewickelt.«

Brindle umarmte lachend die Frau, die sie immer wie eine Enkelin behandelt hatte. »Hi, Nana. Ich wusste gar nicht, dass du auch kommst.«

In ihrer schwarzen Hose und einem schicken grauen Top sah Nana wie immer ziemlich flott aus. Das fast weiße Haar, in dem das Blond gerade noch zu erahnen war, trug sie kurzgeschnitten und stufig in einer braven Omi-Frisur. Doch wenn Nana den Mund aufmachte, war es oft, als hätte man eine ältere Version von Sable vor sich.

»Ich habe mich ganz spontan selbst eingeladen.« Nana legte den Arm um Brindle und schob sie zur Küche. Sie senkte die Stimme. »Und jetzt mal unter uns. Als ich Grace und Sophie von diesem Rat der verheirateten Frauen habe sprechen hören, dachte ich, da kann ich noch was lernen.« Sophie Roberts-Bad war Lindsays ältere Schwester und Graces beste Freundin. Sie und ihr Mann Brett hatten eine kleine Tochter und pendelten zwischen New York und Meadowside.

»Na hör mal, Nana. Du bist seit Ewigkeiten verheiratet.«

»Eben deshalb.« Nanas Augen blitzten spitzbübisch. »Glaubst du, ich würde mir die Chance entgehen lassen, eure sexy Kommunikationsgeheimnisse zu hören?« Um das Wort

Kommunikation malte sie mit den Fingern Anführungszeichen in die Luft. »Liebes, auf dem Dach liegt vielleicht Schnee, aber, glaub mir, darunter brennt ein heißes Feuer.«

»Wenn ich groß bin, will ich so werden wie du«, sagte Brindle auf dem Weg in die Küche.

Grace und Morgyn saßen am Tisch, auf dem bereits allerlei Gebäck stand. An der Arbeitsplatte schob ihre Mutter gerade weitere Cookies von einem Abkühlgitter auf einen Teller.

»Wir wollen alle so wie Nana sein, wenn wir groß sind«, sagte ihre Mutter. »Hallo, mein Schatz. Wie geht es dir?«

»Sich so gut zu fühlen, wie ich es gerade tue, müsste eigentlich verboten sein.« Brindle schnappte sich einen Keks. »Aber dein Enkelkind hat andauernd Hunger.«

»Dagegen müssen wir was unternehmen.« Ihre Mutter zwinkerte ihr zu.

»Hey, Brin.« Morgyn klopfte auf den Stuhl neben sich. »Setz dich zu uns.«

Brindle ließ sich neben ihr nieder. »Wozu brauchen wir denn massenhaft Gebäck?«

»Das wirst du schon sehen. Wie läuft's bei der Arbeit?«, fragte Grace.

»Erschreckend gut«, antwortete Brindle. »Jetzt, wo in der ganzen Stadt bekannt ist, dass ich von Trace schwanger bin, sind plötzlich alle ganz im Glück. Ich werde mit Gratulationen, Umarmungen und guten Wünschen geradezu überschüttet. Und die Kids in meinen Klassen sind so gut gelaunt und freundlich, dass man denken könnte, sie kriegen Noten dafür.«

»Das freut mich. Ich wette, dir ist nie in den Sinn gekommen, wie viel Anteil eure Umgebung an eurem Liebesleben nimmt«, sagte Grace.

»Aber doch nicht meine Schulklassen.«

»Gerade die! Den Kids entgeht nichts. Die hören und sehen alles«, sagte ihre Mutter.

»Auch wieder wahr.« Brindle nickte. »Im Umgang mit ihnen achte ich allerdings immer sehr auf vorbildliches Verhalten.«

Grace nickte. »Davon konnte ich mich schon ein paarmal selbst überzeugen. Du bist die perfekte Lehrerin. Du verstehst die Mädchen und Jungs und sie fühlen sich von dir verstanden. Du zeigst ihnen, dass man bei der Arbeit professionell und privat ein ganz normaler Mensch sein kann. Aber sie bekommen so manches von dem mit, was außerhalb des Klassenzimmers passiert, Brin.«

»Muss ich mir Sorgen machen?« Brindle schaute ihre Mutter an. »Euch habe ich ja gesagt, dass ich nicht mit anderen Männern zusammen war. Okay, ich habe geflirtet und hin und wieder mit jemandem ein Glas getrunken. Aber nie … Und im Beisein der Kids habe ich so was nie getan. Bin ich etwa ein schlechter Einfluss für sie?«

»Nein, Baby-Girl.« Ihre Mutter tätschelte ihre Hand. »Aber jeder in dieser Stadt weiß, wie viel Trace und du einander bedeutet. Die Jungs und Mädchen aus deiner Schule hören, was die Leute reden, und fühlen mit dir. Sie leiden mit dir und wünschen sich ein Happy End. Egal bist du ihnen auf gar keinen Fall. Weder ihnen noch sonst jemandem in der Stadt.«

Brindle schaute Morgyn an, die bestätigend nickte. »Ihr glaubt, die Kids wollen unbedingt ein Happy End für Trace und mich? Und deshalb waren sie sauer, als es hieß, das Kind sei von einem anderen? Das klingt ja, als wären wir Figuren in einer Daily Soap.«

»Wir alle wollen Trace und dich zusammen sehen. Wenn ich nicht deine Schwester wäre, hätte ich dich vielleicht auch schief angeschaut«, gab Morgyn zu.

»Na prima«, sagte Brindle sarkastisch.

Morgyn hauchte ihr einen Kuss zu.

»Als Seifenopernhelden würde ich euch nicht unbedingt bezeichnen«, sagte Nana. »Obwohl es auf Instagram den Hashtag Team Trindle gibt.«

Brindle machte große Augen. »Wie bitte?« Sie schnappte sich ihr Smartphone und suchte auf Instagram #TeamTrindle. »Oh mein Gott. Es gibt mehr als *dreitausend* Posts über uns?«

»Du warst eben sehr lange weg.« Nana nahm Brindles Handy und legte es mit dem Display nach unten auf den Tisch. »Es fing kurz nach deiner Abreise mit einer Facebook-Umfrage an. So nach dem Motto: *Hält es oder hält es nicht?* Dann ging es auf Pinterest weiter und inzwischen läuft fast alles über Insta. Es gibt jede Menge Fotos von euch Turteltäubchen. Du musst wirklich mal lange genug aus Traces Laken auftauchen, um dich zwischendurch mit den sozialen Medien zu beschäftigen. Nur nicht gerade jetzt.«

»Grundgütiger«, murmelte Brindle. »Im Ernst? Team Trindle? Und kein Mensch hat mir was davon gesagt? Wir sind ein Thema in den sozialen Medien. Warum ist mir das nie aufgefallen?«

»Dazu hättest du den Hashtag kennen müssen«, sagte Grace.

»Graham meint, während du in Paris warst, hätte sich die Zahl deiner Instagram-Follower um fünfundvierzig Prozent erhöht. Hast du davon wirklich nichts mitbekommen?«, fragte Morgyn.

»Überhaupt nichts. Ich war viel zu sehr damit beschäftigt, über mein Leben nachzudenken.« Brindle fragte sich, ob Trace von dem Instagram-Hype um sie beide wusste. Sie musste ihn unbedingt danach fragen.

Nana setzte sich ein bisschen aufrechter hin. »Noch mal zurück zu den Jungs und Mädchen in deinen Schulklassen. Ob ihr nun Oak Falls' Seifenopernhelden seid oder nicht – deine Liebe zu Trace und seine Liebe zu dir hat allen die Hoffnung gegeben, dass Liebe wirklich stärker ist als alles andere.«

»Aber wir haben uns doch ständig gestritten«, sagte Brindle. »Und ich musste erst nach Paris gehen, um zu begreifen, dass meine Liebe zu ihm alles ist, was ich will, und noch mehr. Wie hätten andere Leute denn wissen sollen, dass diese Liebe echt ist?«

Ihre Mutter lachte leise. »Weil wahre Liebe nun mal so aussieht.«

»Nicht bei Grace und Reed und auch nicht bei Morgyn und Graham. Oder bei dir und Dad. So wie es bei Trace und mir kracht, kracht es sonst nirgends.«

»Keine Liebe ist wie die andere«, sagte Nana. »Poppi und ich waren in deinem Alter wie Hund und Katz. Aber nur, weil wir komplett ineinander vernarrt waren. Wir hatten immer Angst, einander zu verlieren. Aber schau uns jetzt an. Über die Jahre haben wir gelernt, uns gegenseitig besser zu verstehen.« Sie grinste. »Ich habe ihm beigebracht, meiner Meinung zu sein.«

»Na dann … Okay, zur Sache. Wenn die ganze Stadt mit uns lebt und leidet, haben wir ja alle denselben Wunsch. Und ich wünsche mir nichts mehr, als mit meinem Liebsten reden zu können, ohne dass in der nächsten Minute einer von uns aus dem Zimmer stürmt. Ich fürchte, ich bin ein besonders schwerer Fall, und hoffe, ihr könnt mir helfen.« Brindle biss in ein Cookie. »Hmmm. Himmlisch. Ist da Zuckersirup drin?«

»Ein Rezept meiner Großmutter.« Nana nickte und schob den Teller in die Mitte des Tischs. »Möchtest du vielleicht eine

Tasse heiße Schokolade, bevor wir anfangen?«

»Nein danke, aber auf ein Glas Milch hätte ich Lust«, sagte Brindle zu ihrer eigenen Verwunderung.

Ihre Mutter schaute sie an, als hätte sie den Verstand verloren. »Milch?«

»Du hasst Milch«, erinnerte sie Grace. »Du sagst immer, wenn wir Milch trinken sollten, wären wir als Kühe geboren. Was eigentlich falsch ist, weil Kühe gar keine Milch trinken.«

»Ich weiß, aber im Moment hätte ich tatsächlich gern …« Brindle schnappte nach Luft. Ihr war gerade ein Licht aufgegangen. Sie legte eine Hand auf ihren Bauch. »Oh mein Gott. Das müssen die berüchtigten Schwangerschaftsgelüste sein.«

»So fängt es an!« Nana ließ die Brauen tanzen und stand auf, um Brindle ein Glas Milch zu holen. »Erst kommen die Gelüste, dann kommt die Lust.«

»Wow! Das muss ich Trace schreiben!« Brindle schnappte sich ihr Handy. Plötzlich wurde ihr klar, was Nana gerade gesagt hatte. »Augenblick mal. *Lust?*«

»Die beiden rammeln doch sowieso schon wie die Kaninchen.« Morgyn biss in ein Cookie.

»Morgyn.« Ihre Mutter schüttelte den Kopf. »Sie kriegen ein Baby. Da könntest du von *Liebe machen* sprechen anstatt von *rammeln.*«

Morgyn und Brindle schauten einander an und prusteten los.

Nana stellte Brindle ein Glas Milch hin und setzte sich wieder. Brindle tippte eilig eine Textnachricht an Trace. *Ich habe die ersten Schwangerschaftsgelüste! Milch! Ausgerechnet! Und angeblich soll auch die Lust noch größer werden. Glaubst du, das hältst du aus?* Sie fügte ein küssendes Emoji und einige

Herzchen hinzu und drückte auf Senden.

»Gut. Aber jetzt mal im Ernst. Wie können mein Liebster und ich unsere Kommunikation verbessern?« Brindles Telefon vibrierte. Trace hatte ihr eine Antwort geschickt. Beim Lesen grinste sie übers ganze Gesicht.

Heißt das, ich muss von jetzt an in der Mittagspause in die Schule kommen und mich um dich kümmern? Lässt sich einrichten!

Morgyn schnappte sich das Handy und las Traces Text. »Mir scheint, eure Kommunikation funktioniert recht gut.«

»Gib her.« Brindle holte sich das Gerät zurück.

Ihre Mutter legte die Hände flach auf den Tisch. »Okay, Mädels«, sagte sie. »Wir sind hier, um Brindle dabei zu helfen, alte Gewohnheiten abzulegen. Konzentration.« Sie zeigte auf das Gebäck auf dem Tisch. »Ich weiß, dass wir oft vom Hundertsten ins Tausendste kommen, wenn wir gemütlich zusammensitzen. Die Kekse und Küchlein sollen dazu beitragen, dass wir bei der Sache bleiben.«

»Und ein paar Kilo zunehmen.« Grace nahm sich einen Keks.

»Das ist es mir wert«, erklärte Nana.

Brindle legte eine Hand auf ihren Bauch. »Wo wir gerade von Kilos sprechen: Ich brauche schon Gummibänder, um meine Jeans noch zuzubekommen. Wer hat Lust, mit mir zusammen Umstandsmode zu kaufen?«

»Ich!«, riefen Morgyn und Grace gleichzeitig.

»Das überlasse ich gerne euch Mädels«, sagte ihre Mutter. »Ich bin vollauf mit den Vorbereitungen für Thanksgiving beschäftigt.«

Morgyn, Grace und Brindle verabredeten sich fürs Wochenende zum Shoppen. Dann sagte Brindle: »Unfassbar, dass in zwei Wochen schon Thanksgiving ist. Ich muss mit

Trace besprechen, wo wir hingehen. Getrennt feiern will ich auf gar keinen Fall.«

»Ihr könntet zum Essen zu einer Familie gehen und zum Dessert zur anderen«, schlug ihre Mutter vor. »Vielleicht können wir ja nächstes Jahr alle gemeinsam als Großfamilie bei den Jerichos feiern. Das wäre sicher nett.«

»Ich wollte vorschlagen, dass wir nächstes Jahr bei Grahams Familie zusammenkommen«, sagte Morgyn.

»Das wäre auch schön«, sagte Brindle. »Es gibt ja noch mehr Festtage, an denen wir mit Traces Familie feiern können. Das läuft uns nicht weg. Und bevor das Baby kommt, gibt es noch so viele andere Dinge zu bedenken.«

»Ja, dein Leben verändert sich jetzt rasend schnell«, bestätigte ihre Mutter. »Aber keine Panik. Mach einfach alles Schritt für Schritt.«

»Keine Dienstagabende mehr im JJ's«, sagte Grace.

Brindle zog fragend die Brauen hoch. »Hast du Drogen genommen? Dienstagabende sind Tanzabende. Und heute ist keine Ausnahme. Warum sollte ich das Tanzen aufgeben?«

»Sicher wirst du dir keinen Babysitter für einen Abend im JJ's besorgen«, sagte Grace. »Zumindest am Anfang nicht.«

»Oh. Ich dachte, du meinst schon ab jetzt.« Einen Moment lang malte sich Brindle eine Zukunft aus, in der sie und Trace ihr Baby knuddelten und sich auf der Couch zu einem gemütlichen Fernsehabend aneinanderkuschelten. Ihr wurde ganz warm ums Herz. Doch trotz all dieser wohligen Gefühle spürte sie eine gewisse Sehnsucht. Sie tanzte für ihr Leben gern mit Trace. Eine Zeit lang konnte sie darauf verzichten, aber aufgeben würde sie diesen Spaß niemals.

»Du weißt, dass ich als Babysitter jederzeit zur Verfügung stehe«, sagte ihre Mutter.

»Danke, Mom. Aber Grace hat recht. Solange das Baby noch klein ist, bleibe ich bestimmt lieber zu Hause. Wir werden eben kreativ sein und daheim Tanzabende zu dritt veranstalten. Stellt euch nur mal vor, wie Trace mit unserem Kleinen auf den Schultern tanzt.« Sie seufzte verträumt. Bei den Bildern, die vor ihrem inneren Auge abliefen, schmolz sie regelrecht dahin. »Der Gedanke ist mir bis jetzt noch gar nicht gekommen. Ich fürchte fast, wenn das Baby erst auf der Welt ist, werde ich ihn noch mehr anhimmeln als je zuvor.«

»Deinen Liebsten mit eurem Kind zu sehen, wird dich völlig verzaubern. Glaub mir.« Ihre Mutter lächelte versonnen.

»Wir müssen das Streiten endlich lassen«, sagte Brindle vor allem zu sich selbst.

»Ihr kriegt das hin. Aber vergiss nicht, Liebes, keine Beziehung ist perfekt«, gab ihre Mutter zu bedenken. »Auch bei euch wird es mal besser und mal schlechter laufen. So ist das Leben. Und jetzt lasst uns über Kommunikation sprechen, denn Kommunikation ist das A und O.« Sie schaute Brindle an. »Wenn ich dir als Kind etwas erklären wollte, ging das am besten mit Hilfe von Beispielen, die etwas mit Essen zu tun hatten, oder mit spaßigen Einfällen.«

»Ich erinnere mich noch gut, Mom. Mit mir hast du über Bananen und Donuts gesprochen, mit den anderen über Bienchen und Blümchen.«

Nana warf lachend den Kopf in den Nacken. »Das ist genial! Und wirklich sehr bildhaft.«

Alle kicherten.

»Gewisse Gespräche sind eine echte Herausforderung. Man muss sich vorher ein paar Gedanken machen, damit sie nicht zäh oder geradezu pappig werden.« Sie zeigte auf die Kekse. »Ich nenne sie Zuckersirupgespräche.«

»Das ist die Sorte, die Team Trindle erst noch üben muss«, stellte Nana fest.

»Die Sorte, vor der sich Brindle normalerweise drückt oder nach der sie versucht, Trace eifersüchtig zu machen«, fügte Grace hinzu. »Das geht nun nicht mehr, Brin. Ihr bekommt ein Kind. Da müsst ihr über alles reden können.«

»Wenn es zwischen Graham und mir mal schwierig wird, werde ich äußerlich immer sehr still. Er lässt mir dann Zeit, mich zu beruhigen«, sagte Morgyn. »Aber dich zu beruhigen, fällt dir eher schwer, Brindle. Trotzdem könntest du Trace vielleicht sagen, dass du ein bisschen Abstand brauchst, anstatt einfach davonzulaufen.«

»Guter Vorschlag.« Grace nickte. »Vermutlich reicht es schon, wenn du in ein anderes Zimmer gehst, oder, falls ihr draußen seid, ein paar Schritte von ihm weg. Noch besser wäre es, euch gemeinsam von einer Gruppe zu entfernen.«

»Ja, macht das.« Morgyn nickte. »Dann hast du seine volle Aufmerksamkeit.«

»Und noch dazu den Vorteil, zu zweit allein zu sein. Denn dann kann es eine heiße Versöhnung geben«, sagte Brindle mehr zu sich als zu den anderen.

»Brindle …« Ihre Mutter lächelte schief.

Brindle seufzte. »Wir werden schon besser. Und damit meine ich nicht die heißen Versöhnungen, sondern dass es uns tatsächlich immer öfter gelingt, ruhig und vernünftig miteinander zu reden. Wir geben uns wirklich alle Mühe.«

»Leicht ist das nicht, oder?«, fragte Nana.

»Nein. Aber hinterher ist es ein gutes Gefühl«, antwortete Brindle.

»Mit *hinterher* meint sie Versöhnungssex«, erklärte Morgyn.

»Den mögen wir doch alle.« Ihre Mutter hob mit einem

spitzbübischen Grinsen die Schultern.

»Mom!«, stöhnten Grace, Morgyn und Brindle im Chor.

Grace hob abwehrend die Hand. »Mom, bitte …«

»Auf die Art Kopfkino verzichte ich lieber«, fügte Morgyn hinzu.

»Moment mal«, schaltete Brindle sich ein. »Wir reden hier gerade über Kommunikation und wollen nicht hören, was unsere Mutter sagt? Das geht *gar* nicht. Sorry, Mom. Okay, ich will mir dich und Dad wirklich nicht so vorstellen, trotzdem ist es ein schöner Gedanke, dass ich auch nach vielen Ehejahren noch Versöhnungssex haben kann.«

»Wer sagt denn, dass das je aufhören muss?« Nana griff nach einem Keks mit Zuckerguss. »An dem Naschkram hier können wir uns ein Beispiel nehmen. Bei Gesprächen, mit denen man etwas Bestimmtes erreichen will, kann es helfen, ganz besonders süß zu sein.«

»Eine meiner leichteren Übungen.« Brindle nahm sich einen Keks, zog die Fingerspitze durch den Zuckerguss und hielt den Finger in die Höhe. »Ich muss mich nur auf Traces Schoß kuscheln, ihm gewisse Dinge ins Ohr flüstern und …« Sie leckte den Guss von ihrem Finger. »Simsalabim, schon ist alles gut.«

Grace schlug die Hände vors Gesicht. »Oh mein Gott.«

»Was ist denn? Das funktioniert. Manche Kommunikationsstrategien sind wirksamer als andere.« Brindle nahm sich einen Mini-Amerikaner mit dem typischen Guss in Hell und Dunkel. »Soll das ein Symbol sein, dass wir recht haben und sie nicht?«

Ihre Mutter schüttelte den Kopf. »Es geht mehr darum, dass jede Seite ihren Standpunkt für den richtigen hält. Es ist ja nicht so, dass wir *immer* recht haben.«

»Stimmt. Aber ich gebe das nur ungern zu«, sagte Brindle.

»Wenn ich nämlich recht habe, ist es leichter.«

»Und was machst du, wenn du auf dem Holzweg bist?«, fragte ihre Mutter.

»Normalerweise bin ich dann ganz schnell weg«, antwortete Brindle ehrlich und ein wenig verlegen. »Aber wenn ich nicht allzu wütend bin, gibt es eine andere Möglichkeit, meinen Cowboy-Dickschädel von meinen Ansichten zu überzeugen oder ihn vergessen zu lassen, dass ich im Unrecht war.« Sie schob sich das Sweatshirt von der Schulter, ließ den V-Ausschnitt ein wenig aufklaffen und setzte ihren verführerischsten Blick auf. Ihre kleinen Tricks zu demonstrieren, machte Spaß. Brindle sprach mit rauchiger Stimme weiter. »Ich streiche ihm wie zufällig mit der Hand über den Oberschenkel, denn dieser Oberschenkelgriff ist gerade sexy genug, um seine Aufmerksamkeit von unserem Gesprächsthema auf mich zu lenken. Der nächste Satz kann dann zum Beispiel lauten: *Wie wär's, wenn wir das im Schlafzimmer ausdiskutieren?* Nach dem Sex haben wir immer die besten Gespräche.«

Ihre Mutter seufzte und tätschelte Brindles Hand. »Mag sein, Liebes. Aber wir wollen ja dafür sorgen, dass das nicht deine einzige Kommunikationsstrategie bleibt.«

»Moment mal.« Morgyn hob die Hand. »Ich glaube, von dir kann ich noch was lernen.«

»Ja. Ich auch«, bestätigte Grace. »Erst mal miteinander ins Bett zu gehen und schwierige Themen hinterher zu besprechen, ist keine schlechte Idee. Woher kennst du solche raffinierten Tricks?«

»Keine Ahnung. Ich glaube, sie wurden mir in die Wiege gelegt«, antwortete Brindle.

Grace zog die Brauen zusammen. »Wir haben dieselben

Eltern, aber ich musste erst mühsam lernen, über meinen Schatten zu springen, um in die Rolle der Verführerin schlüpfen zu können. Und, heiliger Bimbam, Reed ist begeistert.«

»Reed ist seit Ewigkeiten verrückt nach dir«, sagte Nana. »Was immer du vor dem Sprung über deinen Schatten zu bieten hattest, hat ihm wohl auch ganz gut gefallen.«

»Ja. Aber Brindles Tipps sind wirklich hilfreich«, beharrte Grace. »Dieser Oberschenkelgriff? Darauf muss man bei einer hitzigen Diskussion erst mal kommen. Ich wüsste wirklich zu gern, weshalb meine kleine Schwester mit bestimmten Talenten gesegnet ist, die mir fehlen.«

Morgyn biss in ein Cookie. »Ich auch, Mom.«

Ihre Mutter summte vor sich hin, spielte mit einer Haarsträhne und schaute geflissentlich in eine andere Richtung.

»Hast du ihr diese Kniffe etwa beigebracht?« Morgyn ließ nicht locker.

»Wie bitte?« Die Wangen ihrer Mutter färbten sich dunkelrot. »Nein, natürlich nicht. Aber vielleicht hat sie in einer gewissen Lebensphase euren Vater und mich genauer beobachtet als ihr.«

»Du wendest den Oberschenkelgriff ebenfalls an?« Grace schnappte nach Luft und wedelte mit den Händen. »Bitte nicht antworten. Sag mir einfach, wo *du* das gelernt hast.«

»Schwer zu sagen. Ich glaube, ich konnte das schon immer«, antwortete ihre Mutter schließlich.

»Es gibt Frauen, die sind verführerisch, andere sind auf süße Art sexy«, sagte Nana. »Nehmen wir zum Beispiel meine Lindsay. Das Mädchen ist genauso unerschrocken und direkt wie Brindle. Allerdings flirtet Lindsay eher selten, was eigentlich schade ist. Meine Sophie dagegen ist zuckersüß und fährt damit sehr gut. Sie und Brett könnten gar nicht glücklicher sein.«

»Ich werde Brindles Taktik jedenfalls bald mal ausprobieren.« Grace verschränkte die Arme, und Brindle konnte geradezu sehen, wie die Zahnrädchen im Kopf ihrer Schwester ineinandergriffen. »Es könnte sich lohnen.«

So gerne Brindle hörte, dass ihre Schwestern verführerischer sein wollten, so wusste sie doch, dass ihre kleinen weiblichen Listen oft genug nur Ablenkungsmanöver waren. »Bloß keine Begeisterungsstürme. Diese Strategien sind Teil des Problems und auf taktische Spielchen wollen Trace und ich in Zukunft gerne verzichten. Wir wollen nicht mehr um schwierige Themen herumeiern oder wütend schweigend vor uns hin brodeln. Wir wollen uns unseren Problemen stellen und offen über Gefühle sprechen, auch wenn es mal wehtut. Noch fällt uns das ziemlich schwer und Worte können verletzen. Schließlich bringt man schon kleinen Kindern bei, nicht wahllos alles zu sagen. Dabei sind Worte oft weniger schmerzhaft als bockiges Schweigen oder irgendwelche armseligen Racheaktionen. Sprechdurchfall wäre mir da manchmal tatsächlich lieber.« Sie breitete die Hände aus. »Offen reden ist wie nackt sein. Man zeigt seine Zellulite und seine Sommersprossen. Aber auch seine sexy Kurven. Man lernt die harten Kanten männlicher Hüften kennen, die muskulösen Oberschenkel …«

»Sachte, sachte, wildes Mädchen. Sonst brauche ich nach diesem Gespräch einen Drink und eine Zigarette«, lachte Nana.

Brindle verscheuchte die Bilder von Traces nacktem Körper aus ihrem Kopf. »Sorry. Manchmal laufen meine Gedanken einfach mit mir davon.«

»Und landen dann direkt in Traces Bett«, stellte Grace trocken fest.

»Ich kann einfach nicht anders! Schaut euch meinen Freund

doch an!«, sagte Brindle. »Huch! Habt ihr das gehört? Ich habe Trace gerade *meinen Freund* genannt. Das ist schön. Das gefällt mir. Aber noch mal zurück zum eigentlichen Thema. Ich bin sicher, ein ehrliches Gespräch ist besser als jede Taktik. Seit wir angefangen haben, mehr miteinander zu reden, sind Trace und ich noch näher zusammengerückt, und das ging unfassbar schnell. Sogar nach meinem Theaterstück für die Grundschule hat er sich erkundigt. Eine tiefere Beziehung zu führen, fühlt sich richtig gut an. Ich glaube, das haben wir immer gewollt. Aber ich hatte so furchtbare Angst, dass wir durch eine Veränderung etwas verlieren könnten.«

»Eine Liebe wie eure geht nicht verloren, Baby-Girl. Sie kann wachsen und sich zum Besseren verändern, doch in welche Richtung sie sich bewegt, liegt allein an dir und Trace«, sagte ihre Mutter. »Für mich hört es sich so an, als bräuchtest du unseren Rat gar nicht. Ihr beide findet doch gerade selbst heraus, was für euch gut und richtig ist.«

»Dich das sagen zu hören, tut unglaublich gut«, antwortete Brindle. »Mit euch hier zu sitzen, ist trotzdem sehr wichtig für mich. Ich wusste nicht, ob ich überhaupt in die Schwesternschaft der Frauen mit festen Paarbeziehungen passe. Aber vielleicht bin ich doch kein komplett hoffnungsloser Fall.«

»Du packst die Dinge schon immer auf deine ganz eigene Art an«, sagte Morgyn. »Und zu deiner Zeit.«

Grace nickte zustimmend. »Du wirst immer in jede Schwesternschaft passen, in der wir auch sind. Du bist Brindle Montgomery, und keine von uns würde sich trauen, dich von irgendwas auszuschließen.«

Brindle tat, als wollte sie Grace eine Ohrfeige verpassen, und alle lachten.

»Ja, und in ein paar Monaten bist du Mutter.« Nana schlug

einen etwas ernsteren Ton an. »Das bringt jede Menge Verantwortung mit sich. Zum Beispiel braucht ein Kind etwas zu essen, und soweit ich weiß, ist dein Herd nicht unbedingt dein bester Freund.«

»Putzen solltest du auch lernen. Oder dir eine Putzhilfe suchen«, fügte ihre Mutter hinzu.

»Oje. Ich weiß. Es gibt noch viel zu tun. Aber viel spannender finde ich meinen ersten Ultraschall nächste Woche. Trace kommt mit zu Dr. Bryant.«

»Das ist das Schöne am Kleinstadtleben«, sagte Grace. »In Manhattan würde das eine Medizintechnikerin, die du noch nie gesehen hast, in irgendeiner Großpraxis machen.«

»Wie wahr.« Ihre Mutter nickte. »Dass Dr. Bryant nach der üblen Scheidung aus ihrem alten Leben flüchten musste, tut mir leid. Aber ich bin froh, dass sie hier gelandet ist. Eine Frauenärztin hat unserer Stadt wirklich gefehlt.«

Morgyn nippte an ihrer heißen Schokolade. »Wollt ihr auch erfahren, ob es ein Junge oder ein Mädchen ist?«

»Wahrscheinlich schon«, antwortete Brindle.

»Seht ihr, wie locker Brindle es geschafft hat, uns von den Themen Kochen und Putzen wegzulotsen?«, fragte Grace. »Ablenkungsmanöver beherrscht sie wirklich meisterhaft.«

Erwischt. »Können wir uns diese Themen nicht fürs nächste Treffen aufheben?«, fragte Brindle. »Ich weiß nicht, ob ich so viel Input an einem einzigen Tag verkrafte.«

»Auf mich wirkst du bis jetzt nicht überfordert. Bis zu den Alles-auf-einmal-Plätzchen sind wir jedenfalls nicht vorgedrungen.« Morgyn angelte sich eines von einem Teller. »Für die braucht man acht unterschiedliche Teigsorten, sie sind schrecklich aufwendig zu machen und es dauert ewig. Aber es lohnt sich.«

»Die stehen für die Zeiten, in denen nur noch Anpacken hilft, in denen man die Ärmel hochkrempelt und loslegt«, sagte ihre Mutter.

»Das wird meine neue Lieblingssorte.« Brindle nahm sich eines der Plätzchen und biss hinein. Weiße Schokolade, dunkle Schokolade, Haferflocken, Zimt und allerhand andere köstliche Zutaten, die sie nicht sofort benennen konnte, entfalteten auf ihrer Zunge ihr volles Aroma. Sie wollte sich in eine randvolle Wanne mit diesen Leckereien werfen und sich hindurchessen.

»Und falls du deinen Kerl mal am liebsten in der Luft zerreißen würdest …« Grace nahm einen Lebkuchenmann und biss ihm den Kopf ab.

»Ich will, dass Team Trindle erfolgreich ins Ziel kommt. Köpfe oder irgendwelche anderen Körperteile werden in Zukunft nicht mehr abgebissen.« Brindle konnte nicht widerstehen und setzte hinzu: »Genüsslich daran zu lutschen, ist sowieso viel aufregender.«

Ihre Schwestern und ihre Mutter schlugen die Hände vor die rot angelaufenen Gesichter. Nana legte den Arm um Brindle und sagte: »In *meine* Schwesternschaft bist du hiermit feierlich aufgenommen.«

Zwölf

Am Donnerstagnachmittag hievte Trace auf dem Parkplatz der Grundschule seine Werkzeugkiste von der Pritsche des Trucks. Neben ihm stiegen Jeb und Shane aus ihren Wagen. Traces Blick fiel auf Brindles knallroten Mini Cooper. Zwischen den üblichen Pick-ups und SUVs in Oak Falls fiel der kleine Flitzer immer und überall auf. Und er passte perfekt zu seinem Mädchen, denn eine wie sie gab es nur einmal. Den Mini hatte sie gebraucht erstanden. Eines Tages war sie stolz damit vor seiner Haustür erschienen und hatte ihn zu einer Spritztour eingeladen. Am Ende waren sie auf einen Feldweg abgebogen, in ein Wäldchen gefahren und hatten den Beifahrersitz eingeweiht. Sie hatte ihn hart geritten und er hatte jede Sekunde genossen. Aber für eine Mutter mit Baby war der Wagen nicht sehr praktisch. Schon als Brindle ihn gekauft hatte, hatte er sich über das Sicherheit-Rating schlaugemacht. Es war ziemlich hoch, aber das Baby in dem kleinen Ding immer auf den Rücksitz schnallen zu müssen, würde umständlich werden. Irgendwann mussten sie sich eine familienfreundlichere Kutsche zulegen. Gerne sportlich, aber groß und sicher genug für sie und das Kind.

Jeb trat neben ihn. »Alles klar bei dir?«

»Ja. Ich überlege mir nur gerade, was Brindle von einem etwas größeren Wagen halten würde, wenn das Baby erst mal da ist.«

»Einen Minivan solltest du ihr lieber nicht besorgen«, sagte Shane. »Für ein Mommy-Auto ist sie zu heiß.«

Trace musterte Shane kritisch von der Seite. »Hör auf, mein Mädchen abzuchecken. Und jetzt los.«

Sie betraten das Schulgebäude und gingen durch einen langen Flur zu dem großen Mehrzweckraum, in dem die Theatergruppe probte. In all den Jahren, in denen er und Brindle nun zusammen waren, hatte Trace sie nie bei der Arbeit erlebt. Sie hatten nicht die Art Beziehung geführt, in der er einfach in der Mittagspause auftauchen, ihr eine Kleinigkeit zu essen bringen und zwanzig gemütliche Minuten mit ihr verbringen konnte. Ganz gleich, wie sehr er sich das immer gewünscht hatte. Vor einiger Zeit hatte sie einmal erwähnt, wie schön sie ein bisschen Hilfe bei den Vorbereitungen für ein Theaterstück finden würde. Doch er hatte sie vor die Wahl gestellt: Sie konnten seine spärliche Freizeit für abendliche Treffen nutzen, die normalerweise in der Horizontalen endeten. Oder sie konnten gemeinsam Kulissen bauen. Sie hatte sich für die erste Möglichkeit entschieden. Aber jetzt, wo sie ganz die Seine war, wollte er alles. Er wollte ihr Mann für jede Lebenslage sein, der Mann, der für sie Kulissen baute, sich um sie kümmerte, wenn sie krank war, und im Bett ihre geheimsten Wünsche erfüllte.

Schon aus einiger Entfernung hörte er Brindles energiegeladene und doch ruhige Stimme. Mit einer Handbewegung forderte er seine Brüder auf, einen Augenblick zu warten. Unauffällig spähte er in den Raum, wollte Brindle in Aktion sehen, ohne zu stören. Sie saß mit etwa dreißig

Grundschulkindern auf dem Fußboden. In ihrem malvenfarbenen Sweatshirt, den dunklen Jeans und den Lederstiefeln, die sie oft an ihren gemeinsamen Abenden im JJ's trug, sah sie einfach zum Anbeißen aus. Doch wie sie jetzt ganz aufrecht vor den Kindern saß, die Kleinen aufmerksam ansah und ihre Fragen geduldig beantwortete, wirkte sie durch und durch professionell. Diese klare, ruhige Sprechweise kannte er sonst nicht von ihr.

Er fragte sich, wie sie sich von einer sinnlichen Sirene so kurzerhand in eine vorbildliche, engagierte junge Lehrerin verwandeln konnte. Unwillkürlich dachte er an das Baby. Wie es wohl sein würde, wenn sie erst Eltern waren, beschäftigte ihn. Oft stellte er sich Brindle als Mutter vor, wie sie ein süßes kleines Bündel in den Armen hielt. Brindle war sein wildes Mädchen. Doch er hatte sie mit Sophies Baby gesehen und wusste, dass sie eine fürsorgliche Mutter sein würde. Jetzt hörte er sie den Jungen und Mädchen erklären, dass sie gute Noten brauchten, um bei der Theatergruppe mitmachen zu können. Sie forderte die Kinder auf, einander zu unterstützen, auch für den Fall, dass sie sich um dieselbe Rolle bewarben. Sein wildes Mädchen nahm ihre verantwortungsvolle Aufgabe ganz eindeutig nicht auf die leichte Schulter. Und sein Stolz auf die Frau, die bald ihr gemeinsames Kind genauso gewissenhaft lenken würde, wurde gleich noch größer.

Er stellte sich einen eigenwilligen kleinen Jungen mit Brindles Sturmaugen vor, dann ein aufgewecktes kleines Mädchen mit Brindles frechem Mundwerk. Aber ganz egal ob Junge oder Mädchen, er hatte das Baby von der Sekunde an geliebt, in der er erfahren hatte, dass er der Vater war. Und selbst wenn es nicht sein Kind gewesen wäre, hätte er zu den beiden gestanden und das Kleine fest in sein Herz geschlossen.

»Nächste Woche beginnt das Vorsprechen.« Brindles Worte holten ihn zurück ins Hier und Jetzt. »Am besten, ihr lest euch jeden Tag nach den Hausaufgaben die Beschreibung der einzelnen Figuren durch.« Langsam wanderte ihr Blick von einem Kind zum anderen. »Überlegt euch, wen ihr gerne spielen möchtet. Natalie hat für jede Figur ein paar Sätze aufgeschrieben. Die müsst ihr auswendig lernen. Bereitet euch gut vor und strengt euch beim Vorsprechen richtig an.«

Neben Brindle saß ein ernst blickendes, brünettes junges Mädchen. Brindle wandte sich ihm zu. »Natalie? Möchtest du gern noch etwas sagen?«

Natalie rückte ihre Brille mit dem dunklen Rahmen zurecht. Während sie mit den Kindern sprach, flüsterte Shane: »Wie fühlt es sich an, deine Babymama bei der Arbeit zu erleben?«

»Verdammt gut«, antwortete Trace leise.

Jeb beugte sich näher zu den beiden und sagte: »Was glaubt ihr, wie viele Jungs an der Highschool haben wegen Brindle feuchte Träume?«

Trace funkelte ihn an. »Jetzt reicht's aber, Mann!«

Jeb und Shane glucksten leise.

»Kumpel, jeder Schuljunge träumt irgendwann von einer heißen Lehrerin«, beharrte Shane. »Erinnert ihr euch an die legendäre Miss McClintock?« Miss McClintock war eine kurvige Blondine aus Kalifornien gewesen, die auf der Suche nach mehr Bodenständigkeit nach Oak Falls gezogen war. In den beiden kurzen Jahren, die sie hier verbracht hatte, hatte sie sich in das Gedächtnis einer ganzen Schuljungengeneration gebrannt.

»Okay, dann bis nächste Woche«, verabschiedete Brindle die Theatergruppe und rappelte sich hoch.

Die Kinder sprangen auf und wuselten durcheinander. Sie sammelten ihre Sachen ein, packten ihre Rucksäcke und schlüpften in ihre Jacken. Während Brindle noch mit einigen Jungen und Mädchen redete, half Natalie ein paar anderen.

»Danke, Miss Montgomery«, rief ein schlaksiger, flachsblonder Schüler.

Zwei kleine Mädchen mit reizenden Ringellöckchen gaben Brindle High Fives. Einige Kinder riefen noch ein Dankeschön durch den Raum, Brindle winkte ihnen zu und wünschte ihnen eine gute Woche. Ein rothaariger Junge zupfte an ihrem Sweatshirt, schaute fragend zu ihr auf und sagte etwas, was Trace nicht hören konnte. Brindle ging in die Hocke und schaute dem Kind ins Gesicht. Ihre Antwort brachte den kleinen Rotschopf zum Strahlen. Zu gerne hätte Trace jetzt in Hörweite gestanden. Eine Sekunde lang schlang der Junge die Arme um Brindle, dann flitzte er davon. Natalie begleitete die Rasselbande zu den Eltern, die an der Seitentür zum Parkplatz warteten.

»Hey, Mustang.« Trace betrat zusammen mit seinen Brüdern den Raum.

Überrascht fuhr Brindle zu ihm herum. Ein Lächeln trat auf ihr schönes Gesicht. »Hi. Was macht ihr denn hier?«

Shane zeigte auf Trace. »Wir sind bloß dem Boss hinterhergefahren.«

Trace versicherte sich mit einem schnellen Blick, dass alle Kinder durch die Tür verschwunden waren. Erst dann beugte er sich zu Brindle und gab ihr einen braven Kuss. »Wir möchten dir mit den Kulissen für die Aufführung helfen.«

Ihre Augen weiteten sich. »Oh. Wow. Das ist lieb.« Sie zog die Nase kraus und hob auf ihre unnachahmliche Weise die Schultern. »Allerdings wird es noch ein paar Wochen dauern, bis wir so weit sind. Normalerweise wären wir bereits mitten in den Proben. Aber wegen meiner Reise sind wir später dran als sonst. Die Aufführung findet diesmal erst kurz nach Neujahr statt. Aber dass ihr helfen wollt, freut mich riesig. Und irgendwie ist es auch lustig, euch große Jungs hier in der Grundschule stehen zu sehen.«

»Team Trindle live!« Natalie gesellte sich zu ihnen. »Kann ich bitte ein Foto von Ihnen beiden machen?«

Trace und seine Brüder lachten. Nach dem Treffen mit ihrer Mutter und ihren Schwestern war Brindle wegen des ungeahnten Instagram-Hypes um sie und Trace ziemlich fassungslos gewesen. Trace hatte zugegeben, er hätte Gerüchte darüber gehört. Wirklich eingehend beschäftigt hatte er sich damit allerdings nie. Er meinte, während sie weg gewesen war, wäre er einfach nicht in der Verfassung gewesen. Brindle hatte nacheinander alle ihre Schwestern angerufen und ihnen den Kopf gewaschen, weil sie ihr nichts davon gesagt hatten. Zusammen mit Trace hatte sie sich Gedanken gemacht, wie sie mit der Situation umgehen sollten. Sie hatte sich alle Mühe gegeben, die Sache nicht allzu wichtig zu nehmen und den Rummel in den sozialen Medien leichthin abzutun. Jemand, der sie nicht so gut kannte wie Trace, hätte sich täuschen lassen und geglaubt, dass ihr das alles recht wenig ausmachte. Doch Trace wusste, wie sehr vor allem die Gerüchte sie beschäftigten. Nach einigem Hin und Her waren sie übereingekommen zu tun, was sie immer getan hatten. Brindle hatte ihre Irritation weggeschoben und beschlossen, die Leute reden zu lassen. Ganz gleich, ob analog oder online.

Jetzt warf sie Natalie einen kritischen Blick zu. »Darüber müssen wir uns noch unterhalten. Unfassbar, dass du mir von dieser Hashtag-Geschichte nie ein Sterbenswörtchen gesagt hast.«

Natalie schob ihre Brille zurecht. »Tut mir leid, aber falls es Sie irgendwie tröstet, ich habe Ihnen immer die Daumen gedrückt. Und Trace hat mit seiner Aktion gestern sowieso Fakten geschaffen. Mit einem Foto von Ihnen beiden wollte ich eigentlich nur zeigen, dass es jetzt wirklich offiziell ist. Seinen Post sozusagen bestätigen.«

Ups.

»Seinen *Post?*«

Mit zusammengebissenen Zähnen hielt Trace Brindles flammendem Blick stand.

»Jetzt ist es raus, Bruderherz.« Jeb hob die Hände.

»Trace hat doch gar keine Social-Media-Accounts.« Brindle stapfte zu den Zuschauerbänken und kramte das Smartphone aus ihrer Handtasche.

»Jetzt schon.« Mit seinem Grinsen handelte Shane sich ein paar pfeilspitze Blicke von Brindle ein. »Und sein Post hat schon mehr als tausend Likes.«

»Ganz großes Kino«, fügte Natalie hinzu. »Ich muss los. Ich habe eine Verabredung in der Bücherei, aber wir sehen uns morgen in der Schule, Miss Montgomery.«

»Bis morgen, Nat«, sagte Brindle ein wenig abwesend. Sie tippte auf ihrem Handy herum.

»Ich habe doch gesagt, ab jetzt spiele ich nach meinen Regeln, Babe«, rechtfertigte sich Trace und schaute zu, wie sie seinen Post las. *Es ist offiziell! Trace Jericho und Brindle Montgomery sind exklusiv zusammen! #TeamTrindleForever. In Kürze #TeamTrindleTrio.* Weil ihr aufgebrachter Blick langsam milder wurde, nahm er an, dass sie jetzt das beigefügte Selfie von ihnen beiden anschaute. Er hatte es neulich abends gemacht. Vor dem offenen Kamin in seinem Haus saß Brindle auf seinem Schoß. Sie trug eines seiner T-Shirts, ihr Haar war zerzaust und ihre Wangen noch gerötet von dem, was sie gerade getan hatten. Hinter ihnen tanzten Flammen und warfen Schatten auf die Decke über Brindles Beinen. Ihr Kopf lag an seiner Schulter, ihr Blick war voller Zärtlichkeit. Diese Nacht hatten sie bei ihm verbracht, und eng umschlungen einzuschlafen und gemeinsam aufzuwachen, war ein so wunderbares Gefühl, dass sie sich wünschten, sie hätten schon vor Jahren damit begonnen.

Weil er dieses Foto so sehr liebte, war es nun das Hintergrundbild auf seinem Telefon.

Brindle hob den Blick. Liebe vertrieb den letzten Rest Ärger aus ihren Augen. »Du hast deinen Account *TraceLovesBrindleForever* genannt.«

Er stellte den Werkzeugkoffer ab und nahm sie in die Arme. »Du weißt, dass ich nicht lügen kann«, sagte er.

»Aber du hasst die sozialen Medien.«

»Und dich liebe ich, Babe. Du bist zu stolz, um den Gerüchten entgegenzutreten. Aber es war Zeit, das Gerede ein für alle Mal abzustellen.«

Sie spähte an ihm vorbei zu Jeb. »Und du hast seinen Post für deine Instagram-Story benutzt. Heißt das, du verzeihst mir meine Lüge?«

Trace spürte einen Stich im Herzen. Er wusste, wie sehr sich Brindle ein gutes Verhältnis zu seinen Geschwistern wünschte. Am liebsten hätte er sich umgedreht und mit einem durchdringenden Blick dafür gesorgt, dass sein Bruder die richtige Antwort gab. Zwar wusste er, wie Jeb die Sache inzwischen sah, doch die Frage war, ob Jeb das Brindle auch sagen würde.

»Wir machen alle mal einen Fehler«, antwortete Jeb. »Ihr

beide hattet einen etwas holprigen Start. Aber ich hoffe, ich finde eines Tages eine Frau, die mich so sehr liebt wie du diesen alten Trottel. Sein unerträglich zufriedenes Grinsen wird ihm vermutlich erst vergehen, wenn er beim Turkey-Trot-Rennen meine Staubwolke schluckt.«

Trace spürte, wie Brindle in seinen Armen ein wenig lockerer wurde.

»Ich muss wohl kurz vor der Ziellinie an dir vorbeiziehen, damit du nicht noch aufgeblasener wirst«, sagte Shane zu Jeb. Er schaute Brindle an und zeigte mit dem Daumen auf Trace. »Dieser Vollpfosten hat uns gestanden, er hätte, als er von deiner Schwangerschaft erfahren hat, eine ziemlich blöde Bemerkung gemacht. Da hätte ich an deiner Stelle vermutlich auch gelogen.« Shane nickte bekräftigend. »Aber hier gibt es für uns wohl nichts zu tun. Deshalb fahre ich jetzt besser wieder zur Ranch. Dort geht die Arbeit nicht aus.«

»Danke fürs Mitkommen«, verabschiedete Trace seine Brüder.

An der Tür drehte Shane sich noch einmal um und zeigte auf ihn. »Glaub bloß nicht, dass ich für dich mitschufte, damit du hier im Bücherzimmer mit deiner Süßen rummachen kannst. Falls dein Hintern nicht in einer halben Stunde auf der Ranch auftaucht, komme ich wieder und drücke den Knopf vom Feuermelder ein.«

Als sie allein waren, musterte Brindle Trace mit einem fragenden Blick. »Du hast dir Zeit genommen, um mir mit den Kulissen zu helfen? Ich dachte, du könntest nachmittags nicht weg.«

»Na ja, das Leben ändert sich. Und ich habe jetzt andere Prioritäten. Ich hätte einfach heute Abend länger gearbeitet.« Er drückte die Lippen auf ihre. »Jetzt leben wir nach meinen

Regeln. Und das bedeutet, dass ich endlich all das für dich tun kann, was ich unter anderen Umständen schon in den letzten Jahren getan hätte.« Er küsste sie tief und lange und sie schmiegte sich an ihn. »Außerdem ist inzwischen alles anders, weil ich weiß, dass du zu Hause auf mich wartest.« Er küsste sie aufs Kinn. »Ich muss mich nun nicht mehr zwischen einem Einsatz für deine Theatergruppe und einem gemeinsamen Abend entscheiden, an dem du nackt in meinen Armen liegst.« Er küsste ihren Hals und saugte einmal kräftig an der zarten Haut.

Sie antwortete mit einem lustvollen Laut. »Eingezogen bin ich noch nicht bei dir …«

»Aber es steht ganz oben auf deiner Prioritätenliste.« Er packte ihren Hintern und zog sie an sich, damit sie spürte, welche Wirkung sie auf ihn hatte. »Wo ist eigentlich dieses Bücherzimmer …«

»Trace«, sagte sie warnend. »Nein.«

Er lehnte sich zurück und schaute ihr in die lusterfüllten Augen. »Ich glaube, *Nein* hast du noch nie zu mir gesagt.«

»Hier kann ich so was unmöglich machen«, flüsterte sie hektisch.

»Aber vielleicht zwischen den hinteren Zuschauerreihen?«, scherzte er und küsste sie noch einmal auf den Hals.

»Nein«, kicherte sie.

Er mochte diese artige Seite an ihr mehr, als er es vermutlich sollte. Sie stellte eine neue Herausforderung dar, obwohl sie gerade nur herumalberten. Auf keinen Fall wollte er, dass Brindle bei der Arbeit Ärger bekam. Aber sie erröten zu sehen, fand er so süß, dass er das Spiel noch ein wenig weitertrieb.

»Auf dem Parkplatz? In meinem Truck?«

»Du bist unverbesserlich.« Sie stellte sich auf die

Zehenspitzen und küsste ihn. »Das ist eins von vielen Dingen, die ich an dir liebe. Aber Shane wartet auf dich, und ich muss noch einen ganzen Stapel Klassenarbeiten durchsehen, bevor heute Abend mein glutheißer Cowboy nach Hause kommt.« Mit dem Zeigefinger strich sie an den offenen Knöpfen seines Henley-Shirts entlang. »Aber wir holen das Verpasste auf jeden Fall nach. Versprochen.«

»Versprich mir nur dich, Babe. Das ist alles, was ich je wollte.«

Dreizehn

Am Montagabend stand Brindle bibbernd im eisigen Wind und verband Trace die Augen.

»Was soll das werden, Brin?«

»Eine Überraschung.«

Brindle wollte Trace einen ganz besonderen Abend bescheren und freute sich auf seine Reaktion. Ihre Leben verflochten sich mit jedem Tag enger miteinander, das Band zwischen ihnen wurde immer fester. Tagsüber gingen sie ihrer Arbeit nach, doch seit sie jede Nacht gemeinsam einschliefen, hatte sich so vieles verändert. Der Druck war weg. Sie hatten nicht mehr das Gefühl, ständig um die Aufmerksamkeit des anderen kämpfen zu müssen. Nicht dass das je nötig gewesen wäre, aber für Brindle war das die Erklärung, weshalb sich jetzt alles so anders anfühlte. Von einer unreifen Welt voller Unsicherheiten waren sie in eine reife Welt gewechselt, in der sie mit beiden Beinen fest auf dem Boden standen. Das brachte sie noch näher zusammen, und erstaunlicherweise sehnten sie sich nicht nach mehr Freiheit und fühlten sich kein bisschen eingesperrt. Im Gegenteil, sie wünschten sich nur noch mehr gemeinsame Zeit. Am Freitagabend hatten sie mit Morgyn und Graham zu Abend gegessen, denn die beiden würden

Thanksgiving mit Grahams Familie verbringen. Am Sonntagnachmittag war Brindle mit Lindsay und Trixie zu einem Auftritt von Sables Band gegangen, während sich Trace mit Sin getroffen und mit ihm über seinen möglichen Einsatz als Jugendtrainer in der nächsten Saison gesprochen hatte. Am kommenden Wochenende würde er Sin wieder unterstützen und sie freute sich bereits aufs Zuschauen.

Brindle konnte nur glücklich staunen, um wie viel tiefer ihre Beziehung bereits geworden war. Mehr miteinander zu reden, sorgte für größere Verbundenheit. Und diese Verbundenheit verstärkte ihren Wunsch nach mehr gemeinsamer Zeit.

Früher hätte sie dabei vor allem an Sex gedacht. Jetzt hatte dieses *Mehr* eine ganz andere Bedeutung und kam dem viel näher, was ihr Zusammensein mit Trace im Grunde immer gewesen war. Denn eins hatte sie inzwischen verstanden: Seine Vorstellung von *mehr* war schon immer gewesen, sie bis ans Ende der Zeit zu lieben. Ganz gleich, ob sie nun dick, dünn, schwanger oder krank war. Seine Liebe war tief und echt, genau wie ihre schon seit so vielen Jahren. Sie hatte nur zu viel Angst gehabt, diesen großen Gefühlen nachzugeben. Die gemeinsame Arbeit an ihrer Beziehung und ihre gemeinsamen Unternehmungen als Paar machten ihr das mit jedem Tag bewusster. Noch immer gab es Momente, in denen ihre beiden Dickschädel und ihr aufbrausendes Temperament die Wogen hochschlagen ließen. Aber sie lernten gerade, bis fünf oder auch mal bis zehn zu zählen und die Wellen zu glätten.

Trace griff hinter seinen Kopf und legte seine Hand auf ihre, während sie die Augenbinde verknotete. »Dieser Teil ist schon mal ziemlich vielversprechend, Babe. Bloß wüsste ich gerne, weshalb wir in der Einfahrt meiner Eltern stehen.«

»Ach, ähm, dich hier zu treffen, war einfacher, weil du ja

länger arbeiten musstest.«

»In letzter Zeit hast du viele schöne Überraschungen für mich.« Am Samstagmittag hatte sie ihm sein Lieblingsessen vom Stardust Café auf die Ranch gebracht. Sie hatten sich auf einen Zaun gesetzt, den Pferden beim Grasen zugeschaut und es sich schmecken lassen.

»Du wolltest mich schon immer gern mit Aufmerksamkeiten verwöhnen. Und inzwischen ist mir klar, dass das auf Gegenseitigkeit beruht.« Aber das war noch nicht alles. Trace hatte ihr ihre Lüge verziehen, und sie hatte sich geschworen, für den Rest ihres Lebens alles Menschenmögliche zu tun, um sich als die Frau zu erweisen, die er verdiente. Sie freute sich darauf und ärgerte sich nur, dass sie so viel Zeit vergeudet hatte und nicht schon vor Jahren zur Vernunft gekommen war. Gestern, beim Frühstück in der Küche ihrer Eltern, hatte sie das erwähnt, und Sable hatte entgegnet: *Ist das nicht ein gutes Beispiel für lebenslanges Lernen? Hör auf, dir Vorwürfe zu machen. Du liebst ihn, er liebt dich. Solange du aus deinen Fehlern lernst, ist doch alles gut.*

Vielleicht konnte Brindle es eines Tages auch so locker sehen. Aber es schadete nicht, sich ein bisschen anzustrengen.

Sie öffnete die Beifahrertür seines Trucks. »Einsteigen, Cowboy. Wir machen eine Spritztour.«

Er schob sich auf den Beifahrersitz. »Die Sache gefällt mir immer besser.«

»Die Fahrt ist ziemlich kurz.« Sie küsste seine lächelnden Lippen und er legte eine Hand an ihre Taille.

»Dafür wird etwas anderes mit jeder Sekunde länger.«

»Das will ich auch hoffen«, antwortete sie kichernd und wurde mit einem harten, verheißungsvollen Kuss belohnt.

Atemlos hob sie schließlich den Kopf. Nur gut, dass der

Truck außer Sichtweite seines Elternhauses geparkt war. Sie zog den Sicherheitsgurt über Traces breite Brust, beugte sich über ihn und schnallte ihn an. Seine Hände nutzten die Gelegenheit, überall gleichzeitig zu sein, sie anzufassen und zu streicheln. Sein Becken hob sich ihr entgegen, und einen Moment lang stellte sie sich vor, wie sie seine Jeans öffnete und seine Härte in den Mund nahm. Trotz der Kälte wurde ihr ganz heiß, doch sie erinnerte sich energisch daran, dass Verführung im Moment nicht Teil ihres Plans war.

Sie richtete sich auf. »Du machst es mir ziemlich schwer, mich zu konzentrieren.«

»Pure Absicht«, antwortete er frech.

»Versuch bitte, ihn noch ein Weilchen in der Hose zu lassen.« Sie schloss seine Tür und ging zur Fahrerseite. Grinsend sah sie seine Hand nach ihrer Schulter tasten. Von dort wanderte sie weiter zu ihrer Brust.

»Trace.« Dass sie seine Hand wegschob, quittierte er mit einem Lachen. Sie ließ den Motor an. »Es geht los«, sagte sie. »Aber nicht schummeln und heimlich auf die Straße schielen.«

»Nicht gucken, geht in Ordnung. Aber die neue Nicht-anfassen-Regel macht mir keinen Spaß.«

»Das ist keine Regel. Ich kann bloß nicht gut Auto fahren, wenn deine Hände überall sind.«

Um ihn zu verwirren, drehte sie eine Runde um den Block. Dann lenkte sie den Truck zurück zum Haus seiner Eltern und die lange Zufahrt zu den Ställen hinunter. Sie folgte dem schmalen Feldweg durch die Weide zur Westseite der Ranch und fuhr dann rückwärts durch ein offenes Scheunentor.

»Riecht nach Pferden«, stellte er fest.

Dass der Geruch ihm verraten würde, wo sie waren, hatte sie nicht bedacht. »Ganz Oak Falls riecht so. Ich muss noch kurz etwas vorbereiten. Versprich mir, artig sitzen zu bleiben und die Augenbinde zu lassen, wo sie ist.«

Er malte mit dem Finger ein Kreuz über sein Herz.

»Okay. Warte.« Mit klopfendem Herzen stieg Brindle aus dem Truck. Auf keinen Fall wollte sie etwas vergessen.

Diese Überraschung hatte sie tagelang geplant. Doch die Wettergötter hatten sich gegen sie verschworen. Sogar schneien sollte es heute Abend. Deshalb hatte sie alles nach drinnen verlegen müssen. Dank Shane, der Trace von der Scheune ferngehalten hatte, dank Morgyn, die ihr bei einem Videotelefonat mit einer Engelsgeduld erklärt hatte, wie man einen kaputten alten Schirm in einen Sternenhimmel verwandelte, und dank Trixie, die ihr bei den Vorbereitungen geholfen hatte, war nun alles so perfekt wie irgend möglich. Sie hatte sich sogar ein Herz gefasst und Traces Mutter eingeweiht, damit niemand sie aus Versehen störte. Dieses Gespräch hatte sie überraschend verlegen gemacht. Als sie gesagt hatte, der Truck wäre absolut unverzichtbar, hatte sie das Gefühl beschlichen, dass seine Mutter genau wusste, wozu er gebraucht wurde. Aber hey, Nancy Jericho war schließlich auch mal jung gewesen und hatte sicher selbst schon auf der Ladefläche eines Pick-ups heiße Stunden unter den Sternen erlebt. So wie alle Mädchen vom Lande.

Amber, ihre süße, zurückhaltende Schwester, der Brindle ihren Plan ebenfalls verraten hatte, hatte sie allerdings eines Besseren belehrt. Nein, nicht *alle* Mädchen vom Lande hätten solche Erfahrungen gemacht. *Es wird wirklich höchste Zeit, dich zu verkuppeln*, hatte Brindle darauf geantwortet.

Sie breitete die Kissen und Decken, die sie mit Trixie in der Scheune versteckt hatte, auf der Ladefläche aus und hoffte, dass sie es damit warm genug haben würden. Dann legte sie den Rest der Überraschung bereit. Beim Öffnen der hinteren Scheunentore schlug ihr der eisige Wind entgegen.

Bibbernd zog sie die Schultern hoch und ging zur Beifahrerseite. Sie machte die Wagentür auf und nahm Traces Hand. »Können wir?«

»Immer«, antwortete er mit rauer Stimme.

Sie führte ihn hinten an die Pritsche. Verspätet stellte sie fest, dass es nicht schlau gewesen war, alles in die Mitte zu legen, weil er vermutlich dagegen stoßen und die Sachen zerdrücken würde. Herrje. Sie konnte ein Theaterstück für dreißig Grundschulkinder planen, aber keine einfache Überraschung für den Mann, den sie liebte.

»Du musst auf die Ladefläche steigen, ohne die Augenbinde abzunehmen. Leg deine Hand an die rechte Seite und halte dich ganz rechts.«

»Brin, ich höre deine Zähne klappern. Was tun wir hier?«

»Mach dir keine Gedanken wegen mir«, antwortete sie. Erst jetzt wurde ihr richtig klar, dass Trace ihr wirklich blind ausgeliefert war. Sie beschloss, ein wenig mit ihm zu spielen, legte eine Hand an seinen Bauch und ließ sie tiefer gleiten. »Steig lieber schnell auf die Pritsche, bevor ich deine Hilflosigkeit ausnutze.«

Er regte sich nicht von der Stelle. Nur seine Lippen verzogen sich zu einem Grinsen. Dann legte er eine Hand auf ihre und hielt sie dort fest, wo er sie haben wollte. *Junge, Junge.* Genau dort, wo sie sie auch haben wollte.

»Hoch mit dir, Cowboy.« Sie versuchte, ihre wild gewordenen Hormone unter Kontrolle zu bringen.

»Ein Teil von mir steht schon.«

Sie lachte und er drückte ihre Finger fester um seine Erektion. Als seine Lippen nach ihren suchten, wurde ihr erst warm und gleich darauf ziemlich heiß. Sie stellte sich auf die Zehenspitzen und reckte ihm hungrig den Mund entgegen. Nach dem Kuss war ihr ein bisschen schwindelig, genau wie damals vor all den Jahren, als sie sich zum ersten Mal auf seinem Truck geliebt hatten.

»Ich bin in deiner Hand, Babe. Hast du noch weitere Wünsche?«

»Ich habe eine lange, schmutzige Liste, die damit beginnt, dass du auf die Knie gehst, und damit endet, dass ich dich reite wie ein ungezähmtes Pferd.« Ihre Wangen glühten. »Aber wenn wir damit anfangen, die Liste abzuarbeiten, kriegst du deine Überraschung niemals zu sehen«, fügte sie hastig hinzu.

»Bei solchen Aussichten musst du mir die Augenbinde nie wieder abnehmen.«

Mit animalischer Leidenschaft verschlang er ihren Mund. *Oh ja!* In diesem Moment hätte sie die Überraschung am liebsten vergessen, um stattdessen all ihre gemeinsamen Fantasien Wirklichkeit werden zu lassen. Auf der Ladefläche des Pick-ups, gegen die Wand des Schuppens, auf dem Beifahrersitz. Doch sie wollte ihm unbedingt zeigen, wie viel er ihr bedeutete, auch jenseits von Sex, Leidenschaft und all den ungezogenen Dingen, die sie so an ihm liebte.

Widerstrebend wich sie einen halben Schritt zurück, holte ein paarmal tief Luft und sagte: »Ich will dich oben auf der Ladefläche haben.« *Nackt.*

»Dein Wunsch ist mir Befehl.«

Er kletterte auf die Pritsche. Der Anblick seines knackigen Hinterns in den eng anliegenden Jeans fachte ihr Verlangen nach ihm weiter an.

»Ich spüre, wie du meinen Hintern abcheckst, Babe.«

Grundgütiger, was bin ich bloß für ein unersättliches Wesen.

Wahrscheinlich werde ich ihn immer noch so anschauen und gierig zupacken, wenn er sechzig ist.

Trace hörte, wie Brindle hinter ihm auf den Truck kletterte. Er fuhr herum und breitete die Arme aus. »Komm, ich helfe dir.«

»Ich kann das alleine«, antwortete sie so nachdrücklich, dass sich Trace ihren herausfordernden Blick bestens vorstellen konnte.

»Klar. Weiß ich doch.« Er sprang vom Wagen, orientierte sich an ihrer Stimme, die forderte, dass er wieder hinaufsteigen sollte, nahm sie an den Hüften und setzte sie auf die Kante der Pritsche.

»Trace! Ich komme gut ohne Hilfe auf deinen Wagen«, fauchte sie.

Er stieg zu ihr hinauf.

»Falls das auch zu deinen neuen Spielregeln gehört, haben wir ein Problem. Du kannst mich nicht behandeln wie ein …«

»Wie was? Wie meine schwangere Freundin?«, sagte er fest. Während des langen Schweigens, das folgte, stellte er sich vor, wie sein süßes, dickköpfiges Mädchen nach einer passenden Erwiderung suchte.

Doch sie blieb stumm.

Als er nach ihr tastete, hörte er, wie sie zurückwich. Er lachte. »Im Ernst? Du bist sauer? So sauer, dass du bis fünf zählen musst? Oder hast du Angst, ich könnte dir die Flügel stutzen und du würdest deine Unabhängigkeit verlieren?«

»Eher das Zweite«, sagte sie trotzig. Doch er hörte sie lächeln.

Er lehnte sich ein wenig zurück. »Du erlebst gerade den wahren Trace, Babe. Ich will dich und unser Kleines beschützen. Aber deine Unabhängigkeit werde ich dir niemals nehmen. Du willst mit deinen Freundinnen weggehen? Geh. Du willst allein auf den Truck steigen, wenn das Baby erst mal da ist? Herzlich gerne. Verdammt, Mustang, ich habe dich nie von irgendwas abgehalten. Wenn ich dich je in eine Ecke drängen würde, würdest du dir den Weg freikämpfen. Aber ich bin dein Mann, dein Beschützer. Und dass du dich oder unser Kind in Gefahr bringst, lasse ich nicht zu.«

Sie stöhnte. Sie schwieg. Er wappnete sich für ein Streitgespräch. Doch das Unerwartete geschah. Sie lachte, und er hörte, wie sie sich wieder näher zu ihm schob. Sie legte die Hände auf seine Oberschenkel, und, verdammt, dass diese einfache Berührung ihn wie ein Stromschlag durchzuckte, sollte eigentlich illegal sein.

»Tut mir leid. Du hast recht. Aber ich muss mich erst daran gewöhnen.« Sie küsste ihn sanft auf die Lippen. »Von manchen eingefahrenen Wegen muss ich mich wohl verabschieden. Schritt für Schritt.«

Sie nahm ihm die Augenbinde ab und er schaute in ihr schönes Gesicht. Obwohl sie ihm im Herzen immer gehört hatte, gab es immer wieder Momente wie diesen, die ihn tief berührten und ihm ein Gefühl von Glück und Vollkommenheit bescherten, das ihn völlig aus der Fassung brachte. »Vergiss deinen Abschiedsschmerz, Babe. Lass uns lieber feiern, dass wir es gerade durch ein schwieriges Gespräch geschafft haben, ohne dass daraus ein Streit wurde.«

»Heute Abend feiern wir tatsächlich.«

Sie zeigte auf die Decken unter ihnen, die Kissen, die an der Fahrerkabine lehnten, und den Teller in der Mitte der

Ladefläche. Kekse, Milch, zwei Chili-Dogs und Pommes standen bereit. Über ihnen schimmerten kleine weiße Lichter an einem Metallgeflecht. An den offenen Scheunentoren hoben sich funkelnde Regenlichter gegen das verwitterte Holz ab und tanzten in der Brise. Draußen spiegelte sich der graue Nachthimmel in dem kleinen Fluss in der Nähe der Scheune.

Mit einem zum Bersten gefüllten Herzen zog Trace Brindle auf seinen Schoß. »Du hast unser erstes Mal noch einmal zum Leben erweckt.«

»Das erste Mal, bei dem wir wirklich bis zum Äußersten gegangen sind«, bestätigte sie lächelnd. »Eigentlich wollte ich den Truck hinauf auf den Jericho-Ridge fahren. Er sollte auf derselben Kuppe stehen wie damals. Aber für heute Nacht ist Schnee vorhergesagt. Deshalb habe ich uns unseren eigenen Sternenhimmel gebastelt.« Sie zeigte auf das mit Lichtern besetzte Schirmgestell. »Wie man das macht, hat Morgyn mir verraten. Vier Regenschirme habe ich zerstört, bis ich es endlich hingekriegt habe. Aber weil wir noch mal von vorn anfangen, dachte ich, es wäre schön, ganz zum Anfang zurückzugehen. Auch als Symbol dafür, wie weit wir es schon geschafft haben.«

»Was für eine wunderbare Idee, Babe. Es ist so schön, dass ich schon einen Kloß im Hals habe. Unfassbar, dass du dich an alle Details von damals erinnerst. Sogar an die Chili-Dogs hast du gedacht.«

»Die Nacht, in der ich dir endgültig grünes Licht gegeben habe, werde ich niemals vergessen. Besonders nicht, wie du mich hinterher in den Armen gehalten, meinen Rücken gestreichelt und mich auf die Schläfe geküsst hast. Und wie wir nackt im Fluss gebadet haben. Ich weiß auch noch genau, wie ich auf der Ladefläche den Kopf auf deine Brust gebettet habe und wir uns bei derselben Sternschnuppe etwas gewünscht haben.«

»Kennst du meinen Wunsch?« Er hatte sich Brindle gewünscht. Für immer und ganz.

»Pssst. Nicht verraten. Das bringt Unglück. Damals habe ich dich zum ersten Mal gebeten, zum Reden die Augen zu schließen. Weißt du noch?«

»Ich erinnere mich an jedes Wort. Das war das einzige Mal, dass du *vor* dem Sex reden wolltest.« Er dachte daran, wie vertrauensvoll sie die Lider geschlossen hatte. Obwohl sie sich als unerschrockene Verführerin gegeben hatte, hatte er ihre Nervosität gespürt wie ein elektrisches Spannungsfeld. *Das ist mein erstes Mal, also sei vorsichtig.* Dass sein wildes Mädchen eine verletzliche Seite hatte, war ihm längst klar gewesen. Doch diese Worte hatten ihn für immer verändert. Sein Wunsch, sie zu beschützen, war stärker geworden als der Wunsch, sie zu erobern. Aus Angst, ihr wehzutun, hatte er sie ganz langsam und vorsichtig geliebt, bis sie geflüstert hatte: *Und jetzt hart.* Allein diese Aufforderung aus ihrem sexy Mund hätte ihn fast um den letzten Rest Selbstbeherrschung gebracht.

»Und? Hast du die Augen zugemacht?«

»Nein«, antwortete er ehrlich.

Ihre Augen weiteten sich. »Dann hast du von Anfang an gelogen? Jedes einzelne Mal?«

»Nein, Babe. Ich habe dich von Anfang an beschützt.« Seine Stimme war fest. »Aber sag mal, haben wir vor unserem ersten Mal wirklich auch Kekse gegessen und dazu Milch getrunken?«

Sie zog ihre freche Nase kraus. »Damals hatte ich noch keine Gelüste.«

»Oh doch, die hattest du.« Er strich mit seinen Stoppeln über ihre Wange. »Wenn ich mich recht erinnere, warst du ganz wild auf Cowboyfleisch.« Er biss sie ins Ohrläppchen. »Ich bin froh, dass das so geblieben ist.«

»Diese Vorliebe ist sogar noch stärker geworden und auch deshalb muss ich dir etwas sagen.« Ihre Miene wurde ernst. »Morgen gehen wir zum Ultraschall.«

»Ich kann es kaum erwarten.« Er war nervös, aber auch voller Vorfreude. Brindle schob sich von seinem Schoß und setzte sich neben ihn. Er breitete eine Decke über ihren Bauch und ihre Beine.

»Danke.« Mit flatternden Händen strich sie die Decke glatt. »Ich weiß nicht, wie ich es ausdrücken soll, ohne dass es seltsam klingt. Aber es ist mir sehr wichtig. Wir sind beide ohne Vorwarnung in diese Situation geworfen …«

»Kommen dir plötzlich Zweifel?« Er spürte ein unangenehmes Prickeln zwischen den Schultern.

Sie schüttelte den Kopf. »Nein. Ganz und gar nicht. Trotzdem muss ich etwas loswerden. Bei meinen Reiseplänen wusste ich nichts von der Schwangerschaft. In der Woche vor dem Abflug hatte ich zwar einen vagen Verdacht, aber mehr nicht.«

»Das hast du mir schon erzählt. Ist in Paris doch etwas passiert, wovon ich wissen sollte?«

»Nicht mit einem anderen Mann oder sonst irgendwas, was du jetzt vielleicht denkst.«

»So was denke ich nicht. Ich weiß nicht, was ich denken soll.«

»Weil ich dich durcheinanderbringe.« Sie fröstelte. »Okay. Pass auf. Morgen sehen wir zum ersten Mal unser Kleines, und ich bin so aufgeregt, dass ich kaum klar denken kann. Aber ich will nicht, dass du glaubst, ich hätte mich nur wegen des Babys auf uns beide eingelassen. Während der ersten Woche in Paris und *bevor* ich den ersten Schwangerschaftstest gemacht habe, wurde mir klar, wie sehr ich dich liebe. Wie sehr ich dich immer geliebt habe. Die Schwangerschaft hat alles komplizierter gemacht. Aber mir ist wichtig, dass du weißt, dass ich genau das hier will. Mit oder ohne Kind. Was ich will, bist du.«

Er nahm sie in die Arme. »Ich weiß, Babe. Ich spüre es bei jeder deiner Berührungen und sehe es in deinen Augen. Für uns beide hat sich alles geändert und es wird noch viele weitere Veränderungen geben. Das hier wird hoffentlich eine davon.«

Er zog den Schlüssel, den er für sie hatte machen lassen, aus der Tasche und ließ den Anhänger mit dem kleinen Mustang vor ihren Augen baumeln. »Ich liebe es, dich beim Einschlafen in den Armen zu halten. Ich liebe deine schläfrigen Küsse, wenn ich im Morgengrauen aufstehe. Es ist schön, deine Sachen zwischen meinen zu sehen, im Bad dein Duschgel zu riechen, und wenn ich abends heimkomme, als Erstes dein Gesicht zu sehen. Zieh bei mir ein, Babe. Lass uns mein Haus zu unserem gemeinsamen Heim machen.«

Er legte ihr den Schlüssel in die Hand. Als ihre Finger sich darum schlossen, strahlte sie, als hätte sie ihr Leben lang auf diesen Augenblick gewartet. »Trace! Das ist ein großer Schritt. Ich übernachte noch nicht lange bei dir. Du weißt, ich kann ziemlich anstrengend sein. Vielleicht wird es dir bald zu viel, mich ständig um dich zu haben. Und im Kochen und Putzen bin ich eine Niete. Bist du sicher?«

»So sicher wie selten zuvor in meinem Leben.« Er drückte die Lippen auf ihre. »Team Trindle für immer, Babe.«

Trace war ein wenig besorgt gewesen, sie könnte den Einzug bei ihm als Anschlag auf ihre Unabhängigkeit betrachten und sich dagegen sperren. Aber sie freute sich genauso sehr darauf wie er. Während sie sich die Chili-Dogs schmecken ließen, fragte sie nach jedem einzelnen Happen noch einmal nach. *Soll ich wirklich zu dir ziehen? Du willst mich jeden Tag bei dir haben? Jede Nacht? Oh mein Gott, Trace! Wir ziehen zusammen!*

Trace war betrunken vor Glück. Zwischen Küssen fütterten sie einander mit Pommes. Dann schwebten die ersten Schneeflocken vom Himmel und schimmerten in den Lichtern an den Türen auf. Brindle hob den Kopf. »Es schneit! Komm schnell.«

Auf den Knien arbeitete sie sich zum Rand der Ladefläche, dann schaute sie ihn mit ihren blauen Augen verliebt an. »Hilfst du mir runter?«

Wie konnte sich diese kleine Bitte so unendlich groß anfühlen?

Er sprang vom Wagen. Als er die Hände nach ihr ausstreckte, legte sie die Arme um seinen Hals und schlang die Beine um seine Taille. Dann drückte sie die Lippen auf seine. Kaum hatte er sie auf die Füße gestellt, da wirbelte sie aus der Scheune, legte den Kopf in den Nacken, öffnete den Mund und fing mit der Zunge Schneeflocken ein.

»Komm! Mach mit!«, rief sie.

Er lachte und konnte den Blick nicht von ihr lassen. Sie war so schön und so glücklich. Er wollte sich diesen Augenblick einprägen und ihn wieder und wieder durchleben.

Sie drehte sich zu ihm um und musterte ihn. »Warum schaust du mich so an?«

»Weil ich gerade begriffen habe, woraus du gemacht bist.«

»Wie bitte? Jetzt erst? Aus süßer Vollkommenheit und unverbesserlicher Dickköpfigkeit zu gleichen Teilen. Immer zu

Diensten.«

»Ich würde sagen, du bist die perfekte Kombination aus wildem Mustang und sexy Lehrerin. Und mein Mädchen.«

Während sie sich küssten, schmolzen Schneeflocken auf ihren Wangen und der Atem stieg als warme Wolke aus ihrem Mund.

»Sexy Lehrerin? Das klingt nach einem schwülen Schuljungentraum.«

»Mein Traum geht gerade in Erfüllung.«

»Aber vielleicht kann ich dir noch was beibringen.« Sie zwinkerte ihm zu.

»Lehrerin mit Leib und Seele.« Er zwinkerte zurück. »Komm, wir machen mit unserem Baby seinen ersten Spaziergang zum Fluss.«

Hand in Hand gingen sie hinunter ans Wasser. Schneeflocken sammelten sich auf den Felsen und verfingen sich in Brindles langen Wimpern, während sie dem Fluss folgten, der das Land seiner Eltern begrenzte. Alle paar Schritte stahlen sie einander Küsse. Trace schrieb mit der Stiefelspitze *T + B* in den Schnee, Brindle malte mit ihren Schritten ein Herz um die Buchstaben. Dann blieben sie stehen und schauten hinaus auf den Fluss. Doch Trace konnte die Augen nicht lange von Brindle lassen. Plötzlich fiel ihm eine Frage ein, die JJ ihm gestellt hatte, als er etwa zwanzig gewesen war. Sein Bruder hatte wissen wollen, ob er nicht das Gefühl hatte, etwas zu verpassen, wenn er nicht noch andere Frauen eroberte. JJ war selbst nicht unbedingt ein Playboy und Trace hatte sich über die Frage gewundert. Doch die Antwort war ihm leichtgefallen. Er hatte gesagt, ihm wäre der herrlichste Mustang der ganzen Prärie zugelaufen und ihm würde nichts fehlen. JJ hatte ihn seltsam angesehen und dann gesagt: *Gut zu wissen, dass du doch kein Arsch bist.*

Ein Arsch war er wohl wirklich nicht, doch jetzt hätte er gern die Zeit zurückgedreht und ungeschehen gemacht, dass er außer mit Brindle noch mit zwei weiteren Frauen geschlafen hatte. Denn seine Antwort von damals galt immer noch. Keine andere Frau auf der Welt konnte Brindle Montgomery das Wasser reichen. Und es wäre ihm eine Ehre gewesen, behaupten zu können, sie wäre die Einzige, mit der er je das Bett geteilt hatte. Doch was passiert war, war nicht zu ändern, und in seiner jugendlichen Dummheit hatte er Dinge getan, die er jetzt nur als lehrreiche Erfahrung betrachten konnte.

Nach dem Spaziergang waren Brindles Wangen und ihre Nasenspitze gerötet.

Er nahm sie in die Arme. »Sicher gibt es Kerle mit mehr Sinn für Romantik. Aber das war eine umwerfend romantische Überraschung. Einfach wunderschön. Aber du frierst. Sollen wir den Abend zu Hause an einem prasselnden Feuer ausklingen lassen?« Er drückte die Lippen auf ihre. »In *unserem* Zuhause?«

Vierzehn

»Warum dauert das so lange?« Brindle rutschte unruhig hin und her. Es war Dienstagnachmittag und sie saß mit Trace im Wartezimmer der Frauenärztin.

»Wir sind noch keine fünf Minuten hier. Bleib locker.«

»Ich bin locker.« Sie griff nach einer Zeitschrift, legte sie aber sofort wieder zurück auf den Tisch. Einen Ultraschall hatte sie in Paris nicht machen lassen. Aber seit sie wieder zu Hause war, hatte sie viel darüber gelesen, was in diesem Stadium der Schwangerschaft auf den Bildern alles zu erkennen sein würde. Und das machte sie furchtbar nervös. Alle Organe des Kleinen waren bereits angelegt, mussten aber natürlich noch reifen. Mit Hilfe der Ultraschallaufnahmen konnte die Ärztin die Entwicklung des Babys beurteilen. Sie würde sagen können, ob Rückgrat, Gehirn und Herz so waren, wie sie jetzt gerade sein sollten. Über all die möglichen Abweichungen und Fehlbildungen wollte Brindle gar nicht nachdenken. Schön fand sie dagegen, dass man jetzt auch schon feststellen konnte, ob das Baby ein Junge oder ein Mädchen war. »Ich habe gelogen. Ich bin nicht locker.«

»Gut, dass du es sagst. Das wäre mir sonst nie aufgefallen.« Trace nahm ihre Hand und drückte sie beruhigend. »Ich habe doch gesagt, google lieber nicht, was in einer Schwangerschaft alles schiefgehen kann. Bestimmt ist alles in Ordnung.«

»Ich konnte nicht anders. Ich bin Lehrerin. Informiert zu sein, gehört zu meinem Beruf. Du hast doch auch in den Schwangerschaftsbüchern gelesen. Das ist dasselbe.«

»Stimmt, gelesen habe ich so einiges. Aber panisch bin ich deswegen nicht. Irgendwas muss an den Büchern wohl anders sein.«

»Das ist doch völlig gaga. Warum bin ich so nervös?« Die Anspannung war das eine. Das andere war das viele Wasser, das sie vor der Untersuchung getrunken hatte. Jetzt musste sie alle paar Minuten pinkeln wie ein Rennpferd. Was, wenn sie auf die Untersuchungsliege pieselte? Diese Befürchtung behielt sie lieber für sich. »Was, wenn sie etwas Schlimmes sieht?« Ihr wurde fast übel. »Oh Gott, Trace, was, wenn …«

Er stand auf, ging vor ihr in die Hocke, legte die Hände an ihre Taille und schaute sie mit seinen dunklen Augen so intensiv an wie gestern Abend, als sie sich vor dem offenen Kamin geliebt hatten.

»Tief durchatmen«, sagte er ruhig. »Ganz sicher ist alles gut. Und falls es unerwartet doch ein Problem gibt, stehen wir das gemeinsam durch. Zusammen schaffen wir alles.« Er drückte die Lippen auf ihre. »Wir kriegen das hin und ich bin bei dir, Brindle. *Immer.*«

»Okay. In Ordnung. Wir schaffen das. Und falls nicht?« Ihre Ängste wurden mit jeder Sekunde größer. »Was, wenn Dr. Bryant eine unheilbare Schädigung entdeckt? Ich will dieses Kind, selbst wenn es nicht hundertprozentig gesund ist. Ich liebe es jetzt schon so sehr. Was, wenn sie irgendwas findet, das man operieren muss, während das Baby noch in meinem Bauch ist? Was, wenn die Ärzte es verpfuschen? Und …«

»Brindle«, rief die Sprechstundenhilfe.

Sie sprang so schnell auf, dass sie Trace mit der Brust am Kinn erwischte. Sein Kopf flog zurück in den Nacken. »Oh nein! Entschuldige!«

Sie streckte die Hände nach ihm aus. Er rappelte sich hoch und rieb sich das Kinn. »Alles wird gut. Glaub mir.«

»Es tut mir so leid. Ich bin so unfassbar nervös.« Die anderen Leute im Wartezimmer schauten sie an, als hätte sie den Verstand verloren, was ja zumindest teilweise auch der Fall war.

»Nervös zu sein, ist ganz normal.« Trace fixierte die Gaffer. »Eines Tages habe ich sicher mal einen Kinnhaken verdient. Du bist der Zeit nur ein bisschen voraus, Babe.« Er legte schützend den Arm um sie. »Komm, jetzt schauen wir uns den kleinen Racker mal an.«

Die Hose bis unter den Bauch, das Sweatshirt bis unter ihre Brüste gezogen, lag Brindle ein paar Minuten später auf der Untersuchungsliege. Dr. Bryant, eine hübsche dunkelblonde Mittdreißigerin, verteilte ein Gel auf Brindles Bauch. Trace saß neben Brindle auf einem Stuhl und hielt ihre Hand.

»Sicher sind Sie aufgeregt«, sagte die Ärztin. Sie fuhr mit dem Schallkopf über Brindles Bauch. Obwohl sie dabei nicht viel Druck ausübte, glaubte Brindle, sie müsste sofort auf den Tisch pinkeln.

»Ja«, sagten Brindle und Trace wie aus einem Mund. Dass er ihre Hand so fest hielt, verriet ihr, wie nervös auch er war. Was ihre Anspannung noch steigerte. Normalerweise brachte diesen Mann nichts aus der Ruhe. Sie schielte zu ihm hinüber, doch er starrte gebannt auf den Monitor. Seine Halsmuskeln traten vor Anspannung hervor.

»Das sind alle zukünftigen Eltern.« Dr. Bryant schaute auf den Monitor, auf dem aus Flächen in unterschiedlichen

Grautönen eine Profilansicht des Babys entstand. Ein schnelles Wischgeräusch ertönte.

»Heiliger …« Trace stand auf. Geradezu überwältigt fixierte er den Bildschirm. Sein Griff um Brindles Hand wurde noch fester. »Ist er das? Sie? Unser Baby? Was ist das für ein Geräusch? Stimmt da was nicht?«

»Diese Töne sind gut, Trace«, beschwichtigte die Ärztin. »Das ist der starke, gesunde Herzschlag Ihres Babys.« Sie zeigte auf den Monitor. Das Kleine hob die Arme und nahm die Hände vor den Mund. Dann zog es die Knie an seine Brust. Das Bild wurde unscharf und die Ärztin bewegte den Schallkopf auf Brindles Bauch, bis wieder klare Umrisse zu erkennen waren.

»Siehst du, Brindle?! Zwei Hände, zwei Füße.« In Traces Augen schimmerten Tränen. Er beugte sich zu ihr und küsste sie. »Das ist unser Baby. Das haben wir gemacht. Schau es dir an. Es ist perfekt.« Sein Kopf fuhr herum zu Dr. Bryant. »Es ist doch perfekt? Ist alles okay? Können Sie das erkennen? Das können Sie, nicht wahr?«

Die Ärztin zeigte nickend auf den Bildschirm. »Bis jetzt sieht alles gut aus. Das hier ist das Herz. Sehen Sie, wie es schlägt? Das Rückgrat ist normal entwickelt. Dieser schwarze Bereich ist das Fruchtwasser. In völlig ausreichender Menge.« Sie bewegte den Schallkopf weiter. »Ich nehme jetzt ein paar Maße und mache Aufnahmen.«

Das Baby war mal deutlich und mal weniger deutlich zu sehen. »Das ist unser Kleines, Brindle.« Trace strich ihr das Haar aus dem Gesicht und küsste sie auf die Stirn, die Wange, die Hand. Dabei murmelte er immer wieder, dass das ihr Baby war und wie unfassbar das sei. Seine Worte quollen über vor Liebe. »Die freche Stupsnase hat es von dir.«

Brindle lachte und weinte zugleich. »Ist es ein Junge oder

ein Mädchen?« Sie suchte Traces Blick. »Du willst es doch noch wissen, oder?«

»Ja, unbedingt.« Trace nickte.

»Okay. Sehen wir mal, ob der kleine Kandidat mitspielt.« Dr. Bryant bewegte den Schallkopf weiter. Dann erhöhte sie den Druck ein wenig und das Baby veränderte ganz leicht seine Position.

»Ich kann nichts erkennen«, sagte Brindle.

»Noch sehen wir auch nichts. Warten wir kurz ab«, sagte die Ärztin. »Mit ein bisschen Glück bewegt es gleich die Beine und erlaubt uns einen Blick.« Sie zeigte auf den Monitor. »Das da ist ein Beinchen und das ist eins. Und hier ist der Po Ihres Babys.«

»Holla! Der Kleine ist gut bestückt«, rief Trace. »Genau wie sein Daddy.«

»Ähm, na ja. Genau genommen ist das die Nabelschnur.« Die Ärztin lächelte. »Ein ziemlich häufiger Irrtum.«

Brindle kicherte und hätte schwören können, dass Trace errötete.

»Wunderbar, wir haben freies Blickfeld«, erklärte Dr. Bryant einen Augenblick später. »Herzlichen Glückwunsch. Sie bekommen ein Mädchen.«

»Heiliger Bimbam, ein Mädchen.« Trace gab Brindle einen festen Kuss. »Ein Mädchen, Babe. Wir kriegen ein Mädchen.«

Noch während Brindle Glückstränen über die Wangen glitten, sagte sie: »Wir müssen uns noch ein paar Erziehungsratgeber besorgen.«

Beim Verlassen der Praxis redete Brindle aufgeregt darüber, wie und wann sie ihren Familien sagen sollten, dass sie ein Mädchen bekamen. Doch Trace hörte ihr nur mit einem Ohr zu. Er konnte die Augen nicht von dem Ultraschallbild lassen, das Dr. Bryant für sie ausgedruckt hatte. Dass es das Baby wirklich gab, war ihm zwar längst bewusst gewesen, aber es auf dem Monitor zu sehen, zu beobachten, wie es sich bewegte, und seinen Herzschlag zu hören, machte alles noch viel realer.

»Vielleicht sollten wir jetzt noch gar nichts sagen«, schlug Brindle vor. »Wir könnten ein kleines Event daraus machen, vielleicht beim Turkey-Trot-Rennen. Dann sind alle da, deine Familie und meine. Was hältst du davon? Trace? Trace? Hörst du mir überhaupt zu?«

Brindle berührte seinen Arm und schaute ihn mit den großen blauen Augen an, die ihr kleines Mädchen in seiner Vorstellung ebenfalls hatte. Wie eine Flutwelle schlug die Liebe über ihm zusammen und er blieb mitten auf dem Parkplatz stehen.

»Was ist denn?«

»Wir bekommen ein Mädchen«, sagte er wie in Trance. In Gedanken lief die Kindheit seiner Tochter wie im Zeitraffer vor ihm ab. Vom Baby zum Kleinkind und schon war sie ein Teenager wie seine Brindle damals und forderte einen Jungen zu einem Kuss heraus. Sein Beschützerinstinkt steigerte sich ins Unermessliche. Unwillkürlich spannten sich seine Muskeln und sein Blickfeld verengte sich. Er packte Brindle an der Hand und zerrte sie halb im Laufschritt zu seinem Truck.

»Was ist los? Wo wollen wir denn hin?«

»Zu Jeb«, knurrte Trace und half ihr auf den Beifahrersitz.

»Willst du eine Wiege in Auftrag geben?«

»Das auch. Und ihn fragen, ob er weiß, wie man einen Keuschheitsgürtel herstellt.«

Fünfzehn

Nach einem Keuschheitsgürtel fragten Trace und Brindle Jeb dann doch nicht. Sie beschlossen, vorerst für sich zu behalten, dass sie ein Mädchen bekommen würden, und es ihren Familien tatsächlich erst beim Turkey-Trot-Rennen zu verraten. Mit Diskussionen über Babynamen und Erziehungsstile verging die Woche wie im Flug. Trace wollte einen Namen, der seiner Tochter nicht gleich ein gewisses Image verpasste. Was er damit meinte, war Brindle zunächst ein Rätsel. Doch dann erklärte er, er wolle die Kleine gern ganz traditionell Mary oder Margarete nennen, damit die Jungs nicht schon den Klang ihres Namens sexy fänden. Wie kam er bloß auf eine solche Idee? Brindle kannte Marys und Margaretes, die heiß genug waren, um in Flammen aufzugehen. Auch was den Erziehungsstil anging, waren sie sich nicht einig. Brindle war der Meinung, Kinder müssten über alles Bescheid wissen. Auch über schwierige Themen wie Sex und Alkohol. Sie mussten die Gelegenheit haben, Fehler zu machen, Niederlagen einzustecken und daraus zu lernen. Doch Trace war bereits in einen überraschend ausgeprägten Beschützer-Daddy-Modus verfallen. *Keine Partys mit Jungs, bis sie sechzehn ist. Keine Strings oder sexy Unterwäsche. Niemals! Und das erste Date frühestens mit achtzehn. Und wir laden ihr gleich eine Tracking-App aufs Handy. Nein, Moment, kein Handy. Die Dinger führen bloß zu Problemen.*

Es war Samstagmorgen und Brindle bereitete die Snacks für die Spieler vor. Immer wenn sie Trace anschaute, der am Spielfeldrand stand, durchrieselte sie ein warmes Gefühl. Sie hatte ihm eine schwarze Baseballmütze mit dem No-Limitz-Logo geschenkt. Damit sah er mindestens so verwegen aus wie mit seinem Cowboyhut und erinnerte sie an ihre Schulzeit. Dass er sich so Hals über Kopf in die Beschützer-Daddy-Rolle geworfen hatte, fand sie unsagbar sexy. Welche Frau wünschte sich nicht, dass ihr Mann das gemeinsame Kind beschützte? Doch wenn er nicht nach und nach ein bisschen lockerer wurde, würde er, spätestens wenn seine Tochter ein Teenager war, eine handfeste Revolte erleben.

Zum Glück blieb ihr noch viel Zeit, ihn zur Vernunft zu bringen.

»Seht nur, wie häuslich unsere kleine Schwester geworden ist.« Sable gesellte sich gemeinsam mit Amber zu Brindle. Ambers treuer Begleiter Reno hob die Schnauze für ein paar Streicheleinheiten.

»Hey! Schön, dass ihr da seid, um das Team anzufeuern.« Brindle kraulte Reno hinter den Ohren.

»Das Team anfeuern, die heißen alleinerziehenden Daddys abchecken … Ich bin zu allem bereit.« Sable verschränkte die Arme über der gesteppten Lederjacke und schob eine in Jeans gehüllte Hüfte vor. Dabei grinste sie unter ihrem schwarzen Cowgirlhut hervor. »Sieht aus, als würde der Rat der verheirateten Frauen Früchte tragen.«

Neulich abends hatte es ein weiteres Treffen gegeben. Morgyn besuchte gerade zusammen mit Graham seine Eltern in Maryland, deshalb hatte Grace als Vertretung Sophie mitgebracht. Sophie war mit ihrer kleinen Tochter Brenna gekommen. Und natürlich hatten sie erst einmal ausgiebig das süße Baby bewundert, über nächtliche Fütterungszeiten, den oft chaotischen Tagesablauf junger Eltern und gestohlene, prickelnde Momente gesprochen, die es nur gab, wenn Brenna ein Nickerchen machte. Die Themen Kochen und Putzen waren etwas zu kurz gekommen. Brindle fand das nicht weiter schlimm. Aber dass bald Schlafmangel, verrückte Tage ohne festen Rhythmus und wenig Muße für intime Momente ihr Leben bestimmen würden, hatte sie bis jetzt noch gar nicht bedacht. Sofort hatte sie um ein weiteres Beratungstreffen gebeten. Offenbar war das bitter nötig. Zu Hause hatte sie die bevorstehenden Herausforderungen mit Trace besprochen. Den hatte sein Vater allerdings längst umfassend informiert und er hatte bereits einen Plan. *Keine Sorge, Babe. Das Gute an der Arbeit auf der Ranch ist, dass ich zwischendurch nach Hause kommen und wilde Ritte mit meinem Mustang unternehmen kann, wenn das Baby gerade ein Schläfchen macht. Dadurch haben wir nachts mehr Zeit, uns auszuruhen. Zwei Fliegen mit einer Klappe,* hatte er augenzwinkernd gesagt.

Inzwischen hatten sie einen Großteil von Brindles Sachen zu Trace gebracht, und weil sie ihm eine Freude machen wollte, stand Kochen lernen ganz oben auf ihrer Prioritätenliste. Putzen eher weniger.

»Ich gebe mir alle Mühe. Aber im Schlafzimmer bin ich immer noch besser als in der Küche«, sagte Brindle. »Dabei möchte ich ihn wirklich zu gerne mit leckerem Essen verwöhnen.«

»Wenn eine Schwangerschaft zu solchen Anwandlungen führt, dann verzichte ich dankend«, erklärte Sable.

»Ich wäre dabei!« Amber warf sich das braune Haar über die

Schulter und griff in die Tasche mit den Snacks. Sie half Brindle, die Saftpackungen auf den Klapptisch zu stellen. »Ich kann es gar nicht erwarten, bis es bei mir so weit ist. Ich möchte eine Snack-Mutter sein, eine Fahrdienst-Mutter, ich möchte gesundes Essen kochen und Halloween-Kostüme nähen …« Bei Epilepsie war eine Schwangerschaft nicht unproblematisch und Amber war sich dessen bewusst. Mit ihrer Familie hatte sie bereits über das Für und Wider von Adoption oder Leihmutterschaft gesprochen.

»Du wirst eine großartige Mutter werden«, sagte Brindle. »Du hast die Geduld einer Heiligen.«

Sable betrachtete die Behälter mit Apfelschnitzen, Karottensticks, Partybrezeln und anderem Knabberzeug. »Ist dieses Snack-Buffet nicht ein bisschen üppig?«

»Ich habe im Internet nachgeschaut und eine unendliche Liste von Snack-Vorschlägen gefunden.« Brindle legte ein paar Packungen Puffreis auf den Tisch. »Ich habe keine Ahnung, was die Kids mögen und was ihre Eltern normalerweise mitbringen. Nach Allergien habe ich mich vorsichtshalber erkundigt, das dürfte also kein Problem werden. Ich möchte Trace einfach gerne unterstützen, weil ich es so schön finde, wenn er die Mannschaft trainiert. Außerdem ist heute das letzte Spiel der Saison, da wollte ich den Kids eine kleine Freude machen. Jetzt kann sich jeder aussuchen, was er am liebsten mag.«

Sable schnappte sich eine Saftpackung und drehte sie in der Hand. »Die Dinger sind winzig.« Sie stellte sie wieder weg. »Sag mal, willst du uns verraten, ob wir uns auf einen Mini-Trace oder eine Mini-Brin freuen dürfen?«

»Sorry, Schwesterherz. Meine Lippen sind versiegelt. Wir sagen es beim Turkey Trot allen gleichzeitig.« Nicht nur ihre und Traces Familie ließen mit Fragen nicht locker, auch ihre

Schulklassen und die anderen Lehrkräfte konnten ihre Neugier kaum zügeln. Aber ihr und Trace war die perfekte Idee für die offizielle Bekanntgabe gekommen. Deshalb schwieg Brindle eisern.

»Du weißt, dass es über dich und Trace inzwischen noch weitere Hashtags gibt, oder?«, sagte Amber. »Es gibt Team Trindle Cowgirl und Team Trindle Cowboy. Und in der ganzen Stadt laufen Wetten.«

»Davon habe ich gehört.« Brindle sah Jeb und Chet vom Parkplatz aus zu ihnen herüberschlendern. Jeb beobachtete Trace wie ein Habicht. »Ein paar Jungs und Mädchen aus meinen Klassen haben sich sogar schon T-Shirts gemacht. Unfassbar, wie sehr sich alle möglichen Leute für unsere Schwangerschaft interessieren.«

»Das wundert dich?«, fragte Amber. »Die beiden, von denen man am wenigsten gedacht hätte, dass sie eines Tages ein geruhsames Familienleben führen, kriegen ein Kind und ziehen zusammen. Ihr zwei seid jetzt schon Oak-Falls-Legenden, und über Team Trindle wird man hier noch sprechen, wenn ihr mal alt und grau seid.«

»Habt ihr etwa auch schon Wetten abgegeben?«, fragte Brindle ihre Schwestern in dem Augenblick, in dem Jeb und Chet zu ihnen stießen.

»Worauf Amber gesetzt hat, kannst du dir sicher denken«, frotzelte Jeb anstelle einer Begrüßung.

Amber verdrehte die Augen. »Auf Team Trindle Cowgirl natürlich.« Sie fixierte Jeb. »Und jetzt keine Kommentare von den billigen Plätzen.«

»Hey, bleib cool.« Jeb grinste.

»Ich kann es kaum erwarten, Trace mit einer kleinen Prinzessin in den Armen zu sehen«, fügte Amber hinzu.

»Jetzt reicht's aber, Schwesterlein«, gab Brindle sich zum Spaß empört. »Du willst meinen Kerl abchecken?«

»Ich setze auf Team Trindle Cowboy«, erklärte Sable mit einem Blick zu Chet. »Harte, starke Männer, die an der richtigen Stelle zupacken können, braucht jede Generation.«

Chet und Jeb glucksten.

Brindle stemmte eine Hand in die Hüfte. »Ich höre wohl nicht richtig, Schwesterherz. Wie sprichst du denn über meinen möglichen Sohn und deinen möglichen Neffen?«

»Ich spreche von Kerlen, die Pferde zureiten und mit schwerem Werkzeug umgehen können«, erklärte Sable. »Herrje, denk doch nicht immer an das Eine.« Sie drehte sich zu Chet. »Und wie siehst du das?«, fragte sie mit einem provokativ verführerischen Unterton. »Wird das Fohlen ein kleiner Hengst oder eher eine kleine Stute?«

»Die Frage hat's in sich.« Jeb knuffte Chet in die Seite.

Chet schaute Sable direkt in die Augen. »Ich stehe eher auf Frauen als auf Pferde. Aber was das Baby betrifft, hoffe ich auf einen Jungen. Ich glaube kaum, dass unser beschauliches kleines Oak Falls ein Montgomery-Jericho-Cowgirl verkraften kann.«

Sable hob das Kinn und warf dem kernigen Feuerwehrmann einen Blick zu, bei dem die meisten Männer zurückgewichen wären. Doch Chet straffte lediglich die Schultern und starrte genauso herausfordernd zurück.

»Hast du ein Problem mit starken Frauen, Hudson?«, fragte Sable.

»Nein. *Stark* ist immer gut. Aber stark *und* draufgängerisch? Gefährliche Kombination.«

»Sollte ein unerschrockener Feuerwehrmann wie du solchen Herausforderungen nicht gewachsen sein? *Draufgängerisch* ist das Gegenteil von langweilig.« Sable warf ihm ein hochmütiges

Lächeln zu, ihr Blick tastete sich über seinen Körper. »Oder ist dein Schlauch nicht stark genug für diese Sorte Flammen?«

Chet rückte ein wenig näher an Sable heran. Die Muskeln in seinem Kiefer spannten sich. »Du solltest mich und meine Fähigkeiten nicht unterschätzen.«

»Heiliger Sankt Florian«, raunte Amber Brindle zu. »Und ich dachte, die heißesten Funken fliegen zwischen Trace und dir.«

Während Sable und Chet einander mit Blicken maßen, die Stahl zum Schmelzen gebracht hätten, packte Brindle die restlichen Snacks aus und Amber schlenderte zum Spielfeldrand. Jeb dagegen stand breitbeinig und mit verschränkten Armen neben dem Klapptisch, hatte das Kinn gesenkt und beobachtete Trace. Das Chet-und-Sable-Geplänkel schien komplett an ihm vorbeizugehen.

»Er hat einen guten Draht zu den Jugendlichen, findest du nicht?«, fragte Brindle ihn. Sie freute sich, dass Trace neben seiner geliebten Arbeit endlich auch andere Interessen ins Auge fasste. Seiner Familie hatte er allerdings noch nicht erzählt, dass er daran dachte, in der kommenden Saison eine Football-mannschaft zu trainieren. Ihr hatte er gesagt, bevor er die Pferde scheu machte, weil Arbeit umverteilt und vielleicht sogar eine neue Aushilfe angeheuert werden musste, wollte er sich erst ganz sicher sein. Aber wenigstens dachte er darüber nach.

Jeb nickte ein wenig verkniffen. »Falls ihr einen Jungen kriegt, könnte er dem auch eines Tages das Ballspielen beibringen.«

»Hm-hm.« Am liebsten wäre sie herausgeplatzt: *Wir kriegen ein Mädchen!* Ihr Geheimnis für sich zu behalten, war Folter pur. Als sie gestern zur Ranch gefahren war, um sich mit Trace zu treffen, hatte sie sich bei Trixie beinahe verplappert. Wenn sie sich nicht in Acht nahm, lief sie demnächst mit einem Stück Klebeband über dem Mund herum.

»Trace hätte nie auf das Sportstipendium verzichten sollen«, sagte Jeb. »Er hätte als Footballspieler Karriere machen können.«

»Das denke ich auch. Wenn ich ein besserer Mensch wäre, hätte ich damals mit ihm Schluss gemacht, damit er aufs College geht. Aber ich war egoistisch. Ich habe ihn zu sehr geliebt.«

»Das hätte sowieso nichts gebracht.« Jeb schaute sie mit ernster Miene an. »Selbst wenn du ihm gesagt hättest, es sei aus, wäre er niemals gegangen. Mein Bruder gibt nicht auf. Und schon damals war seine Liebe zu dir riesengroß. Das war mir schon klar, bevor er mit der Highschool fertig war. Bei JJ oder Shane hätte ich es vielleicht anders gesehen. Aber Traces Gefühle für dich waren von Anfang an tief und für immer. So ist er nun mal. Er kann gar nicht anders. Vielleicht fragst du ihn irgendwann mal nach Riviera.«

»Nach seiner alten Hündin?« Sie wusste, dass er als Junge einen Basset mit diesem Namen besessen hatte.

»Ja. Am Ende war sie sehr krank und unsere Eltern wollten sie einschläfern lassen. Sie konnte das Wasser nicht mehr halten und nur noch püriertes Futter fressen. Mit ihrem Winseln hat sie oft die ganze Familie wachgehalten.« Jeb starrte an Brindle vorbei, als durchlebte er noch einmal diese Erinnerung. »Trace wollte nicht, dass sie eingeschläfert wird. Er konnte sie einfach nicht gehen lassen. Also hat er Windeln für sie gemacht, ihr das Fressen kleingehackt und einen ganzen Monat lang mit ihr draußen im Stall geschlafen, bis sie eines Morgens nicht mehr aufgewacht ist. Älter als acht oder neun kann er damals nicht gewesen sein.«

»Oje, der Arme. Das muss ihm doch das Herz gebrochen haben.« Brindle sah innerlich einen zutiefst verzweifelten kleinen Trace vor sich.

»Ja, hat es. Nach Rivieras Tod hat er unseren Eltern einen Heidenschreck eingejagt. Sie dachten, er wäre vor lauter Kummer mitten in der Nacht weggelaufen. Aber unser Dad hat ihn im Stall gefunden. Eine Woche lang hat mein bekloppter Bruder noch jede Nacht dort geschlafen, bis Dad es ihm schließlich verboten hat.« Jeb seufzte tief. »So viel Liebe und Loyalität empfindet er auch für die Menschen in seinem Leben. Für dich, unsere Familie, seine Freunde. Und auch für seine Arbeit. Sie liegt ihm im Blut, Brindle. Genau wie unserem Vater und Shane und irgendwie auch Trixie. Sie hat allerdings noch andere Träume. Aber Trace wäre ohne die Ranch todunglücklich. Dass er außerdem noch was anderes braucht, ist mir erst klar geworden, als er vor einigen Wochen angefangen hat, Sin beim Training zu unterstützen.«

»Ach.« Mehr brachte Brindle nicht heraus. »Ich bin froh, dass du das auch so siehst.«

Jeb nickte. »Während du in Paris warst, hatte er eine Mörderlaune. Wenn ihr beide euch wieder mal gestritten hattet, hat er sich immer in die Arbeit mit den Tieren geflüchtet. Aber als du weg warst, genügte das nicht mehr. Dann habe ich gehört, dass er Sin hilft. Am Anfang war ich skeptisch, ob er seine Sehnsucht nach dir so weit in den Griff bekommt, dass er die nötige Geduld für die Kids aufbringt. Doch es schien, als würden sie wenigstens einen kleinen Teil der Lücke füllen, die du hinterlassen hast.«

»Dass ich so lange weg war, tut mir leid. Aber wir mussten beide erwachsen werden.«

»Euch jahrelang dabei zuzuschauen, wie ihr eure Spielchen

spielt, war kein Spaß. Ich bin froh, dass ihr die Sache inzwischen anders angeht.« Jeb vergrub die Hände in den Jackentaschen. »Er wird ein prima Vater sein, und ich hoffe, er macht auch damit weiter.« Er deutete mit dem Kinn zum Spielfeld und marschierte los Richtung Seitenlinie.

»Ich hoffe, du sagst ihm das«, schickte Brindle ihm hinterher.

Jeb wandte sich mit einem amüsierten Grinsen zu ihr um. »Glaubst du, irgendwas, was irgendwer sagt, hat irgendeinen Einfluss auf Trace?« Er schüttelte den Kopf. »Ihr beide seid sturer als Maulesel. Was immer er tut, er muss glauben, es sei seine eigene Idee gewesen. Aber wem sage ich das. Du kennst ihn ja.«

Ich kenne ihn ja? Vom Spielfeld schallten Jubelrufe herüber und die Spieler rannten zu Trace. Sie johlten und lachten, weil sie das Spiel gewonnen hatten, und sie fragte sich, wie sie so schwer von Begriff hatte sein können. Sie und Trace waren tatsächlich beide so stur, wie Jeb behauptete. Sie hatte sich eingebildet, sie hätte ihm den Samen eingepflanzt, Footballtrainer zu werden. Dabei hatte sie die kleinen Körner so tief in den Boden gedrückt, dass sie beinahe erstickt waren. Sie hatte auch geglaubt, ihre Flucht aus Oak Falls hätte ihr die Klarheit verschafft, die sie brauchte, um Antworten zu finden. Doch nun stellte sie fest, dass diese Antworten nur der Anfang waren.

Die Kids kamen angerannt und holten sich ihre Snacks. Trace folgte ihnen und schaute ihr tief in die Augen. Dabei strahlte er vor Freude über den Sieg seiner Mannschaft. Ein vertrauter Hitzestrahl durchjagte sie und eines wusste sie plötzlich ganz sicher. Die richtigen Antworten würden sie nur durch die gemeinsame Kraft von Team Trindle finden.

Sechzehn

Auf manches konnte sich Trace in seiner kleinen Heimatstadt immer verlassen. Dass man beim kleinsten Anlass im Tratsch versank wie unten am Fluss im Morast, zum Beispiel. Aber auch auf eine Gemeinschaft, die in schweren Zeiten zusammenhielt wie Pech und Schwefel. Und natürlich darauf, dass sich bei Festen und Events wie dem Turkey-Trot-Rennen Jung und Alt zum Feiern einfanden. Verlass war allerdings auch darauf, dass wechselhaftes Wetter jeden Plan im Handumdrehen zunichtemachen konnte. Zum Glück wurden sie am Morgen von Thanksgiving diesmal nicht von Schneeschauern überrascht, sondern mit einem ungewöhnlich warmen, sonnigen Tag beschenkt. Perfektes Wetter für das Rennen. Weniger perfekt für die Art und Weise, auf die er und Brindle bekannt geben wollten, dass sie ein Mädchen bekamen. Doch seine kluge Freundin hatte schnell eine Lösung gefunden und ihren Plan mit ein bisschen Farbe gerettet.

Zusammen mit den anderen Teilnehmern des Rennens standen Trace und seine Brüder unter dem riesigen, quer über die Hauptstraße gespannten Banner, das für das Rennen warb und zugleich die Start- und Ziellinie markierte. Normalerweise tanzten hier Ballons in Herbstfarben in der kühlen Luft. Doch in diesem Jahr waren sie rosa und blau und mit den Schriftzügen #TeamTrindleCowboy und #TeamTrindleCowgirl bedruckt. Die örtliche Konditorei »Main Street Sweets« bot auf Tischen auf dem Gehsteig rosafarbene und blaue Limonade, Heidelbeer- und Erdbeertörtchen und Cookies mit rosafarbenem und blauem Zuckerguss an. Viele Teilnehmer und Zuschauer trugen Shirts in Blau oder Rosa mit den entsprechenden Hashtags und passenden Armbändern. Ja, sogar Traces Vater hatte sich ein rosa Armband besorgt, wogegen seine Frau ein blaues trug. Zwar hatten Trace und Brindle geplant, heute der ganzen Stadt zu verraten, dass sie eine Tochter bekamen, mit den Ballons, den Armbändern, dem Gebäck und den T-Shirts hatten sie allerdings nichts zu tun. Sie waren beide ein wenig erschrocken über das große Tamtam, das ihretwegen veranstaltet wurde.

»Auf gehts, Trace!«, rief Beckett und winkte ihn zu sich herüber.

Trace hielt einen Finger in die Höhe. »Fertig, Babe?« Brindle heftete ihm gerade die Startnummer auf den Rücken.

»Jap.« Sie sah unglaublich süß aus in den neuen Umstandsjeans und dem Top, den Sachen, die sie zusammen mit Grace und Morgyn gekauft hatte. Der Einkaufsbummel war dringend nötig gewesen, denn mit Gummibändern konnte sie sich nicht länger behelfen. »Deinem Sieg steht nichts mehr im Wege.«

»Wollt ihr uns nicht wenigstens verraten, *wie* ihr es bekannt geben möchtet?«, fragte Trixie. Ihr kariertes Flanellhemd in Schwarz und Knallpink hatte sie in der Taille verknotet. Dazu trug sie ein rosa Armband.

»Nein.« Trace zog Brindle in seine Arme. In den vergangenen Jahren hatte sie immer am Walking-Rennen teilgenommen, um ihren Schülerinnen und Schülern ein gutes Vorbild zu sein. Aber dieses Jahr wollte sie Trace anfeuern, was er verdammt schön fand.

»Ihr seid grausam«, schmollte Trixie. »Wenn ich mal ein Geheimnis habe, werdet ihr die Letzten sein, denen ich es verrate.«

Trace kniff die Augen zusammen. »Du hast Geheimnisse?«

Trixie, Lindsay und Brindle lachten. Die Vorstellung, dass Trixie Geheimnisse hatte, gefiel ihm nicht. Aber im Moment beschäftigten ihn andere Dinge mehr. Zunächst einmal wollte er das Rennen gewinnen und dann allen eröffnen, dass er Vater einer Tochter wurde, damit man ihn endlich in Ruhe ließ. Seine Mutter hatte es mit süßer Überredungskunst versucht, seine Brüder mit weniger freundlichen Mitteln. Sein Vater hatte die Kumpel-Masche bemüht, ihm Geschichten über die Geburt seiner Kinder erzählt und versucht, ihn zu einem Geständnis von Vater zu Vater zu verleiten. Dass er mit seinem Dad nun noch mehr gemeinsam hatte, war ein schönes Gefühl. Doch er war stark geblieben und hatte eisern geschwiegen. Am unterhaltsamsten hatte er Trixies Vorstöße gefunden. Sie hatte unterschiedliche Strategien angewendet. Erst hatte sie versucht, ihn mit Cookies zu bestechen, ihm dann ein paar wenig schmeichelhafte Spitznamen verpasst und ihm schließlich in Aussicht gestellt, einige lange gehütete Geheimnisse über Brindle auszuplaudern, wenn er sie einweihte. Nur dass er seit Jahren mehr über Brindle wusste, als Trixie oder irgendjemand anders je wissen würde. Er war standhaft geblieben.

Trotzdem würde er froh sein, wenn die große Neuigkeit verkündet war. Denn Geheimnisse hasste er fast so sehr, wie von Brindle getrennt zu sein.

»Dass die ganze Stadt so viel Anteil an uns nimmt, macht

mich immer noch fassungslos«, sagte er zu Brindle.

»Mich auch. Verrückt, oder? Aber während ich dich anfeuere, probiere ich schon mal die Cookies.« In letzter Zeit war Brindle geradezu unersättlich. In der Küche genauso wie im Schlafzimmer.

»Haben wir all das Rosa und Blau in der Stadt dir zu verdanken, Lindsay?«, fragte Trace.

»Wem? *Mir?*« Lindsays demonstrativ zur Schau getragene Ahnungslosigkeit sagte alles.

»So süß ich das finde, Linds, warum hast du mir nichts davon gesagt?«, fragte Brindle.

»Hast du mir gesagt, ob ihr einen Jungen oder ein Mädchen bekommt? Selber schuld. Zur Partyprinzessin sollte man immer ganz besonders nett sein«, erklärte Lindsay gespielt selbstgefällig. »Aber eigentlich bin ich bloß auf einen fahrenden Zug aufgesprungen. Die Ballons hat Nana besorgt und den Lieferschein in der Küche herumliegen lassen. Das hatte sie sich mit ihrer Komplizin Hellie ausgedacht. Ich musste mich bloß noch um die Armbänder und die T-Shirts kümmern. Dass ich dafür Bestellungen annehme, hat sich mit Lichtgeschwindigkeit herumgesprochen, und bald hatte ich Hunderte von Anfragen.«

»Unglaublich, dass ihr beide nichts davon mitbekommen habt«, sagte Trixie.

Lindsay wedelte mit der Hand. »Das könnte an meinen Drohungen gelegen haben. Allen, die T-Shirts wollten, habe ich erklärt, dass ich nicht bloß niemals ein Fest für sie planen, sondern auch jedes geplante Fest sabotieren würde, falls sie auch nur ein Sterbenswörtchen verraten.«

»Du kannst offenbar ziemlich überzeugend sein«, stellte Trace fest.

»Achtung, Leute!«, schallte es aus den Lautsprechern am

Podium, auf dem der Bürgermeister das Rennen ansagte. »Bitte auf die Plätze. Wir starten in exakt fünf Minuten.«

»Ich muss abdüsen, Babe.« Trace küsste Brindle. »Wünsch mir Glück.«

Ihm fiel auf, dass fast jeder im näheren Umkreis sein Smartphone hob und ihren Kuss fotografierte. Was er von den vielen Fotos von ihnen beiden in den sozialen Medien halten sollte, wusste er nicht recht. Aber, zum Teufel, Brindle gehörte ihm. Und im Grunde war es ja nicht schlecht, wenn die ganze Welt das wusste.

»Du brauchst kein Glück«, antwortete Brindle. »Für mich bist du sowieso unschlagbar.«

»Großer Gott, seid ihr kitschig.« Trixie stöhnte.

»Wir feuern Trace trotzdem an.« Lindsay zog rosafarbene und blaue Pom-Poms aus der Tasche zwischen ihren Füßen und verteilte sie an Brindle und Trixie.

Trace schüttelte grinsend den Kopf, überquerte die Straße und stellte sich hinter die Startlinie.

»Wurde auch Zeit«, murrte Jeb. Er trug ein blaues #TeamTrindleCowboy-T-Shirt samt passendem Armband. »Bist du schon aufgewärmt?«

Die Aufwärmrunde hatte Trace am frühen Morgen mit seiner Liebsten in der Horizontalen absolviert. »Ich bin startklar.«

»Für einen Sieg wird es wohl nicht reichen. Dieses Jahr müsstest du dafür nämlich mich schlagen«, erklärte Beckett.

Shane schnaubte. »Falls euch die Staubwolke, die ich hinterlasse, nicht die Sicht nimmt.« Unter den Jericho-Brüdern war er der einzige mit einem rosafarbenen #TeamTrindleCowgirl-T-Shirt.

»Du glaubst also, ich werde Vater einer Tochter?«, fragte

Trace.

»Um einen Sohn zu zeugen, hast du nicht die Eier«, erklärte Shane trocken. Dann gab er einem anderen Läufer, der ebenfalls Rosa trug, High Five.

»Dödel«, brummte Trace. »Wer eine Tochter aufzieht, braucht viel mehr Eier als der Vater eines Sohnes.«

»Noch eine Minute«, verkündete der Bürgermeister. Die Läufer nahmen ihre Startpositionen ein.

»Heißt das jetzt, es wird ein Mädchen?« Chets Frage führte zu weiteren Diskussionen unter den Umstehenden.

Beim Ertönen des Startsignals stürzte Trace los. Entschlossen zu gewinnen, schlug er sofort ein hohes Tempo an. Chet und Reed hefteten sich an seine Fersen und bombardierten ihn weiter mit Fragen. Um ihrer Neugier zu entkommen, wäre er gerne noch ein bisschen schneller gerannt.

»Es wird also ein Mädchen?«, bohrte Reed, ohne dabei wirklich außer Atem zu geraten.

»Er will uns bloß auf eine falsche Fährte locken«, mutmaßte Chet. »Stimmt's?«

Reed schnaubte. »Schmutzige Tricks, Kumpel.«

Shane und JJ schlossen zu ihnen auf und bald piesackten auch Beckett und Jeb den zukünftigen Vater. »Hat Brindle schon Babysachen gekauft? Sind sie rosa oder blau? Habt ihr euch schon einen Namen überlegt?«

»Ihr müsst jedes Jahr ein Kind bekommen«, sagte Chet nach der ersten Meile auf der dicht von Zuschauern belagerten Strecke. »So viel Publikum wie diesmal hatten wir noch nie.«

Nach der Hälfte des Rennens war nur noch eine Handvoll Läufer vor ihnen. Die Strecke führte nun auf einer Parallelstraße zurück zum Ausgangspunkt.

»Kommst du mit Brindle diese Woche mal zu mir in die

Werkstatt? Ich habe Pläne für die Wiege gezeichnet«, sagte Jeb.

»Klar. Klingt gut. Danke.«

»Herzlich gerne, Bruder. In welcher Farbe soll ich sie denn anstreichen?« Jeb grinste.

»Weiß.« Trace legte einen Zwischenspurt ein und ließ seinen frustriert schnaubenden Bruder hinter sich. Nicht zum ersten Mal ging ihm durch den Kopf, dass er sich auf seine Brüder und seine Freunde immer hatte verlassen können. Er hoffte, seine Tochter würde eines Tages auch solche engen Freundschaften schließen. Wer in seinem näheren Umfeld war sonst noch gerade schwanger oder hatte kleine Kinder? Sophie und Brett fielen ihm ein. Aber *ein* Kind in der Verwandtschaft oder im Freundeskreis würde kaum genügen.

Nach der nächsten Meilenmarkierung schob er sich an den Spitzenläufern vorbei. Doch Shane, Reed und Beckett schlossen nacheinander zu ihm auf und ließen ihn wissen, wie wenig sie von seiner Geheimniskrämerei hielten. Trace hüllte sich in Schweigen. Er wollte als Erster ins Ziel kommen und heftete den Blick fest auf die Straße.

»Reed? Du und Grace, wollt ihr eigentlich Kinder haben?«, fragte er, als die Ziellinie in Sicht kam.

»Irgendwann schon.«

»Lust auf eine Wette?«

»Ob euer Kind ein Junge oder ein Mädchen wird?«

»Nein. Um den Zeitpunkt für euer Kind. Wenn ich dich schlage, müsst ihr so schnell wie möglich ein Baby kriegen.«

Reed lachte. »Und wenn ich dich schlage? Verrätst du mir dann dein Geheimnis?«

»Klar.« Er würde Reed nicht an sich vorbeiziehen lassen.

»Abgemacht.« Reed zog vorbei und sprintete auf die Ziellinie zu.

Unter den Flüchen der anderen Spitzenläufer nahm Trace die Verfolgung auf. Schulter an Schulter mit Reed rannte er die letzten hundert Meter, da hörte er Brindles Anfeuerungsrufe. Sie schwenkte einen rosafarbenen und einen blauen Pom-Pom und rief: »Los, Cowboy! Zeig's ihnen!«

Ihr Anblick hätte seine Schritte beschleunigen sollen. Doch sein Herz zog ihn in die richtige Richtung. Vage nahm er aus den Augenwinkeln wahr, wie viele Zuschauer ihn filmten und fotografierten. Einige schrien, er sei noch nicht im Ziel. Doch er rannte direkt zum Straßenrand. »Komm, Babe. Zeit für den großen Moment.«

Er nahm Brindle an der Hand. Lachend eilten sie mit schnellen Schritten zur Ziellinie und küssten einander, ohne dabei stehenzubleiben.

»Ich liebe dich, Mustang«, sagte er, während sie von anderen Läufern umringt das Rennen Hand in Hand beendeten. Dann zog er sich mit seiner strahlenden Liebsten an der Seite mit einem Ruck das Shirt über den Kopf und zeigte allen seine breite Brust und die gestählten Bauchmuskeln, auf denen in Großbuchstaben geschrieben stand: ES WIRD EIN MÄDCHEN! Auf seinem Rücken prangte der Schriftzug #TeamTrindleCowgirl. Von vorn schlugen ihnen Jubelrufe und Gratulationen entgegen, hinter ihnen wurde gelacht.

»Warum lachen die alle?« Irritiert schaute Trace über seine Schulter.

»Möglicherweise habe ich außer dem Hashtag auch noch ›Eigentum von Brindle Montgomery‹ auf deinen Rücken geschrieben.« Mit diesen Worten zog sie für Trace völlig überraschend ihr Shirt aus. Darunter kam ein Tanktop in grellem Pink zum Vorschein. Mit einem dicken schwarzen Marker hatte sie #TeamTrindleCowgirl quer über ihren Bauch geschrieben.

Applaus und Gelächter brandeten auf, als sie sich umdrehte und Trace die Worte »Eigentum von Trace Jericho« auf ihrem Rücken zeigte.

Er küsste sie und die Zuschauer scharten sich in einer dichten Traube um sie, johlten, umarmten sie und gratulierten ihnen.

Nach einer halben Ewigkeit, in der sie gefühlt von der ganzen Stadt beglückwünscht wurden, mussten sie sich die Klagen von Traces Brüdern und Freunden anhören.

»Ich habe fünfundsiebzig Kröten verloren, Mann. Nicht cool«, murrte Sin.

»Du schuldest mir einen Hunderter«, erklärte JJ.

Trace schüttelte den Kopf. »Dass ihr so blöd wart zu wetten, ist eure Sache.«

»Mich macht bloß fassungslos, dass du das Rennen nicht gewonnen hast, Kumpel.« Reed schüttelte den Kopf. »In einer Sekunde warst du noch direkt neben mir, in der nächsten warst du weg.«

In ein paar Schritten Entfernung ließ Brindle sich zusammen mit ihrer Mom und Nancy Jericho Cookies mit rosafarbenem Zuckerguss schmecken und zeigte stolz die Ultraschallaufnahme herum. Dabei warf sie Trace immer wieder verstohlene Blicke zu. Sie zeigte ihm ihren Rücken, damit er die Worte auf ihrem Shirt wieder und wieder lesen konnte, und schaute ihn über die Schulter hinweg verführerisch an. Sie hatte vor den Augen der ganzen Stadt ihren Anspruch auf ihn bekräftigt. Für viele wäre das nur eine kleine unnötige Geste gewesen. Doch Trace wusste genau, wie wichtig Brindle ihre Unabhängigkeit war. Er mochte nicht der Sieger des Rennens sein, doch den Hauptpreis hatte er längst gewonnen.

Noch von der Ziellinie aus führten sie ein Videotelefonat mit Axsel, Morgyn und Pepper, damit die drei die Ballons und T-Shirts sehen konnten und etwas von der Aufregung und Freude mitbekamen. Von den Wetten hatte Sable ihren Geschwistern bereits vor Tagen erzählt. Morgyn und Axsel hatten auch gleich auf ein Mädchen gesetzt, Pepper auf einen Jungen. Pepper gab für ihre Wahl wissenschaftliche Gründe an. Sie meinte, männliche Spermien würden schneller schwimmen als weibliche und hätten bei Brindles übereifrigen Eizellen eigentlich offene Türen einrennen müssen.

Aber Wetten hin oder her, alle schienen die Freude der werdenden Eltern von ganzem Herzen zu teilen. Brindles Mutter freute sich fast ein wenig zu sehr darüber, dass Brindle bald eine Tochter großziehen musste, die sich möglicherweise als genauso rebellisch und dickköpfig erweisen würde wie sie. Doch bei Brindles Glück bekam sie vermutlich eine kleine Prinzessin, die Schleifchen und Spitzenborten liebte und für ihre Mutter ein Buch mit sieben Siegeln war.

Vielleicht musste sie ja zusätzlich zum Rat der verheirateten Frauen noch ein paar Treffen mit Amber vereinbaren, um herauszufinden, wie *süße* Mädchen tickten.

Nach dem Rennen fuhren sie nach Hause. Abends wurden sie zum traditionellen Thanksgiving-Dinner bei Traces Familie erwartet. Zum Dessert würden sie anschließend zu Brindles Eltern fahren. Brindle hatte angeboten, süße Pasteten mitzubringen. Dabei beschränkten sich ihre Backkenntnisse bislang darauf, fertig gekauften Teig auf ein Blech zu legen. Die Hälfte davon schaffte es meist nicht mal bis zum Ofen, weil sie schon vorher ausgiebig davon naschte. Doch sie wollte unbedingt einen Beitrag leisten. Sie hatte etwas zu beweisen, denn fast alle ihre Schwestern hatten vorgeschlagen, ihre Mutter sollte vorsichtshalber ebenfalls ein paar Pasteten backen. Aber wie schwer konnte das Backen schon sein? Sie würde es ihren Lieben zeigen!

»Hey, Babe, sind deine Meisterwerke schon im Ofen?«, rief Trace von der Galerie, die das Gästezimmer und das große Schlafzimmer im Obergeschoss miteinander verband. Von der Galerie aus konnte man hinab in die Küche und ins Wohnzimmer schauen.

»Ja«, rief sie zurück. Ihre Mutter hatte ihr das berühmte Rezept ihrer Urgroßmutter für Bourbon-Kürbis-Pastete mit Pecannuss-Streuseln verraten, und als sie die beiden Pasteten in den Ofen geschoben hatte, hatten sie großartig ausgesehen.

Sie trocknete sich die Hände ab und schaute hinauf zu Trace, der ihr übers Geländer gebeugt zusah.

»Kannst du kurz hochkommen? Ich möchte dir was zeigen.«

»Klar.«

Sie erinnerte sich noch gut daran, wie er das rustikale kleine Haus gekauft hatte. Es war ein echtes Schnäppchen gewesen, denn es hatte jahrelang leer gestanden und erst gründlich renoviert werden müssen. Nie würde Brindle den Stolz in seinen Augen vergessen, als er ihr das Haus gezeigt hatte. Derselbe Ausdruck wie damals hatte noch einmal in seinem Blick gelegen, als sie eingewilligt hatte, zu ihm zu ziehen. Fast alle ihre Sachen waren inzwischen hier, nur ein paar Möbel hatten sie nicht untergebracht. Doch der Mietvertrag für ihre Wohnung lief noch ein paar Monate und sie konnten sich Zeit lassen.

Nur mit Jeans bekleidet kam Trace ihr oben an der Treppe

entgegen. Mit dem vom Duschen noch feuchten Haar, das er sich aus dem Gesicht gekämmt hatte, sah er einfach zum Anbeißen aus. Und er roch betörend frisch.

»Was gibt's denn?« Ihr Blick wanderte an seinem Körper nach unten.

Er zog sie an sich. »Schau mir in die Augen, Kleines. Es sei denn, du willst, dass ich dir die Kleider vom Leib reiße.«

Sie biss sich auf die Unterlippe. Tief in ihrem Inneren brandete Verlangen nach ihm auf. Nana hatte nicht übertrieben, was die Schwangerschaftshormone anging. Sie war ständig mindestens so spitz wie Nachbars Lumpi.

Mit einem Kuss befreite Trace ihre Unterlippe. »Vielleicht sollte ich dafür sorgen, dass du immer schwanger bist.«

Sie verpasste ihm einen spielerischen Klaps und er gluckste.

»Komm mit.« Er nahm sie an der Hand und führte sie ins Gästezimmer. Die schwere hölzerne Kommode und die dunkle Kopflehne des Bettes verliehen dem Raum eine maskuline Note.

Die beiden Schlafzimmer lagen jeweils an einem Giebelende des Nurdachhauses und hatten große dreieckige Fenster. Jedes davon bestand aus vier gleichen Dreiecken mit hölzernen Rahmen. Die beiden unteren Dreiecke und das obere konnte man öffnen, das mittlere, das auf der Spitze stand, war fest verbaut. Vom Schlafzimmer aus hatte man einen wunderbaren Blick hinunter zum Fluss, vom Gästezimmer schaute man in den weitläufigen Vorgarten.

Trotz der schrägen Wände waren die Zimmer luftig und geräumig. »Ich möchte in der Schräge gerne einen niedrigen Wandschrank einziehen. Dann haben wir mehr Stauraum und die Wiege kann an einer geraden Wand stehen.«

»Ein Kinderzimmer«, sagte sie gerührt. Sie waren so beschäftigt gewesen, dass sie daran noch gar nicht gedacht hatte.

Trace war ihr einen Schritt voraus. Wie unfassbar süß.

»Unser kleines Mädchen braucht ein schönes eigenes Reich. Wir könnten einen Schaukelstuhl ans Fenster stellen und eine Kommode und einen Wickeltisch da rüber.« Er zeigte auf die gegenüberliegende Seite. »Was denkst du?«

»Ich denke, das klingt perfekt. Mich wurmt bloß ein bisschen, dass ich nicht längst selbst auf diesen Gedanken gekommen bin.«

Er zog sie in seine Arme. »Du hast mit den Theaterproben so viel um die Ohren, siehst Klassenarbeiten durch, triffst dich mit deiner Mutter und deinen Schwestern, hast unseren großen Moment beim Turkey Trot vorbereitet, denkst dir Überraschungen für mich aus …«

»Trotzdem hätte mir einfallen können, dass wir bald ein Kinderzimmer brauchen.« Die Theaterproben liefen gut, hatten aber bereits zwei ganze Nachmittage in Anspruch genommen.

»Wir sind ein Team. Als ich gestern länger arbeiten musste, hast du mir das Abendessen zur Ranch gebracht. Teamwork ist das A und O.« Er küsste sie. »Jeb hat mich gefragt, wie er die Wiege anstreichen soll. Ich habe weiß gesagt, aber das war, bevor wir allen verraten haben, dass wir uns auf ein kleines Cowgirl freuen. Wenn dir rosa lieber ist, kein Problem.«

»Rosa?« Sie war kein großer Fan von rosa Kindermöbeln, aber schließlich war es auch sein Baby. Und falls er von einer rosafarbenen Wiege träumte, konnte sie damit leben. »Was hättest du denn gerne?«

Er ließ die Brauen tanzen und küsste sie. »Was ich gerne hätte …« *Ein Kuss. Noch ein Kuss.* »… hat nichts mit farbigen Anstrichen zu tun.«

»Du hast mit dem Thema angefangen.« Sie neigte den Kopf ein wenig, damit er sie besser küssen konnte.

»Vor einer Minute fand ich es auch noch wichtig.« Ein weiterer zärtlicher Kuss. »Aber sobald ich dich in den Armen hatte, sind meine Gedanken in eine ganz andere Richtung gelaufen.«

Oh, wie sehr sie das liebte!

»Weiß?« Seine Zungenspitze streichelte ihr Ohr. »Gelb?« Er küsste sie auf die Wange. »Grün?« Er schaute ihr tief in die Augen. »*Dich. Nackt.*«

»Das gefällt mir am besten.«

»Mir auch.« Er drückte die Lippen auf ihre und küsste sie hungrig. Wie eh und je verloren sie sich schnell ineinander und zerrten sich gegenseitig die Kleider vom Leib, als läge ihr letztes Mal bereits Wochen und nicht erst Stunden zurück.

»Von dir kriege ich nie genug«, raunte Trace unter Küssen und füllte seine Hände mit ihren Kurven.

Jede Berührung seiner Lippen ließ unter ihrer Haut Funken sprühen. Sie nestelte an seinem Slip und er streifte ihn ab. Mit einem Raubtiergrinsen auf dem schönen Gesicht hakte er die Finger in die Seiten ihrer Pantys und zog sie herunter. Dann küsste er sich über ihren Bauch.

Fest und zugleich zärtlich rieben seine Hände die Wölbung. Nach einem Kuss unter ihren Nabel sagte er: »Es ist wieder so weit, kleine Prinzessin. Schnall dich an für die wilde Fahrt. Denn gleich wird Daddy deiner Mama alle ihre Wünsche erfüllen.«

»Ich liebe es, wenn ich mir was wünschen darf«, seufzte Brindle. Gemeinsam stolperten sie zum Bett.

Sie lagen auf der Seite, küssten einander, tasteten und streichelten, bis sie atemlos und halb von Sinnen vor Verlangen waren. Dann drehte Trace sich auf den Rücken, packte Brindle an den Hüften und zog sie über sein Gesicht. Er bedeckte ihre hungrige Mitte mit seinem Mund und jagte damit tausend Volt durch ihren Körper. Eine Hand in die Kopfstütze des Bettes, die andere in sein Haar gekrallt, ließ sie sich von ihm nach allen Regeln der Kunst um den Verstand bringen. Ihr Griff in sein Haar wurde härter, er antwortete mit einem lustvollen Knurren. Dann packte er ihren Hintern so fest, dass sich seine Nägel in ihr Fleisch gruben. Mit diesem unnachgiebigen Griff katapultierte er sie auf den Gipfel der Leidenschaft. Ihre Hüften zuckten, ihre Mitte pulsierte und sein Name brach laut und ungehemmt aus ihrer Kehle. Gerade, als sie zurück zur Erde schweben wollte, packte er noch einmal fest zu und bescherte ihr binnen Sekunden den nächsten Höhepunkt. Er blieb bis zum allerletzten Nachbeben bei ihr. Dann küsste er federleicht die Innenseiten ihrer Oberschenkel, ließ die Fingerspitzen ganz zart über ihre überreizten Nervenenden tanzen und hielt sie an der Schwelle süßen Wahnsinns.

Eine Sekunde lang dauerte es, bis sie verstand, was er jetzt tun wollte, als er sich zwischen ihren Beinen hervorwand und von hinten ihre Hüften packte.

»Lass die Kopfstütze los, Babe«, kommandierte er mit dem rauen Cowboy-Charme, der sie stets dahinschmelzen ließ.

Mit zitternden Armen und Beinen reckte sie sich ihm entgegen, wollte mehr. Doch Trace ließ sich Zeit und rieb erst einmal nur seinen Schaft an ihrer feuchten Mitte. Er schob eine Hand an ihrem Körper nach oben und legte sie um ihre Brust. Dabei küsste er ihr Rückgrat. Die Härchen auf seiner Brust und an seinen Beinen kitzelten ihre Haut, der Druck seiner Erregung an ihren empfindlichsten Stellen ließ sie vor Verlangen fast vergehen.

»Bitte, Trace. Gib mir *mehr*!«

Sie schob seine Hand von ihrer Brust zwischen ihre Beine,

und als er die Stelle berührte, die er so gut kannte, sprang sie beinahe vom Bett. Lichter explodierten hinter ihren geschlossenen Lidern und sie drängte sich ihm entgegen. Endlich spürte sie die breite Spitze seiner Erektion genau da, wo sie sie haben wollte. Mit einer ruckartigen Bewegung nahm sie ihn tief in sich auf.

»Grundgütiger, Babe.« Seine Hand grub sich in ihr Haar und zog gerade fest genug daran, um glühende Blitze durch ihre Eingeweide zucken zu lassen.

»Ja! Nimm mich, Trace. Gib mir alles, was du hast.«

Er stieß in sie hinein, zog an ihrem Haar, rieb und liebkoste sie. Sie bettelte, forderte ihn heraus und zeigte ihm deutlich, wie gut ihr gefiel, was er mit ihr anstellte. Er war ein Sexgott, ein Orgasmuskönig, und er gehörte ganz allein ihr.

Ein wenig benommen und sehr entspannt lagen sie hinterher beieinander.

»Sarah Louise.« Zärtlich streichelte Trace Brindles Bauch.

»*Brindle*, du Schuft«, schimpfte sie lachend.

Er küsste sie auf den Mund. »Das Baby, Brin. Meine Großmutter hieß Louise. Leider habe ich sie nie wirklich kennengelernt, aber sie muss eine wunderbare Frau gewesen sein. Ich fände es schön, ihr Andenken zu ehren.«

»Das ist wirklich süß. Aber Sarah klingt ein bisschen brav, findest du nicht?«

»Für mich klingt das feminin und stark.«

Sie schaute ihn an und küsste seine Nasenspitze. »Den Namen deiner Großmutter kann ich mir als zweiten Vornamen gut vorstellen. Aber Sarah überzeugt mich nicht. Was, wenn wir die Buchstaben ein bisschen durchmischen? Sahara?«

»Oh Gott, lieber nicht. Die Jungs würden Witze darüber reißen, dass sie trocken sei wie die Wüste.«

»Bloß wenn sie meine Faust in den Zähnen spüren wollen.«

»Das ist meine Brindle.« Er küsste sie. »Rachel?«

»Klingt schön. Emily? Wir könnten sie Emma nennen.«

»Das gefällt mir. Emma Lou.«

Sie musterte ihn entgeistert. »Auf keinen Fall wirst du unsere Tochter Emma Lou taufen. Das hört sich an wie aus einem Countrysong.«

»Du weißt schon, wo wir wohnen, oder? Mehr Country geht nicht.«

Er legte die Hand auf ihren Bauch und plötzlich nahm sie unter seiner Berührung eine Art Flattern wahr. Sie riss die Augen auf. »Hast du das gerade auch gespürt?«

»Was denn?«

»Das Baby! Ich glaube, es hat sich bewegt.« Sie drückte die Hände auf den Bauch. »Vielleicht bewegt es sich ja gleich noch mal.« Gebannt starrten sie auf Brindles kleine Babykugel und kurze Zeit später war das Flattern zurück. »Da! Hast du es auch gespürt?«

»Nein. Könnte das von den vielen Cookies kommen, die du heute schon verputzt hast?«

»Keine Ahnung. Ich war ja noch nie schwanger. Aber in den Büchern steht was von einem Flattern und so hat es sich definitiv angefühlt.«

Er drückte einen Kuss auf die Rundung. »Emma Lou? Bewegst du dich noch mal für Daddy?«

Brindle lächelte über seine Zärtlichkeit. »Keine Reaktion. Der Name gefällt ihr wohl nicht.«

»Oder sie ist bloß so stur wie ihre Mama und will nicht zugeben, dass er ihr gefällt.« Trace küsste ihren Bauch, dann ihre Lippen. Anschließend legte er die Hand wieder unter ihren Nabel. »Sehen wir mal, was sie meint. Wie findet ihr beide denn Jessica?«

»Das klingt ganz hübsch. Aber auch ein bisschen abgegriffen. Wie wäre es denn mit Shiloh? Vivica? Monica?« Brindle registrierte ein leises Piepsgeräusch, aber viel spannender war die Namensdiskussion.

»Kelly? Clara? Maribelle? Lucy?«

»Psst. Hörst du das?« Nun setzte sie sich doch auf und horchte. »Was ist das?«

Er zog sie an seine Brust. »So klingt mein Körper, wenn er mehr will.«

»Trace. Im Ernst.« Erneut richtete sie sich auf, und endlich wurde ihr klar, was sie da hörte. »Oh nein. Die Pasteten!«

Hastig zog sie ihr Tanktop und die Pantys an, Trace angelte nach seinem Slip. »Ich hoffe, sie sind nicht schon kohlschwarz!« Brindle sauste aus dem Schlafzimmer und sah schon von der Galerie aus Rauch aus dem Ofen steigen. »Verdammter Mist!«

Sie rannte die Treppe hinunter und schnappte sich die Ofenhandschuhe. Aber Trace stand bereits hinter ihr.

Er nahm ihr die Handschuhe ab und öffnete die Ofenklappe. Rauch quoll heraus. »Schnell, mach die Fenster auf, bevor der Rauchmelder losgeht.«

Während Brindle die Fenster öffnete, holte er die verbrannten Pasteten aus der Backröhre. »Ich musste nur einen einzigen Beitrag für das Festessen heute liefern. Einen! Ich wollte das unbedingt hinkriegen und was passiert? Ich …«

»Du hast deinen Liebsten geliebt.« Trace zog sie an sich.

»Das ist keine Entschuldigung, Trace. Was soll ich denn

sagen? Tut mir leid, Leute, ich war einfach spitz und es hat riesigen Spaß gemacht. Leider sind deshalb …?« Ihr Puls begann zu jagen, die Pasteten nahmen eine völlig unverhältnismäßige Wichtigkeit an.

Trace fing an zu lachen und sie funkelte ihn an.

»Tut mir leid, Babe. Aber es sind bloß Pasteten. Wir können unterwegs welche kaufen.«

Sie schaute den Rauchfäden hinterher, die die Zugluft davontrug. »Die Bäckerei ist geschlossen. Heute ist Feiertag.«

»Der Dollar-Shop hat immer offen. Und dort gibt es garantiert Tiefkühlpasteten.«

»Ich glaube, du verstehst nicht, worum es geht. Das sind nicht *bloß* Pasteten. In den Augen der anderen sind sie ein Symbol für meinen Charakter. Ich bin die unerschrockene Draufgängerin, das rebellische Mädchen, das im Schlafzimmer besser ist als in der Küche. Ich wollte allen etwas beweisen. Ich will keine Tiefkühlfee sein, sondern eine gute Köchin, die ihren Lieben zu Thanksgiving etwas leckeres Hausgemachtes serviert!«

Trace kniff die Augen zusammen. Dann nahm er einen Milchkarton aus dem Kühlschrank. »Hol das Schokopuddingpulver aus der Speisekammer. Und die Vollkornkekse.«

»Wozu das denn?« Sie sammelte die gewünschten Sachen zusammen.

»Mein Mädchen möchte etwas Selbstgebackenes mitbringen, und ich sorge dafür, dass das klappt.« Er wusch sich die Hände. »Alles unter Kontrolle, Babe. Und jetzt wasch dir die Hände, sonst kommen wir zu spät.«

Ein wenig ratlos stellte sie sich ans Spülbecken. »Was machen wir mit dem Puddingpulver? Und warum hast du überhaupt welches im Haus?«

»Wir machen Schokopuddingpasteten. Und das

Puddingpulver habe ich für einen speziellen Anlass gekauft, bei dem wir beide nackt gewesen wären.« Er ließ die Brauen tanzen.

»Oh. Ich mag deine kleinen Überraschungen.«

Sie warfen die verbrannten Pasteten weg. Brindle spülte die Backformen. Trace verließ die Küche und kam kurz darauf mit einem Hammer zurück.

»Und was machen wir damit?«

»Wir brauchen einen Teig für die Pasteten.« Er schnappte sich zwei Gefrierbeutel und schüttete die Vollkornkekse hinein. Dann wickelte er die Beutel in ein sauberes Geschirrtuch und schlug mit dem Hammer auf das Bündel ein.

Sie lachte. »Du könntest sie einfach mit den Fingern zerkrümeln, wie normale Leute das tun.«

»Ich weiß ja nicht, was du für Leute kennst. Aber für mich klingt das nicht sonderlich effektiv. Was macht den Teig geschmeidig?«

»Keine Ahnung. An einem Vollkornkeksteig habe ich mich noch nie versucht. Aber ich google das kurz.« Sie nahm ihr Telefon von der Arbeitsplatte und recherchierte eine Minute lang. »Wir brauchen Zucker und Butter.«

»Kein Problem.«

Im Handumdrehen hatten sie zwei recht ansehnliche Schokoladenpuddingpasteten fertig. Anschließend wischten sie mit den Fingern den restlichen Pudding aus der Schüssel und fütterten einander damit. Was mit Pudding an allen möglichen Körperstellen endete.

Brindle kicherte, während Trace Schokolade von ihrer Brust leckte. »Wir brechen heute mit einer Familientradition. Zu Thanksgiving gab es sonst immer die Urgroßmutter-Pasteten.«

»Dann begründen wir jetzt eine eigene Tradition.« Er küsste ihren Bauch. »Stimmt's, Regina Louise? Von jetzt an gehören

Puddingpasteten zu Thanksgiving dazu.«

»So wird unsere Tochter auf keinen Fall heißen.« Brindle betrachtete die improvisierten Leckereien. »Ich werde nie zu den Müttern gehören, bei denen ständig die Freunde ihrer Kinder einfallen, weil sie so wunderbar backen können. Und eine Sterneköchin werde ich auch nicht, verdammt.«

Trace richtete sich auf und hob sie auf die Arbeitsplatte. »Dafür wirst du eine sehr coole Mom sein, von der die Kids gar nicht genug bekommen, weil sie sie zum Lachen bringt und ihnen aufmerksam zuhört.«

Er drückte die Lippen auf ihre. »Du bist die einzigartige, großherzige, verführerisch sündige Brindle Montgomery. Du bist besser im Bett als im Backen und dein Freund weiß das sehr zu schätzen.« Mit dem Finger wischte er Schokoladenpudding aus der Schüssel, bemalte damit ihre Unterlippe und küsste dann alles wieder weg. »Falls du backen lernen willst, herzlich gerne. Aber eins ist sicher, Babe. Für mich bist du jetzt schon perfekt. Und unsere Tochter wird es genauso sehen.«

Siebzehn

Thanksgiving war schon aus Tradition ein Familienfest, aber mit Trace an ihrer Seite, dem Baby in ihrem Bauch und dem Neuanfang in ihrer Beziehung hatte das Wort *Familie* für Brindle diesmal eine ganz besondere Bedeutung. Als vor dem Essen reihum alle gesagt hatten, wofür sie in diesem Jahr besonders dankbar waren, war Brindle nicht nur die bedingungslose Unterstützung durch ihre Familien und unzählige andere Menschen in dieser kleinen Stadt eingefallen. Dankbar war sie auch für die Zeit, die sie in Paris verbracht hatte. Denn dort hatte sie viel über sich gelernt – und auch, bis fünf, bis zehn und wenn nötig sogar bis zwanzig zu zählen. Was immer ihr Zusammenleben mit Trace besser machte, war jede Mühe wert.

Aber nicht nur das Wort *Familie* hatte nun einen anderen Klang. Auch was sie und Trace verband, hatte endlich einen guten und richtigen Namen. Sie führten eine *Liebesbeziehung*, die mit der Zeit nur noch besser werden konnte.

Eine Woche nach ihrem ersten wunderbaren Thanksgiving als Paar im Kreis ihrer Angehörigen sah Brindle durchs Küchenfenster Trace in den Vorgarten stapfen. Er schleppte ein riesiges Bündel Weihnachtsbeleuchtung zum Haus, während JJ und Jeb bereits Leitern an die Giebel stellten, um ihm beim Befestigen zu helfen. Ihr Herz wollte überquellen vor Glück.

Ihre Lieben hatten sich gefreut, dass sie sich zu Thanksgiving an den traditionellen Pasteten versuchen wollte, und sich halb kaputtgelacht, weil sie sie hatte anbrennen lassen. Traces Familie hatte ihre Puddingpasteten köstlich gefunden. Nancy Jericho hatte Brindle angeboten, ihr ebenfalls ein paar Familienrezepte zu verraten und ihr beizubringen, was immer sie übers Eheleben noch lernen wollte. Augenzwinkernd hatte Nancy hinzugefügt, sie hätte gehört, Brindle würde beim Rat der verheirateten Frauen allerhand praktische Beziehungstipps geben. Vielleicht würde sie ja selbst einmal zu einem dieser Treffen kommen, hatte sie gesagt.

»Komm schon, nicht träumen, süße Mama.« Trixie trat neben Brindle. Trixie und Lindsay halfen ihr, den Weihnachtsbaum zu schmücken. Später wollten Brindle und Trace für alle Abendessen kochen. »Du kannst meinen Bruder nicht den ganzen Tag anhimmeln.«

»Willst du wetten?« Brindle hängte eine Kugel an den Baum.

»Sie ist schon sehr häuslich geworden. Wie eine gezähmte streunende Katze«, sagte Lindsay, während sie den Kaminsims mit einer grünen Girlande und Kerzen dekorierte. Alle drei Frauen prusteten gleichzeitig los.

»Darauf können wir lange warten.« Trixie schaute aus dem Fenster. Draußen im Vorgarten lieferten sich die Männer einen Ringkampf. »Und manches ändert sich offenbar nie.«

Aber manches ändert sich durchaus, dachte Brindle glücklich.

Sie machten sich wieder ans Dekorieren. Kurz darauf ging die Haustür auf und Sable und Amber kamen herein. Ihre Cowgirlstiefel klickten auf dem Holzdielenboden.

»Sind wir hier richtig bei der Party?« Sable hielt eine Schachtel Cookies aus dem Pastry Palace in die Höhe. »Wir haben was zu naschen mitgebracht. Grace, Reed und Chet sind auch gleich da.«

»Party? Wer sagt denn so was?« Brindle überlegte, was sie im Kühlschrank hatten und wie sie noch mehr Leute sattkriegen konnten.

»Weiß ich gar nicht mehr. Nana vielleicht. Als sie gestern in den Buchladen gekommen ist.« Amber streifte ihre Jacke ab und legte sie über die Couchlehne.

Nana? Brindle musterte Lindsay. Sie fragte sich, was Lindsays Großmutter, die sich keinen noch so kleinen Anlass für eine Feier entgehen ließ, jetzt wieder ausgeheckt hatte.

»Schau mich nicht so an. Ich habe ihr nur erzählt, dass wir euer Haus dekorieren«, sagte Lindsay. »Gut möglich, dass sie dann sofort bei Hellie angerufen hat …«

»Auweia«, lachte Brindle. »Für eins von Nanas Festen ist unser Haus viel zu klein.«

»Wie man's nimmt. Mom sagt immer, wenn aus einem Haus ein Heim wird, füll es mit Menschen, die dich lieben. Dann wird es noch gemütlicher. Und schau doch, wie hübsch dein Heim jetzt aussieht. Sogar Fotos von dir und Trace stehen auf dem Kaminsims!« Amber umarmte Brindle. »Ich freue mich so für dich.«

Brindle wünschte sich von ganzem Herzen, dass Amber eines Tages ihren Seelenmenschen finden würde. Jemanden, der sie über alles liebte und schätzte und sie niemals im Stich ließ. »Danke, Amb. Jeden Tag zu Trace nach Hause zu kommen, fühlt sich wunderbar an. Ich wünschte, wir wären schon vor Jahren vernünftig geworden.«

Sable stieß ein schnaubendes Lachen aus. »Wir fanden eure

unvernünftigen Jahre recht unterhaltsam.«

Jeb, Chet und Trace polterten lachend und unter Schulterklopfen durch die Haustür. Chets und Sables Blicke trafen sich, Chets Miene wurde ernst. Brindle konnte die Hitze zwischen den beiden selbst aus mehreren Metern Entfernung spüren. Amber und Lindsay flüsterten miteinander und schauten dabei zu JJ und Shane hinüber, die gerade durch die Tür kamen.

Brindle rieb sich die Hände. »Keine Sorge, Schwesterherz«, sagte sie. »Langweilig wird es hier wohl nie.«

Im Lauf des Nachmittags trudelten immer mehr Freunde und Familienmitglieder ein. Bald war das Haus rappelvoll mit unerwarteten, aber sehr willkommenen Gästen. Trace schätzte ein ungestörtes Privatleben, doch er fand Brindle als Gastgeberin nicht bloß fantastisch, sondern auch unglaublich sexy. Zusammen mit ihr hatte er Spaß daran, der Gastgeber zu sein. Gemeinsam sorgten sie dafür, dass alle zu essen und zu trinken hatten, plauderten und redeten, stahlen einander zwischendurch Küsse oder verständigten sich mit tiefen Blicken quer durch den Raum.

Brindle war so beschäftigt, dass sie gar nicht bemerkt hatte, wie er und ein paar andere Männer nach oben geschlichen waren, um die Überraschung vorzubereiten, die er dort zwei Tage lang versteckt hatte.

»Ich glaube, wir sind so weit«, sagte Chet und wandte sich wieder zur Treppe. »Versprich mir, dass du vor dem Schlafengehen immer alle Lichter am Baum löschst.«

»Klar doch«, antwortete Trace. »Glaubst du, ich würde Brindle und unser Baby in Gefahr bringen?«

»Du bist und bleibst in jeder Lebenslage ein Feuerwehrmann«, scherzte Shane.

»Ja, ist wohl so. Sorry.« Chet hatte seine Eltern durch ein Feuer verloren. Sein Bruder Boyd hatte schwere Verbrennungen erlitten.

Trace legte Chet eine Hand auf die Schulter. »Du musst dich nicht entschuldigen. Es ist gut, immer mal wieder ermahnt zu werden. Deine Stimme werde ich noch im Kopf haben, wenn ich alt und vergesslich bin, und vielleicht rettet sie mich eines Tages vor einer Katastrophe. Aber jetzt kommt. Lasst uns dieses Fest zum Strahlen bringen.«

Im Wohnzimmer gab es inzwischen nur noch Stehplätze. Deshalb hielt Trace auf der untersten Treppenstufe an und hob die Stimme. »Wer möchte dieses Haus mal richtig leuchten sehen?«

Natürlich waren alle dabei. Unter großem Hallo wurden Jacken und Mäntel angezogen und die Gäste drängten hinaus in den verschneiten abendlichen Vorgarten. Trace legte Brindle seine wärmste Winterjacke um die Schultern, ließ die anderen vorausgehen und hielt sie noch einen Moment zurück. Er schaute ihr in die Augen und sah darin die Ruhe, die dort in letzter Zeit eingekehrt war. Sie stand ihr gut.

Er legte eine Hand auf ihren Bauch. »Alles klar bei meinen Mädels?«

»Uns geht's prima, und unsere Mütter meinen, mit dieser spontanen Party hätten wir eine neue Tradition zwischen Thanksgiving und Weihnachten begründet. Was für ein schöner Gedanke. Bis vor Kurzem hätte ich mir solche Tage gar nicht vorstellen können. Und jetzt will ich schon nicht mehr darauf verzichten.«

»Genauso geht es mir auch, Babe.« Er legte die Lippen auf ihre.

»Grundgütiger. Ihr seid wirklich unverbesserlich«, schimpfte Sable, als sie endlich ins Freie traten. »Könnt ihr nicht mal eine Sekunde die Finger voneinander lassen? Wir frieren uns hier draußen den Hintern ab.«

»Neidisch?« Mit seiner Frage fing Trace sich einen von Sables typischen versengenden Blicken ein.

Seine Eltern standen Arm in Arm neben ihren Freunden. Brindles Vater hatte einen Arm um Amber gelegt, den anderen um ihre Mutter. Trace wünschte sich, Pepper und Axsel könnten ebenfalls hier bei ihnen sein. Aber so wie Trixie, Lindsay, Grace und Reed sich gerade zusammen über ein Smartphone beugten, vermutete er, dass mindestens eine oder einer von ihnen per Videotelefonat dabei war.

»Komm, Babe«, sagte er zu Brindle. »Such dir einen Platz, von dem aus du alles gut sehen kannst.«

»Beeil dich ein bisschen, du liebeskranker Cowboy. Ich werde hier draußen nicht jünger«, rief Nana unter ihrer dicken Webpelzmütze hervor. Sie und Hellie hatten die Party ins Rollen gebracht, indem sie im engsten Freundeskreis und in der Familie verbreitet hatten, es wäre Zeit, ein weiteres Jericho-Haus einzuweihen.

Trace strahlte vor Glück.

»Alles unter Kontrolle.« Jeb stellte sich neben Trace auf die Veranda. »Geh mit Brindle noch ein Stück weiter in den Garten, damit ihr den großen Moment zusammen erleben könnt. Und keine Sorge, Shane filmt alles mit.«

»Danke, Mann.«

»Hey«, sagte Jeb. »Du machst dich gut als Familienmensch.«

Trace fragte sich, weshalb ihm bei diesen paar Worten plötzlich die Kehle so eng wurde.

Zusammen mit Brindle entfernte er sich ein paar Schritte vom Haus. Auf sein Nicken hin schaltete Jeb die Lichter ein und erweckte ihr Heim damit noch ein bisschen mehr zum Leben. Die Giebelseiten und die Fenster waren mit kleinen weißen Lämpchen dekoriert und hinter dem Fenster des Kinderzimmers im Obergeschoss erstrahlte ein weißer Weihnachtsbaum mit rosafarbenen Lichtern und einem Stern in knalligem Pink auf der Spitze.

Die Gäste schnappten alle gleichzeitig nach Luft, nur um dann wild durcheinanderzureden. Trace sah Glückstränen in Brindles Augen schimmern, als sie die Arme um seinen Hals warf und ihm zwischen unzähligen Küssen dankte.

»Wie absolut zauberhaft.« *Ein Kuss. Noch einer.* »Wann hast du denn das alles gemacht? Dass du noch einen Baum ins Haus gebracht hast, habe ich gar nicht mitbekommen!«

»Ich kann dir ja nicht alle meine Geheimnisse verraten.«

»Das ist die wunderbarste Überraschung aller Zeiten!«

Er schaute ihr in die schönen Augen. »Und das ist erst der Anfang, Mustang. Mach dich auf ein ganzes Leben voller wunderbarer Überraschungen gefasst.«

Achtzehn

Trace schloss das Tor des Geräteschuppens und ging zu seinem Truck. Er hob den Hut, wischte sich mit dem Arm über die Stirn und schaute zu, wie Jebs Wagen neben ihm ausrollte. Trace rückte seinen Hut zurecht, sein Bruder stieg aus. An Jebs Hemd und seiner Hose hingen ein paar Sägespäne.

»Hi, Trace. Harter Tag?«

Trace zog seine Wagenschlüssel aus der Tasche. »Ich bin bloß frustriert. Den ganzen Nachmittag lang habe ich an dem Traktor herumgeschraubt, das seltsame Geräusch ist trotzdem noch da.«

»Bringst du ihn zu Sable?«

»Geht wohl nicht anders.« Sable war die beste Mechanikerin weit und breit. Mit Autos, Trucks und Landmaschinen kannte sie sich aus wie niemand sonst.

»Ich wette, das geht dir mächtig gegen den Strich.« Jeb grinste.

»Mir bleibt nichts anderes übrig. Ich habe Besseres zu tun, als mich mit dem Traktor rumzuschlagen. Zum Beispiel nach Hause gehen und nach meinen Mädels schauen.«

»Ich halte dich nicht lange auf«, antwortete Jeb. »Ich wollte nur kurz allein mit dir reden.«

»Was gibt's denn?«

Jeb ging mit Trace zu seinem Truck. »Ich weiß, du denkst daran, als Footballtrainer einzusteigen.«

»Eigentlich habe ich mich schon entschieden. Morgen Nachmittag treffe ich mich mit Sin.« Es war Mitte Dezember, Brindle war inzwischen ganz bei ihm eingezogen. In den letzten Wochen hatte ihr Bäuchlein sich zu einer süßen Babykugel entwickelt. Sie war schöner denn je, und je deutlicher ihre Schwangerschaft sichtbar wurde, desto mehr fühlte er sich wie ein zukünftiger Vater. Sie hatten sich beide geändert, und ihre Beziehung entwickelte sich auf eine Art, mit der er nie gerechnet hätte. An den letzten beiden Dienstagabenden hatten sie sogar den üblichen Besuch im JJ's ausfallen lassen. Sie hatten lieber ganz in Ruhe und ohne laute Musik zu zweit zusammen sein wollen. Auch sein Wunsch, die Kids zu trainieren, war stärker geworden. Er konnte es kaum erwarten, ihnen die Bedeutung von Sportsgeist und Kameradschaft zu vermitteln und ihr Selbstvertrauen zu stärken.

»Schön. Freut mich, Mann. Du hast einen guten Draht zu den Jungs. Hör mal, wir haben nie wirklich darüber geredet, weshalb du damals nicht ans College gegangen bist. Aber ich vermute mal, dass ich nicht eingesprungen bin, als Dads Arthritis schlimmer geworden ist, könnte etwas damit zu tun gehabt haben.«

»Nein, so war das nicht«, log Trace. Jeb sollte sich keine Vorwürfe machen. »Du hattest ziemlich viel um die Ohren und Dad hätte jemanden anstellen können. Ich wollte einfach nicht so weit von allen hier weg sein. Von Brindle.« Er öffnete die Wagentür. »Außerdem bin ich im Herzen viel mehr Cowboy als Footballspieler. Jetzt habe ich mein Mädchen, ein Leben, das ich liebe, und werde demnächst auch noch Coach. Das Leben ist gut, Bruder. Mach dir keine Gedanken.«

Jeb seufzte und rieb sich skeptisch das Kinn.

»Hör mal, Jeb. Selbst wenn du damals die Rancharbeit übernommen hättest, wäre ich zu Hause geblieben. Ich wollte nie aus Oak Falls weg. Ich habe nie davon geträumt, etwas anderes zu machen als das, was ich jetzt tue. Meine Entscheidung damals war richtig. Und jetzt hör auf zu grübeln.«

»Okay. Trotzdem. Wenn ich irgendwas mit dieser Entscheidung zu tun hatte, dann danke, dass du mir damals den Rücken freigehalten hast. Ich fahre jetzt zu Dad und sage ihm, dass ich für dich einspringe, wenn du beim Training bist. Mein Laden läuft prächtig und ich kann mir die Zeit dafür nehmen.«

»Das freut mich riesig. Und ich weiß, Dad wird sich auch riesig freuen. Aber Shane, Trixie und ich haben heute Morgen mit ihm gesprochen. Wir haben beschlossen, noch ein paar Hilfskräfte einzustellen. Bald gibt es ein Baby, um das ich mich kümmern will, und hoffentlich irgendwann auch eine Ehefrau. Außerdem möchte Trixie nicht für alle Zeiten auf der Ranch arbeiten. Es wird Zeit für Veränderungen.«

Trace stieg in seinen Truck, Jeb nickte. »Ehefrau? Gute Idee. Du liebst Brindle seit Ewigkeiten. Wann willst du ihr denn einen Ring anstecken?«

»Darüber denke ich gerade nach. Aber du kennst sie ja. Man kann sie zu nichts drängen. Ich merke es schon, wenn sie so weit ist.«

»Ah ja. Klar. Okay.« Jeb gluckste. »Reitest du am Wochenende auch mit?«

»Was glaubst du, wer das organisiert hat?« Trace ließ den Motor an und fügte hinzu: »Sonntagmorgen um halb fünf. Bring dir Kaffee mit und rechne damit, dass dir die Kinnlade runterfällt, wenn du mich reiten siehst.«

Jeb schloss Traces Wagentür. »Träum weiter.«

»Kumpel, meine Träume werden Wirklichkeit. Von mir kannst du noch was lernen.«

»Wenigstens sehe ich dich an Weihnachten«, sagte Brindle zu Morgyn. Sie saß mit einem Stapel Klassenarbeiten auf dem Schoß auf der Couch und hatte den Lautsprecher ihres Smartphones angestellt. Bis Weihnachten waren es nur noch zwei Wochen. Unfassbar. »Es sei denn, du bist inzwischen ein absoluter Adrenalinjunkie und gehst über die Feiertage irgendwo Fallschirmspringen.«

»Eher nicht.« Morgyn und Graham waren mit Grahams Cousin Ty und seiner Frau Aiyla beim Skifahren. »Aber Skifahren muss ich dir unbedingt beibringen. Es wird dir gefallen. Im Februar wollen wir mit Ty und Aiyla eine Skitour machen. Ich wünschte, du könntest mitkommen.«

Brindle rieb sich den Bauch. »Im Februar könntest du mich die Hügel runterrollen. Habe ich dir schon gesagt, wie kugelig mein Bauch bereits ist? Als hätte ich einen Basketball verschluckt.«

»Oh, Brin. Ich kann es kaum erwarten, dich wiederzusehen. Ich wette, du siehst süß aus.«

»Trace gefalle ich offenbar ganz gut.« Sie legte die Klassenarbeiten beiseite und schaltete den Handylautsprecher aus. »Du solltest ihn sehen. Ständig streichelt er meinen Bauch, küsst ihn und redet mit unserer Kleinen. Und sie scheint sich zu freuen, wenn er Gitarre spielt.«

»Sicher tanzt sie mal so gerne wie du. Und ich bin froh, dass

Trace so glücklich ist. Ist es nicht seltsam, dass wir beide uns zur selben Zeit verliebt haben?«

»Ich habe mich schon vor Ewigkeiten in ihn verliebt.« Brindle biss von einem Karottenstick ab. Nachdem sie gelesen hatte, wie schwer es war, die Pfunde nach der Schwangerschaft wieder loszuwerden, hatte sie sich auf gesündere Snacks verlegt.

»Du weißt, was ich meine. Willst du gleich wieder arbeiten, wenn das Baby da ist?«

»Eigentlich schon. Aber Mom meint, wenn ich es zum ersten Mal in den Armen halte, werde ich es mir anders überlegen.« Vorhin war sie bei ihren Eltern vorbeigefahren und mit ihrer Mutter ein paar Kochrezepte durchgegangen. Dabei hatten sie sich lange übers Mutterwerden, Beziehungen und Veränderungen im Leben unterhalten. Brindle war mit ein paar einfachen Rezepten und einem Herzen voller Liebe nach Hause gekommen. »Wusstest du, dass Dad bei der Geburt seiner Kinder immer geweint hat?«

»Nein. Aber ich kann es mir gut vorstellen. Er ist ein echter Softie, auch wenn er es nie zugeben würde. Ich wette, Graham weint auch, wenn wir ein Baby bekommen.«

»Meinst du? Trace wird mich und das Kleine wahrscheinlich sofort in seine Arme reißen und der Hebamme damit einen Heidenschreck einjagen.« Die Vorstellung zauberte ein Lächeln auf ihr Gesicht. »Soll ich dir ein Geheimnis verraten?«

»Eines, das ich für mich behalten muss? Du weißt, dass ich das nicht kann.«

Brindle lehnte sich gegen die Polster. Sie wollte Morgyn unbedingt von ihrem Plan erzählen. »Du musst schweigen wie ein Grab. Vielleicht sollte ich dir lieber doch nichts sagen, es ist nämlich was *Großes*.«

Morgyn stöhnte. »Jetzt will ich es natürlich unbedingt

wissen.«

»Du hast mir doch erzählt, dass du Graham den Heiratsantrag gemacht hast, weil die ganze Welt erfahren sollte, wie sehr du ihn liebst.«

»Ja. Warum? Oh mein Gott, Brindle! Willst du Trace etwa einen Antrag machen?«

»Psst! Sonst hört dich Graham!«

»Er ist mit Ty draußen und Aiyla ist im Badezimmer.« Morgyn senkte die Stimme. »Willst du das wirklich tun?«

»Ich denke ernsthaft darüber nach.«

Morgyn kreischte auf. »Ich fasse es nicht! Ich will dabei sein. Wann willst du es machen? Wie aufregend! Weiß Mom davon?«

»Nein! Keiner weiß davon. Außer dir und mir. Und du hast versprochen, es für dich zu behalten.«

Morgyn stöhnte noch einmal aus tiefstem Herzen auf. »Brindle! Du hättest es mir nicht sagen sollen. Darf ich es wenigstens Graham verraten?«

»Nein! Keiner Menschenseele. Ich meine es ernst, Morgyn.« Sie hörte Traces Truck vor dem Haus. »Er ist da. Ich muss Schluss machen.«

»Tust du es etwa jetzt gleich?«

»Nein«, sagte Brindle. »Und denk dran. Kein Wort zu niemand.«

»Ich werde es versuchen.«

»Morgyn!«, sagte sie warnend, in dem Moment, in dem Trace durch die Tür kam. »Wir sehen uns an Weihnachten! Hab dich lieb!« Sie legte auf.

Trace setzte sich neben sie auf die Couch. »Wie geht's meinen Mädels?« Er küsste sie, dann küsste er ihren Bauch. Von der Liebe, mit der er sie und das Baby überschüttete, würde sie nie genug bekommen.

»Prima. Ich bin fast fertig mit den Klassenarbeiten und im Ofen schmort ein Hühnchen.« Sie und Trace lernten gerade gemeinsam kochen. Sie probierten verschiedene Rezepte aus, aber oft gab es nur Angebranntes, weil sie sich zwischendurch ineinander verloren. Halb so schlimm. Brindle war so unfassbar glücklich über das Baby, ihre Beziehung, ihr neues gemeinsames Leben, dass sie Trace heute eine besondere Freude machen wollte. Ihre Mutter meinte, das sei der Nestbautrieb. Aber Brindle hatte darüber gelesen. Offenbar gehörte dazu auch ein gewisser Putzdrang und der fehlte bei ihr völlig. Sie wollte einfach schöne Dinge für ihren Liebsten tun. Kochen zum Beispiel, das Kinderzimmer herrichten und mit ihm allein sein. Am letzten Wochenende hatte Trace das Kinderzimmer in einem zarten Gelbton gestrichen. Über die Dekorationen mussten sie sich noch einigen. Trace hatte Pferdemotive vorgeschlagen, Brindle hatte jeden Tag eine andere Idee. Zum Glück blieben ihnen noch drei Monate Zeit, sich zu entscheiden.

Trace verbannte die Klassenarbeiten auf den Couchtisch. Er legte den Arm um Brindle und rieb ihren Bauch. »Hast du gehört, Lilly Sue? Mama macht Abendessen. Sie wird jeden Tag fantastischer.«

»Lilly Sue?« Brindle zog eine Braue hoch. »Das klingt süß. Aber ich dachte, du möchtest Louise als zweiten Vornamen. Nach deiner Großmutter.«

»Lilly Lou? Hmm.«

Sie verdrehte die Augen. »Mir sind heute noch ein paar Namen eingefallen.« Sie hob ihren Notizblock vom Boden auf und zeigte auf die Liste. »Ich habe sie alphabetisch aufgeschrieben. Aria, Brooklyn, Emily – *mal wieder*, weil ich den Namen seit Thanksgiving nicht mehr aus dem Kopf bekomme –, Georgia. Wir könnten sie Gia rufen.«

Trace zog seine Gitarre hinter der Couch hervor, schlug ein paar Akkorde an und sang dazu: »Aria, Brooklyn, Emily *mal wieder* …«

Das Baby bewegte sich heftig und Brindle schnappte nach Luft. »Oh, das gefällt ihr. Sing das noch mal.«

Er wiederholte die Namen und fügte noch ein paar eigene Vorschläge hinzu. Dabei griff er sanft in die Saiten. »Anna, Aria, Bethany, Brooklyn, Emily …«

Das Baby strampelte. »Holla!«, sagte Brindle. »Eindeutig. Ich glaube, Emily ist ihr Favorit. Komm, das musst du spüren.« Trace hatte noch nie gefühlt, wie das Baby sich bewegte. Aber im Moment war es lebhafter denn je.

Er stellte die Gitarre weg und legte beide Hände auf Brindles Bauch.

»Emily«, lockte Brindle mit sanfter Stimme. Zu zweit starrten sie auf die Babykugel und warteten, dass ihr kleines Mädchen sich bemerkbar machte. »Komm, meine Süße. Du kannst ruhig noch mal zappeln.«

Trace beugte sich näher und sang: »Anna, Aria, Bethany …«

Das Baby bewegte sich und Trace schnappte nach Luft. »Heiliger Strohsack. Hast du das gespürt?« Fächerartig legte er die Finger über ihren Bauch und drückte ihn ein wenig. »Absolut unfassbar. Ist das andauernd so?«

»Nein, nur manchmal. Aber seit letzter Woche wird es mehr. Ich glaube, sie mag deine Stimme.«

Das Baby bewegte sich wieder und Trace lachte. Dann nahm er Brindles Gesicht zwischen seine Hände und küsste sie herzhaft. »Sie ist wunderbar. *Ihr beide* seid wunderbar.«

»Ich glaube, du meinst *wir* sind wunderbar. Wir drei zusammen«, sagte sie zwischen verliebten Küssen.

Sie saßen auf der Couch und versuchten, ihr kleines Mädchen dazu zu bringen, sich immer wieder bemerkbar zu machen. Bis die Ofenuhr klingelte. Das Hühnchen war nicht ganz so köstlich wie bei ihrer Mutter, aber doch so gut, dass Trace es überschwänglich lobte. Nach dem Essen machte er ein Feuer im Kamin. Gewärmt von den tanzenden Flammen überlegten sie gemeinsam, ob sie Brindles Wagen gegen ein größeres, viertüriges Fahrzeug eintauschen sollten. Am besten noch bevor das Baby auf der Welt war. Brindle war froh, dass Trace eher sportlichere Modelle ins Auge gefasst hatte und keine Minivans. Dann sprachen sie wieder über Babynamen und wurden immer ganz aufgeregt, wenn ihre Kleine sich so kräftig bewegte, dass auch Trace es spüren konnte.

Brindle wusste, wie sehr er sie und ihre Tochter liebte. Doch in den nächsten Stunden, in denen er ihrem Bauch etwas vorsang und sie zusammen über Namenskreationen wie Cindy Lou Who und Dr. Mary Lou LaRue aus dem Ort Whoville aus dem bekannten Kinderbuch lachten, spürte sie, wie er sich noch mehr in sie verliebte. In sie beide. Als sie sich dann einen Film aussuchten, sich auf der Couch aneinanderkuschelten und er die starken Arme um sie legte, überkam sie ein Gefühl vollkommenen Glücks.

Trace drückte ihr einen Kuss auf die Wange. »Ich liebe dich, Babe«, flüsterte er.

Alles, was sie wollte, und alles, was sie brauchte, war hier in diesem Raum. Sie sagte ihm, dass sie ihn liebte, und wusste dabei doch, dass diese drei Worte bei Weitem nicht ausreichten, um das zu beschreiben, was sie wirklich im Herzen spürte.

Neunzehn

»Willst du dich immer noch morgen früh um halb fünf mit deinen Brüdern zum Reiten treffen?«, fragte Brindle, als Trace ihr am Samstagabend ein Glas Wasser brachte.

Seit zwei Tagen hatte sie ein nervöses Kribbeln im Magen. Dass sie ihm vom Hügel aus beim Reiten zuschauen wollte, hatte sie Trace bislang noch nicht verraten. Zwar wusste er längst, dass sie ihn jahrelang immer wieder heimlich beobachtet hatte, aber ein paar kleine Geheimnisse brauchte doch jede Frau. Sie und ihre Schwestern sagten nie jemandem etwas, bevor sie zu ihren heimlichen Ausflügen aufbrachen. Das war eine Art Tradition. Häufig sprachen sie sich zuvor nicht einmal untereinander ab. Ahnungslose Schwestern aus dem Bett zu werfen, machte viel mehr Spaß. Sonst hätte sie sich gleich gemütlich mit Traces Brüdern auf den Zaun setzen und ihm zuschauen können. Auch nicht übel, aber längst nicht so spannend. Wenn er nicht wusste, dass sie ihm zusah, ließ er den Macho von der Kette. Er und seine Brüder waren allesamt echte Wettkampftypen und maßen sich ständig miteinander. Allein mit den Jungs lachte er lauter, wagte riskantere Ritte und pumpte sich voll mit Adrenalin. Wenn er und sie sich dann wiedersahen, war er noch aufgeladener und zupackender als sonst.

Und sie liebte es, wenn er so war.

»Ja, das haben wir vor.« Er küsste sie. »Ich werde mich ganz leise rausschleichen, damit ich dich nicht wecke.«

Sie spürte einen Anflug von schlechtem Gewissen. Er war so unglaublich fürsorglich und hatte nie irgendwelche Geheimnisse, während sie ihre hütete wie einen Schatz. Sie folgte ihm ins Wohnzimmer. »Ich muss dir etwas sagen. Ich verrate es dir eher ungern, aber es für mich zu behalten, fühlt sich irgendwie nicht richtig an ...«

»Dann raus damit, Babe.« Er setzte sich auf die Couch und sie ließ sich vor ihm auf dem Couchtisch nieder.

»Ich bin morgen auch schon ganz früh unterwegs. Ursprünglich wollte ich heimlich losziehen, aber ich will keine Heimlichkeiten haben. Ich werde dir beim Reiten zuschauen und ...«

»Vergiss es.« Er stellte das Wasserglas ab.

»Wie bitte?«, fragte sie ungläubig.

»Du bist im sechsten Monat schwanger und es ist eiskalt draußen. Du wirst nicht vor Tagesanbruch auf einen Hügel steigen, bloß um mich reiten zu sehen. Du kannst mir gern tagsüber zuschauen.«

Sie stand auf. »Willst du es mir etwa verbieten?«

»Ich verbiete dir gar nichts. Ich bin bloß dein Freund, der nicht möchte, dass du krank wirst oder beim Auf- oder Abstieg stürzt. Beim letzten Mal, als du zusammen mit Morgyn solchen Blödsinn gemacht hast, ist sie abgerutscht und hat sich wehgetan.«

Brindle fing an, auf und ab zu gehen. Sie wollte keinen Streit, aber ein Verbot so einfach hinnehmen? Unvorstellbar. »Moment mal. Seit wann sagst du mir, was ich tun kann und was nicht?«

Er stand ebenfalls auf und baute sich vor ihr auf. »Seit du mit meinem Baby schwanger bist und ich verhindern möchte, dass einem von euch etwas zustößt.«

»Mit *deinem* Baby? Was soll das heißen, Trace?« Sie hörte, wie ihre Stimme lauter wurde. Aber die Wut hatte sie gepackt. »Ich lasse mir keine Vorschriften machen. Wollten wir nicht über alles sprechen und Meinungsverschiedenheiten ausdiskutieren?«

»Das tun wir gerade.« Seine Stimme war ernst, sein Kiefer angespannt.

»Das ist keine Diskussion. Du bestimmst über mich. Was ist in dich gefahren? Du bist unmöglich.«

»Ach, *ich* bin unmöglich?«, blaffte er. »Du bist diejenige, die zu nachtschlafender Zeit da draußen rumziehen will, als hätte sie keine Verantwortung zu tragen.«

»Ist das dein Ernst?« Sie verschränkte die Arme und funkelte ihn an. »Du findest, ich benehme mich verantwortungslos? Wer von uns beiden kriegt denn das Baby und trägt es jeden Tag mit sich herum? Wer von uns trinkt keinen Alkohol, muss darauf achten, genügend zu schlafen, und geht alle vier Wochen zum Arzt? Ach ja. Das bin ja *ich*!«

»Und für mich ist dieser Trip auf den Hügel ein absolutes No-Go. Du willst mich reiten sehen? Dann komm tagsüber mit. Ich stelle einen Heizlüfter für dich auf und sorge für deine Sicherheit. Die Nachtwanderung kannst du dir abschminken.«

»Hörst du dir eigentlich selbst zu? Du bestimmst einfach, was gemacht wird und wann. Hast du *mich* gefragt, ob du reiten darfst?«

Er schnaubte. »Warum sollte ich?«

»Genau«, zischte sie. »Und warum sollte *ich*?«

»Weil das, was du vorhast, gefährlich ist, Brindle. Es ist leichtsinnig und …«

»Stopp«, fauchte sie. Sie war zu wütend und zu verletzt, um sich noch mehr anzuhören. Sie waren doch schon so weit gekommen. Wie konnten sie so schnell wieder in alte Muster zurückfallen? »Auf dem verdammten Hügel zu sitzen, ist in etwa so gefährlich, wie mir hier einen Stuhl hinters Haus zu stellen. Du bist doch derjenige, der sich in Gefahr bringt, indem er noch vor Tagesanbruch auf halbwilde Pferde steigt. *Das* ist leichtsinnig!« Ihr Atem ging so heftig, dass ihr Körper bei jedem Wort bebte.

»Ich bin ein Mann. Ich kann auf mich aufpassen«, sagte er so ruhig, dass sie gleich noch wütender wurde.

»Weil du einen Pimmel in der Hose hast? Dann sage ich dir jetzt mal was. Dieser Pimmel sorgt dafür, dass du manchmal ziemlichen Mist redest. So wie jetzt gerade. Aber nicht mit mir.« Zornig machte sie sich auf den Weg zur Treppe. Doch vor der ersten Stufe blieb sie stehen. Ohne ihn anzusehen, sagte sie: »Und ich laufe nicht davon. Ich kann bloß dieses Gespräch jetzt nicht führen. Das wäre keine gute Idee. Ich gehe ins Bett, bevor ich etwas sage, was mir hinterher vielleicht leidtut!«

»Tu, was du tun musst«, gab er zurück.

Sie stapfte die Stufen hinauf. Blind vor Wut durchquerte sie das Schlafzimmer. Was war bloß passiert? Sie riss sich die Kleider herunter und schlüpfte in eines seiner T-Shirts, das sie oft zum Schlafen trug. Dann wischte sie sich die ungebetenen Tränen von den Wangen. Sie putzte sich die Zähne so energisch, dass sie sich das Zahnfleisch wundscheuerte. Sie war stinksauer und sehr verletzt. Was war bloß los? Sie verstand es nicht. Lag es an ihr? Benahm sie sich kindisch? Oder war Trace ein unerträglicher Kontrollfreak?

Sie hatte Pläne für die kommende Nacht. Große Pläne, für großartige Dinge zwischen ihnen beiden.

Eigentlich sollte sie diese Pläne jetzt begraben wollen.

Aber das lag ihr fern.

Sie wollte diese Meinungsverschiedenheit beilegen und weiter zusammen mit Trace Fortschritte machen. Doch mit seinem Befehlston hatte er sie tief getroffen. Um zu einer Lösung zu kommen, musste sie klar denken können. Und genau das konnte sie im Augenblick nicht.

Sie öffnete ihre Schmuckschatulle und hob vorsichtig das Samtpolster an. Darunter kam die kleine schwarze Schachtel zum Vorschein, die sie dort versteckt hatte. Sie nahm sie heraus und setzte sich damit auf die Bettkante. Mit tiefen Atemzügen versuchte sie, ihre aufgewühlten Gefühle unter Kontrolle zu bringen. Sie öffnete die Schachtel und betrachtete den breiten, sehr männlichen Ring, den sie für Trace hatte anfertigen lassen. Mit den Fingerspitzen strich sie über die silbernen Ränder und das matte Goldband dazwischen. Der Ring war nicht poliert, er wirkte urig und rustikal. Perfekt. Fast verwittert sah er aus mit den unterschiedlich starken Kanten und den Stellen mit einer dunkleren Patina. Trace würde nie fürchten müssen, den Ring bei der Arbeit zu ruinieren. Beim Anblick der Gravur zog sich ihr Herz zusammen. Das Datum ihres ersten Kusses, gefolgt von den Worten »Cowboy« und »Mustang« mit einem kleinen Herz dazwischen.

Sie ließ die Schachtel in der Nachttischschublade verschwinden, legte sich mit dem Ring in der Faust ins Bett und zog sich die Decke über den Kopf. Trotzdem hörte sie deutlich, wie Trace unten auf und ab ging. Sie sagte sich, bald wäre alles wieder gut. Sie kämpfte mit sich, überlegte, ob sie ihm einfach recht geben und tun sollte, was er von ihr erwartete.

Aber das kam nicht in Frage, denn, zum Teufel, was glaubte er eigentlich?

Wie lange sie im Dunkeln vor sich hingebrütet hatte, wusste sie nicht. Irgendwann musste sie wohl eingeschlafen sein, denn sie wurde von leisen Geräuschen wach. Trace machte sich zum Schlafen fertig. Als er sich im Bett hinter sie schob und den Arm um sie legte, tat sie, als schliefe sie tief und fest.

»Es tut mir leid, Babe«, flüsterte er.

Tränen brannten in ihren Augen, doch sie bewegte sich nicht, entschuldigte sich nicht. Sie war viel zu sehr mit ihrem Plan beschäftigt.

Ein paar Stunden später wachte sie auf, als Trace sich aus dem Bett stahl. Sie hielt die Augen geschlossen. Wut und Schmerz nagten noch immer an ihr. Im Moment überwog der Schmerz, doch ihr Gefühlszustand wechselte im Minutentakt.

Sie hörte Trace auf Socken nach unten gehen wie jeden Morgen, nur eben noch früher als sonst. Die vertrauten Geräusche, wie er Kaffee machte und die Stiefel anzog, dann das leise Klimpern seiner Schlüssel, machten alles noch schlimmer zu ertragen. Dass sie sich gestritten hatten, tat furchtbar weh. Ihre Mutter hatte gesagt, sich zornig ins Bett zu legen, würde ein Ungeheuer ins Schlafzimmer lassen. Doch gestern Nacht war sie zu aufgebracht gewesen, um daran zu denken. Sie hörte, wie Trace die Haustür auf- und wieder zumachte. Dann das leise Klicken des Schlosses. Im Kopf malte sie sich aus, wie er zu seinem Truck ging, die breiten Schultern gegen die Kälte hochgezogen. Sie hörte seine Wagentür und schaute zum

Fenster. Die Scheinwerfer seines Wagens malten einen Bogen in die Nacht, als er den Truck wendete und wegfuhr.

Sie zählte bis zehn, dann merkte sie, dass sie noch immer den Ring in der Faust hielt. Bei zehn warf sie die Decke zurück und stieg aus dem Bett. Sie schlüpfte in ihre Jeans und steckte den Ring in die Tasche. Dann zog sie ein Tanktop, einen Pullover und Socken an, steckte ihr Handy ein und eilte nach unten. Dort schnappte sie sich ihre warme Jacke, ihre Mütze und den Schal. Sie nahm ihre Schlüssel vom Haken an der Tür und rannte hinaus zu ihrem Wagen.

Die kalte Luft schnitt ihr in die Wangen. Eilig stieg sie ein und ließ den Motor an. Sekunden später jagte sie aus der Einfahrt und fuhr auf direktem Weg zu Sable.

Sable lebte in der Wohnung über ihrer Werkstatt. Brindle hastete die Treppe hinauf. Hektisch suchte sie den richtigen Schlüssel heraus, schloss die Tür auf und stolperte dort über ein Paar Stiefel.

»Verdammt.« Sie machte das Licht an und entdeckte Aubrey, die sich auf der Couch zusammengerollt hatte. Auf dem Couchtisch lagen halbleere Tüten mit allerlei Knabberzeug herum. Dazwischen standen halb ausgetrunkene Flaschen Orangenlimonade.

Aubrey zog sich stöhnend die Decke über den Kopf. »Es kann unmöglich schon Morgen sein.«

»Ist es auch nicht. Was machst du hier?«

»Ich habe mit Grace ein Skript durchgesprochen.«

»Nicht hier in Oak Falls.« Brindle zog Aubrey die Decke weg. »Ich meine hier, bei Sable.«

»Gestern habe ich bei Grace geschlafen, aber die Wände sind sehr dünn.« Aubrey setzte sich auf.

»Oh. Schön für Gracie, dass sie Action kriegt.«

»Jede Menge. Eigentlich wollte ich heute Nacht bei Amber schlafen. Sable, Amber und ich waren im JJ's. Aber Amber ist früher gegangen, weil Sable und ich wohl zu viel Zeit damit verbracht haben, irgendwelche Kerle abzuchecken. Übrigens, eure Cowboys könnt ihr behalten. Nicht mein Beuteschema.«

»Auch gut. Aber du solltest vor dem Schlafengehen dein Make-up entfernen. Du siehst aus wie ein Waschbär.«

»Bist du jetzt meine Mutter?« Aubrey zog ihr Smartphone zu sich und warf einen Blick aufs Display. »Grundgütiger, Frau! Es ist Viertel nach vier!«

»Was du nicht sagst. Steh auf. Wir haben was vor.« Brindle ging zu Sables Schlafzimmer. »Sie ist allein da drin, oder?«

»Jap.«

Sie stürmte durch die Tür und machte das Licht an.

»Was zum …« Sable schoss in die Höhe.

Brindle schnappte die Jeans von einem Stuhl und warf sie ihr zu. »Steh auf. Du musst mit mir zum Hügel.«

»Im Ernst?« Sable schwang die langen Beine aus dem Bett. »Du lebst mit dem Kerl zusammen. Musst du ihn wirklich um diese Uhrzeit reiten sehen?«

»Diskutier jetzt bloß nicht mit mir. Es sei denn, du möchtest gleich hinter Trace auf meiner Abschussliste landen. Stell dir vor, er hat gesagt, ich dürfte nicht zum Zuschauen auf den Hügel. Er wollte es mir *verbieten*. Wenn ich ihn nicht so sehr lieben würde, hätte er sich dafür einen Kinnhaken ein-gefangen.«

Sable zog lachend ein Sweatshirt über das knappe Tanktop, in dem sie geschlafen hatte. »Der Typ hat Eier.«

»Große«, bestätigte Brindle. »Aber wenn er glaubt, er könnte mir den Spaß verderben, bloß weil ich schwanger bin, hat er sich getäuscht. Keiner sagt mir, was ich zu tun und zu lassen habe.«

Sable steckte die Füße in ihre Stiefel. »Ich dachte, ihr beide kommt jetzt besser klar und redet vernünftig über alles.«

»So war es auch. Es *ist* so. Vielleicht kriegt er gerade seine Tage. Wie das bei Kerlen nun mal so ist. Einmal im Monat spielen ihre Hormone verrückt und dann werden sie zickig.«

»Meiner Erfahrung nach«, Aubrey erschien in der Tür, »sind Männer fast immer so drauf.«

Brindle scheuchte die beiden aus dem Haus, dann fuhren sie gemeinsam zum Hügel und machten sich auf den Weg zur Kuppe. Sable und Aubrey nahmen Brindle in die Mitte und griffen nach ihren Armen.

»Warum haltet ihr mich fest?«

»Du könntest ausrutschen und hinfallen«, antwortete Sable.

»Du klingst schon wie Trace und im Moment ist das nichts Gutes.« Brindle marschierte weiter. »Unsere Kommunikation hat schon prima geklappt. Ich verstehe nicht, was plötzlich passiert ist. Ich weiß, er liebt mich, und normalerweise liebt er alles an mir. Auch meine Spontanität und meine Unternehmungslust. Er weiß, dass es keine gute Idee ist, mir Vorschriften zu machen.« Brindle schaute Aubrey an. »Stehe ich etwa komplett auf dem Schlauch? Liegt es an mir? Benehme ich mich albern?«

Aubrey ließ Brindles Arm los und hob die Hände. »Was fragst du mich? Ich habe keinerlei Absicht, jemals etwas so Beklopptes zu tun, wie mit meinem Freund für gewisse Stunden zusammenzuziehen. Ich bin fest davon überzeugt, dass Frauen und Männer getrennt voneinander leben und sich nur hin und wieder treffen sollten, um ein bisschen Spaß zu haben. Ein paar heiße Stunden und dann ...« Sie winkte. »Tschüss.«

»Ja, vielleicht. Alles Gute damit. Ich dachte, genau so wäre es auch bei uns. Aber inzwischen weiß ich es besser. Ich dachte, ich wäre glücklich, als wir einfach nur zusammen Spaß hatten. Ohne jede Verpflichtung und Verbindlichkeit. Aber seit ein paar Monaten ist mir klar, dass ich es nicht war. Zwischen Trace und mir ist nun alles völlig anders. Und trotz diesem bescheuerten Streit möchte ich nie mehr ohne ihn sein.« Auf halbem Weg blieb sie schnaufend stehen. Sie rieb sich den Bauch und versuchte, die Frage zu ignorieren, die sich hartnäckig in ihren Kopf drängen wollte.

»Was ist denn?«, fragte Sable.

»Denkt ihr, ich mache einen Fehler? Ich liebe Trace. Aber was, wenn er glaubt, er kann über mein Leben bestimmen? Wenn dieser Streit nur die Spitze des Eisbergs ist? Sicher gibt es Frauen, die sich gerne sagen lassen, was sie zu tun haben. Aber zu denen gehöre ich nicht. Ich dachte immer, das hätte er verstanden. Was, wenn ich mich getäuscht habe?« Sie schluckte. Diese Angst in Worte zu fassen, war ein schreckliches Gefühl. »Was für ein Mann will seiner Liebsten denn etwas verbieten? Mal abgesehen von einem Seitensprung oder einer total verrückten Aktion?«

Brindle wartete darauf, dass ihre Schwester flapsig antwortete, Männer seien nun mal ziemliche Dödel. Oder dass sie Aubreys Auffassung zustimmte, Männer und Frauen sollten besser getrennte Leben führen. Aber Sable schwieg so lange, dass Brindle sich schon fragte, ob sie überhaupt zuhörte.

»Sable?«

Sable verdrehte die Augen. »Großer Gott, Brindle. Was für ein Mann? Einer, der dich wirklich liebt. So einer. Wenn du ihm egal wärest, würde er sich keine Sorgen machen.«

»Wer bist du?« Brindle stapfte weiter. Sable und Aubrey hasteten hinterher.

Sable nahm sie am Arm. »Trace hat meine Auffassung über Männer verändert.«

»Wie bitte?« Brindle fragte sich, ob Sable noch Restalkohol vom vergangenen Abend intus hatte. »Wie das denn?«

»Weil er dich so liebt, wie du bist. Er wollte nie, dass du dich für ihn änderst. Höchstens, dass du hin und wieder deinen Hintern so weit runterkühlst, dass ihr vernünftig miteinander reden könnt. Das ist *Liebe*, Brindle.«

Brindle blieb stehen. »Du meinst also, er hat nur überreagiert, weil er tatsächlich Angst hat, mir könnte etwas zustoßen oder ich könnte mir eine dicke Erkältung einfangen?«

»Vermutlich«, antwortete Sable. »Du bist schwanger, damit ist alles anders als vorher.«

Brindle stöhnte. »Ich muss mit ihm reden. Wir müssen das klären. Im Moment tut mir das Herz nämlich so schrecklich weh, als hätte unser blöder Streit es in Stücke gerissen.«

Den Rest des Weges legten sie schweigend zurück. Mit ihrem Beschluss, sich dem Problem zu stellen und alles daran zu setzen, es zu lösen, war Brindles Wut verflogen. Damit, dass es bei ihrem Neuanfang auch Rückschläge geben würde, hatte sie rechnen müssen. Sicher war dieser Streit nicht mehr und nicht weniger. Sie würden ihn überwinden.

Denn gemeinsam konnten sie alles schaffen.

»Was ist das?« Aubreys Frage riss Brindle aus ihren Gedanken.

Brindle folgte Aubreys Blick zu einem Bündel ganz oben auf dem Hügel. Eilig erklommen sie die letzten Meter und dort auf der Kuppe lag auf einer Picknickdecke ein kleiner Stapel warmer Decken bereit. Daran lehnte eine Thermoskanne, auf die jemand mit schwarzem Filzstift »Heiße Schokolade« geschrieben hatte. Tassen lagen dabei, ein Körbchen mit zwei

Äpfeln, eine Packung Müsliriegel, eine Tüte M&Ms, eine Schachtel Kekse und etliche Hand- und Zehenwärmer, wie Jäger sie im Winter benutzten. Auf einem Paar Handschuhe lag ein Zettel. *Ich liebe dich, Mustang!*, stand in Traces Handschrift darauf. *Dein Cowboy.*

Brindle schmolz regelrecht dahin und ließ sich auf die Picknickdecke sinken. Sie schaute hinunter zum Reitplatz, wo Trace gerade mit einem Pferd über ein Hindernis sprang. Kraftvoll und geschmeidig lenkte er das herrliche Tier über die Sprünge. Kraftvoll und geschmeidig, so wie er auch mit ihr umging.

Ich bin ein absolutes Schaf.

Niemals würde er seine Pferde in gefährliches Gelände laufen lassen. Warum sollte er *ihr* tatenlos dabei zusehen? Auf dem Hügel gab es tatsächlich ein paar Stolperfallen und es war auch wirklich eiskalt.

»Verdammt, Brin.« Gemeinsam mit Aubrey ließ Sable sich auf einer Decke nieder und griff nach den Snacks. »Vielleicht solltet ihr euch öfter streiten.«

»Der Mann weiß, wie man sich entschuldigt«, fügte Aubrey hinzu.

»Das ist keine Entschuldigung. Die hat er mir schon ins Ohr geflüstert, als er ins Bett gekommen ist. Und ich blöde Gans habe so getan, als würde ich schlafen. Das hier ist durch und durch Trace, der sich um sein wildes, verrücktes Mädchen kümmert. Unser Streit ist bloß ein Schlagloch auf unserem gemeinsamen Weg. Etwas, wo wir durchmüssen, was uns daran erinnert, wie wir es *nicht* machen wollen.«

Sable nickte. »Morgyn würde von einem Zeichen des Universums sprechen.«

Trace ließ sein Pferd in einen entspannten Trab fallen.

Dann schaute er direkt hinauf zur Hügelkuppe. Wie magnetisch angezogen stand Brindle auf und spürte, wie seine Liebe die Luft zwischen ihnen aufheizte. Sie winkte und warf ihm einen Kuss zu. Er hob seinen Hut und überwältigte sie wieder einmal mit seinem Cowboycharme. Dann setzte er den Hut wieder auf und ritt zurück zum Stall.

»Jetzt verstehe ich, weshalb sich durch Trace deine Meinung über Männer geändert hat«, sagte Aubrey zu Sable. »Aber so einen gibt's definitiv nur einmal.«

»Und er gehört mir. Also Finger weg. Ich habe einen Plan und den setze ich jetzt in die Tat um«, erklärte Brindle. »Erst entschuldige ich mich und dann mache ich ihm einen Heiratsantrag.«

»Einen *Heiratsantrag?*«, fragten Sable und Aubrey wie aus einem Mund.

»Ja!« Brindle fing an, auf und ab zu gehen. Dabei achtete sie genau darauf, wo sie hintrat, damit sie nicht stolperte oder ausrutschte und hinfiel. »Er liebt mich so sehr wie ich ihn. Er weiß, was er von mir verlangen kann und was nicht. Und ja, er hat versucht, mir etwas zu verbieten. Jeder macht mal einen Fehler. Aber er war immer für mich da und ich für ihn. Wir sind verwandte Seelen. Er ist verlässlich, treu, liebevoll und …«

»Brindle«, sagte Sable. Aber Brindle war gerade in Fahrt und konnte nicht aufhören.

»Ich liebe ihn schon, seit ich dreizehn war. Und ich werde ihn lieben bis ans Ende meiner Tage. Okay, ab und zu werden wir uns vielleicht streiten.« Sie stapfte weiter hin und her. Doch ihr Plan stand fest und sie sah ihre gemeinsame Zukunft deutlich vor sich. Ihre Tochter, weitere Kinder, Meinungsverschiedenheiten und Versöhnungen. Entspannte Abende am Feuer, Samstagnachmittage beim Football, wo sie ihn und seine Mannschaft anfeuerte. »Wir werden immer wieder zueinanderfinden, denn unsere Liebe ist stärker als unsere Sturheit.«

»Hey, Brindle«, sagte Aubrey.

»Versuch erst gar nicht, mir das auszureden, Aubrey. Ich werde jetzt da runter marschieren, mich entschuldigen und ihm dann einen Antrag machen, der sich gewaschen hat. Und ich werde ihn heiraten, weil ich ihm gehöre und er mir. Die ganze Welt soll das wissen.«

»Brindle!«, riefen Aubrey und Sable jetzt zusammen.

»Was? Versteht ihr nicht, dass es mir ernst ist?« Sie fuhr herum und sah, dass die beiden zum Dach des Stalles zeigten. HEIRATE MICH, BRINDLE stand dort mit farbigen Lichtern geschrieben. Brindle blieb einen Moment lang die Luft weg.

»Was du gerade gesagt hast, hast du das alles genau so gemeint?«

Sie wandte sich zu Traces tiefer Stimme um. Neben einem schwarzen Pferd stand er auf der Hügelkuppe.

Mit Tränen in den Augen rannte sie in Traces Arme. »Ja! Jedes einzelne Wort. Ich liebe dich und weiß nicht, warum wir uns gestritten haben. Aber ich weiß, dass wir gemeinsam alles schaffen werden.«

»Ich musste dafür sorgen, dass du wirklich kommst. Ich dachte, vielleicht wärest du wegen des Babys zu müde und würdest in letzter Minute beschließen, zu Hause zu bleiben. Das konnte ich nicht riskieren, Babe. Ich wollte dich ein letztes Mal hier auf dem Hügel sehen, bevor unsere Tochter zur Welt kommt und die Ritte vor Sonnenaufgang Geschichte sind.« Er nahm ihr Gesicht zwischen die Hände und schaute in ihre schönen blauen Augen. »Die sicherste Möglichkeit, dich hierher zu lotsen, war, dich so wütend zu machen, dass du um keinen Preis zu Hause bleiben würdest.«

»Du hast dich absichtlich mit mir gestritten? Was, wenn ich einfach klein beigegeben hätte? Wenn ich schulterzuckend gesagt hätte, okay, ich bleibe daheim?«

Er lachte. »Mustang. Jeder weiß, was passiert, wenn man eine Montgomery in die Ecke drängt. Ich hatte Glück, dass du mir keinen Kinnhaken verpasst hast. Und ich hatte eine Heidenangst, du würdest mir nicht verzeihen, dass ich so mit dir geredet habe. Du weißt, ich liebe dein wildes, verrücktes Herz. Und das wird immer so bleiben.«

Damit ging er vor ihr auf ein Knie und hielt den Halo-Verlobungsring in die Höhe, den er für sie ausgesucht hatte. Runde Pavé-Diamanten umgaben einen tropfenförmigen Schokoladendiamanten. Auch das roségoldene Band war mit Diamanten besetzt. Tränen schossen in Brindles Augen und strömten ihr über die Wangen. Mit zitternden Händen versuchte sie, sie wegzuwischen.

Dass seine Brüder sich zu ihnen gesellten und Sable alles filmte, nahm Trace kaum wahr. Er legte eine Hand auf Brindles Bauch und beugte sich vor. »Hör zu, süßes Töchterlein. Daddy macht die Sache jetzt offiziell.«

Die Frauen seufzten gemeinsam auf, die Männer murmelten leise.

Trace griff nach Brindles Hand. »Schon beim ersten Blick in deine stürmischen Augen habe ich mich in dich verliebt. Und meine Liebe ist mit jedem Tag stärker geworden. Du bist stur wie ein Maulesel, klüger, als ich es je sein werde, und so großherzig wie der weite Himmel. Unsere Beziehung wird niemals alltäglich sein. Denn eine wie dich gibt es nur einmal, und ich wäre der stolzeste Mann auf der Welt, wenn du für immer bei mir bleiben würdest. Ich werde dich lieben – im Streit und mit angebrannten Pasteten, in jeder Nacht ohne Schlaf und bei jeder spontanen Unternehmung. Willst du mich heiraten, Mustang? Lass mich dein Cowboy sein, dann reiten wir gemeinsam für immer durch unsere wilde, verrückte Liebe.«

»Ja!« Tränen schossen ihr aus den Augen, während sie zusah, wie Trace ihr den Ring ansteckte. »Du hast gerade auf die allerschönste Weise meine Überraschung ruiniert. Und ich kann nicht mal so tun, als wäre ich dir böse.«

»Das schafft wirklich nur Brindle«, stöhnte Sable.

Brindle griff in ihre Tasche, kniete sich Trace gegenüber hin und hielt einen sehr maskulin aussehenden Ring in die Höhe.

Heiliger Strohsack. »Was soll das werden?«

»Das, was ich geplant habe.« Brindle grinste. »Nichts hätte mich davon abgehalten, heute Morgen hierher zu kommen. Denn ich will deine Frau werden. Ich will unsere rebellischen Kinder mit dir aufziehen, die sich wahrscheinlich ständig aus dem Haus schleichen und uns wahnsinnig machen werden. Ich will, dass die ganze Welt weiß, dass ich dir gehöre und du mir. Die Frage ist jetzt vielleicht nicht mehr so wichtig, denn du bist mir zuvorgekommen, aber … Willst du mich heiraten, Trace? Willst du mich versuchen lassen, für den Rest unseres Lebens die Frau zu sein, die du verdienst?«

Er schluckte gegen den dicken Klumpen in seiner Kehle an. Nur mit Mühe fand er seine Stimme wieder. Dann stand er auf und zog sie mit sich hoch. »Diese Frage ist wichtiger als alles andere auf der Welt. Ja, Babe. Ich werde dich heiraten, dass dir Hören und Sehen vergeht, verdammt.«

Alle klatschten und johlten, während er Brindle an seine

Brust zog und ihre Versprechen mit einer ganzen Serie langer, heißer Küsse besiegelte. Nach einer kurzen Atempause küsste er sie gleich noch einmal.

»Hey, Kumpel, lass der Frau wenigstens so viel Luft, dass sie dir den Ring anstecken kann«, lachte JJ.

Trace funkelte ihn an.

»Schau *mich* an.« Brindle holte seinen Blick zu ihr zurück. »Lies zuerst die Gravur.« Er betrachtete den Ring und sie sagte: »Du wunderst dich vielleicht über das Datum. Aber das war der Tag …«

»… an dem wir uns zum ersten Mal geküsst haben.« Sein Herz schlug so heftig, dass er fast sicher war, es müsste die Luft zwischen ihnen zum Pulsieren bringen. »Wie könnte ich jemals den Tag vergessen, der meine Welt für immer verändert hat?«

»Oh mein Gott. Wenn die beiden so weitermachen, fange ich demnächst an, an die große Liebe zu glauben.« Mit ihrem Kommentar brachte Aubrey alle zum Lachen.

Trace ließ sich von Brindle den Ring anstecken. »Aus Ringen habe ich mir nie was gemacht. Aber den hier ziehe ich nie wieder aus.«

Er küsste sie herzhaft und fest. Shane zog sie schließlich voneinander weg. »Keiner von uns will zuschauen, wie ihr euch als Nächstes die Kleider vom Leib reißt, Bruder.«

Trace und Brindle wurden unter Gratulationen von einer Umarmung zur nächsten gereicht. Als Trace Brindle schließlich wieder in den Armen hielt, strahlte sie, als wäre sie nie glücklicher gewesen.

Jeb grinste Trace kopfschüttelnd an. »Du hast dich allen Ernstes darauf verlassen, dass sie nach einem Streit auf jeden Fall herkommt. Unfassbar.«

»Ich habe euch doch gesagt, dass ich mein Mädchen kenne. Und falls sie nicht hätte kommen wollen, hätte Sable sie hergeschleppt.«

Brindle schnappte nach Luft und fixierte ihre Schwester. »Du wusstest Bescheid?«

»Ja. Und Amber wird mich umbringen, weil ich es ihr nicht gesagt habe. Ich hatte gehofft, sie schlägt sich mit uns die Nacht um die Ohren und wir könnten sie mitbringen. Aber sie wollte nach Hause und dein Freund …«

»Mein *Verlobter*.« Brindle wackelte mit ihrem Ringfinger und sah dabei so stolz aus, dass Traces Herz am liebsten singen wollte.

»Dein *Verlobter*«, sagte Sable, »hat mich um absolute Verschwiegenheit gebeten. Sogar gegenüber unseren Schwestern.«

»Mach dir nichts draus. Der Vollpfosten hat nicht mal uns was verraten«, schimpfte Shane. »Und wenn Trixie es rausfindet, will ich lieber nicht in der Nähe sein. Sie wird ziemlich angepisst reagieren.«

Brindle schaute zu Jeb. »Na ja, einer von euch Brüdern war eingeweiht.«

Trace warf Jeb einen Blick zu. »Im Ernst?«

»Was glaubst du, wer den Ring gemacht hat?« Jeb hob die Hände. »Als wir uns neulich unterhalten haben, dachte ich, dass du heute Morgen derjenige sein würdest, den es aus den Stiefeln haut.«

Trace schaute seiner schönen Verlobten in die Augen. »Seit ich meinen hübschen kleinen Mustang zum ersten Mal gesehen habe, haut es mich jeden Tag aus den Stiefeln.«

»Und ich werde dafür sorgen, dass es für den Rest unseres Lebens so bleibt.« Brindle stellte sich auf die Zehenspitzen. Als er den Mund auf ihren drückte, verlangten seine Brüder stöhnend, sie sollten sich gefälligst ein Zimmer nehmen. Und genau das hatte Trace auch vor.

Epilog

Brindles Augen strahlten mit den blinkenden kleinen Lichtern bei der alljährlichen Silvesterfeier in der Scheune der Jerichos um die Wette. Draußen vor den offenen Toren segelten Schneeflocken vom Himmel wie kleine Geheimnisse. Fast die ganze Stadt hatte sich in diesem Winterwunderland zu der traditionellen Jamsession am Jahresende eingefunden. Brindle plauderte mit Amber, war aber ein wenig abgelenkt, denn ihr Blick hing an Trace. Unter dem ganz in Gold und Silber dekorierten Weihnachtsbaum unterhielt er sich mit seinem Vater, Shane und Axsel. Doch selbst von der anderen Seite der Tanzfläche aus konnte Brindle die Liebe aus den Augen ihres Ehemanns leuchten sehen.

Mein Ehemann.

Einfach märchenhaft.

Seufzend spielte sie in Gedanken mit ihrem neuen Namen. *Mrs. Trace Jericho. Mr. und Mrs. Trace Jericho. Mrs. Brindle Jericho.*

Trace ertappte sie dabei, wie sie ihn anschaute, und hauchte ihr einen Kuss zu. Sie hätte schwören können, dass sie spürte, wie er warm und zärtlich auf ihrer Wange landete. Versonnen berührte sie ihren roségoldenen Ehering, das perfekte Symbol für ihre Beziehung. Hier in dieser Scheune hatte ihr Neuanfang begonnen. Jetzt begann hier ihre Zukunft.

Auf der Bühne, wo inzwischen die Musiker für Unterhaltung sorgten, hatten Brindle und Trace einander vor einer knappen Stunde das Ja-Wort gegeben. Sie hatten keine Einladungen verschickt und keine Pläne gemacht. Nur den Text für ihr Eheversprechen hatte sich jeder von ihnen zuvor ausgedacht. Ihren Familien und ihren Freunden hatten sie gesagt, dass sie sich verlobt hatten und ihre Verbindung bei der letzten Jamsession des Jahres offiziell machen würden. Die Menschen, die so großen Anteil an ihrer Schwangerschaft genommen hatten, hatten die wunderbare Neuigkeit verbreitet. Fast die ganze Stadt war erschienen, aber auch Leute, die nur die Hashtags in den sozialen Medien kannten, waren gekommen, um dabei zu sein, wenn Team Trindle heiratete.

»Ich wünschte, Aubrey könnte heute mit uns feiern«, sagte Brindle zu Amber, die in dem grünen Kleid, das ihre Augen strahlen ließ, einfach zauberhaft aussah. Amber war traurig gewesen, dass sie die Anträge verpasst hatte. Aber zum Glück hatte Sable ja alles gefilmt.

»Sie wäre wirklich gerne gekommen, aber bei der LWW-Silvestergala darf sie natürlich nicht fehlen.« Amber senkte die Stimme. »Und diesmal gibt es noch einen speziellen Grund. Ich glaube, sie hofft, dass Knox ebenfalls kommt.«

»Das würde mich für sie freuen.« Brindle zwinkerte.

»So viele rosa Shirts habe ich noch nie auf einem Haufen gesehen«, sagte Jillian, Grahams jüngere Schwester, die sich zusammen mit Morgyn zu ihnen gesellte. In ihrem festlichen goldfarbenen Kleid, das sie ganz sicher selbst entworfen hatte, sah Jillian einfach atemberaubend aus. Sie hatte sich einen der pinkfarbenen #TeamTrindleTrio-Buttons angesteckt, die

Lindsay auf einem Tisch am Eingang ausgelegt hatte. Morgyn sah in einer ihrer farbenfrohen Kreationen einfach wunderschön aus.

»Ja, unfassbar, nicht?« Amber strich Reno, dem sie ebenfalls einen pinkfarbenen Button ans Halsband geheftet hatte, über den Kopf.

»Lindsay meint, seit Brindles und Traces Verlobung hätte sie noch mal ein paar hundert Shirts bestellen müssen«, sagte Morgyn.

»Da seht ihr, was passiert, wenn man eine Eventplanerin bittet, nichts zu planen.« Brindle schüttelte den Kopf. Lindsay hatte erklärt, die Buttons und das Banner über der Bühne hätte sie einfach beisteuern *müssen*. HERZLICHEN GLÜCKWUNSCH #TEAMTRINDLETRIO stand darauf. »Nur unter Gewaltandrohung konnte ich sie davon abhalten, auch noch ein Catering auf die Beine zu stellen, passende Servietten drucken zu lassen und wer weiß was sonst noch.«

»Sie meinte, sie könnte von Glück sagen, dass sie dich und Trace wenigstens nach dem Fest in einer Pferdekutsche zu eurer Unterkunft bringen lassen darf«, sagte Amber. »Aber, ganz ehrlich? Man heiratet nur einmal. Ihr hättet ihr erlauben sollen, für euch ein rauschendes Fest zu veranstalten.«

»Wozu denn? Das hier ist perfekt«, sagte Brindle. »Trace und ich waren von Anfang an Stadtgespräch. Und heute sind alle hier. Wir wollten kein großes Tamtam, wir wollten nur eine Hochzeit, bei der jeder mitfeiern kann. Weshalb sich so viele Leute so sehr für unsere Beziehung interessieren, ist mir allerdings nach wie vor ein Rätsel. Aber dass unser kleines Mädchen in so vielen Herzen willkommen sein wird, ist wunderschön.«

»Ich finde, ihr habt ein großartiges Hochzeitsfest«, sagte

Jillian. »Wer heiratet denn schon bei einer Jamsession? Und das Hochzeitskleid, das Morgyn für dich geschneidert hat? Perfekt!«

»Ja, nicht wahr? Ich liebe es.« Brindle drehte sich in dem cremefarbenen Kleid mit der pinkfarbenen Schärpe einmal um die eigene Achse. Es hatte transparente Ärmel und sein tiefer Ausschnitt lenkte von ihrem Babybauch ab. Das schlichte Unterkleid aus Seide fiel ihr bis kurz über die Knie, hatte aber einen bodenlangen Überrock aus Spitze. »Morgyn vollbringt wahre Wunder. Aber das weißt du ja, denn du verkaufst schließlich auch Sachen von ihr in deiner Boutique. Ursprünglich waren es zwei Kleider, aus denen sie eines gezaubert hat.«

»Jax hätte zu gern für jede von uns ein Kleid entworfen«, sagte Morgyn. Grahams Bruder Jax war ebenfalls Designer und auf Hochzeitsmode spezialisiert. Er, Jillian und Nick waren zusammen hergekommen, um das große Ereignis mitzufeiern. »Bestimmt kriegt er bald eine neue Chance. Wenn ich mir Nick und Trixie so ansehe ...« Morgyn zeigte in die Ecke, wo sich Nick gerade mit Jax und Jeb unterhielt. Nicks gewaltiger Bizeps zeichnete sich deutlich unter den Ärmeln seines eleganten Hemdes ab. Sein Blick hing an Trixie, die ein paar Schritte entfernt bei Lindsay stand.

»Wow. Auffälliger geht's kaum, oder?«, sagte Brindle. Dann schaute sie wieder zu ihrem Mann. Trace schien sie intensiv zu beobachten. *Ich liebe dich*, formte sie mit den Lippen. Seine Mundwinkel kräuselten sich zu einem sündigen Lächeln. *Und ich dich noch mehr*, antwortete sein Mund. Mit dem Kinn zeigte er auf die Treppe, die zum Heuboden hinaufführte, und zwinkerte. Sie lachte leise. Ihr schlimmer Junge war immer zu Unfug aufgelegt.

»Oje. Wir haben sie wieder verloren. Sie ist traceifiziert.«

Jillian berührte Brindles Arm und holte ihre Aufmerksamkeit zurück.

Brindle blinzelte benommen. »Tut mir leid. Ich kann nichts dagegen tun. Ich könnte schwören, wenn man Ja sagt, passiert irgendwas. Ich will in jeder Sekunde mit ihm zusammen sein. Habe ich was verpasst?«

»So wie Trace dich anschaut, würde ich sagen, eher nicht«, antwortete Amber lächelnd.

Jillian beugte sich näher und senkte die Stimme. »Amber hat mir von eurem Rat der Frauen erzählt. Ich wäre gerne mal dabei. Wann trefft ihr euch denn wieder?«

»Wir wollen das jetzt immer am dritten Samstag im Monat machen. Meinst du, du kannst dazu herkommen?«, fragte Brindle.

Die Treffen, bei denen Beziehungstipps ausgetauscht wurden, hatten sich herumgesprochen, und immer mehr Frauen fanden sich dazu ein. Manche waren verheiratet, andere nicht. Deshalb hatten sie den Namen geändert und sprachen jetzt nicht mehr vom Rat der *verheirateten* Frauen. So fühlte sich niemand ausgeschlossen. Zur letzten Zusammenkunft waren dreißig Frauen erschienen. Nana und Amber führten inzwischen eine Mitgliederliste und hatten einen Terminplan gemacht. Die Treffen sollten zu einer festen Einrichtung werden. Ambers Ratschläge in Sachen süße, feminine Weiblichkeit waren genauso beliebt wie Brindles Verführungstipps und alles, was ihre Mutter zum Thema Kommunikation beisteuerte. Es hieß ja, man bräuchte ein ganzes Dorf, um ein Kind großzuziehen. Doch in Wahrheit brauchte man ein ganzes Dorf, um ein gesunder, stabiler Mensch und eine gute Partnerin zu werden.

»Keine Sorge, die Zeit nehme ich mir.« Jillians Blick

schweifte durch den Raum. »Ich hätte nie gedacht, dass es hier in Oak Falls so viele brandheiße Cowboys gibt.«

»Trixie meint, ihr hättet auch in Pleasant Hill recht appetitliche Kerle«, sagte Brindle. Trixie fing sich gerade jede Menge düstere Blicke von ihren Brüdern ein. Offenbar hatten sie sie dabei ertappt, wie sie Nick abcheckte.

»Kann schon sein. Aber Daten ist leichter, ohne Mr. Bizeps im Nacken sitzen zu haben.« Jillian zeigte über ihre Schulter hinweg auf Nick.

»Halte dich einfach in unserer Nähe. Wir verkuppeln dich schon«, sagte Morgyn. »Und Amber am besten gleich mit. Sie braucht einen Mann in ihrem Leben.«

»Nein danke, kein Bedarf«, widersprach Amber. »Ich bin mit meinem Buchladen vollkommen ausgelastet. Für einen Mann hätte ich gar keine Zeit. In den nächsten Monaten veranstalte ich jede Menge Signierstunden.«

»Ach, Schätzchen.« Jillian legte einen Arm um Ambers Schultern. »Ich glaube, wir müssen uns mal über Prioritäten unterhalten.« Sie schob Amber ein Stück von den anderen weg.

Brindle sah, dass Trace und Graham auf sie zukamen. Traces dunkle Augen quollen über vor Liebe und Verlangen. »Schau sie dir bloß an, Morgyn. Wir beide sind echte Glückspilze.«

»Meinst du? Ich denke, mit Glück hat das nicht viel zu tun.« Morgyn strahlte. »Die Sterne standen günstig, und uns zu verlieben, war uns vom Schicksal bestimmt.«

Brindle wusste nicht, ob sie an Schicksal glauben sollte. Doch irgendetwas hatte sie und Trace in genau dem Moment zusammengebracht, in dem sie für große Veränderungen bereit gewesen waren. Etwas, das größer war als sie beide, hatte bewirkt, dass sie sich einander geöffnet hatten. Eine unaufhaltsame Kraft hatte ihre Liebe in neue Höhen katapultiert und dafür gesorgt, dass sie jeden Teil ihres Lebens durchdrang.

Trace legte seinen Arm um ihre Schultern und küsste sie auf die Schläfe. »Hallo, meine wunderschöne Frau.«

»Ich bin immer noch fassungslos, dass deine wunderschöne Frau nicht wollte, dass Lindsay für sie eine Brautparty schmeißt«, sagte Morgyn. Graham nahm ihre Hand.

Brindle lächelte ihren frischgebackenen Ehemann an. »Geschenke sind schön, aber ich habe doch schon alles, was ich mir je wünschen könnte.«

»Darf ich meinen Mustang zu einem Tanz entführen?«, fragte Trace.

»Bloß wenn du mir verrätst, warum du sie so nennst«, sagte Morgyn.

»Sorry, Schwägerin, keine Chance.« Trace führte Brindle zur Tanzfläche und zog sie in seine Arme. »Wie gehts meinen Mädels?« Er küsste die zarte Stelle neben Brindles Ohr. »Hmmm. Ich habe dich vermisst«, raunte er.

»Ich dich auch.« Sie strich mit dem Finger zwischen den offenen oberen Knöpfen seines eleganten Hemdes entlang. »Aber jetzt, wo Morgyn davon angefangen hat, bin ich neugierig. Warum nennst du mich eigentlich Mustang?«

»Willst du das wirklich wissen?«

»Ich will alles über dich und mich wissen. Also ja.«

»Okay, Babe. Aber der Grund ist nicht der, den du und viele andere vielleicht vermuten. Wahrscheinlich glauben alle, ich nenne dich so, weil du so wild bist.« Eng aneinandergeschmiegt wiegten sie sich im Takt der Musik. »Aber das ist längst nicht alles. Mustangs sind keine Wildpferde. Sie stammen von zahmen Reit- und Arbeitspferden ab, sind also nur verwildert. Sie ziehen frei umher und glauben, sie wären am glücklichsten, wenn sie völlig unabhängig und ohne jede Einschränkung leben können.«

»Das klingt ganz nach mir«, sagte sie lächelnd.

»Du ahnst gar nicht, wie richtig du damit liegst. Das Vertrauen eines Mustangs zu gewinnen, ist unsagbar schwer, weil sie so dickköpfig sind und superschlau. Das müssen sie auch sein, um in der Wildnis überleben zu können. In ihrer Welt sind wir Menschen wie Raubtiere. Und vor Raubtieren nimmt man sich in Acht. Mustangs verstehen nicht, warum wir ihre Nähe suchen, und Vertrauen müssen sie erst lernen. Das kann sehr lange dauern, man braucht viel Geschick und Geduld dafür. Man kann sie zu nichts zwingen und sie nicht unterwerfen. Man muss wissen, wie viel man von ihnen verlangen darf, und ihnen immer genügend Raum lassen. Nur nach und nach kann man sie für Augenblicke festhalten. Wenn sie verstehen, dass man sich mit ihnen verständigen will, ohne sie zu beherrschen, ändert sich ihre Einstellung. Doch bis sie sich ganz auf einen einlassen, vergeht viel Zeit. Und man bezahlt immer einen Preis. Denn, meine wunderschöne Frau ...«, er schaute in ihre liebevollen Augen, »Mustangs sind immer Partner, nicht nur irgendwelche Wesen, denen man einen Sattel auflegt oder die man vor einen Wagen spannt. Sie erwarten mehr von ihren Menschen als jedes andere Pferd. Doch wenn sie einen in ihr großes Herz schließen, wenn man sich ihre Zuneigung verdient hat, werden sie zu lebenslangen Gefährten. Es sei denn, man behandelt sie schlecht oder ungerecht. Sie sind die treuesten Pferde, die man sich vorstellen kann. Sie würden alles für einen tun. Bis zum letzten Atemzug.«

»Das ist das Schönste, was ich je gehört habe«, murmelte Brindle versonnen. Doch plötzlich verdunkelten sich ihre Augen. »Vermutlich sollte ich dir nicht verraten, weshalb ich dich Cowboy nenne. Es ist nämlich nicht halb so romantisch.«

Er lachte und zog sie noch fester an sich. »Hat es etwas damit zu tun, wie ich dich reite?«

»Schon möglich …« Sie strich mit der Hand an seinem Arm entlang und nahm seine Finger in ihre. »Komm mit, dann zeige ich es dir.« Mit einem verführerischen Funkeln in den Augen führte sie ihn von der Tanzfläche weg Richtung Ausgang.

»Du brauchst eine Jacke«, sagte Trace.

Sie legte einen Finger an die Lippen und trat hinaus in den Schnee. Dort wartete die Pferdekutsche. Sie war mit Girlanden aus Stechpalmen und mit goldenen und silbernen Schleifen dekoriert. Hinten war ein Banner mit der Aufschrift »Just Married« angebracht.

»Steig ein«, drängte sie flüsternd und band die Pferde los. Als sie auf den Kutschbock stieg, legte er die Hände an ihren Hintern und half ihr, sich hinauf zu schwingen. Sie rückte zur Seite und machte ihm Platz. »Schnell, damit keiner mitkriegt, dass wir verschwinden!«

Noch bevor er richtig neben ihr saß, ließ sie die Pferde antraben. Ihr frohes, ansteckendes Lachen schallte hell durch die Winternacht.

»Ich kann es kaum erwarten, das neue Jahr als Mann und Frau zu beginnen!« In schneller Fahrt jagten sie den verschneiten Weg zu den Stallungen am anderen Ende der Ranch entlang. Dort hatten sie sich früher oft zusammen auf den Heuboden geschlichen.

Trace legte den Arm um sie. »Nur du, Brindle Jericho, bist verrückt genug, dich von deiner eigenen Hochzeit wegzuschleichen.«

Ihre Augen schimmerten im Mondlicht, Schneeflocken schmolzen auf ihren Wangen. »Das stimmt nicht ganz, Cowboy. Ich habe den perfekten Partner, um lebenslang allerhand Unfug anzustellen. Findest du wirklich, ich bin verrückt?«

»Ich finde, du bist wild und fantastisch!«

»Zum Teufel, ja. Du *bist* verrückt! Halt sofort an! Du hast unsere Kutsche gestohlen!«, schimpfte die Stimme ihrer Mutter hinter ihnen. Sie fuhren beide herum. Brindles Eltern saßen mit zerzaustem Haar und verrutschen Kleidern hinten auf der Bank. Ihre Wangen waren gerötet, der Lippenstift ihrer Mutter hatte im Gesicht ihres Vaters Spuren hinterlassen.

»Ach, was soll's. Fahr einfach weiter.« Ihr Vater zog seine Frau außer Sichtweite auf die Sitzbank. Seine Küsse erstickten ihr Lachen.

Trace und Brindle prusteten los und Brindle rief: »Ich will lieber nicht wissen, was da hinten gerade passiert. Aber der Heuboden ist für uns reserviert!«

Eins

Aubrey erwachte mit dem intensiven, sinnlichen Geruch von
Oud Wood-Aftershave und Sex in der Nase. Sie fuhr mit den
Fingern über die teure Hotelbettwäsche und genoss das
angenehme Gefühl, das sich nach ihrem One-Night-Stand mit
Knox Bentley in ihr ausbreitete. Sie hatten sich bei der
Wohltätigkeitsveranstaltung gestern Abend getroffen und waren
im Anschluss zusammen im Hotel gelandet. Es fühlte sich gut
an, mit geschlossenen Augen dazuliegen, seinen kräftigen Arm
um ihre Mitte und seine Erektion an ihrem Hintern zu spüren,

311

während er sich an sie kuschelte.

Kuschelte?

Sie riss die Augen auf. Kuscheln stand bei ihr nicht zu Debatte. Das war noch intimer als Sex. Kuscheln setzte eine tiefere Verbindung voraus – das Verlangen, den anderen zu beschützen. Als eine der Gründerinnen von LWW – Ladies Who Write Enterprises, einem Multimedia-Konzern, und Leiterin der Film- und Fernsehabteilung musste Selfmade-Milliardärin Aubrey Stewart jedoch ganz bestimmt nicht beschützt werden. Höchstens vor ihrem gefährlich attraktiven und viel zu frechen Bettgenossen, der gerade immer härter wurde, während er sich an sie drückte und verführerische Geräusche von sich gab, bei denen ihr Herz schneller schlug.

Grundgütiger …

Knox presste die warmen Lippen auf ihre Schulter, drehte sie auf den Rücken und sah ihr tief in die Augen. Verlangen brandete in ihr auf. Es war kaum zu fassen, wie wenig er tun musste, um sie zu erregen. Ein begieriges Geräusch, ein Hauch seines teuren Aftershaves. Sogar ein Blick in seine sündigen karamellfarbenen Augen bewirkte bereits, dass sie wie ein Teenager Schmetterlinge im Bauch hatte. All diesen Details schien das Versprechen dunkler Verlockungen innezuwohnen, und wenn sie alle zusammenkamen, war es jedes Mal um sie geschehen.

Sie hatte in dieser Woche noch unzählige Dinge zu erledigen, bevor der Wintersturm, der bereits die Küste heraufzog, über sie hereinbrechen würde, und Knox' große, kräftige Hand, die über ihren Oberschenkel wanderte, half ihr nicht gerade dabei, hier einen schnellen Abgang hinzulegen.

»Ich weiß wirklich nicht, was bei diesen Wohltätigkeitsveranstaltungen über mich kommt. Es ist unfassbar, dass wir das schon wieder getan haben«, hauchte sie atemlos und versuchte, sich ihm zu entwinden, bevor sie sich abermals in ihm verlor und ihre Pläne für diesen Tag in den Wind schoss.

Er drückte ihren Oberschenkel und hielt sie dort fest, wo er sie haben wollte, während sich ein Grinsen auf seinem Gesicht ausbreitete. »Ich bin über dich gekommen, Babe. Wie solltest du all dem hier auch widerstehen?« Er deutete auf seinen prachtvollen, knackigen nackten Körper. »Aber eigentlich dürfte dich das nicht überraschen.« Sanft strich er ihr mit den Bartstoppeln über die Wange. »Wir gehen seit über zwei Jahren nach Wohltätigkeitsveranstaltungen und anderen Geschäftsevents miteinander ins Bett, also tu nicht so, als wäre das eine Ausnahme. Manche Menschen würden sogar behaupten, wir hätten eine Beziehung.«

»In deiner Welt vielleicht.«

Sie hatte Beziehungen schon vor langer Zeit aufgegeben. Männer fühlten sich von ihrem Erfolg entweder eingeschüchtert, waren gelangweilt oder benahmen sich selten dämlich. Und wenn es um Sex ging, hatte Knox sie im Grunde genommen für jeden anderen Mann verdorben, auch wenn sie das ihm gegenüber niemals zugegeben hätte. Sie hatte fast den Verstand verloren, als er geschäftlich nach Belize reisen musste und letzten Endes mehrere Monate dortgeblieben war.

»Seit zwei Jahren? Das kann doch nicht stimmen.« *Oder?* Sie dachte an ihre erste Begegnung zurück, und verdammt … Er hatte recht. Aubrey hatte den rebellischen Milliardär im Zuge ihrer Arbeit für eine Stiftung kennengelernt. Den Gerüchten zufolge war Knox als der Sohn von Griffin Bentley, einem bekannten Risikokapitalgeber und Immobilienmogul, seit seiner Kindheit darauf vorbereitet worden war, irgendwann einmal die Geschäfte seines Vaters zu übernehmen. Er war in Elitekreisen für seine Umweltschutzbemühungen und die beachtlichen Spenden für Kinderhilfsorganisationen bekannt – ebenso wie für seine entschiedene und unverhohlene Trennung vom Familienunternehmen. Aubrey wusste ganz genau, wie es war, sich von einem Familienerbe loszusagen, auch wenn die Lage bei ihr völlig anders aussah. Ihre Mittelklassefamilie war in Port Hudson, New York, verwurzelt, wo ihr Vater als Footballcoach an der Boyer University arbeitete und ihre Mutter als *Gastgeberin mit dem gewissen Etwas* Events der Highschool und College-Sportveranstaltungen sowie After-Partys organisierte, obwohl ihre Kinder längst erwachsen waren. Bei zwei älteren Brüdern, die nach Footballstars benannt worden waren und heute in der NFL spielten, war es ihr schwergefallen, ihrem Ruf als *das Mädchen aus der Footballfamilie* zu entkommen.

Sie liebte ihre Familie und sie liebte Sportereignisse, hatte jedoch als Teenager davon geträumt, sich irgendwie befreien und beweisen zu können. Diese Gemeinsamkeit war es, die ihr Interesse an Knox geweckt hatte. Sein unfassbar gutes Aussehen und sein Sinn für Humor hatten natürlich auch ihren Teil zu dieser Faszination beigetragen, und nach der ersten Nacht zudem die Tatsache, dass sie sich keinen besseren Liebhaber vorstellen konnte …

Er holte sie mit Küssen auf ihren Hals in die Gegenwart zurück und ließ die Hand langsam über ihren Oberschenkel wandern. »Ich muss langsam los und mir noch andere Hotels für eine anstehende Filmproduktion ansehen.«

»Wenn ich mich recht erinnere, hat *Mrs. Robinson* es nie so eilig gehabt.«

Sie funkelte ihn wütend an. »Du bist nur vier Jahre jünger als ich, also komm mir jetzt nicht auf die Tour.«

Als seine Fingerspitzen ihre Scham streiften, entfuhr ihr ein begieriger Seufzer.

»Du kennst doch meine Tour, Babe, und scheinst sie letzte Nacht mehrfach genossen zu haben.«

Babe? Das war neu. Sie ließ es ihm durchgehen, denn sie musste sich die Tatsache eingestehen, dass sie die letzte Nacht nicht einmal dem Alkohol in die Schuhe schieben konnte. Tatsächlich war sie seit dem College nicht mehr betrunken gewesen. Außerdem genoss sie es bei Knox viel zu sehr, alle Sinne beisammen zu haben, um jede leidenschaftliche Sekunde mit ihm auskosten zu können.

Er senkte den Kopf und drückte die warmen, weichen Lippen auf ihre Brust. Aubrey schloss die Augen und gab sich ganz diesem Gefühl hin. Er war ein wirklich talentierter und freigiebiger Liebhaber, und sie gönnte sich einige weitere Augenblicke voller Wonne, bevor sie sich abermals der wirklichen Welt stellen musste.

»Das ist schon besser«, murmelte er mit rauer Stimme.

Er saugte ihre Brustwarze in den Mund und fuhr mit den Zähnen sanft über die steife Spitze. Sie konnte das Stöhnen nicht unterdrücken, als Schmerz und Lust gleichermaßen durch ihren Körper zuckten. Wenn sie nicht schnellstmöglich aufstand, würde sie sich heute garantiert nicht mehr die Hotels ansehen, die ihre Assistentin Becca für sie herausgesucht hatte. Das Wetter in den ländlichen Gegenden konnte Ende Januar schnell umschlagen und es war ohnehin schon eine Kaltfront unterwegs. Sie schloss die Augen, um ihre ganze Kraft zusammenzunehmen und die Sache zu unterbinden, als Knox seine Härte an ihrem Oberschenkel rieb und ihre verräterischen Hüften sich wie aus eigenem Antrieb von der Matratze erhoben, als wollten sie um mehr betteln.

Ihr Handy auf dem Nachttisch vibrierte und machte den

Zauber schlagartig zunichte. Sie schob seine Hände weg und schwang die Beine mit lautem Seufzer über die Bettkante. Knox schmunzelte, als sie nach ihrem Handy griff – und streckte die Arme nach ihr aus, schlang sie um ihre Taille und bedeckte ihre Hüften und ihren Rücken mit Küssen.

»Ist das jetzt dein Ernst? Es ist Sonntag, du Workaholic«, sagte er, während sie Beccas Nachricht las.

»Ich muss mir noch ein paar Tage lang Hotels ansehen, und zwar ab heute, denn das kann nicht warten. Nächsten Sonntag ist der Superbowl. Meine Eltern feiern eine Riesenparty, die will ich nicht verpassen.«

»Oh, das hört sich gut an. Brauchst du einen Begleiter?«

Er schob ihr eine Hand zwischen die Beine und umfing mit der anderen eine Brust, was es ihr sehr erschwerte, sich zu konzentrieren. »Knox …« Das Flehen nach mehr in ihrer Stimme war nicht zu überhören.

Das ist doch lächerlich.

Sie zwang sich, die Nachricht zu lesen. *Soll ich die Treffen für heute absagen, damit du im Bett bleiben und morgen durch und durch befriedigt und lächelnd da auftauchen kannst?*

Nein!, antwortete sie, während sich Knox die größte Mühe gab, sie um den Verstand zu bringen. Aubrey hätte Becca nie gestehen dürfen, dass sie etwas mit Knox angefangen hatte, aber ihre überaus aufmerksame Assistentin hatte die Veränderung an ihr sofort bemerkt, die sie als *Nach-Knox-Aubrey* bezeichnete, sobald sie das erste Mal mit ihm im Bett gewesen war. Da war Aubrey nichts anderes übrig geblieben, als es zuzugeben, sonst hätte Becca ihr ewig mit unerbittlichen Fragen in den Ohren gelegen.

Becca antwortete sofort. *Siehst du, wie ich die Augen verdrehe? Jeder weiß doch, dass du gestern mit Knox im selben Zim-*

mer verschwunden bist. Presley und Libby meinten, ich soll deine Termine absagen, obwohl sie genau wussten, dass du einen Anfall kriegen wirst. Allein dafür, dass ich dich überhaupt frage, habe ich eine Gehaltserhöhung verdient.

Aubrey und Knox hatten nie zu verbergen versucht, dass sie etwas miteinander hatten, und ihre Geschäftspartnerinnen und besten Freundinnen Presley Cabot, die die Verlagsabteilung von LWW leitete, und Libby Warren, die Leiterin der Abteilung für wohltätige Zwecke, waren am Vorabend ebenfalls auf dem Event gewesen. Selbstverständlich wussten sie daher von der gemeinsamen Nacht. Allerdings kannten sie sie auch gut genug, um zu erkennen, dass sie für einen Mann nie die Arbeit vernachlässigen würde.

Allerdings hatte Becca recht: Sie hatte tatsächlich eine Gehaltserhöhung verdient, jedoch nicht für diese Frage. Vielmehr war die Frau effizient, hatte eine tadellose Arbeitsmoral und, was gar nicht genug zu würdigen war, sie nahm Aubreys hohe Ansprüche stets mit Humor in Kauf. Die einzigen Nachteile an ihr waren, dass sie heißer als die Sünde war, was bedeutete, dass jeder männliche Klient Becca mehr Beachtung schenkte als dem Geschäft, und dass sie Aubrey viel zu gut kannte. Becca merkte immer, wann Aubrey zu lange Verzicht geübt hatte.

Und sie kannte das beste Heilmittel.

Nämlich den Mann, der gerade eine Hand auf ihr Handy legte und sie mit der anderen an sich zog, um sie leidenschaftlich zu küssen.

Als sie sich endlich voneinander lösten, um Luft zu holen, stieß Aubrey hervor: »Ich muss jetzt wirklich los.«

»Bei dir kann ein Mann richtig Komplexe kriegen, weil du dein Handy seinem besten Stück vorziehst.«

»Kann dein bestes Stück für mich die Hotels überprüfen? Das könnte in der Tat interessant werden«, erwiderte sie verspielt, beugte sich vor und küsste ihn noch einmal. Er sah einfach umwerfend aus mit seinem dichten dunklen Haar und den freundlichen hellbraunen Augen, die so lüstern blicken konnten, dass einem das Höschen in Flammen aufging, aber auch so viel Professionalität auszustrahlen vermochten, dass selbst der gerissenste Geschäftsmann sich zu einem Deal bewegen ließ. Sein sorgsam gepflegter Dreitagebart hätte bei jedem anderen Mann zu hochglanzpoliert gewirkt, doch Knox hatte eine so verwegene Ausstrahlung, die perfekt dazu passte. Sein ebenso rebellisches wie atemberaubendes Lächeln war die Krönung des Ganzen und verlieh ihm etwas Einzigartiges.

Als er den Kuss vertiefen wollte, stemmte sie eine Hand gegen seine Brust. »Unter der Dusche. Wir müssen multitasken.«

Ein Grinsen umspielte seine Lippen, als sie ins Bad gingen. Während das Wasser warm wurde, erzählte sie ihm von den Hotels zwischen Virginia und New York, die sie sich in den nächsten Tagen ansehen wollte.

»Hast du denn keine Untergebenen, die das für dich erledigen können?«

»Normalerweise schon.« Sie hielt eine Hand in den Wasserstrahl, um die Temperatur zu überprüfen, und stellte wieder einmal fest, dass Knox der einzige Mann war, mit dem sie je zusammen geduscht hatte. Na ja, abgesehen von diesem einen Typen während der Collegezeit, aber das zählte nicht wirklich. Damals waren sie beide betrunken und vollständig bekleidet gewesen. Jedenfalls am Anfang. »Aber hierbei geht es um meine allerbeste Freundin, die Liebesromanautorin Charlotte Sterling. Sie ist ebenfalls ein LWW-Mitglied und hat einen Roman mit dem Titel *Alles für die Liebe* geschrieben, der davon inspiriert wurde, wie sie mit ihrem Verlobten zusammengekommen ist. Wir machen daraus einen Film für unseren neuen ›Me Time‹-Sender. Ich möchte mir die möglichen Drehorte lieber selbst ansehen und mich vergewissern, dass sie perfekt sind.«

Sie betraten die Duschkabine. Er schlang sofort die Arme um sie und drückte seinen muskulösen, verlockenden Körper an sie.

»Ist das die Charlotte, mit der du zusammen aufgewachsen bist und die während eurer Collegezeit ihre ganze Familie verloren hat?«

Sie erstarrte. »Woher weißt du das?« Nachdem Charlottes Eltern bei einem.

Flugzeugabsturz umgekommen waren und sie mit ihrem Großvater auch noch ihren letzten Verwandten verloren hatte, war Charlotte auf das Anwesen ihrer Familie und in den ehemaligen Gasthof dort gezogen und hatte sich richtiggehend verkrochen. Sie hatte Trost im Schreiben gefunden und wohnte seitdem dort, aber Aubrey konnte sich nicht daran erinnern, Knox je von ihr erzählt zu haben.

»Es gibt nicht viel, was ich nicht über dich weiß, Babe. Du wirst nach dem Sex immer sehr redselig.«

»Seit wann nennst du mich Babe? Und ich werde überhaupt nicht redselig nach dem Sex.«

»Seit heute, und doch, wirst du. Woher sollte ich sonst wissen, dass Charlotte sich dank ihrer gemeinsamen Liebe zum Schreiben auf dem College mit Presley und Libby angefreundet hat? Oder dass ihr alle das ganze Theater um Studentinnenverbindungen nicht ausstehen konntet und deshalb mit den Ladies Who Write eine Schwesternschaft gegründet habt?

Womit ihr im Grunde genommen aber nur eine weitere Studentinnenverbindung wart?« Er umfing ihre Pobacken und zog näher an sich heran, während das warme Wasser auf sie herabprasselte. »Und dass LWW das Haus gekauft hat, in dem eure Schwesternschaft ihren Anfang nahm? Deine LWW-Mädels sind eigentlich überall.«

»Ja, uns gehört das Haus, und darin lebt noch immer eine Schwesternschaft, die allerdings völlig anders ist als die anderen Studentinnenverbindungen. Sie nimmt Mädchen auf, die sich für das Schreiben in jedem Medium interessieren – seien es nun Bloggerinnen, Schriftstellerinnen, Drehbuchautorinnen. Eines Tages werden wir die Weltherrschaft übernehmen. Aber ich bin definitiv nicht redselig, und das kann nur bedeuten, dass du mich gestalkt hast.« Sie nahm seine Hoden in eine Hand. »Spuck's schon aus, oder du bist sie los.«

Er schob die Finger einer Hand zwischen ihre Beine und fand sofort diese magische Stelle, bei der in ihrem Inneren die wildesten Sachen passierten. »Warum solltest du das denn tun? Du stehst doch auf das, was du mit meinem Körper anstellen kannst.« Er drückte ihr einen Kuss auf den Hals. »Und du bist sehr wohl redselig. Nach dem Orgasmus fängst du immer an zu plappern. Außerdem weiß ich gern, mit dem ich ins Bett gehe. Ist das etwa ein Verbrechen? Und ich bin mir ziemlich sicher, dass *deine* Charlotte mit dem Bruder meines Geschäftspartners verlobt ist.«

Sie schloss kurz die Augen, als seine Liebkosungen ihr den Atem raubten. »Ich hatte ganz vergessen, dass Graham Braden das zweite B in B&B Enterprises ist.«

»Frag uns lieber nicht, wessen B das erste ist. Das könnte eine Schlägerei auslösen.«

»Männer müssen immer miteinander wetteifern.« Sie sah

ihn wieder an. »Du wusstest also, dass meine Char die Verlobte deines Freundes Beau ist?«

»Ich wusste, dass sie verlobt sind, und ich hatte so eine Ahnung, dass es deine Charlotte sein könnte.« Er knabberte an ihrem Hals. »Ich kenne das Sterling House, den Gasthof, in dem sie sich kennengelernt und ineinander verliebt haben, und keines der von dir erwähnten Hotels liegt ländlich genug, um das angemessen widerzuspiegeln.«

Sie pikte ihm spielerisch in die Brust. »Ich werde ja wohl noch am besten wissen, was für meine Klienten das Richtige ist.«

»Das werden wir ja sehen.« Er ließ die Hände über ihre Hüften wandern und küsste sie erneut. »Ich bin diesen Monat noch mit Graham und seiner Frau Morgyn in New York zum Essen verabredet. Du könntest mich begleiten.«

»Soll das etwa ein Doppeldate werden? Nein danke. Und jetzt streichel mich bitte weiter.«

»Ich bin mir nicht sicher, wie gut mir dieses schmutzige kleine Geheimnis gefällt, das wir hier laufen haben.«

»Bisher hat es doch gut funktioniert.« Sie machte lächelnd einen Schritt nach hinten. »Ich könnte auch allein duschen.« Zum Glück war die Antibabypille längst erfunden worden, sonst hätten sie die Kondome gleich in Vorratspackungen kaufen müssen.

Er runzelte die Stirn, strich jedoch im nächsten Augenblick über ihren nassen Bauch und das Bauchnabelpiercing, das sie sich während der Collegezeit als Mutprobe hatte stechen lassen, und zog sie wieder an sich. »Das muss ziemlich stressig für Beau sein, mit einer Liebesromanautorin verlobt zu sein. Nicht, dass sie noch versucht, ihn am fiktiven Sex zu messen. Ich wüsste zu gern, ob sie ihm auch mal einen Orgasmus vortäuscht.«

»Ach, bitte. Beau hat damit kein Problem. Außerdem kann eine Frau vielleicht ein paar Orgasmen vortäuschen, aber niemand das von einem Orgasmus hervorgerufene Koma.«

»Ist das eine Herausforderung?« Er setzte ein arrogantes Grinsen auf und rieb mit dem Daumen ihre empfindlichste Stelle. »Aber eins kannst du mir glauben.« Er bedeckte ihren Hals mit Küssen. »Du redest nach dem Sex sehr viel. Ich weiß alles über deine Cheetos-Sucht und die Liebe zu Filmen aus den Achtzigern, über den Deal mit dem widerlichen Produzenten, der in die Hose gegangen ist, und dass du als Teenager total in Tom Selleck verliebt warst.«

Sie schloss flatternd die Lider. Eigentlich war ihr auch völlig egal, was er wusste, solange er nicht mit den wundervollen Dingen aufhörte, die er da gerade mit ihrem Körper anstellte. Er ging in die Knie, leckte und liebkoste sie, zog mit den Zähnen an ihrem Bauchnabelpiercing und knabberte an ihrer Haut. Ihr ganzer Körper schien vor Anspannung förmlich zu platzen, und als er die Lippen endlich an die Stelle legte, an der sie sie spüren wollte, lehnte sie sich mit dem Rücken an die Fliesen und gab sich ganz ihrer Leidenschaft hin.

»So ist es richtig. Und jetzt hör auf, dir Sorgen über das zu machen, was du mir erzählt hast, und lass mich dir demonstrieren, was ich noch alles über dich weiß.«

Und das tat er dann auch … gleich mehrmals.

Nach der besten Dusche seit Neujahr – als Aubrey und er zuletzt in den Armen des anderen aufgewacht waren, nachdem sie eine lustvolle Nacht miteinander verbracht hatten – stand

Knox in seiner Hose und dem offenen schwarzen Oberhemd vor dem Badezimmerspiegel und fragte sich, warum in aller Welt er zwar befriedigt, aber nicht zufrieden war. Er beobachtete Aubrey im Spiegel, die sich die Zähne putzte. Ihr schwarzer Bleistiftrock schmiegte sich eng an ihre kurvigen Hüften, und der Spitzen-BH schien nur dafür gedacht zu sein, ihn ihr wieder vom Leib zu reißen. Ihre langen goldenen Locken fielen ihr offen über die Schultern. Er konnte die seidigen Strähnen noch immer zwischen den Fingern und auf seiner Haut spüren. Es hatte eine Zeit gegeben, in der er nach einer Nacht mit Aubrey befriedigt *und* zufrieden gewesen war. Damals hatten ihm ihre ungezwungenen Treffen nichts ausgemacht. Doch in den letzten Monaten hatte er immer öfter an sie denken müssen, sich gefragt, mit wem sie wohl gerade zusammen war oder was sie zwischen ihren Begegnungen so trieb, wie die Teile ihres Lebens, die er nicht kannte, wohl aussehen mochten. Peinlicherweise hatte er sogar damit angefangen, ihr zwischendurch Nachrichten zu schicken, damit die Verbindung zwischen ihnen nicht abbrach, sobald sie das Hotelzimmer verlassen hatten.

Sie spülte sich den Mund aus und lehnte sich ans Waschbecken. »Warum machst du ein Gesicht, als würdest du versuchen, den Weg zum Weltfrieden zu finden?«

Er nahm sie in die Arme. In ihren bernsteinfarbenen Augen flackerte sogleich Leidenschaft auf, aber im nächsten Augenblick erstarrte sie und legte ihm eine Hand auf die Brust.

»Das reicht jetzt, mein Großer. Ich muss meine Termine einhalten.«

Sie war die resoluteste Geschäftsfrau, die er je kennengelernt hatte, und dafür respektierte er sie umso mehr. Das Problem war nur, dass sie gleichzeitig die sinnlichste und leidenschaftlichste Person auf Erden war und ihm einfach nicht aus dem Kopf gehen wollte. Nicht einmal, als er letzten Herbst mit Graham nach Belize gegangen war, um ein Investmentprojekt in die Wege zu leiten. Graham hatte Morgyn mitgenommen und dort geheiratet. Die beiden so glücklich und verliebt zu sehen hatte Knox nur umso mehr vor Augen geführt, was er sich eigentlich von Aubrey wünschte. Er war noch lange nach Grahams Heimreise dortgeblieben und hatte gehofft, die ungewohnten Gefühle wieder loszuwerden, doch sein Verlangen, mit ihr zusammen zu sein, hatte sich durch nichts zügeln lassen. Sie passten sowohl als Freunde, im Bett als auch geschäftlich perfekt zusammen. Sie waren wie füreinander geschaffen, und Aubrey ging ihm nicht nur unter die Haut, sondern hatte sich auch in sein Herz geschlichen, was vor ihr noch keiner Frau gelungen war. Nicht, dass es keine versucht hätte. Er mochte seinen ungezwungenen Lebensstil, bei dem er viel umherreiste, allerdings hatte sich durch Aubrey einiges verändert. Inzwischen genoss er jede Minute, die er mit ihr verbringen konnte, und das ging weit über den Sex hinaus. Aber sie glich einem Deal, den er nicht abschließen, dem kostbarsten Juwel der Welt, das er selbst mit seinem vielen Geld nicht kaufen konnte.

»Lass uns mal richtig ausgehen«, schlug er vor. Wenn sie sich nur die Zeit nehmen würde, musste sie doch ebenfalls erkennen, was für ein gutes Paar sie abgeben würden.

Sie löste sich aus seinen Armen und vermied den Blickkontakt, in dem sie in ihrer Make-up-Tasche herumkramte. »Was hast du denn heute nur? Zuerst heißt es *Babe* hier und *Babe* da, und jetzt willst du auch noch mit mir ausgehen? Soll ich dir als Nächstes etwa die Liebeskekse meiner Großmutter backen?«

»Hey, das klingt nach einer guten Idee.«

Sie verdrehte die Augen. »Dieses Rezept werde ich mir niemals besorgen. Angeblich backt man sie nur für seine einzig wahre Liebe und all diesen Unsinn. Aber für irgendwelches Drama ist in meinem Leben kein Platz, Knox, ebenso wenig wie in deinem. Darum kommen wir auch so gut miteinander aus.«

Derweil hatte sie ihren Lippenstift gefunden und beugte sich vor, um ihn aufzutragen. Warum genoss er es nur so sehr, ihr dabei zuzusehen? Und wieso konnte er nicht aufhören, sich zu fragen, wie viele Männer schon an seiner Stelle gewesen waren? Er knirschte mit den Zähnen, knöpfte sich das Hemd zu und versuchte, nicht die Frage zu stellen, die ihm auf der Zunge lag und die ihn noch erbärmlicher aussehen lassen würde.

»Was ist?« Sie warf ihm einen Seitenblick zu.

»Sag du es mir.« Er lockerte die Schultern und fuhr sich mit einer Hand durchs Haar. Als sie nichts erwiderte, versuchte er es auf sanftere Weise, legte die Arme um sie und zog sie abermals an sich. »Wir passen gut zusammen, Aubrey. Wieso beschränken wir uns aufs Schlafzimmer? Lass uns etwas mehr wagen. Kein Drama, nur ein Abendessen.«

Sie seufzte. »Wir haben gestern Abend zusammen gegessen.«

»Ja, mit etwa zweihundert anderen Personen. Ich meinte, nur wir beide.«

»Knox …«

Er drückte die Lippen auf ihre, ohne sich um den frisch aufgetragenen Lippenstift zu scheren. Wenn er sie nicht mit Worten zu Verstand bringen konnte, musste er sie eben auf diese Weise daran erinnern, wie gut sie zueinander passten. Sie erwiderte den Kuss, hielt sich allerdings zurück. Erst als er den Kuss vertiefte, schmolz sie in seinen Armen dahin. Da küsste er sie noch leidenschaftlicher, legte ihr die Hände auf den Hintern und ließ sie seine Erektion spüren. Sie bohrte die Finger in sein Hemd, wie sie es immer tat, wenn sie mehr wollte, was ihm unglaublich gut gefiel.

Schon hatte er sie auf den Waschtisch gehoben, ihr die Hände unter den Rock geschoben und nach ihrem Slip gegriffen. »Sag mir, dass ich aufhören soll, Aubrey, und ich tue es.«

Sie keuchte, hatte die Augen halb geschlossen und verschmierten Lippenstift auf den vollen Lippen. »Ich hasse dich dafür, dass ich deinetwegen zu spät kommen werde.« Bei diesen Worten hob sie den Hintern an und ließ sich von ihm das Höschen ausziehen.

Er schob sich zwischen ihre Beine. »Aber sicher tust du das.« Nachdem er den Lippenstift mit einem Daumen weggewischt hatte, küsste er sie wieder, diesmal gemächlich und zärtlich. Als sich ihre Lippen voneinander lösten, hielt er ihre Unterlippe mit den Zähnen fest und zerrte keck daran. Ihm war bewusst, dass er ebenfalls Lippenstift auf den Lippen hatte, aber das war ihm egal. Ihr begieriger Blick war alles, was er sich ersehnte.

Aubrey wollte sein Hemd wieder aufknöpfen, aber er legte eine Hand auf ihre, damit sie innehielt. Sie runzelte die Stirn.

»Wir passen gut zusammen«, wiederholte er. »Sag, dass du mit mir ausgehst.«

Sie zog amüsiert die Augenbrauen hoch. »Willst du etwa erst mit mir schlafen, wenn ich dir ein Date verspreche, Knox Bentley?«

Verdammt. Hatte er das tatsächlich vor? »Sag einfach Ja, Aubrey.«

»Nein«, entgegnete sie mit loderndem Blick. »Ich lasse mich doch nicht erpressen.«

»Eigentlich solltest du mich besser kennen.« Er wich einen

Schritt zurück, aber sie hakte einen Finger in seinen Hosenbund und zog ihn erneut an sich heran. »Hast du deine Meinung geändert?«

»Nein.« Sie schob ihm eine Hand in die Hose und umfing seine Erektion. »Aber ich hoffe, dass ich deine ändern kann.«

»Grundgütiger, Aubrey. Du weißt ganz genau, dass ich dich will.«

»Das wollte ich hören. Wie wäre es, wenn du mir jetzt zeigst, wie sehr du mich willst, bevor uns keine Zeit mehr dafür bleibt?«

Er zog sich die Hose aus. »Wie lange willst du dich noch hinter dieser Ausrede verstecken?«

»Ungefähr zehn Minuten, wenn ich Glück habe.«

Sie schlang ihm die Beine um die Taille, rutschte vom Waschtisch und nahm ihn tief in sich auf. Ihre Münder prallten aufeinander und ihre Hüften fanden sofort einen wilden Rhythmus. Sie schob ihm die Hände ins Haar und zerrte gerade so fest daran, dass ihm ein leichter Schmerz bis in den Schritt fuhr. Schon wurde er schneller, stieß fester in sie hinein, während sie sich leidenschaftlich küssten. Der Druck ihrer Beine um ihn wurde stärker, und er verlangsamte das Tempo, weil er genau wusste, wie gut ihr das gefiel. Sie stützte sich auf seinen Schultern ab, erwiderte jede seiner Bewegungen und stöhnte in seinen Mund, als er sie bis kurz vor den Orgasmus brachte und dann dort verharren ließ.

Aubrey löste die Lippen gerade lange genug von seinen, um zu flehen: »Komm mit mir …«

Darum musste sie ihn nicht zweimal bitten. Er brachte sie beide zum Höhepunkt, und sie stieß seinen Namen aus, als wäre es ein Lobgesang. »Knox, Knox, *Knox* …«

Das war wie Musik in seinen Ohren.

Als sie in seine Arme sackte und er ihren Herzschlag an seiner Brust spürte, legte sie eine Wange auf seine Schulter. »Wow, wir sind so gut darin.«

»Wir sind gut in allem, Aubrey. Eines Tages wirst du auch erkennen, was direkt vor dir ist.«

Sie hob den Kopf und ein scheues Lächeln umspielte ihre Lippen. »Meinst du nicht eher, *in* mir?«

»Nein, Babe.« Er strich ihr das Haar aus dem Gesicht. »Ich habe weitaus mehr zu bieten als unglaublichen Sex.«

Ende des Auszugs

Wenn Ihnen die Vorschau gefallen hat, können Sie *Schenk mir dein Herz* direkt bei Ihrem Online-Buchhändler bestellen!

in ihm den Wunsch zu fühlen. Eine Mischung aus Begehren und Angst führt diese jungen Liebenden auf einen gefährlichen Weg. Können sie eingerissene Brücken erneut überqueren? Oder ist es ihr Schicksal, für immer getrennt zu sein?

Bestellen Sie *Spiel der Herzen* bei Ihrem Online-Buchhändler.

Kommen Sie mit nach Seaside!

Lernen Sie diesen witzigen, sympathischen Freundeskreis
kennen und verlieben Sie sich mit Bella und Caden in

Träume in Seaside

dem ersten Band der Serie *Seaside Summers*

**Die Serie *Seaside Summers* erzählt die unterhaltsamen,
prickelnden Geschichten einer Gruppe von Freunden, die
jedes Jahr den Sommer gemeinsam in ihren Ferienhäusern
am Cape Cod verbringen. Sie sind witzig, sexy und so
sympathisch unvollkommen, dass man am liebsten gleich
dazugehören würde.**

Bella Abbascia ist wie jeden Sommer in die Ferienhaussiedlung
Seaside in Wellfleet, Cape Cod zurückgekehrt. Doch in diesem
Jahr hat Bella mehr vor, als mit ihren Freundinnen in der Sonne
zu liegen und sich beim Nacktbaden zu vergnügen. Sie hat ihren
Job gekündigt, ihr Haus in Connecticut verkauft und jeglichen

Männergeschichten abgeschworen, um sich an ihrem Lieblingsort auf Erden ein neues Leben aufzubauen. Der Plan steht – zumindest bis ein Streich der stets zu Scherzen aufgelegten Bella eine böse Wendung nimmt und ein sündhaft attraktiver Police Officer vor ihr steht.

Der alleinerziehende Vater und Polizist Caden Grant hat Boston den Rücken gekehrt, nachdem sein Partner im Dienst getötet wurde. In dem kleinen Ferienort Wellfleet hofft er auf ein sichereres Leben mit seinem vierzehnjährigen Sohn Evan. Als er während einer nächtlichen Streife Bella kennenlernt, wird ihm bewusst, dass er plötzlich gefunden hat, was er sich nie zu erträumen erlaubte – und von dem er nie wusste, dass es ihm fehlt.

Nachdem er sich vierzehn Jahre lang nur auf seinen Sohn konzentriert hat, kann Caden der starken Anziehungskraft der schönen Bella nicht widerstehen, und Bella ist der Intensität ihrer aufkeimenden Liebe ebenso machtlos ausgeliefert. Aber der Neuanfang gestaltet sich schwieriger, als sie beide es sich ausgemalt haben, und dann gerät Evan an die falschen Freunde. Cadens Loyalität wird auf eine harte Probe gestellt. Wird er alles aufgeben, um seinen Sohn zu beschützen – sogar Bella?

Bestellen Sie *Träume in Seaside* bei Ihrem Online-Buchhändler.

und er versucht, einen Bruder zu retten, der mit noch mehr Problemen zu kämpfen hat als er selbst. Sein Leben lang hat Truman keine Hilfe gebraucht, und als die schöne Gemma Wright versucht, ihm unter die Arme zu greifen, reagiert er nicht gerade charmant. Aber Gemma hat ihre ganz eigene Art und schafft es schließlich, den Panzer um sein Herz zu durchdringen. Als Trumans dunkle Vergangenheit seine Zukunft in Gefahr bringt, steht seine Loyalität auf dem Prüfstand und er muss die schwerste aller Entscheidungen treffen.

Bestellen Sie *Tru Blue – Im Herzen stark* bei Ihrem Online-Buchhändler.

Neu bei »Love in Bloom – Herzen im Aufbruch«?

Ich hoffe, Ihnen hat es genauso viel Vergnügen bereitet, die Bradens aus Pleasant Hill und die Montgomerys aus Oak Falls kennenzulernen, wie mir, sie zu schreiben. Falls dieser Band Ihr erstes Buch aus der Reihe »Love in Bloom – Herzen im Aufbruch« ist, warten noch jede Menge Geschichten über unsere sexy, selbstbewussten und loyalen Heldinnen und Helden auf Sie.

Die Bradens & Montgomerys (Pleasant Hill – Oak Falls) ist nur eine der Serien aus meiner großen Sammlung von Liebesromanen mit Tiefgang, Humor und Happy-End-Garantie. In allen Büchern finden Sie eine abgeschlossene Geschichte, die auch für sich allein gelesen werden kann. Figuren aus den einzelnen Serien und Büchern der weitverzweigten »Love in Bloom – Herzen im Aufbruch«-Familien tauchen immer wieder auch in den anderen Bänden auf. So verpassen Sie nie eine Verlobung, eine Hochzeit oder eine Geburt. Wenn Sie mögen, lernen Sie doch auch die anderen Serien der Reihe kennen! Eine vollständige Liste aller auf Deutsch erschienenen und geplanten Bücher gibt es am Ende des Buches und unter dem folgenden Link finden Sie weitere Informationen:
www.MelissaFoster.com/Herzen-im-Aufbruch

Danksagung

Ich hoffe, die Geschichte von Brindle und Trace hat Ihnen gefallen und Sie freuen sich schon auf die Liebesgeschichten ihrer Geschwister und Freunde. Sie könnten zum Beispiel mit *Von der Liebe umarmt* beginnen, dem ersten Buch der Serie *Die Bradens & Montgomerys*, in dem Grace und Reed ins Glück zu zweit finden.

Falls Sie meinen Fanclub bei Facebook noch nicht kennen, fühlen Sie sich herzlich eingeladen! Dort unterhalten wir uns oft über unsere kernigen Helden und selbstbewussten Heldinnen. Und wer weiß, vielleicht steuern Sie eines Tages eine Idee zu einer Geschichte bei oder finden sich, wie bereits mehrere Mitglieder des Fanclubs, als Figur in einem meiner Bücher wieder.
www.Facebook.com/groups/MelissaFosterFans

Folgen Sie mir auf Facebook, um immer gut darüber informiert zu sein, was in der Welt unserer fiktiven Lieblingskerle passiert.
www.Facebook.com/MelissaFosterAuthor

Abonnieren Sie meinen Newsletter und erfahren Sie alles über Neuerscheinungen, Angebote und Veranstaltungen.
www.MelissaFoster.com/Newsletter_German

Und vergessen Sie nicht, sich die gratis Leser-Goodies herunterzuladen. Familienstammbäume, Serienchecklisten und noch

vieles mehr warten auf der extra für Sie eingerichteten Seite.
www.MelissaFoster.com/Reader-Goodies

Wie immer schulde ich meinem wunderbaren Team von
Lektorinnen und Korrektorinnen großen Dank: Kristen Weber,
Penina Lopez, Elaini Caruso, Juliette Hill, Marlene Engel, Lynn
Mullan und Justinn Harrison, genauso wie meinem deutschen
Team: Usch Pilz, Rabea Güttler, Judith Zimmer. Und natürlich
bin ich meinem Mann Les und dem Rest meiner Familie
unendlich dankbar, dass sie mich über meine erfundenen
Welten reden lassen, als würden wir darin leben.

Die Bradens (Peaceful Harbor)

Geheilte Herzen
Voller Einsatz für die Liebe
Liebe gegen den Strom
Vereinte Herzen
Melodie der Liebe
Sieg für die Liebe
Endlich Liebe – ein Braden-Flirt

Die Remingtons

Spiel der Herzen
Im Dschungel der Liebe
Herzen in Flammen
Herzen im Schnee
Liebe zwischen den Zeilen
Von der Liebe berührt

Die Bradens & Montgomerys (Pleasant Hill – Oak Falls)

Von der Liebe umarmt
Alles für die Liebe
Pfade der Liebe
Wilde Herzen
Schenk mir dein Herz
Der Liebe auf der Spur
Verrückt nach Liebe

Die Whiskeys: Dark Knights aus Peaceful Harbor

Tru Blue – Im Herzen stark
Truly, Madly, Whiskey – Für immer und ganz
Driving Whiskey Wild – Herz über Kopf
Wicked Whiskey Love – Ganz und gar Liebe
Mad About Moon – Verrückt nach dir
Taming My Whiskey – Im Herzen wild

Die Seaside Summers

Träume in Seaside
Herzen in Seaside
Hoffnung in Seaside
Geheimnisse in Seaside

…

Entdecken Sie Melissa Fosters Bücher auch auf:
www.MelissaFoster.com/Herzen-im-Aufbruch